国家社科基金一般项目"明清边疆舆地赋整理与研究"（项目号：21BZW113）阶段性成果

中国博士后科学基金面上资助项目"清代岭南赋话整理与研究"（项目号：2022M721225）阶段性成果

广东省教育厅高校古籍整理研究项目"历代岭南赋辑校与研究"（项目号：2022GJZL09）阶段性成果

FUXUE:
PIPING YU TIXING

赋学：
批评与体性

黄志立 著

中国社会科学出版社

图书在版编目(CIP)数据

赋学:批评与体性/黄志立著. —北京:中国社会科学出版社,2023.12
ISBN 978-7-5227-2833-9

Ⅰ.①赋… Ⅱ.①黄… Ⅲ.①赋—文学研究—中国—文集 Ⅳ.①I207.224-53

中国国家版本馆 CIP 数据核字(2023)第 246421 号

出 版 人	赵剑英
责任编辑	郭晓鸿
特约编辑	杜若佳
责任校对	师敏革
责任印制	戴 宽

出　　版	中国社会科学出版社
社　　址	北京鼓楼西大街甲 158 号
邮　　编	100720
网　　址	http://www.csspw.cn
发 行 部	010-84083685
门 市 部	010-84029450
经　　销	新华书店及其他书店
印　　刷	北京明恒达印务有限公司
装　　订	廊坊市广阳区广增装订厂
版　　次	2023 年 12 月第 1 版
印　　次	2023 年 12 月第 1 次印刷
开　　本	710×1000 1/16
印　　张	17.75
插　　页	2
字　　数	249 千字
定　　价	99.00 元

凡购买中国社会科学出版社图书,如有质量问题请与本社营销中心联系调换
电话:010-84083683
版权所有　侵权必究

总　序

近年来，在"双一流"学科建设背景下，中国语言文学学科发展迅速，学科研究范围不断扩大，学科内涵得到了深化，学科建设路径也日益多元；同时，随着经济的发展和社会的进步，高等教育的发展格局也对中国语言文学学科提出了更多的挑战。如何进一步夯实学科基础，积淀学科底蕴，彰显学科特色，是目前中国语言文学学科发展与建设工作的重要任务之一。

华南师范大学文学院中国语言文学学科历史悠久，早在1933年，著名教育家林砺儒创办勷勤大学师范学院，设立文史学系，就有了中国语言文学学科。88年前的勷勤大学师范学院曾有过辉煌业绩，她与当时的北平师范大学南北呼应，共同守护和延续了南中国高等师范教育的历史血脉，中国语言文学学科发挥了重要的作用。

八十多年来，华南师范大学文学院中国语言文学学科一路栉风沐雨，砥砺前行。老一辈知名学者李镜池、康白情、吴剑青、吴三立、廖苾光、廖子东等奠定了学科基础，后辈学人积极传承学科文脉，经过几代学者的薪火相传，得到健康发展，已形成了基础扎实、积累深厚、体系完备、特色鲜明的学科发展格局。

新时期以来，华南师范大学文学院中国语言文学学科取得了跨越式发展。1981年，获批全国第一批硕士点；2000年，中国古代文学专业获批博士学位授权点；2006年，获批一级学科硕士学位授权点，同年，中国现当代文学、汉语言文字学获批博士学位授权点，并设立中国语言文学博士后流动站；2007年，中国古代文学、中国现当代文学被评为广东省重点学科；2011年，获批中国语言文学一级学科博士学位授权点；2012年，入选第九轮广东省优势重点学科，并以"优秀"等级通过国家"211工程"三期建设验收；2015年，进入广东省高水平大学建设学科行列。现有学科方向有中国古典诗学与中国古代文学研究、中国现当代文学研究范式与批评、出土文献语言与方言研究、现当代西方文艺思潮与比较诗学研究、中国古代典籍与文献研究等。学科拥有国家语言文字推广基地、华南师范大学岭南文化研究中心、华南师范大学审美文化与批判理论研究中心等高端学科平台6个；以中国语言文学学科为基础的汉语言文学（师范）专业是国家首批"一流本科专业"。

　　一个学科的发展需要几代人的守护与努力，同时也离不开同时代人的奉献与投入。华南师范大学文学院编辑出版这套"中国语言文学学科建设丛书"，即是我们在有限的能力范围内推动学科建设的一种努力。这套丛书的作者基本上以华南师范大学文学院的中青年学者为主，他们是学院学科发展与建设的希望所在，其相关研究成果有的是国家社科基金、教育部社科基金的结项成果，有的是博士论文、博士后出站报告的修订成果，均展现了他们多年来在学术研究中的努力与收获。我们希望，他们的研究能够受到学界的关注，同时恳请学界同道批评指正。

华南师范大学文学院
中国语言文学学科建设丛书编委会
2021年6月

目　录

第一章　从注释走向评点：明清赋评的体性 ……………（1）
第一节　传统注释学中的批评意味 ………………（1）
第二节　明清赋评的体性 …………………………（7）
第三节　明清赋评的繁兴及价值 …………………（17）

第二章　赋注释要及其批评内涵 ……………………（21）
第一节　由"古赋不注"到"注" …………………（21）
第二节　续雅殷勤的李善注 ………………………（25）
第三节　互通有无的五臣注 ………………………（31）
第四节　六臣注中的校勘辨伪 ……………………（36）

第三章　赋评的形态要素与批评意蕴 ………………（42）
第一节　评语形态与批评功能 ……………………（42）
第二节　评点符号与批评旨趣 ……………………（50）
第三节　赋评的价值及其演进 ……………………（58）

第四章　"解镫"：从诗格理论到赋学批评 …………（65）
第一节　"解镫"缘起：从生活现象到军事术语 …（66）
第二节　"解镫"迁转：从诗格理论到赋学批评 …（70）

第三节　"解镫"实践:试赋限韵的突围与优化 …………… (77)
　　第四节　"解镫"理论:律赋形态与功能的多样化追求 …… (84)

第五章　律赋创作技艺论 ………………………………… (89)
　　第一节　破题与诠题 ………………………………………… (89)
　　第二节　用笔与用事 ………………………………………… (93)
　　第三节　偶对与辞格 ………………………………………… (96)
　　第四节　炼字与琢句 ………………………………………… (99)
　　第五节　制局与炼局 ………………………………………… (102)
　　第六节　余论 ………………………………………………… (106)

第六章　律赋用韵类型论 ………………………………… (108)
　　第一节　律赋立名 …………………………………………… (108)
　　第二节　律赋用韵的文献特质及时代征候 ………………… (111)
　　第三节　律赋用韵方式、类型、功能的研讨 ……………… (116)
　　第四节　结语 ………………………………………………… (127)

第七章　律赋对偶形态论 ………………………………… (131)
　　第一节　从《文心雕龙》到唐抄本《赋谱》……………… (131)
　　第二节　律赋的对偶形态与功用 …………………………… (137)
　　第三节　律赋的对偶实践与批评 …………………………… (148)
　　第四节　余论 ………………………………………………… (154)

第八章　赋话视域下的"以诗论赋"发微 …………………… (157)
　　第一节　"以诗论赋"的批评传统 ………………………… (157)
　　第二节　"以诗论赋"的演进形态与批评建构 …………… (162)
　　第三节　"以诗论赋"的成因及价值 ……………………… (174)
　　第四节　结语 ………………………………………………… (178)

第九章　岭南赋与岭南赋话 ……………………………………（179）
　　第一节　岭南赋的传统建构与创作风貌 ……………………（180）
　　第二节　岭南赋的风格特性与审美蕴藉 ……………………（184）
　　第三节　岭南赋话的撰述形态与自我意识 …………………（193）
　　第四节　结语 …………………………………………………（198）

第十章　岭南赋的书写传统与自觉建构 ………………………（201）
　　第一节　岭南赋的传统赓续与历史成因 ……………………（201）
　　第二节　岭南赋的创作形态与自我认同 ……………………（206）
　　第三节　岭南赋的多维书写与批评范式 ……………………（217）
　　第四节　结语 …………………………………………………（226）

第十一章　唐抄本《赋谱》撰年及相关问题考论 ……………（228）
　　第一节　《赋谱》的成书年代 ………………………………（228）
　　第二节　《赋谱》的成书原因及价值 ………………………（237）
　　第三节　《赋谱》的承传与影响 ……………………………（241）

第十二章　唐抄本《赋谱》的读解维度 ………………………（250）
　　第一节　赋句：缀合织成，不可偏舍 ………………………（251）
　　第二节　赋段：赋体分段，各有所归 ………………………（258）
　　第三节　赋题：量其体势，乃裁制之 ………………………（263）

后记 ………………………………………………………………（273）

第一章 从注释走向评点：明清赋评的体性

赋评是由赋注嬗递而来。赋注由最初的"古赋不注"到后来"他注""自注""汇注"渐趋拓展和臻于至善的过程，亦由常规的注音、释词、句解到后来的重凡例、擅题解、撰序跋等批评形态的呈现，这既是对传统注释的创新与突破，又是注释形态在语言特征、表现形式、功能表达、文本阐释等方面逐步走向评点的关键。明清评点文学繁兴，以重评析与鉴赏为旨归的赋学评点，即是评点文学重要的构成形态。为探讨赋作评点的演进态势与批评特性，彰显其在赋学批评理论中的重要价值，遂对赋注与赋评内在关联及属性略作省察，并就明清时期赋学评点的体性予以发覆。

第一节 传统注释学中的批评意味

赋注不等于赋评，赋注的基本思路是以"释义"而"训理"，讲究言之有理、言之有据；赋评则是针对具体作品所进行的评论或批评，及由此引发的文学理论阐扬。赋注与赋评的内在关系：从思维方式上看，赋评较为主观，以重感悟的评论为主，而赋注则较为客观，多偏理性说明；从语言表达上看，赋评以形象的文学性语言指摘赋文之高低轩轾，而赋注以抽象的学术性语言读解文本，不矜伐非毁，以尊崇文本为宜。二者既有本质上的区别，又有内在的密切联系，将其区别与联系佐以具体作品再予以梳理与探析，可以窥探赋评由注释走向评点并呈现独特的审美之理路。

一 由"古赋不注"到"注"的始兴[①]

西汉前期，司马相如、司马迁等赋家曾对时人的赋作有过深刻的评论，开中国赋学评注的先河。因早期赋作多使用口语，并以口诵的形式加以流播，具有较强的游戏功能和实用性，无须多加注释读者自然可以赏析。清人王芑孙所谓"古赋不注"[②]，其原因大抵如是。汉代辞赋创作多为"侈丽闳衍"之辞，且由于词义语音变迁等原因，至东汉时，前人的赋作已不易读懂，如贾谊《簴赋》、刘歆《遂初赋》等，这时赋注便应需而生。班昭注解《幽通赋》是最早的赋注作品，南北朝时，为赋作注的现象渐趋繁兴，据《隋书·经籍志》"杂赋注本"条记载："梁有郭璞注《子虚上林赋》一卷，薛综注张衡《二京赋》二卷，晁矫注《二京赋》一卷，傅巽注《二京赋》二卷，张载及晋侍中刘逵、晋怀令卫权注左思《三都赋》三卷，綦毋邃注《三都赋》三卷，项氏注《幽通赋》，萧广济注木玄虚《海赋》一卷，徐爰注《射雉赋》一卷，亡。"[③]引文详细记载了赋注的盛况。李唐以降，有李善注《文选》以及五臣注《文选》，二者均以赋的注解与评点称善。

目前按照注释人与赋家的关系，可将赋注分为"他注""自注""汇注"三种形态。概言之，赋文的注者须兼备才、学、识三方面的修养，倘若没有与赋家相当的学识，那么，一篇鄙陋拙疏、缺少讽咏涵濡思想的注文则不值得玩味。然而，无论注释者如何力求客观地接近与阐

[①] 该部分内容见黄志立《赋注释要及其批评内涵》中的相关论述，《北方论丛》2021年第1期。本文是在原相关基础上进行的修订与延伸，借此，进一步考察赋评是如何从注释走向评点的过程。

[②] （清）王芑孙：《读赋卮言》，清光绪九年刻本。

[③] （唐）魏征等：《隋书》卷35《经籍志》，中华书局1973年版，第1083页。

释作品，重建赋作产生的具体语境，然受限于注者知识结构与人生阅历，难以避免"误读"的发生。这使注释不同程度地带有注释者的主观情感。赋注中的三种形态，可以体现不同注家对于相关问题的看法与理解。对此展开研究，有助于考察赋体创作与批评之间的学理关系。

二 "注"与"评"的互渗共生

"他注"与"自注"。曹大家注解班固《幽通赋》，是最早的"他注"。谢灵运的《山居赋》注，则是赋文自注的发端。两者在文本注释上各有开创，虽跨越时代，然注释风格与体例上却有共鸣。

因其久远，《幽通赋注》与《山居赋自注》完整的赋篇早已亡佚，目前所见注文或以征引、或以依附的形式得以在其他文集中留存。尤其前者多被征引得以再现风貌，《文选》中收录的班昭注解，均以小字夹于赋篇之中，基本是每两句一注。《四库全书总目》总结此种体例称："于班固《幽通赋》用曹大家注之类，则散标句下。"① 观览全篇，注家尤其在疏解词义、训释字义、串通文义等方面用力颇深，或许出于对班固的熟稔，班昭的注释不仅详赡，而且明确。谢灵运自注《山居赋》保存于《宋书·谢灵运传》中，严可均《全上古三代秦汉三国六朝文·全宋文》辑录有谢灵运《山居赋》，题名后小字简注："有序并自注。"谢注采取小字形式，夹于相对完整的句子和段落中，内容与班昭注《幽通赋》类似，也主要包括训释语词、阐述文义、指明用典等方面。二者注文风格上颇有共识，胪举如下。

第一，文献征引。班昭注赋，四部文献均有征引。引文中所用的经部文献共计六种，分别为《诗经》《周易》《论语》《礼记》《尚书》《左传》。其中，征引《诗经》10次，《周易》8次，《论语》9次，《礼记》1次，《尚书》2次，《左传》4次。征引史部文献三种，依次为《史记》《汉书》《国语》，其中《史记》3次，《汉书》1次，《国

---

① （清）永瑢等撰：《四库全书总目》卷186《文选注》，中华书局1965年版，第1865页。

语》1次。子部文献涉及七种，分别为《孔子家语》《淮南子》《鹖冠子》《庄子》《老子》《孟子》《吕氏春秋》，其中征引《孔子家语》2次，《淮南子》3次，《鹖冠子》1次，《庄子》5次，《老子》2次，《孟子》1次，《吕氏春秋》1次。相较其他而言集部文献征引较少，仅《楚辞》、贾谊集《新书》两种，其中征引《楚辞》2次，贾谊《鹏鸟赋》1次。这些有的是直接引用，有的是间接引用，有的则是转引，体例的严谨和引文的详赡，增加了班昭注文的说服力。汉以后，班昭注文中所提及的史事被视为"信史"，经常出现在历代的各类注解文字之中。谢灵运的征引可谓详备精审，依照赋文内容设置参考，不拘泥于某一类或某几类文献。史书与时人著述均与经部文献相间而行，较好地展示了注家征引文献的丰赡性。尤可注意的是，采山铸铜的典故在《汉书·货殖传》中是作为"田池射猎之乐，拟于人君"的反面典型来批评的，谢灵运却不涉及价值评判，仅以"铜陵"来形容园林的富庶，体现了注家多元并举、敦厚持重的注释态度。

第二，施注形态。《山居赋自注》继承了曹大家《幽通赋》的施注密集的特征。赋的注释一般都密度较大，注文较详，若与史书中的其他篇目相互对照，这一点更为明显。班昭注《幽通赋》基本每隔两句一注，句与句之间留有间隔。这种注释密度紧凑、稳定又有规律可循的体例，非常便于读者的区分与研读。这种体例犹如后世的夹批，不仅是注释，已具备批评的雏形。隔句出注的体例被后学广为效仿，谢灵运自注《山居赋》、李善和五臣注《文选》中的赋篇，皆隔句出注。其中最具代表性、影响最大的，当属六臣注《文选》。

第三，释典诂物。《山居赋》注文中大量用典，通过用典可以发现几个典故之间有着鲜明的逻辑顺序。首先，借用孙权与周瑜不谋而合的典事，意在阐明作者卧疾山顶，观览古人遗书，无比惬意闲适的心境。其次，征引上古传说时代的缙云与放勋之事以自比，叙述自己才智与品质非凡绝伦，但不以功名为志向，在功成之后隐居。这是因为赋家受玄学思潮的影响，既有"隐遁"的主题行为，又要彰显其洁身自好的品格。再次，援引张良弃职随赤松云游与范蠡三迁皆有荣名之事，颂赞了前贤高风亮节、功成身退的精神，而且以张良、范蠡之事作比，表达了自己对于优雅、恬淡生活的向往之情。最后，牵犬、听鹤的故事流露出古人成也官场、败也官场的心路历程。谢灵运出身高门，以济世之才自诩，然而由晋入南朝宋，深为刘裕猜忌，内心的期许与现实格格不入，其苦痛矛盾可想而知。这是当时士人的普遍心理，《南史·刘穆之传》亦有相似记载："长人谓所亲曰：'贫贱常思富贵，富贵必践危机。今日思为丹徒布衣，不可得也。'"① 谢灵运以李斯、陆机自喻，表示自己仍有朝不保夕之虞。而退隐山居，对生活细节充满热情和眷恋，正是谢灵运以史为鉴，寻求精神上自我救赎的一种努力。班昭家学渊源深厚，博览群书，不可能意识不到烦琐章句的弊病，于是不再一味"就事论事"、死校字词，而采取通达训诂的方式作注，这是很自然的事情。这一过程，又是通过层层递进、抽丝剥茧式的训字疏文来达到的。由此可见，《幽通赋注》既有扎实的文献功底，又有相应的理论水平，称其为赋注中的翘楚，并非过誉。

第四，注释用语及注音。班昭注赋，本是源自经学、章句学传注的传统。班昭注解《幽通赋》时，主要以精注名物为主，辅以通俗浅显的详解。如"道修长而世短兮，敻冥默而不周"句，班昭注曰："敻，远邈也。周，至也。"接着对"至"作进一步考释："言天道长远，人世促短，当时冥默，不能见征应之所至也。"该注见《尚书·泰誓》篇："虽有周亲，不如仁人"，汉孔安国传云："周，至也，言纣至亲虽多，不如周家之少仁人。"② 可见，班昭的注文虽简洁，却十分精当。这样既利于读者研读，又益于抄阅。

谢注不仅借鉴《说文解字》《字林》等专业工具书进行标注，还

---

① （唐）李延寿：《南史》卷15《刘穆之传》，中华书局1975年版，第425页。
② （汉）孔安国传，（唐）孔颖达疏：《尚书正义》，见（清）阮元校刻《十三经注疏》，中华书局1980年版，第181页。

以《左传》《博物志》《论语》《礼记》等文献予以佐证。这种做法的益处约略有二：一则有利于疏通字义，一则可以辅助串解赋篇。其谨严征实的注音方式为后学所效仿。由于大赋的文体需要，作者为了表现某一地方的物产丰富，通常极力铺陈，不惜辞藻，将当时所能见到的全部字词一并罗列其中，可"作志书类书读"。因此，字词的注音通常也十分枯燥。然而谢注在注音之余，对事物的色彩、形态等加以简要说明，并在一类事物的结尾加以总结性的概括，使烦冗的注音文字也获得了生活气息，读之有趣。例如文中所列的鱼类，谢灵运特意对"鲈鲊"略作说明，谓其"一时鱼"，大概是说"鲈鲊"是时令鱼，其性质犹如今天的应季水果或蔬菜。鱼的色彩是"辑采杂色，锦烂云鲜"；形态是"喽藻戏浪，泛苻流渊""或鼓鳃而湍跃，或掉尾而波旋"；脾性是"皆出溪中石上，恒以为玩"。让读者识别烦冗难懂的文字之余，注家用细腻的描述以增加赋文的画卷之美。

谢灵运自注《山居赋》，是赋学研究历史上的首例，对后世影响深远。如宋代吴淑所撰《事类赋注》，吴淑自己作注，正是在谢灵运《山居赋自注》的基础上承袭而来。此外，谢氏开启的"自注"体例，不仅在同类题材中影响深远，而且对后世的史学著作亦有陶染。班昭《幽通赋注》，是第一篇为他者作注的内容，注文体例谨严，语言凝练，在赋学历史上具有开创意义。

"汇注"。汇注是赋注的一种综合形态，因多人注解而成，所以呈现出不同的赋学理念。李善注与五臣注赋的风格异同，具体可参见第二章"赋注释要及其批评内涵"，此不赘述。李善注和五臣注各有所长，前者注重章句，后者讲究义理。所谓"释事忘义"，指李善重视典出，却忽略了语词在具体语境中的含义，超出了初学者的知识水平与接受能力；而五臣注较为通俗，在疏通句意方面做了大量努力[①]。因此，五臣注的出现是对李善注的继承与拓展，是"选学"自身发展

---

① 王立群：《从释词走向批评——〈文选五臣注〉研究评析》，《中州学刊》1998年第2期。

的体现，更是继汉代经注之后的一种实验与厘革。这种批评虽不成体系，但独具特色。如汇注中的凡例与校勘，能展现出注家的风格与批评态度；而自注中的重典事，作为类书的注解，尤其在"名物"阐释上："标明的是赋之'体物'特征，亦即'赋者，言事类之所附'的创作原则，因而赋注在极大意义上成为赋的'名物'解释，并由此构成特有的批评体系。"① 这些均是赋作由最先的注音、释词渐渐走向赋学批评的开端，为后世赋学评点的兴起奠定了坚实基础。

第二节 明清赋评的体性

为全面阐释明清时期赋学评点的体性，今以明清时期颇具代表性的如孙矿《孙月峰先生评文选》、邹思明《文选尤》、郭正域评《选赋》、于光华《重订文选集评》、洪若皋《昭明文选越裁》、方廷珪《增订昭明文选集成详注》等评点著作为对象，综观这些评点著作，不仅拓展与丰富了赋作的评点体例、理论，而且也彰显出成熟与完善的评点特色。

一 推源溯流

评点家在评点赋篇的过程中，尤其对赋文的源流及其承传关系用力甚勤。这其中既有对赋篇章法、句法、文法的源流、继承关系的揭示，也有对赋篇艺术风格的追溯，此类评点以孙矿《孙月峰先生评文选》②为典范。

（一）对篇章之法的追溯

遍检《孙月峰先生评文选》的评赋篇目，有六处对赋篇章法源流

---

① 许结：《论赋注批评及其章句学意义》，《中国韵文学刊》2011年第4期。
② （明）孙矿：《孙月峰先生评文选》，中华书局2015年影印本，第102—103册，文中所引皆据此，不一一注出。

的追溯,如《西都赋》前总批:"祖《子虚》《上林》,少加充拓,比之子云精刻少逊。然骨法遒紧,犹有古朴气,局段自高,后来平子、太冲虽难,竟出工丽,恐无此笔力。"《琴赋》前总批:"又是规模《长笛》。"孙矿以寥寥数语的总批形式,边评边考,既评文又论人。考则主要对赋篇所宗进行溯源,使读者能深入地解读赋篇的来龙去脉。这种考评结合的评点方式,在《孙月峰先生评文选》之前不多见,对后世评点研究具有一定的借鉴作用。

(二) 对句法的追溯

此类主要针对赋篇中句法的源流给予考察,如《西都赋》"集禁林而屯聚"数句,眉批:"描写猎事,参用《子虚》《上林》二赋法。"对《西都赋》中描写天子田猎句段之用法,孙矿追溯至扬雄《子虚赋》《上林赋》二赋中,此类内容不胜枚举。

再如张衡《东京赋》"且高祖既受命建家"数句,眉批:"此即《东都》同符高祖、允恭孝文、仪炳世宗意,却变如此调,是脱胎法。"孙氏以黄庭坚论诗的"夺胎法"[①]来考镜《东都赋》中句法的源流。黄庭坚此说旨在揭示后人对前人的创新,孙矿也借此来讨论《东京赋》脱胎于《东都赋》。两句内容基本相仿,皆颂赞汉之高祖、文帝、武帝三位帝王的功德基业。就句式来看,《东都赋》长于四言,句式整饬,风格上偏于典雅;而《东京赋》以六字句为主,句式上显然不逊于前者,夸赞之语略带庄重,虽有规仿的痕迹,但赋家并未拘泥于此,在《东都赋》句的基础上变文章格调以革新,故此,孙矿谓"脱胎法"。

(三) 对艺术风格的追溯

孙矿对赋篇艺术风格的追溯,可分为两方面:一方面是指出赋篇艺术风格的所宗之源,另一方面则是就赋篇的艺术特色指出被后世某类或某篇文章所祖。简言之,即孙矿的此类评点向上探索其渊源,向

---

① (宋)惠洪著,陈新点校:《冷斋夜话点校》,中华书局1988年版,第15—16页。

下找寻其继承。

探索渊源者，如《长门赋》前总批："法度全祖《国风》，比《离骚》稍为近今，风骨苍劲，意趣闲逸，情若略而实，无不尽语，不雕琢，而雕琢者莫能及。"孙氏以总批的方式对司马相如《长门赋》所宗的章法艺术予以追溯。寻找继承者，如《两都赋序》眉批："序文语极淡，然绝有真味，调极平，然绝有雅致。但眼前铺叙，更不钩深，却自无不尽，节奏最混妙，舒徐典润有自然之顿挫。盖蕴藉深，故气度闲，后世所谓庙堂冠冕，皆从此出。"由此可知赋学评点发展到明代，评点家对赋作文学特性的整体理解，尤其是唐李善、五臣等对字、句的训诂到明清之际的批点者对此考镜源流的探讨，显然具有重要的开拓意义。

二 较量优劣异同

以比较的方法进行评点，是评点中的一大特色。相同赋题不同赋家在创作手法等方面的异同优劣，评点者在评一个赋家的同时，往往会联系另一个赋家的作品，然后互加勘比，各显优劣，不失评点文字的精妙。此类评点，一方面可以展现评点者的分析、鉴赏能力；另一方面在评点的启发与指引下，可辅助读者领会作家风格及其作品的艺术特色，从而提升读者的鉴赏水平。一般而言，赋学评点较量可分为以下两类。

一是赋家之间的较量。此多是同时代或是相差不远，并且在一定领域内获得的声望不分伯仲者。如引用他者的评论来比较赋家才华的优劣，邹思明《文选尤》[①]中《子虚赋》《上林赋》二赋后面总批云："弇州山人曰：《子虚》《上林》赋材极富，意极高，辞极丽，运笔古雅，精神极流动。长沙有其意而无其材，班张有其材而无其笔，子云

[①]（明）邹思明：《文选尤》，中华书局2015年影印本，第99册，文中所引皆据此书，不一一出注。

有其笔而不得其精神。流动处出神入化，照古腾今，彩彻云衢，气冲斗极。"引用明弇州山人王世贞之论来比勘并评价汉赋名家贾谊、班固、张衡等，论者以扬雄《子虚赋》《上林赋》立足，围绕同一题材或体裁将汉代撰赋大家的才情进行比较，指出他们才华上的优劣。

二是赋作之间的比勘。该类评比往往是对同一赋家的不同作品或是不同赋家的相近作品，主要针对作品的高低轩轾、风格特色、艺术手法等内容展开评论。如将扬雄赋作和班固、司马相如赋篇比照高下，郭正域评《选赋》[①]中《羽猎赋》序前眉批："子云之赋，在孟坚之上，在相如之下。"接着引用杨慎的评论进一步阐释："用修云：战国讽谏之妙，唯司马相如得之，相如《上林》之旨，唯扬子云《羽猎》得之。"郭正域以《羽猎赋》为着力点，将汉赋四大家中的司马相如、扬雄、班固、张衡前三家对比，认为扬雄赋作在班固之上，在司马相如之下。

此外，评点者对同类赋作的艺术风格、篇章手法等异同也展开一番较量。如对不同赋家相似题材的作品较量，孙矿《孙月峰先生评文选》中潘岳《怀旧赋》开篇眉批："与子期《思旧》同调，撰语较工，而气格不及。"马融《长笛赋》前总批："不及《洞箫》之雄肆，然腴炼缜密，自是专门手段。"评点者将不同赋家的同类赋作略加对比，呈现出迥然不同的创作手法和异彩纷呈的艺术风格。再如同一赋家相同题材赋作之间的角力，孙矿总批江淹《别赋》："风度似前篇，更觉飘逸，语亦更加婉至。"文中"似前篇"指江淹本人的《恨赋》，《恨赋》《别赋》同为哀伤类赋篇，总体风格虽相似，但细微之异则是《别赋》在章法上更灵动飘逸，语体上更曲言婉至，实则更胜一筹。

三 评点佳词丽句

对赋篇中精美文辞的评点，是诸多评点中最为紧要的一项。此类

[①] （南朝梁）萧统选，（明）郭正域评点：《选赋》，中华书局2015年影印本，第97册，文中所引皆据此书，不一一出注。

评点多半与圈点结合起来，先是在一些奇字警语、佳妙文句处施以不同的圈点，然后以或眉批、或夹批、或旁批等形式进行分析评论。此类评点在明清之际的赋作评点文学中颇为兴盛，尤以孙矿《孙月峰先生评文选》、邹思明《文选尤》为最佳。

佳字的评点。孙矿评班固《幽通赋》"岂虎发而石开"一句，眉批："'虎'、'发'二字特精妙，此等造语真可谓入神。"评点者从细微处的"虎""发"二字剖判，从局部着眼衡量，既凸显汉将李广骁勇善战之本色，又可勾勒其临危不惧之胆识。李广出猎因石而误为卧虎，遂张弓而射，箭穿石开，更多的是对李广精神气概的颂赞。孙月峰评奇警之字的评语，当时就为时人所青睐。综观孙氏的赋学评点，不仅有着独特的艺术眼光，而且存有不少精神风貌，譬如一些陈旧的赋篇，经其点评之后却能焕发出勃勃生机，增添新的含义，以此获得新解。

奇词妙语的评点。孙矿批点张衡《东京赋》"慕天乙之驰罟，因教祝以怀民。仪姬伯之渭阳，失熊罴而获人"四句，眉批："大凡文字贵新，如此二事，若云'殷汤周文'，则嫌眼界太熟，今用'天乙''姬伯'字，虽不新，然去腐斯远，在赋中自是合格语。"孙矿认为用词上力求创新，其目的则是"去腐"，即摒弃俗套、陈腐的行文方式，采用新颖、凝练的用词法进行创作。之所以强调"贵新去腐"的用词标准，是因为两点，一是赋文创作中一味追新求奇，对研读者而言会带来诸多不便，如赋文中出现的"天乙""姬伯"，倘若没有后世的评点或注解，恐怕一时难以理解。当然正因有郭正域、孙矿、方廷珪等历代评点者的不懈努力，才避免了上述情况的发生，此亦是评点文学的魅力所在。二是此说虽有不足，但就评点者在辞藻创作与运用上所折射出的审美特质来看，无疑对后世赋文创作起到了较好的参照与指导作用。

警句的评点。于光华《重订文选集评》[①] 中评孙绰《游天台山赋》

[①] （清）于光华：《重订文选集评》，国家图书馆出版社2012年版影印本，文中所引皆据此书，不一一出注。

"余所以驰神运思，昼咏宵兴，俯仰之间，若已再升者"四句，引用邵晋涵语以眉批："'驰神运思'为游宇着想，写得精彩非常，纯是一片灵气。"就评语而知，多是深刻凝练、富有见解的评论，而且绝不枝蔓，常常一二语即可涵盖出赋的神色。既能展现评点者对其所认识的赋家、赋作精妙之处的体认，又可启发并引导读者领会赋篇的运笔之美及赏评之法。

四 探寻章法艺术

通常结构合理、章法有度、风格独特是一篇优秀赋文的重要标志，其亦是历代评点家乐此不疲而时常关注的内容。

其一，篇章结构的评析。读者在阅读赋文时往往容易忽略其中的布局结构，然经评点者言简意赅的评点之后，一篇有血有肉、条理清晰的美文即可呈现在读者面前。如《别赋》邹思明眉批："先言离别之可悲，'万族'以下则分言别之不一。""至若龙马银鞍"数句，眉批："富而别。""少年报士"数句，眉批："侠士报仇而别。""负羽从军"数句，眉批："从军而别。"……先总说"离别"之悲，然后分说"富而别""侠士报仇而别""从军而别""出使而别""新婚别""学似而别""妇送夫而别"七类不同人的离别，最后以"别方以下，总言别绪多端难以形状"作结，经评点归纳此赋为"总分总"结构，这样的探析不仅有头绪，而且层次清晰，使读者一望而知，易于赏读。

其二，艺术手法的讨论。各类赋学评点中，出现了不少关于笔法、文法、句法、修辞法等写作技法的揭示，如前文对"脱胎法"的考察，已有简述，此不赘言。

《吴都赋》[①] 洪若皋眉评："叙田猎处极力揣摩《西京》，其笔法缠绵，有似藕丝蛇迹。"在田猎描写上，《吴都赋》虽揣摩《西京赋》，

[①] （清）洪若皋：《昭明文选越裁》，齐鲁书社1997年版影印本，第287—288册，文中所引皆据此书，不一一出注。

但又突出其赋，主要表现在笔法比前赋更绵密细致。对文法、句法的揭示，方廷珪评点《增订昭明文选集成详注》①中的赋时已有涉足，如张衡《西京赋》"爰有蓝田"数句，眉批："陆曰：文法亦变亦劲。何曰：句法峭刻参差历落，不作排比，此平子刻意求工，不肯效颦《西都》也。"此处以眉批的方式对句中所体现的"文法""句法"进行揭示，多少有些抽象和笼统。就"句法"而言，阐释相对清晰，引何焯评论，指出张衡为跃出班固《西都赋》叙述之樊篱，在铺陈事物上不再是毫无章法的罗列排比；而为了追求"参差历落"，在行文方式上则以四字句为主，五、六字相间为辅，以达到"峭刻"之效果。张衡的创举倘若不是被后世评点者揭示，或许早已湮没在历史的尘埃中，难以知晓。总之不论是方廷珪自己评点，抑或征引他者评语，足可明证方氏对赋篇"文法"的重视，纵使不能窥其全貌，然其注重细节上的差异并予以阐发与讨论，仍是值得充分肯定的。

其三，风格特色的考察。评点者不同，即使相同赋篇所呈现的评点风格也是各有所异。如邹思明在《文选尤》中评点赋篇崇尚"奇"的批评风格，而孙鑛《孙月峰先生评文选》中评赋推"浓""炼""腴"等风格。兹对二者所体现的卓异不凡的评点风格，稍作简析。邹思明《甘泉赋》总批："此赋环玮踔厉，奔逸绝尘，炼字炼句炼词，离奇变化，烨烨煌煌；炼骨炼气炼神，峻奥沉郁，浑浑穆穆。"此主要揭示造字用语方面要不同寻常，追求离奇变化之美；《子虚赋》"于是郑女曼姬"数句，眉评："插入美人一段，此文之奇幻变化处，复入游清池，而歌讴齐发，水石皆鸣，诚为信手拈来头头是道，愈出愈奇愈灵愈怪。"此重在阐述篇章构思之奇幻，邹思明尤其对赋家在篇章上别具匠心的设置极为欣赏，通过其所评赋篇可以得知，不一一示例。

---

① （清）方廷珪等：《增订昭明文选集成详注》，国家图书馆出版社2015年版影印本，文中所引皆据此书，不一一出注。

"奇""峭""劲"也是孙矿常常使用的评点范畴,多是对阳刚、遒劲赋篇风格的阐幽。如《西京赋》"意亦有虑乎神祇"数句,眉批:"语势奇陗,如半空掷下。第只宜八字作一句读,用修以四言句可嗣。"《神女赋》"骨法多奇"数句,眉批:"说情处略不费力,而奇峭有韵。"张衡《东京赋》"朝廷颠覆而莫持"数句,眉批:"收处方稍弱,不如前篇之遒劲。"孙矿指出此收尾上不如前篇《西京赋》遒劲有气势。从这些评论中可流露评点者追崇刚健有气骨的文学审美趣味。这些多样的风格评点较邹思明,已有显著的拓展与深化。从孙矿的评点中还可以发现两点特征:一则对赋篇风格特色的解析,多数围绕两汉的赋家作品来加以展开,二则从所赞评对象与内容来看,多是详古略今,带有尊古的思想,这一点从其评点的《老子》《书经评点》《春秋左传批点》《史记》等中可以印证。

五 批校瑕疵讹误

以上论述赋作的评点特色多是赞许和褒奖之意,但也有就赋篇中的遣词造句、文句章法、瑕疵错讹等不足进行批点,这在明清的赋作评点中涉猎颇多,尤以明代孙矿《孙月峰先生评文选》和清代方廷珪《增订昭明文选集成详注》为最。从这一方面来看,可知评点文学发展到明清之际已臻于成熟,对赋文瑕疵讹误的批点主要有以下几个方面。

指点赋文中的"病句拙语"。这类旨在对赋文中的病句拙语进行指瑕批谬。如陆机《叹逝赋》"幽情发而成绪"一句,在"幽情"二字旁批:"两语拙。"左思《魏都赋》"造化权舆"数句,眉批:"四字堆积,觉稍拙。"陆机《文赋》"瞻万物而思纷"一句,在"而思"二字旁批:"拙。"孙矿在评点中指出赋文之"拙",在他看来不够凝练精要,还有提升或改进的空间,从中流露出评点者从简、尚巧的创作思想。

倘若"拙"的评论还只是评点者的偶然感悟,那么"病"的提出却能显示评点者对赋文优劣品评的批评理念。"病"为文之忌，创作时自然需要摒弃。如陆机《文赋》"或托言于短韵"数句，眉批："寡之病。""混妍媸而成体"数句，眉批："杂之病。"孙矿针对《文赋》中的数句评论，并就其中"病"况或"寡"、或"杂"、或"浮"、或"靡"、或"质"逐一言明，评论细密谨严，一语中的。此举需要评点者具备独到的眼光和见解，从侧面凸显评点者的观点和批评倾向。

批评语言精练上的短缺。该类针对赋文语言冗杂、缺乏提炼的问题作出批解。如《魏都赋》"经始之制"数句，眉批："常语多，便觉不炼密，便减味态。"评点者就《魏都赋》中的冗繁常语，因缺乏提炼给予评审。祢衡《鹦鹉赋》开篇眉批："总是以托意见态，亦间有二语，然不为奇俊，以成之速，终是锻炼未工，颇有草率处，亦有生硬处。"此赋为祢衡受命而作，可谓急就之篇，孙矿批评因其缺少提炼，故赋篇有草率、生硬之嫌。

批校赋文之错讹。指评点者就赋篇中出现的不足与讹误稍作指正。孙矿评左思《吴都赋》"杂袭错缪"数句，眉批："缪字是韵，此处明是两对股，然却又不甚对。顾文势不协，细看又非错误，似有意为之，然要不为佳。"对句中"用韵"与"对仗"的用法提出质疑。此类较多，如"杂插幽屏"句，眉批："'屏'字读不韵，疑有误。""丹青图其象珍玮"句，眉批："'象'字疑衍，不然文势觉不通。"比勘其他版本，评点者所指出的"象"实为衍字。

清人在这方面的评点用力更勤，尤以清方廷珪评点《增订昭明文选集成详注》所见众多。如扬雄《羽猎赋》"剖明月之胎珠，鞭洛水之宓妃"句，在"胎珠"二字处施以"倒乙"符号，夹批："明月珠为蜯所怀，故曰胎。"由于刊刻失误，将"珠胎"二字顺序颠倒，方廷珪先施"倒乙"符号，后以小字夹批的形式进行阐释。由于刊刻之误造成的阅读障碍，其后的评点者则加以修改补正。评点者不仅找出问题，而且还要努力解决好问题，这种严谨、务实的评点之风，实属少见。

六　揭示篇章主旨

此或以赋前眉批、或以赋末总批的形式来揭示篇章主旨，在各类赋文评点中较为常见，其评论可长可短，具有针对性，总体上以概括凝练之语来进行阐述。

《选赋》中《鹦鹉赋》郭正域眉批："自喻。"《游天台山赋》眉批："旨在求仙。"《洞箫赋》开篇眉批："苦心之作。"评语仅几字，就将其内容提炼出来，益于读者整体理解，该类具有导引、总结等功能。如邹思明评赋旨在揭示讽谏之意，如《甘泉赋》"袭琁室与倾宫兮"数句，眉评："继桀纣作宫室，肃然以亡国为戒，此处即寓讽谏意。""函甘棠之惠"数句，眉评："此下既至甘泉而郊祀，俱是讽词。""行游目乎三危"数句，眉评："数语虽设言周流旷远，升降天地复归到王母上寿，屏处女色，夸美中有讽谏意，所以为佳。"此类文中随处可见，评点者对文中的讽谏之意逐一揭示。

有些评点是将赋篇置于文体流变中进行考察，如《重订文选集评》中宋玉《高唐赋》文后总批引何焯语："铺张扬厉，已为赋家大畅宗风，词尚风华，义归讽谏，须知赋之本意，义本于诗，而体近于骚，故有屈之《离骚》则有宋之赋，其时荀卿亦以赋著，而荀卿近质，宋赋多文，宜赋家之独宗宋也。"何焯将《高唐赋》置于文体流变过程中进行考察，先述铺张扬厉、追求辞采华美、旨归在于讽谏为赋的艺术特征，接着溯源赋"义本于诗、体近乎骚"的流变历程，最后将荀卿赋与宋玉赋进行对比，认为"荀赋近质，宋赋多文"。然由于宋玉赋多"文"，切近"义本于诗，体近乎骚"之意，故为后世赋家所宗。既说明了赋之文体渊源流变的轨迹，又阐述了宋玉赋的艺术特色及被宗崇的内因。

对上述不同评点体性的阐发，一方面因借助评点可以更加全面理解赋篇，如赋文的章法结构、行文方式、风格特色甚至疏漏错讹等，这些虽是评点的体性，但很大程度上充当评点的功能；另一方面则旨在探讨赋文评点中所表现的赋学批评理论、方式、成就及其价值,有助于对赋学批评理论作更深入地考察。即便如此,赋学评点依然有其不足和局限存在。其一,过于琐碎,如像评点大家孙矿、郭正域、何焯、于光华等在各类赋学评点中展示自己的理论,由于琐碎和分散,读者不易窥察其重点见解,过于分散和零碎的理论天然地决定了赋学评点构不成系统性、全面性的理论阐述,唯有将评点者全部的评点有机统一起来,进行概括与归纳,一些重要观点才浮现眼前。其二,评点多数处于感性层面,由于评点是随性而发,瞬间所悟,加之分散、零碎的观点,可以推测出评点者的思维范式,多半是游弋在所评对象的表层之上,即使某些评论精深,然实质上仍无法回归到作品的内部环境中,故此感性认知始终未能得到有力地突破。

第三节 明清赋评的繁兴及价值

赋评是由赋注渐趋转变和臻于至善的结果,明清之际评点蔚然成风,赋作亦无出其右,评点繁兴,有其时代和社会的因素。

首先,与当时的科举制度以试赋为中心的体制不可分割。《文选》是场屋进阶时的必参书籍,士子为备考科试,必须精熟《文选》,诚如宋谚"《文选》烂,秀才半"之言。又鉴于《文选》富博宏深、体大思精,甚至晦涩难辨,并非人人能顺畅解读,这时亟须注解完备与评点详赡的《文选》版本问世,以适士子研习之需。《昭明文选越裁·凡例》所言:"圈点为文章杖指,其密取旨,其疏得句。略而不详,览者目钝,读者气塞。兹句标字表,片言不遗。"① 而圈点评论犹如理解文章之杖指,作既可揭示密旨,又能疏通篇句的圈点版本,为士子科举提供便利,而且为一般的读书人所青睐。就此吴承学先生曾有过创见,其《中国古代文体形态研究》一书中指出:"评点的阅读对象是

---

① (清)洪若皋:《昭明文选越裁》,齐鲁书社1997年影印本,第287—288册。

一般的读书人,在那个时代,读书人的主要出路和目标就是走科举的道路。因此,评点自然就与科举有难解之缘,而带有明显的实用色彩和功利目的。"① 此时不仅是赋作产生了众多的评点,其他如小说、戏曲、诗歌等文体的评点著作可谓空前繁荣,专业的评点队伍、汇评与集评本的层见叠出、宽松灵活的市场需求等正是评点空前发展的标志。尤其科举试赋,是推动明清之际赋评兴盛的关键基石,而评点的兴起,又是科举实用色彩与功利目的外化显现。

其次,文人雅士可以凭借圈点批评的方式来发抒自己的内心情感、艺术风格甚至政治抱负。一个时代有一个时代的学术风气。明代受渐趋宽松的文化政策的影响,明人在评点上大体追求"奇艳"的风格,而清人长于小学,追求务实精神,学术风气上注重"实证"。在这样的背景下各类赋学评点在评判标准以及学术崇尚上也是各有千秋,如邹思明《文选尤》中评赋则表现出"尚奇"的标准,"奇"字出现至少30次,前文有详说,此处略。孙矿评点赋文上则追求"浓腴""奇峭""精雅"的艺术风格。何焯《义门读书记》评赋推许"实证"的精神,正如《蛾术轩箧存善本书录》中所论:"且义门评例,兼及校勘考证,间亦涉及友朋时事。"② 观此可见,何焯既重考据的实证之风,又兼知人论世的理念。洪若皋在《昭明文选越裁》中评赋则推重"词藻气骨"的评点风格,而且在评点技法上例举如"擒纵法""脱胎法""反主为客法"等表现出相当娴熟的理论水准。这些皆由文人注解与评点赋作逐渐彰显出来的,窥斑见豹,依此可以看出一个时代的学术风貌。

最后,书坊为谋求私利,大量刊印集评、汇评类书籍。明代出版业相对发达,一些书商为谋私利,他们出版一些著作时往往将当时的名家大儒的评语汇聚在一起,成为一种汇评或集评本,招徕时人注意,

---

① 吴承学:《中国古代文体形态研究》,北京大学出版社2013年版,第237页。
② 王欣夫:《蛾术轩箧存善本书录》,上海古籍出版社2002年版,第1625页。

从中获取暴利。叶德辉《书林清话》记载可以佐证："自宋至明六百年间，建阳书林，擅天下之富。"① 明嘉靖、万历年间，建阳的于氏、刘氏、熊氏等家族皆以刊刻书业名震于时。尤其附带圈点批评的典籍，不仅成为初学士子习作文章的范本，而且具备了科试工具书的功能，因此备受追捧。通过书商刊印书籍时的"识语"内容，可略知一二。仁寿堂主周曰校刻《三国志通俗演义》封面"识语"云："是书也，刻已数种，悉皆伪舛，茫昧鱼鲁，观者莫辨，予深憾焉。辄购求古本，敦请名士按鉴参考，再三雠校。俾句读有圈点，难字有音注，地理有释义，典故有考证，缺略有增补，节目有全像；如牗之启明，标之示准。此编此传，士君子抚养心目俱融，自无留难，诚与诸刻大不侔矣。鉴者顾是□书而求诸，斯为奇货之可居。"② 又余象斗刊刻"评林"本《三国志》亦有相仿的"识语"："坊间所梓《三国》何止数十家矣，全像者止刘、郑、熊、黄四家姓。宗文堂人物丑陋，字亦差讹，久不行矣。种德堂其书板欠陋，字亦不好。仁和堂纸板虽新，内则人名、诗词去其一分。惟爱日堂者，其板虽无差讹，士子观之乐然，今板已朦，不便其览矣。本堂以请名公批评、圈点，校正无差，人物、字画各无省陋，以便海内士子览之。下顾者可认双峰堂为记。"③ 由明而清，评点本由一人评论向多人集评、汇评的演变。这种风气一直延续到清代，如方廷珪等的《增订昭明文选集成详注》、于光华的《重订文选集评》汇辑数十人的评语对赋篇以及其他文章进行评点。其时，科举制度、文人评点与书坊大批付梓三者构成互为充要条件。

赋评就其价值而言，笔者在《赋评的形态要素与批评意蕴》一文中有过初步讨论，文章指出："首先，借助赋学评点可以深掘赋文在文学与文献方面的价值。其次，赋学评点对赋篇中的错讹、释读等方

---

① 叶德辉：《书林清话》，中华书局1957年版，第142页。
② （明）罗贯中：《三国志通俗演义》，明万历十九年万卷楼刻本。
③ （明）余象斗刻：《新刊京本校正演义全像三国志传评林》，明万历双峰堂刊本。

面起到订正与辅助作用。再次，借助赋学评点可以理会赋评者的评价机制和赋学观念。最后，借助赋学评点可以解析时代的学术风貌与鉴赏标准。"[①] 赋评从注释走向评点，经由开始单一的注释，到后来的多元性评点；再由后来的评注相兼，到评考并论的迁转，不仅是评点演变的一个显著的标志，而且预示着明清时期评点观念的开拓及评点文学的成熟。这种嬗递与多元的凸显，本身就是评点文学价值的体现。另外，由评注体向评考体形态的转变是赋学评点的一个重要现象，如在孙矿、郭正域等的评赋中，还可以看到评点者将李善注、五臣注赋的内容或征引、或比勘夹注于篇中，然而到何焯、于光华、洪若皋等的赋评中完全找不到李善注和五臣注中赋的内容影踪，随之而来的则是评点者本人的评论兼考证以及引用他人的考证来批点赋文。

---

① 黄志立：《赋评的形态要素与批评意蕴》，《哈尔滨工业大学学报》（社会科学版）2020年第5期。

第二章　赋注释要及其批评内涵

赋注由常规的注音、释词、句解到后来重凡例、撰序跋、擅题解等批点形态嬗递的过程，其内在理路是由释义而训理，在"尊题"的原则下兼采批点、品评、注解、阐释等法，考订翔实，注重理据，得以疏文达意，开示匠心。而汇注是赋注的一种特殊形态，因是多人共注而成，所以呈现出不同的赋学理念。"汇注"虽集中了"他注"与"自注"中的训释字词、串解文义、文献征引、注音等特征，然又迥异于二者，因其在凡例、序跋、题解、名物考释、校勘辨伪等方面均具有独特的价值。

第一节　由"古赋不注"到"注"

赋注是由最初的"古赋不注"到后来"他注""自注""汇注"渐趋拓展和臻于至善的过程，由常规的注音、释词、句解到后来擅题解、重凡例、撰序跋等批评形态的出现，并借以文学的语辞注解作品，把这些批注语从头至尾系统地串联起来，再结合整篇赋文，对比参照全部批点，会发现该形态的确能将一篇文章的主旨精神和整体风格呈现给读者，使读者受益匪浅。同时注解在内容与形式的分析上相对完善，表明赋文评析由最初重注疏，走向了对注疏与评点的双重重视，这不但是对传统注释的创新与突破，更是由注释走向评点的关键。

西汉前期，司马相如、司马迁等就对时人的赋作有过精彩而深刻的评论，可称为中国赋学研究的滥觞。但由于早期赋作大量使用口语词汇，且主要通过口诵的形式加以传播，具有较强的游戏功能和实用性，是当时的主流作品，听而会意，见而能懂，无须多加注释。清人王芑孙所谓"古赋不注"，原因大抵如是。汉代辞赋创作多为"侈丽闳衍"之辞，日益趋于藻饰炫才，且由于词义变动、语音变迁等原因，至东汉时，前人的赋作不易读懂，赋作的注解便应需而生。最早的赋注是东汉班昭注解《幽通赋》，至魏晋南北朝，为赋作注的现象日益增多，据《隋书·经籍志》"杂赋注本"条载："梁有郭璞注《子虚上林赋》一卷，薛综注张衡《二京赋》二卷，晁矫注《二京赋》一卷，傅巽注《二京赋》二卷，张载及晋侍中刘逵、晋怀令卫权注左思《三都赋》三卷，綦毋邃注《三都赋》三卷，项氏注《幽通赋》，萧广济注木玄虚《海赋》一卷，徐爰注《射雉赋》一卷，亡。"① 从其详细载录，可知魏晋之际赋注的盛况。降及李唐，遂有李善注《文选》以及五臣注《文选》，均以赋的注解与评点见长。

　　赋注不等于赋评。赋注的基本思路是以"释义"而"训理"，讲究言之有理，言之有据，"于笺中可广收批、评、说、解，以备读者参阅，于注中虽也可以详探讳隐、开示匠心，但注的本体应是考明故实，言之有据，不能像评点说解那样，只据个人的看法"②。按照注释人与赋作者的关系，可将赋注分为"他注""自注""汇注"三种形态。王芑孙《读赋卮言·注例》云："古赋不注，世传张平子自注《思玄赋》，李善已辨之矣。盖两汉、魏、晋四朝，皆无自注之例。赋之自注者，始于宋谢灵运《山居赋》。有同时人为之注者，如刘逵之注《吴都》《蜀都》，张载之注《魏都》是也。有后代人为之注者，如

---

① （唐）魏征等撰：《隋书》卷35《经籍志》，中华书局1973年版，第1083页。
② 黄永武：《中国诗学·考据篇》，新世界出版社2012年版，第83页。

郭璞之注《子虚》，薛综之注《二京》是也。"① 顾名思义，注释者为他人的作品作注，称为"他注"。曹大家注解班固《幽通赋》，被认为是最早的"他注"赋篇。探讨《幽通赋注》的批评形态，亦需先从文本开始，因为"文本结构往往昭示着理论形成的方向"②。然该注从汉代至今，因其久远，所注完整的赋篇早已亡佚，其体例未能全面保存下来，无法窥其详细内容。《文选》中收录的班昭注解，均以小字夹行、句、段之中，大体以每两句一注。《四库全书总目》卷一百八十六《文选注》总结此种体例称："于班固《幽通赋》用曹大家注之类，则散标句下。"③ 综观全篇，注家尤其在训释字义、疏解词义、串通文义等方面用力特勤，或许出于对班固的熟稔，班昭的释文既详细，又精准。

班昭《幽通赋》注文体例谨严，语言凝练，在赋学历史上具有开创意义。值得一提的是，其语言凝练、释义自如的特点，是相对于同时期的官方章句之学而言的，若与赵岐、王逸、马融等的著述相比，这一特点并不突出。但班昭生活的时代早于马融等，那么，这种由烦琐章句让位于通达训诂的"健康"学术方向，班昭《幽通赋注》实有力焉。

"自注"即赋作者为自己的作品作注。谢灵运自注《山居赋》，是注赋历史上的首例，不仅特色鲜明，而且影响深远。主要表现如下。第一，文献征引范围广泛。谢灵运出身士族大家，博览群书，有着强烈的文化自信和精英意识，在作赋及作注中亦大量征引经、史、子、集四部文献，涉猎政治、典章、习俗、制度、宫室、言语、职官、花木、鸟兽、艺术、宗教等诸多领域，宗旨则是"将笔触转向山野、草木、石、谷稼之事，可以看出赋家在创作之初，已经有了自觉的题材分类与择选意识"④。第二，注音以反切为主。《山居赋》主要以两种

---

① （清）王芑孙：《读赋卮言》，清光绪九年刻本。
② 王国维撰，彭玉平疏证：《人间词话疏证》，中华书局2014年版，第54页。
③ （清）永瑢等撰：《四库全书总目》卷186《文选注》，中华书局1965年版，第1865页。
④ 褚旭、黄志立：《赋论形态考察——以〈全上古三代秦汉三国六朝文〉赋序为中心》，《北方论丛》2019年第5期。

方式注音，一为直音法，一为反切法。由于魏晋时期音韵学趋于成熟，谢注大量采用了反切注音，而不够准确的比拟标音法极少使用。第三，释典贴切，富于感情。《山居赋》正文中亦大量用典，因此释典也是谢注中一项基本内容。其功能同样在于补充赋文内容，将其含义作进一步展开。结合谢灵运的身世和性情不难发现，谢氏的用典几乎都有其特定含义，寄托了深沉的人生感慨，不只是为了炫才。而在赋文语句高度压缩、难以写实的情况下，于自注之中解释其含义，恰与正文相得益彰。

后代赋注中，受谢灵运自注《山居赋》影响较深的，当数宋代吴淑所撰《事类赋注》。是书在编撰体例上颇具匠心，以赋体形式编著类书，这在辞赋写作和类书编纂两方面均属开先之举。吴淑自己为《事类赋》作注，正是在谢灵运《山居赋》自注的基础上而成。另如张维屏辑《国朝诗人征略二编》"文守元"条谓："《四塞纪略赋》一卷，萍乡文守元撰。自序云：'圣朝统驭万方，声教所及，靡远弗届。此赋于起结寓赞颂，中间所叙乃各国事，区而分之：首天时，次地舆、山川，次城郭、宫室，因而纪代传、贡献，次仪制、官职，因而纪刑罚、税课、武备、音乐，而人民廛里、居处、方言次焉，服饰、饮食、婚姻、风俗又次焉，爰及土产、货贝、器用，而终以鸟兽、鱼虫、草木、凡二十六段（小字注：以上自序）。'此赋每句皆自注，皆注明见某书，以简驭繁，有条不紊，洵为赋中巨制云。"[①] 上述这些注文体例，多数是受谢灵运自注《山居赋》的影响，于此可见一斑。

"汇注"是赋注的一种较为特殊的形态，由多人共注而成。于学理层面而言，赋文的注者须兼备才、学、识三方面的素养，倘若没有与著者相当的学识，那么，一篇空陋粗疏、缺少讽咏涵濡批评思想的注文，则是不足取的。但是，无论注释者如何力求客观地接近和阐释作品，重建赋作产生的具体情境，然受限于自身知识结构和人生阅历，

---

① 周骏富辑：《清代传记丛刊》，明文书局1985年版，第740页。

都难以避免"误读"的发生。这使注释不同程度地带有注释者的个人色彩。赋注中的三种形态，亦可以体现不同注家对于相关理论问题的理解。对此进行研究，有助于阐释赋体创作与批评之间的关系。今以《六臣注文选》[①]赋注为考察中心，进而探索"汇注"与"他注"、"自注"之间的异同。

第二节 续雅殷勤[②]的李善注

在进入《凡例》论述之前，可先考察李善注赋中类似的评点内容，大体可以归纳为：对赋篇章法结构的阐述；对赋篇艺术风格的解析；以"知人论世"的鉴赏方式，来评骘赋家的人品与文品；揭示赋篇主旨。余下逐一论之。

其一，对赋篇章法结构的阐述。木华《海赋》结尾"旷哉坎德，卑以自居。弘往纳来，以宗以都。品物类生，何有何无"数句，李善注引李充《翰林论》云："木氏《海赋》，状则状矣，然首尾负揭，状若文章，亦将由未成而成然也。"李善指出，《海赋》虽整体风格遒劲雄壮，然木华将原本置于赋前的上述赋句却移植到了篇末，致使文章首尾颠倒，仿若似完成而未能完成的文章，不免带有残缺之感。据此可知，李善注引实际上发挥了评点形态中尾末总批的功用。

其二，对赋篇艺术风格的解析。此类情况主要以题下注解的方式出现，李善多以注引他人著作，来评述赋篇的艺术风格及其价值。谢惠连《雪赋》李善题下解注引沈约《宋书》云："谢惠连，陈郡人也。幼而聪敏，年十岁能属文，族兄灵运深加知赏。本州辟主簿，不就。

[①] （南朝梁）萧统编，（唐）李善、吕向等注：《六臣注文选》，余下所引皆据此书，不一一出注，中华书局1987年版。

[②] 见唐李匡乂评李善注《文选》："苟旧注未备，或兴新意，必于旧注中称臣善以分别，既存元注，例皆引据，李续之雅，宜殷勤也。"李匡乂撰《资暇集》，见《丛书集成初编本》，中华书局1985年版，第4—5页。

后为司徒彭城王法曹。为《雪赋》，以高丽见奇。年二十七卒。"句末以"高丽见奇"来评述《雪赋》之风格。张衡《西京赋》李善题下解注引杨泉《物理论》云："平子《二京》，文章卓然。"再如木华《海赋》李善题解注引傅亮《文章志》云："广川木玄虚为《海赋》，文甚儁丽，足继前良。"魏晋南北朝小赋盛行，谢惠连《雪赋》、木华《海赋》正是这时期小赋的代表，而注引中所涉及尚"丽"思想，基本涵盖了六朝赋篇的风格特色。此几例虽以引注方式解题，但实际功能却充当了评点形态中的题下批评。

其三，以"知人论世"的鉴赏方式，评骘赋家人品与文品的关系。贾谊《鹏鸟赋》李善题解有云："然贾生英特，弱龄秀发，纵横海之巨鳞，矫冲天之逸翰，而不参谋棘署，替道槐庭，虚离谤缺，爰传卑土，发愤嗟命，不亦宜乎？而班固谓之未为不达，斯言过矣。"贾谊才华出众，却未能得以重用，谪居长沙任太傅，遂作《鹏鸟赋》来慨叹自己怀才不遇，实属常情。

然班固在《汉书·贾谊传》"赞"语中谓："刘向称'贾谊言三代与秦治乱之意，其论甚美，通达国体，虽古之伊、管未能远过也。使时见用，功化必盛。为庸臣所害，甚可悼痛。'追观孝文玄默躬行以移风俗，谊之所陈略施行矣。及欲改定制度，以汉为土德，色上黄，数用五，及欲试属国，施五饵三表以系单于，其术固以疏矣。谊亦天年早终，虽不至公卿，未为不遇也。凡所著述五十八篇，掇其切于世事者著于传云。"[①] 班氏虽征引了刘向对贾谊的"为庸臣所害，甚可悼痛"的评介，但其在评论时却改弦更张，认为贾谊虽有才能与劳绩，然其不幸遭遇则并非由"天年早终"与"未为不遇"所致，而是汉文帝刘恒因听信佞幸宠臣邓通、显贵周勃等之语而疏远贾谊的过失。故此，李善从"知人论世"的批评视角，责难班固"未为不达，斯言过矣"，进而为贾谊鸣不平，做到"人品"与"文品"的双重评论。

---

① （汉）班固撰：《汉书》卷48《贾谊传》，中华书局1962年版，第2265页。

其四，揭示篇章主旨。此类可从两个方面稍作探幽：一是对篇中句意字法的评析，二是对全篇主旨的揭示。

对句意的评析较为常见。如班固《东都赋》"自孝武之所不征，孝宣之所未臣，莫不陆詟水栗，奔走而来宾"几句，李善注解："孝武耀威，匈奴远慑。孝宣修德，呼韩入臣。举前代之盛，犹不如今。"尾句"举前代之盛，犹不如今"，不仅仅是注解之意，而且已经具备了阐发撰作的意图、介绍创作背景等作用。李善评析班固赋句来说明西汉孝武、孝宣二帝国力强大之时，周边匈奴、呼韩对大汉的态度，旨在衬托东汉皇帝如同前代一样，仍具有一定的德政与威势。鲍照《芜城赋》"东都妙姬，南国丽人。蕙心纨质，玉貌绛唇"几句，李善分别征引左九嫔《武帝纳皇后颂》、宋玉《登徒子好色》进行解析："左九嫔《武帝纳皇后颂》曰：'如兰之茂。'《好色赋》曰：'腰如束素。'兰、蕙同类，纨、素缣名，文士爱奇，故变文耳。"鲍照笔下的美人从品质到外貌可谓非凡脱俗，而李善的解析，旨在考索鲍照描摹美人时所用字词的来源，并指出赋家为求新奇的目的，有意地变换了个别字词，"文士爱奇，故变文耳"。此类评析犹如评点中的夹批形态，以言简意赅之辞，直击要处，以达到警示读者之效果。

对全篇主旨的揭示，不仅出现在赋篇，诗篇亦有涉足。陆机《豪士赋》李善注引："臧荣绪《晋书》曰：机恶齐王冏矜功自伐，受爵不让。及齐亡，作《豪士赋》。《吕氏春秋》曰：老聃、孔子、墨翟、关尹子、列子、陈骈、杨朱、孙膑、王廖、儿良，此十人者，皆天下之豪士也。然机犹假美号以名赋也。"注解中李善既溯源了"豪士"之名，又展示了陆机撰赋题旨，意在讽刺西晋齐王司马冏"矜功自伐，受爵不让"的做法。

诗篇中对主题揭示的注解数量丰富，如《百一诗》李善注引云："张方贤《楚国先贤传》曰：汝南应休琏作《百一篇诗》，讥切时事，遍以示在事者，咸皆怪愕，或以为应焚弃之，何晏独无怪也。然方贤之意，以有百一篇，故曰：'百一'。李充《翰林论》曰：应休琏五言诗百数十篇，以风规治道，盖有诗人之旨焉。又孙盛《晋阳秋》曰：应璩作五言诗百三十篇，言时事颇有补益，世多传之。据此二文，不得以一百一篇而称百一也。《今书七志》曰：《应璩》集谓之新诗，以百言为一篇，或谓之百一诗。然以字名诗，义无所取。据《百一诗序》云：时谓曹爽曰：公今闻周公巍巍之称，安知百虑有一失乎？'百一'之名，盖兴于此也。"李善不厌其烦地征引文献，驳斥"百一诗"之名源自诗文字数、篇幅数目等误说，其最终目的则是对以劝诫讽谏为创作题旨的揭示。诗篇虽不是本文所讨论的主要对象，但其以注引评析的方式来揭示篇旨大意，其体例足资可参。也证明了李善已将批评体例的方式引入《文选》之中，并对其展开疏解，《文选》注解的体例，已开始由"注疏"向"批评"缓步走去。

凡例，又称发凡、序例，往往置于卷首，主要阐述宗旨、体裁、结构及其编撰体例。凡例集中体现了作者（或注者）对文学许多根本问题的看法，李善注《文选·赋》亦不例外。其凡例以"他皆类此"为标志，随文体现，清晰地辨明了编纂体例及其内容，是赋学批评的重要史料，今不厌其烦，逐一剔抉爬梳如下。

1. 《两都赋序》"赋者，古诗之流也"句，李善注解云："诗有六义焉，二曰赋，故赋为古诗之流也。诸引文证，皆举先以明后，以示作者必有所祖述也。他皆类此。"李善开篇即作交代，但凡征引的典籍均说明其出处来源，先举出典籍证实，其后再进行阐明，全篇基本如此。

2. 《两都赋序》"以兴废继绝，润色鸿业"句，李善注解："言能发起遗文，以光赞大业也。《论语》，子曰：兴灭国，继绝世。然文虽出彼而意微殊，不可以文害意。他皆类此。"李善注解重视溯源作者的祖述，但语境不同，作者的文意与前人遗文不可避免地存在差别。这种情况下需要认真辨析，不能望文生义。

3. 《两都赋序》"臣窃见海内清平，朝廷无事"句，李善注解："蔡邕《独断》或曰：朝廷亦皆依违尊者，所都连举朝廷以言之。诸释义或引后以明前,示臣之任不敢专,他皆类此。"此类型相当于以征引的方式为该句注解、释义,引后以明前,李善将其归一类加以阐明。

4.《西都赋》"又有天禄石渠,典籍之府。命夫惇诲故老,名儒师傅。讲论乎六艺,稽合乎同异"句,李善注解:"《三辅故事》曰:天禄阁在大殿北,以阁秘书。石渠,已见上文。然同卷再见者,并云已见上文,务从省也。他皆类此。"李善对上文已出现的这种现象,在注文中特别指出"已见上文"。其中"石渠",见序文"内设金马石渠之署"中注解,据此有"已见上文,务从省也"的体例。

5.《东都赋》"故娄敬度势而献其说,萧公权宜而拓其制"句,李善注解:"娄敬,已见上文。凡人姓名,皆不重见。余皆类此。"此条注解同上,"娄敬"见《西都赋》"奉春建策,留侯演成,天人合应,以发皇明,乃眷西顾,实惟作京"。李善作注曰:"《汉书》高祖西都洛阳戍卒,娄敬求见说上曰:陛下都洛不便,不如入关据秦之固,上问张良,良因劝上,是日,车驾西都长安拜娄敬为奉春君,赐姓刘氏。"因此才有已见上文之说。

6.《东都赋》"然后增周旧,修洛邑。扇巍巍,显翼翼。光汉京于诸夏,总八方而为之极"句,李善注解:"《论语》子曰:巍巍乎舜、禹之有天下也。《毛诗》曰:商邑翼翼,四方之极。诸夏,已见《西都赋》。其异篇再见者,并云已见某篇,他皆类此。"若前文已有注解,后面出现时即标明"此解已见某篇"。

7.《东都赋》"春王三朝,会同汉京。是日也,天子受四海之图籍,膺万国之贡珍。内抚诸夏,外绥百蛮"句,李善注解:"贾逵《国语注》曰:膺,犹受也。诸夏,已见上文。其事烦已重见及易知者,直云已见上文,而他皆类此。"

8.《西京赋》"薛综注",李善注解:"旧注是者,因而留之,并于篇首题其姓名。其有乖缪,臣乃具释,并称善以别之。他皆类此。"李善保留旧注中的可取之处,并进行二次注解。

9.《西京赋》"于是采少君之端信,庶栾大之贞固"句,李善注解：" 栾大，见《西都赋》。凡人姓名及事易知而别卷重见者，云见某篇，亦从省也。他皆类此。"

10. 《西京赋》"鸟则鹔鹴鸹鸨，鴐鹅鸿鶤"句，李善注解："高诱《淮南子注》曰：鹔鹴，长胫绿色，其形似雁。张楫《上林赋注》曰：鴐鹅，野鹅。又曰：鸹鸡，黄白色，长鸽赤喙。鸹鸨，已见《西都赋》。凡鱼鸟草木，皆不重见。他皆类此。"李善对前文已出现的不再注解，仅交代已见某篇，其余则逐一注解。如本条"鸹鸨"见《西都赋》，然"鱼、虫、草、木"则无，皆须加注。

11. 《甘泉赋》李善注解："然旧有集注者并篇内具列其姓名，亦称臣善以相别，他皆类此。"李善极注重此例，即如有旧注者，列其姓名，在全篇之首则为全篇之注，如前文中的《西京赋》，题下有"薛综注"即是；如全篇采用诸家旧注者，则逐一加注姓名，如《上林赋》虽篇首标"郭璞注"，然篇中兼采诸家，如赋中征引晋灼、文颖等注解，则逐一标注姓名；如全篇采用诸家旧注，但不详其注者，则标"旧注"字样，以示区分，如张衡《思玄赋》题下即列"旧注"。如既征引有诸家注解，又有李善注解者，则先阐明诸家注，其后李善本人注解则标"善曰"字样。

12. 《景福殿赋》"温房承其东序，凉室处其西偏"句，李善注解："温房、凉室二殿名。卞兰《许昌宫赋》曰：则有望舒、凉室，羲和、温房，然卞、何同时，今引之者，转以相明也。他皆类此。"此例比之其他有所不同，注家采用"引赋注赋"的体例展开，比较有针对性。

13. 《雪赋》"寒风积，愁云繁"句，李善注解："《庄子》曰：风积不厚，则其负大翼也无力。傅玄诗曰：浮云含愁色，悲风坐自叹，班婕妤《捣素赋》曰：仁风轩而结睇，对愁云之浮沉。然疑此赋非婕妤之文，行来已久，故兼引之。"李善不仅注引，而且对存疑的地方加以注说，如李善质疑《捣素赋》的著者，又因班婕妤《捣素赋》行来已久，故兼征引。

14.《思玄赋》"旧注",李善注解:"未详注者姓名。挚虞《流别》题云衡注。详其义训,甚多疏略,而注又称愚以为疑,非衡明矣。但行来既久,故不去。"此例见前文卷七《甘泉赋》中的注解与总结,此不赘言。

15.《琴赋》"若次其曲引所宜,则《广陵》、《止息》、《东武》、《太山》"句,李善注解:"《广陵》等曲今并犹存,未详所起。应璩《与刘孔才书》曰:听《广陵》之清散。傅玄《琴赋》曰:马融谭思于《止息》。魏武帝《乐府》有《东武吟》。曹植有《太山梁甫吟》。左思《齐都赋》注曰:《东武》《太山》,皆齐之土风谣歌,讴吟之曲名也。然引应及传者,明古有此曲,转以相证耳,非嵇康之言出于此也。他皆类此。"李善注解时称《广陵》《止息》《东武》《太山》等曲今虽存在,然本源出处未详,今从征引相关者加以旁证。

由上可知,李善注解凡例大抵是,过简者一般忽略不注,不详者可阙疑不注,详略得当。注解已见前者,则云见前某首注,全书大体一致。如一典重复运用,再标注复出,或因用法不一,为辨歧义;或因宾主不同,需求互现等。将自己注文体例夹注文中,详加陈述,使读者知其概要,可窥察李善在征引文献时"引后以明前,示臣之任不敢专"的态度,引用他人内容给予阐明,"不敢专"则持一种开放、客观的批评心态,既尊重前贤,又不掠人之美。

第三节 互通有无的五臣注

这里主要围绕《文选》赋篇中的批评形态展开,不妨先将相关批评形态的内容予以试析。今检《文选》五臣注赋篇,类似评点内容主要有三。其一,阐释赋篇中字法句法的艺术。其二,简明赋篇中的结构层次以及上下文之间的联系。其三,交代赋篇的撰作背景,阐述篇章主旨。下面展开讨论。

第一,阐释赋篇中字法句法的艺术。班固《西都赋》"离宫别馆,三十六所；神池灵沼，往往而在"四句，五臣吕延济曰："离宫别馆，为天子行处别署。所至之处皆有池沼，故言往往。称'神''灵'，美之。"以"神""灵"二字指引读者，指出班固所夸赞西都之美，并非真实，而是为赋篇服务的，实为一种虚夸的笔法。这种注解方式，犹似评点中的眉批形态，少则二三字，多则数语来提醒或导引读者。

赋篇中夸张艺术手法的揭示颇多，如王延寿《鲁灵光殿赋》"玄醴腾涌于阴沟，甘灵被宇而下臻"二句，五臣张铣谓："言醴泉涌渠而出，甘露霑宇而至者，并美言之，皆非其实也。"张衡《西京赋》"尔乃卒岁大傩奴何，驱除群厉。方相秉钺，巫觋操茢"数句，五臣张铣曰："……夫大傩驱逐，岂能见鬼逐杀与海外，持索而缚之乎？盖作者饰其事，壮其词。"诸如此类，等等。如今通读这些注解显得较为简单，然在五臣注的时代，能对这些内容逐一阐明，并对不同时代赋篇的字句手法特色予以揭示，实属难得。这些类似评点的注解，虽微不足道，但有助于后世研究者窥探上述赋家的创作心态以及社会背景。

第二，简明赋篇中的结构层次以及上下间的内在联系。在《文选》五臣注解中，对赋篇结构层次、起伏照应的揭示常有论及，对赋文理解皆有辅助之功。略施几例。有对"先分后总"式篇章结构的发微，如江淹《恨赋》"郁青霞之奇意，入修夜之不旸"二句，五臣吕延济谓："已上恨者凡六人，已下杂论其状。淹以为今古之情，皆类于此。"五臣指出江淹先分述豪雄、幽囚等六人之遗憾，再以"今古伏恨而死"作为总述。吕延济对赋篇层次的解析，有助于理解赋篇的中心意旨和行文艺术的精妙之处。

另有直接揭示上文之间的承接及其过渡关系者，如左思《蜀都赋》"若乃卓荦奇诡，倜傥罔已。一经神怪，一纬人理"四句，五臣吕向云："神怪，谓苌弘血、杜宇魄之类是也。人理，相如、君平之类是也。为下文张本。"王延寿《鲁灵光殿赋》"于是乎乃历夫太阶，以造其堂。俯仰顾眄，东西周章"四句，五臣李周翰曰："自此已上皆文考远见其状。此则过其高阶,以至于殿堂。"这些看似是注解,然又不同于一般的疏解串讲,而是对篇章中的段落层次,已有明显的阐发与辨析。

第三,交代赋篇的撰作背景,阐述篇章要旨。孙绰《游天台山赋》五臣李周翰题下注引:"《晋书》云:'孙绰,字兴公,太原人也。'为永嘉太守,意将解印以向幽寂,闻此山神秀,可以长住,因使图其状,遥为之赋。赋成,示友人范荣期,期曰:'此赋掷地必为金声也。'此山在会稽东南也。"李周翰开门见山,将《游天台山赋》的撰述背景与赋文大意稍作交代,易于读解。

此外,王粲《登楼赋》五臣刘良题下注引:"《魏志》云:'王粲,字仲宣,山阳高平人也。少而聪惠,有天才,仕为侍中。'时董卓作乱,仲宣避难荆州,依刘表,遂登江陵城楼,因怀归而有此作,述其进退危惧之情也。"读之,创作背景与赋文题旨一目了然。直接揭示题旨者,如扬雄《甘泉赋》五臣李周翰题下注解:"……时帝为赵飞燕无子,往祠甘泉宫,雄以制度壮丽,因作此赋以讽之。"如此等等,不再一一示例。

题解,即解题,是在作品题目下作注,旨在揭示赋作者的撰作背景、动机、宗旨等。这对于深入理解作家、作品尤为关键。李善不是没有解题,如江淹《别赋》题目下注曰:"黯然魂将离散者,唯别而愁也。夫人,魂以守形,魂散则形毙,今别而散,明恨深也。"然而,这样透彻的点题,在李善注中几乎没有,更多的是不脱注解名物的范畴,如司马相如《子虚赋》解题:"《汉书》曰:'司马相如,字长卿,蜀都人。少好读书,为武骑常侍。后拜文园令,病卒。'"五臣注为:"司马相如,字长卿,蜀郡人也。少好学,景帝时游梁,乃著《子虚赋》。梁孝王薨,归成都。久之,后蜀人杨得意侍武帝,尝读《子虚赋》而善之,曰:'朕独不得与此人同时哉!'得意曰:'臣邑人司马相如自言为此赋。'上惊,乃召问相如,相如曰:'有是。然此诸侯之事,不足观,请为天子游猎之赋。'上令尚书给笔札,相如以子虚,虚言也，为楚称；乌有先生者，何有此事也，为齐难；亡是公者，无是人也，欲明天子之义。故假设此三人为辞，以讽之。后拜文园令。"

以上区别比比皆是，不多赘述。可见，即便同为解题，五臣注也远较李善注为详细全面，无愧于进表中"忽发章句，是征载籍，述作之由"的自称。在文学批评的发展历程中，这种转变意义重大，意味着时人对"文学评论"和"经学训诂"的区别有了较为明确的认知。

五臣在题解注上与李善注互通有无，相得益彰，这是汇注[①]的一大优势。陈延嘉有过精确的统计，称："《文选》按六臣注本是714首，其中无题解者167首，有题解者为547首。在这547首中，李善与五臣都有题解者270首，李善有五臣无者19首，五臣有李善无者258首。"[②] 与李善注相比，五臣注的题解特色崖略三端。

第一，通过对赋文题解的梳理，进一步揭示赋家撰作的动机、缘由、宗旨及其艺术特色。这方面相较李善题解注详赡、成熟，如《鲁灵光殿赋》五臣交代创作的动因"父逸欲作此赋，命文考往录其状"，而李善无；再如《东征赋》五臣注明了创作宗旨"作《东征赋》，以叙行历而见志焉"，而李善则无说明。五臣注题解一般在作者之后，不仅对赋家的身世、背景有所考察，而且汲取前人的注文成果，重在阐述赋家创作的动因与宗旨，是一种开拓性的表现。

---

① 笔者详细统计六臣注的题解情况如下：（一）题目名下加注：《东京赋》李善注；《上林赋》五臣注，《吴都赋》李善注，《魏都赋》李善注，《笙赋》李善注，《怀旧赋》李善注，《寡妇赋》李善注，《神女赋》五臣注。（二）作者名下加注：《两都赋》《西京赋》《三都赋》《甘泉赋》《射雉赋》《鲁灵光殿赋》《海赋》《思旧赋》《叹逝赋》《恨赋》《舞赋》《琴赋》作者名下各有李善、五臣题注；《羽猎赋》《归田赋》《登徒子好色赋》李善无注，作者名下仅有五臣注；《思玄赋》《秋兴赋》《鵩鸟赋》《文赋》五臣无注，作者名下仅有李善注。（三）题名、作者名下皆有注：《南都赋》《幽通赋》《闲居赋》题名下有李善注，作者名下有五臣注；《藉田赋》《北征赋》《东征赋》《西征赋》《登楼赋》《游天台山赋》《景福殿赋》《江赋》《风赋》《月赋》《鹦鹉赋》《鹪鹩赋》《赭白马赋》《洞箫赋》《长笛赋》《啸赋》卷十八题名下有李善注，作者名下各有李善、五臣注。（四）题名、作者名下皆无注者：《长杨赋》《长门赋》《别赋》《高唐赋》。（五）旧注者名下加注者：卷四《蜀都赋》五臣无题注，（旧注）刘渊林名下有李善题注。此注解体例颇为特殊（仅此一例），即六臣在题名、作者名下均无加注，而在旧注名下唯有李善加注。

② 赵福海：《文选学论文集》，时代文艺出版社1992年版，第82页。

第二，题解中详细注明了征引文献的信息。如吕延济在题解《西京赋》时，征引"范晔《后汉书》：张衡，字平子，南阳人，少善属文。时天下承平日久，自王侯以下，莫不逾侈。衡乃拟班固《两都》作《二京赋》，以讽谏之"此类较多，如张铣题解《鲁灵光殿赋》、刘良题解《舞赋》、吕向题解《三都赋序》等。另一种是未标明征引典籍的著者，只写书名和征引内容。如李周翰注解《东征赋》："《后汉书》云：扶风曹世叔妻者，同郡班彪之女，名昭，字惠班，一名姬。和帝数召入宫，令皇后贵人师事焉，号曰大家。子穀为陈留长垣县长，大家随至官，作《东征赋》，以叙行历而见志焉。"李周翰说明征引文献为《后汉书》（无作者信息）及其所引书中内容，这种体例另有如张铣题解《两都赋序》、李周翰题解《甘泉赋》《北征赋》《东征赋》等。五臣在题解注释时基本采用这两种形式，注解者将征引典籍中的作者、书名、引文内容一一标出，相对完善，增加了征引文献的真实性。

另外，有些题解不征引任何典籍者，而是直接注评。如卷十四《幽通赋》（五臣）张铣注曰："是时多用不肖，而贤良路塞，故固赋《幽通》，述古者得失神明之理，以为精诚信惠，是所为政也。"卷十五《思玄赋》（五臣）李周翰注曰："衡时为侍中，诸常侍皆恶直丑正危，衡故作是赋，以非时俗。思玄者，思玄远之德而已。"二者题解注家不征引任何文献，而是言简意赅，开门见山式揭示"作者为志"，此即五臣题解精注之所在。

第三，五臣注题解所具备的辅助功能。五臣注和李善注相间而行，互为补充，如《文选》卷八司马相如《上林赋》，李善无题注。五臣刘良注曰："上林，苑名。"再如《文选》卷八扬子云《羽猎赋》，李善无题注。有五臣张铣注曰："此赋有两序，一者史臣序，一者雄赋序也。"张铣在题解中明确指出"史臣序"与"扬雄序"的分野问题，很有见地，具有一定的参考价值。"赋序"章节"自序与他序"中已有详细说明，不赘言。《文选》卷十五张衡《归田赋》，李善无题注，有（五臣）李周翰注曰："衡游京师，四十不仕。顺帝时，阉臣用事，欲归田里，故作是赋。"阐述了张衡的写作背景和作赋目的。卷十九宋玉《登徒子好色赋》，李善无题注，有（五臣）李周翰注曰："宋玉假设登徒子之辞，以为谏也。"直接点明主旨。另外，即是五臣无题注，而李善有注，如《文选》卷十三潘岳《秋兴赋》，李善有题注，善曰："刘熙《释名》曰：秋，就也。言万物就成也。兴者，感秋而兴也此赋，故因名之。"而五臣则无。再《文选》卷十六潘岳《寡妇赋》、卷十八潘岳《笙赋》、卷十九宋玉《神女赋》等，五臣皆无题注。

由于赋体文学铺张扬厉，典故特多，注释者特为注重字词和典故的训释，也是注赋的应有之义。虽有谢灵运《山居赋》自注那样优美的意义开释，但毕竟是偶然为之。直到五臣注文选，才有意在疏通文意方面用力特勤，足以与李善注相互补充，为后世读解与考索《文选·赋》提供了便利。《四库全书总目》说五臣注"附骥以传"，借助李善注的合刻才得以流传至今，显然是因果颠倒；但说"取便参阅"，倒不失为一句平议之词。这也是五臣注在历代的严厉批评下仍能流传至今的原因。

第四节　六臣注中的校勘辨伪

校勘由来已久，但对赋中提到的历史名物进行考察，实属不多，六臣注《文选》，即是一例。《文选》资料丰赡，来源广杂，错讹疏漏在所难免，因此，李善与五臣在注解时，校勘态度颇为谨慎。笔者通检《文选》，其校勘的主要内容有：订正赋家失考，校勘注文之误，订正赋文之误，校勘他籍得失，诸家注解取其优，存疑。摘录如下相关校勘辨伪的内容，依次例举。

一　订正赋家失考

六臣针对赋中对不同的解释以及疏漏处，予以订正与考证。如卷十九《洛神赋》"黄初三年，余朝京师。……余从京师还（域），言归东藩"句，五臣李周翰加注"黄初"曰："黄初，文帝年号。京师，洛阳也。"李善对"黄初"注曰："《魏志》曰：黄初三年，立植为鄄城王。四年，徙封雍丘。其年朝京师。又《文纪》曰：黄初三年，行幸许。又曰：四年三月，还洛阳宫。然京城谓洛阳，东藩即鄄城。《魏志》及诸诗序并云四年朝，此云三年，误。"关于《洛神赋》的写作时间，历代多依据黄初三年曹植至京师，而推论《洛神赋》于同年创作。李善征引史书，认为曹植于三年到京师，四年三月才返回封地，由此推断《洛神赋》创作于黄初四年。

二 校勘注文之误

如卷九《射雉赋》"彳亍中辍，馥焉中镝"句，（李善存徐爰旧注）爰曰："彳亍，止貌也。辍，止也。镝，矢镞也。馥中镞声也。善曰：今本并云彳亍中辄。张衡《舞赋》曰：蹇兮宕往，彳亍中辄。以文势言之，徐氏误之。"前人对"彳亍中辍"有不同理解，李善针对选文作注，结合潘岳的文义，指出此四字在于描述雉鸡进退的形貌，不同于前人旧说。

三 订正赋文之误

如卷一《东都赋》"迁都改邑，有殷宗中兴之则焉"句，善曰："《尚书》曰：盘庚迁于殷。《史记》盘庚之时，殷已都河北。盘庚渡河南，复居成汤之故都，行汤之政，然后殷复兴。谓盘庚为宗，班之误欤？"再如卷十六《恨赋》"朝露溘至，握手何言"句："向曰：溘，奄也。人如朝露，岂可久也。奄然至此，握手何言。陵图报汉德，终而不成，为恨固已多也。然此皆随淹赋意而言，事不如此。且陵自降匈奴，汉诛其族，便怨于汉，没身匈奴中，非有报恩之意。按此乃淹丈之误矣。"

一般而言，校订文学作品中的常识错误，是非常冒险的行为。因为文学作品是用来表情达意的，本来就具有含糊和多义的特征，若以历史事实和科学常识一一核对，便不免剥离了作品的意境。如同沈括以为"苍皮溜雨四十周，黛色参天二千尺"不符事实，反而是对诗歌缺乏了解的表现。

四　校勘他籍得失

如卷八《上林赋》"奏陶唐氏之舞，听葛天氏之歌"句："善曰：《尚书》曰：惟彼陶唐。孔安国曰：陶唐，尧氏也。张揖曰：葛天氏，三皇时君号也。其乐，三人持牛尾，投足以歌八曲，一曰载民，二曰玄鸟，三曰育草木，四曰奋五谷，五曰敬天常，六曰彻帝功，七曰依地德，八曰总禽兽之极。韦昭曰：葛天氏，古之王者，其事见《吕氏春秋》。《吕氏春秋》云：天氏之乐，以歌八阕，一曰载民，三曰遂草木，六曰建帝功。今注以阕为曲，以民为氏，以遂为育，以建为彻，皆误。"

五　诸家注解取其优

这种形式有一定的范式。不论是李善注抑或五臣注，先引之说往往是时人所接受的注解，而再举他说，则表示已有不同看法。如卷七《子虚赋》"芍药之和具而后御之"句："善曰：……服氏一说以芍药为药名，或者因说今之煮马肝犹加芍药，古之遗法。晋氏之说以芍药为调和之意，枚乘《七发》曰：芍药之酱，然则和调之言，于义为得……"卷八《羽猎赋》"三军芒然，穷冘阏于"句："善曰：孟康曰：冘，行也。阏，止也。言三军之盛穷阏禽兽，使不得逸漏也。孟康之意，言穷其行止皆无逸漏。如淳曰：冘者，懈怠也。灼曰：阏与，容貌也。如晋之意，言三军芒然懈倦，容貌阏与而舒缓也。今依如晋之说也。"

六　存疑

赋注中的存疑内容，最能体现六臣求实的精神与谨严的治学之风。

李善对此用力特勤，这是学界公认的；而在校勘训诂方面饱受批评的五臣注，其实也不像习见所认为的那样糟糕。如卷十六《长门赋序》"而相如为文以悟主上，陈皇后复得亲幸"句，五臣吕岩济注曰："陈皇后复得亲幸，案诸史传，并无此文，恐叙事之误。"五臣注考证出并无"陈皇后复得亲幸"的史实，从而引起了学者对于《长门赋序》是否为司马相如所作的争议。赋序的"他序"和"自序"如何产生，是辞赋史上的重要问题，上文已详细说明；由此看来，五臣的校勘实有"引玉"之功。更能体现学术水平的是《与嵇茂齐书》的作者判断，（李周翰注）干宝《晋纪》云："吕安字仲佛，东平人也，时太祖逐安于远郡，在路作此书与嵇康。安子绍集云：景真与茂齐书。然《晋纪》国史，实有所凭。绍之家集，未足可据。何者？时绍以太祖恶安之书，又安与康同诛，惧时所疾，故移此书于景真。考其始末，疑是安所作。"

《与嵇茂齐书》，《文选》署名赵景真。李周翰结合史书，认为这封书信的原作者是吕安。但吕安和嵇康同时遭难，吕安的儿子吕绍迫于政治压力，将著作权移交给赵景真。对此推论，黄侃亦持赞同态度："北土之性，难以托根；投入夜光，鲜不按剑。今将植橘柚于玄朔，蒂华藕于修陵；表龙章于裸壤，奏《韶》舞于聋俗，固难以取贵矣。"[①]到底这封书信是谁所写，李周翰的推论有其道理，但并无更多文献佐证，因而在"是安所作"前加一"疑"字。而黄侃先生依据文风来推断，并不如五臣注有说服力。

李善在赋注校勘存疑方面下了大量功夫。如卷五《吴都赋》"列寺七里，夹栋阳路。屯营栉比，解署棋布。横塘查下，邑屋隆夸。长干延属，飞甍舛互"句，李善存旧注刘渊林曰："建业宫前宫寺侠道七里也。廨，犹署也。吴有司徒、大监诸署，非一也。横塘、查下，皆百姓所居之区名。江东谓山冈闲为干。建邺之南有山岗，其间平地，

---

① 黄侃：《文选平点》，上海古籍出版社1985年版，第246页。

吏民居之，故号为干。中有大长干、小长干，皆相属。疑是居称干也。"再如卷六《魏都赋》"鞮鞻所掌之音，韎昧任禁之曲"句："善曰：《周礼》曰：播之以八音：金、石、土、革、丝、木、匏、竹。《礼记》曰：干戚羽旄谓之乐。郑玄曰：干，盾也。戚，斧也。武舞所执。羽，翟羽也。旄，旄牛尾，文舞所执。魏文帝《乐府》曰：短歌微吟不能长。《孔丛子》曰：世业不替。《周易》曰：百姓日用而不知。郑玄《周礼注》曰：鞮鞻，四夷舞者屝也。鞻，俱具反。毛苌《诗传》曰：东夷之乐曰韎。《孝经钩命决》曰：东夷曰昧，南夷曰任，西夷之乐曰株离，北夷之乐曰禁。韎、昧皆东夷之乐而重之，疑误也。"

从注解中"疑""恐""误"等字样的频繁使用来看，足见注解者谨慎、谦虚的校勘态度，加之对疑难处的考据辨析，从而确保结论的合理性。注解既尊重原始文献，又不局限于此，注家从文献的辨伪与考据中加以订正补充，指出了问题与疏漏，并以相容的心态将两说并存，为后世研读者保存了丰富的原始资料，参考价值较高。

汇注中的"凡例""题解注""类书功能""校勘辨伪"皆是自注、他注中所不具者，这是汇注的优势所在，也是其不可替代的价值。正如清杭世骏《道古唐文集》卷八"李太白集辑注序"中论："作者不易，笺疏家尤难，何也？作者以才为主，而辅之以学，兴到笔随，第抽其平日之腹笥，而纵横曼衍，以极其所至，不必沾沾獭祭也；为之笺与疏者，必语语核其指归，而意象乃明；必字字还其根据，而证佐乃确。才不必言，夫必有什倍于作者之卷轴，而后可以从事焉。空陋者，固不足以与乎此；粗疏者，尤未可以轻试也。"[①] 李善注和五臣注孰优孰劣，不是本文的讨论重点；但二者各有所长，前者重章句，后者重义理，却是众所周知。所谓"释事忘义"，应当是说李善重视典出，却忽略了语词在具体语境中的含义，超出了初学者的知识水平

---

① （清）杭世骏：《道古唐文集》，萧德洪等编：《中国稀见史料》第3辑，厦门大学出版社2012年版，第58页。

与接受能力；而五臣注较为通俗，在疏通句意方面做了大量努力①。因此，五臣注的出现本来就是对李善注的规仿与拓展，是"选学"自身发展的体现，亦是继汉代经注之后一种尝试与革新。

　　这种批评虽不成体系，却自成特色。如对段意的注解，其渊源可能来自唐人对经书的疏解，近源或因场屋试赋之需而对时文加以疏解。这种整段注解的方式，对今人注解以及翻译古籍文献，皆有一定的镜鉴意义。如赋注多采用双行夹批的形式，主要功用与评点中夹批、旁批等一致，既可点醒赋段的层次，又能指明赋句的修辞形态，这些若与圈点结合，其批评的内涵更加丰赡。此外，注解者多是文坛翘楚，所评注语辞往往具有总结性的鉴评定见，不仅言简意赅，而且能发人深省。再如汇注中的凡例与校勘，是体现注家风格与批评态度的力证；又如自注中重注事注典，作为类书的赋注，在"名物"阐释上："标明的是赋之'体物'特征，亦即'赋者，言事类之所附'的创作原则，因而赋注在极大意义上成为赋的'名物'解释，并由此构成特有的批评体系。"② 尤其汇注中的重解题以彰显注家的思想等，这些均是赋学作品由起初的注音、释词逐步走向赋学批评的开始，为赋学评点的兴起奠定了基础。

---

① 王立群：《从释词走向批评——〈文选五臣注〉研究评析》，《中州学刊》1998年第2期。
② 许结：《论赋注批评及其章句学意义》，《中国韵文学刊》2011年第4期。

第三章　赋评的形态要素与批评意蕴

赋评是评点文学的重要组成部分。目前就赋学评点而言，多注重"评"而疏于"点"。窥究原委，皆因"评"属于语言形态，居于显目位置而易引起读者注意，读者借助"评语"可较快通晓文本的章法、风格、主旨等，因而备受青睐。而"点"则多以施色的符号形态呈现，所处位置不定且意指不明，致其表意功能相较"评语"略显薄弱。纵使"圈点"未能形成系统、稳固、有序的标识便于解读，仍能在文本中起到辅助、指引、暗示等不容忽视的功用。今以赋评为中心，就其中的批语形态、评点符号、批评意蕴、批评功能肇略探论，借此来深入考察评点文学。

第一节　评语形态与批评功能

评点之学始兴于宋代，是古人阅读文本时将自己的心得感悟，以短小精悍、生动活泼的语辞批注在文本上的一种品评方式，也是表达自己文学观念的一种特殊形态。评点文学是中国古代文学理论与文学批评的主要组成部分，而赋学评点又是构成评点文学的重要因素。因此，探讨赋学评点，旨在不仅拓展、深化中国古代文学理论与文学批评之间的关系，窥察其所呈现的不同的内涵与特征，而且在此基础上，进一步丰富中国赋学批评的理论体系。按照批语书写位置的不同，可将其分为题下批、眉批、旁批、夹批、尾批、总批六种形态,正是这些不同的批语形态构成了赋学评点的基本内涵,并使之具备了一定的批评功能。

一 题下批

题下批,概言之指在题目下方空白处进行批点的方式,此类评点出现于明代,如郭正域评点《选赋》、孙矿《孙月峰先生评文选》中的赋作评点已有零星出现,至清代题下评点开始繁兴,且已成规模。今以清代于光华《重订文选集评》[①]评赋为例,并综合各类不同评点著作,就题下批点表述内容简要归纳如下。

第一,阐释赋题之意。该类批点旨在针对抽象或令人费解的题目之意,作进一步的解释补充,有利于初学者学习。如《登徒子好色赋》题下批:"登徒子,姓也。何曰:以《国策》参考,登徒盖以官为氏。"批点者着眼于深奥题目,或援引李善注内容,或引证他人评语,化难为易,对赋题周详疏解,为后人阅读提供了便利。

第二,揭示创作主旨。该类批点开门见山,评点者直接阐明赋文的创作意旨。如《叹逝赋》题下批:"并序。叹逝者,谓嗟逝者往也。言日月流迈,人世易往,伤叹此事而作赋焉。"尤其后者,既有对题目的进一步解释,也有对主旨"日月流迈,人世易往"的阐发,二者兼而有之,更加充分揭示主旨意蕴,易于初学者理解与接受。

第三,简明撰作缘由。该类批点主要对赋篇的撰述背景、动机等作简要评论,使读者可以更多地探寻赋文创作背后的"故事"。如《文赋》题下批:"并序。《晋书》:'机,妙解情理,心识文体,故作《文赋》。'……"借助题下批点,读者不仅可以了解《文赋》的撰作时间、地点、缘由,而且可以获取陆机家世概况、人生履历、性情品

[①] (清)于光华辑:《重订文选集评》,国家图书馆出版社 2012 年版影印本,凡文中所引评赋内容,皆据此影印本,不一一出注。

格等信息，既是评文，亦是品人，同时兼备考证，于光华以陆机的身世判断考证出《文赋》是陆机入洛阳前所作。因此这种评考相兼、互渗互融的批点形式，极易引起时人的兴趣。

第四，阐述艺术风格。该评语旨在对赋文的总体风格、章法艺术等进行探讨。批点不仅贯穿了评点者的审美理念，而且借助评语可帮助读者整体上了解《文选》的赋体风格。如《西京赋》题下批："何义门曰：西京一赋，可谓逞靡丽之思矣。然须看其用意一线贯穿，措辞分曹按部，实纵横于整肃之中，斯为能事耳。"该评语精到准确，于光华此处征引何焯之语，能代表赋文的艺术特色，是同时代人所公认的。

总括明清以来题下批点，大体不出上述四种类型。而题下批点既有对作家的评议，也有对每篇题目的总评，可谓面面俱到，有别于其他批语形态，是中国评点文学的一种创新与拓展。

二 眉批

眉批，指在文本的天头处标出的批语。由于受书页天头空间范围的限制，眉批内容往往简洁凝练，在评语字数上，可长可短，少则一二字，多则数语；在评论范围上，所评对象或是字词、或是句段、或是全篇；在评论功能上，起到提示、指引、总结等作用。如邹思明《文选尤》[①]中批点《雪赋》，开篇眉批："起有奇致。"短短四字，评价起笔之奇美精致。《两都赋序》前眉批："二赋宏博而不纤巧，瑰玮而不奇僻，正大鲜美，典练不浮。"虽是对赋序的眉批，然就《西都赋》《东都赋》的艺术特征、主旨思想给予评鉴，同时兼有总批的功能。

眉批主要是对赋文的艺术手法、风格特征进行品评阐发，多是随着赋篇的开展而递进，其评语长短不等，较随意、灵活。如邹思明评点《文赋》"或讬言于短韵"数句，眉批"此简短之文"；"或寄辞于

---

① （明）邹思明：《文选尤》，中华书局2015年版影印本，凡文中所引评赋内容，皆据此影印刻本，不一一出注。

瘁音"数句,眉批"此冗长之文";"徒寻虚而逐微"数句,眉评"此虚浮之文";"务嘈囋而妖冶"数句,眉批"此淫艳之文";"每除烦而去滥"数句,眉批"此朴实之文",邹思明对"文"的简短、冗长、虚浮、淫艳、朴实等特质一一评述,通过眉批的形式来说明不同"文"的艺术风格,深入浅出,轻松自如。可见其对于赋作的见解颇有独到之处。

对赋文艺术特征的批评,不仅有句段的眉批,也有篇章总体评述。如邹思明批点《子虚赋》"于是郑女曼姬"数句,眉评:"插入美人一段,此文之奇幻变化处,复入游清池,而歌讴齐发,水石皆鸣。诚为信手拈来头头是道,愈出愈奇愈灵愈怪。"这是针对某一段的赏析。总体风格的评骘,如《上林赋》开篇邹思明眉批:"肆意出之,有奇有华,如一天星斗盘旋笔下。"眉批一般依据赋文情节的发展,由评点者逐一施加,在详细的评语指引或提示下,使研读者一目了然,益于整体理解。因此,眉批常与总批一道,构成赋作评点的两种形态。

三 旁批

旁批,指在赋篇的句子右侧的评语。评点者就其中字、句等所产生的感悟,欲作提示或强调,批下一二字或数语,以期引起读者重视,是其他批评形态的有益补充。旁批较为注重赋篇起结照应、字句之法、篇章结构等,这些属于文章写作方法的范畴。同时,根据文章的具体内容,旁批在纲目要领处施以不同的圈点符号。一般来说,同样受限于空间,旁批同夹注一样,多为三言两语。

今以方廷珪评点《增订昭明文选集成详注》[①] 中《文赋》为例,摘录全篇旁批,以阐明此类批评形态在清代评点中的作用。该旁批逐次展开如下:"因论作文之厉害所由"句,其后四字先施以实心圆点

---

① (清)方廷珪等:《增订昭明文选集成详注》,国家图书馆出版社2015年版影印本,凡文中所引评赋内容,皆据此影印本,不一一出注。

"．"，再旁批："此句着眼。""至于操斧伐柯"句，旁批："言作文有法。""若夫随手之变，良难以辞逮"句，除"若夫"二字外，其余先施以黑点"．"，后旁批："言巧不可传。""伫中区以元览"句，旁批："冒起全意。""心懔懔以怀霜"句，旁批："此文章之本。""聊宣之乎斯文"句，旁批："点题。""皆收视反听"句，先逐一施以小圈"。"，后旁批："运思次第。""于是沈辞怫悦"句，旁批："顶其始。""若游鱼衔钩，而出重渊之深"句，先逐一施以小圈"。"，然后旁批："形容绝妙。""若翰鸟缨缴"句，先施以一大一小的或并列或上下不规则的圆圈，然后旁批："顶其终。""谢朝花于已披"句，先施以一大一小的或并列或上下不规则的圆圈，然后旁批："语妙。""观古今之须臾"句，先逐字施以小圆圈"。"，然后旁批："二句与末段照应。""然后选义按部"句，此句施点较密，前五字先施顿点"、"，"然后"二字又施顿点"、"，以示先后顺序，"选义"二字再施以实心圆点"．"，"部"字施一大一小的不规则连圈，然后旁批："下笔作文。""抱景者咸叩"句，旁批："一语喻取精之多。"

旁批以少而精的品评见长，即使将一篇文章的全部评语加起来也不过百字，若将这些批语从头至尾系统地串联起来，再结合整篇赋文，对比参照全部批点，会发现该形态的确能将一篇文章的主旨精神和整体风格呈现给读者。

四　夹批

夹批是明清时人评点赋作时常用的一种批评形态。因古人竖排刻书，赏读时一般会在上下字、句之间的空隙处夹写细小的文字，对其句眼、关键处等内容进行简短评论。从各类赋作的评点本来看，明代夹批形态较为少见，笔者仅见明郭正域批点《选赋》[①]，而且此时的夹

[①] （明）郭正域：《选赋》，中华书局2015年版影印本，凡文中所引评赋内容，皆据此影印刻本，不一一出注。

批大多未能脱离李善、五臣等注赋的樊篱。夹批形态真正繁盛，始于清代，以于光华《重订文选集评》、方廷珪《增订昭明文选集成详注》中的评赋夹批尤为时人称道。

明人评点赋作中所采用的夹批形态，某种程度而言尚处于探索阶段。夹批中虽有零星评论，然仍以注音、疏解字词、校勘等为中心，大抵沿袭唐人注赋的形制。如郭正域《选赋》批点张衡《西京赋》"心奓体忕"一句，红色夹批："'心奓体忕'四字，一篇纲领。"该类夹批不多，偶有评论便从大处着眼，对读者理解全篇有一定的提示意义。对字注音的夹批，如"雕楹玉磶，绣栭云楣"一句，分别在"磶""栭"二字旁红色夹批："音昔""音而"。再如《东京赋》"度堂以筵"句，"度"字旁红色夹批："上声。""巨狿晉豐"句，"間"字旁红色夹批："去声。""而乃九宾重胪人列"句，在"重"字旁施小红圈"。"，然后红色夹批："平声。"此类注音比比皆是，为阅读提供了便利。郭正域对于个别字、词与五臣本作比勘，也是此评点又一特色。不仅眉批上示例，而且夹批出现较多，如《西京赋》"奋隼归凫"句，在"隼"字旁红色夹批："五臣作'集'。""奎踽盘桓"句，在"奎"字旁施以红圈"。"，然后红色夹批："五臣作'跬'。"另一夹批带有注解的作用，如"状嵬峨以峺嶪"一句，红色夹批："形容壮丽。"

另外，夹批与夹注在形式上有相似之处，在内容上亦存交集。然夹批又异于夹注，前者注重评论，后者贵在疏解。明人的夹批偏重于注解，清人夹批虽含有注释成分，但整体而言却以批点为主。明清赋作夹批的异同，也是考察其由注疏转向批评的切入点。

五　尾批

尾批多是对赋篇末尾的总结与提炼，有时亦和尾末总评交错出现。此有两种表现功能，一是单纯对尾段的评判，一是虽处于尾末，但兼备总评之功用。如《文选尤》中邹思明对《鲁灵光殿赋》尾批："奇异怪丽,雄竦陆离,若丹霞飞华顶之峰;接天峻拔,紫雾锁方瀛之路。峭壁崔巍,惊心骇目疑鬼疑神。"从其颇富文采的尾评中,可知评点者对赋文艺术创新的颂赞。邹氏认为,该赋没有汉大赋中京都类构篇采用"其上""其下""其东""其西""其木""其山""其水"的组合方式,而是采用写实的手法以及叙述式、叙事式结构成文,这是对大赋写作模式的一种创新,使赋文的主题脉络更加清晰。

此外,作者主体的介入和主题感受的流露,也使作品更具有真实性,更具感人的力量。邹思明虽是对尾段的评论,但也与赋前总批一道,兼备总评《鲁灵光殿赋》① 艺术风格的功能。就以此篇来说,赋前总批重点介绍撰文背景,而尾段评论则对赋篇艺术特色加以提炼。二者相得益彰,共同完成评点的"使命",一定程度上弥补了评点因受页上空间限制而言之不足的局限。此是明代赋评者常用的方式。

六 总批

总批指在篇首或篇末处进行总结、汇总的评论。对此《史记评林·凡例》所论较精要,其云:"间有总论一篇大旨者,录于篇之首尾,事提其要,文钩其玄,庶其大备耳。"② 一般指在赋篇之前或末尾处,标注评点者的经典论评,评语或多或少,具有总结主题意旨、揭示章法结构、彰显风格特色、比较优劣异同等作用。总批内容不仅由评点者本人承担,或援引前人、或引证时人评语等加以评论,这些相关评述为读者阅读、研习匡助良多。

总批形态中所评论对象繁多,内容不一。如评论章法结构者,孙矿《孙月峰先生评文选》③ 中评赋中《蜀都赋》总批:"畦径分明,

---

① 赋前总批曰:"延寿父逸欲作《灵光殿赋》,命延寿往,图其状,延寿目购之,以献逸曰:'吾无以加也。'时蔡邕亦有此作,十年不成,见此赋遂隐而不出。"
② (明)凌稚隆辑校,李光缙增补,于亦时整理:《史记评林》,天津古籍出版社1998年版,第119页。
③ (明)孙矿:《孙月峰先生评文选》,中华书局年2015年版影印本,凡文中所引评赋内容,皆据此影印刻本,不一一出注。

文谨密工丽，太约祖《子虚》《南都》，精神翕聚，逐句玩绝有味。"再如评述赋文风格者，《西都赋》尾末邹思明总批："此赋雄矫不羁，犹鲲运鹏抟。桓桓然有回山倒海之势，精详绮丽似琳宫蕊阙；煌煌然具流丹积翠之文，光芒注射，疑璧合珠联；灿灿然有电激星飞之象，奇而雅秀，而庄震古彪。今词坛宗匠。"评语句句精彩，文字漂亮洒脱，不仅比喻生动活泼富有灵气，而且观点新颖不落俗套，常能切中要处。此外，还有因文而慨，又兼对赋篇风格特色做出的评点，如邹思明批点《文选尤》中《鵩鸟赋》尾末总批："说尽人物生化之理，勘破人物生化之机，可以同死生齐物我，真知天人之际者也。奇伟卓朗爽爽有神，逍遥一世之上，睥睨天地之间。"前者由赋文而引发评点者对人世的拷问，后者则针对别具匠心的赋文风格略作阐明，继而将二者有机结合起来，精妙至臻。

值得注意的是，总批在清代出现了汇辑前人评论的著作，以清方廷珪《增订昭明文选集成详注》、于光华《重订文选集评》二书为代表。前者除自己的评点之外，末尾总批又进行了增补，凡引他者评语，往往在对应处上方置方框内注"增补"二字，以示区别。后者则按评点者所处的时代依次排列，涉足内容广泛，评点视角多元，有时从艺术风格，有时从章法结构，有时从赋篇的主旨思想，有时从表现手法，有时进行一些比较批评，有时偶作感悟等。总批不仅评判赋家写作水准，同时兼论赋家、赋作，只言片语却能提炼出赋篇的精髓，既不蹈袭前人，亦不逊于前人，彰显评点者较高的赋学理论和独特的审美视野。概言之，总批以评判篇章艺术手法为主，以较量赋文优劣异同为辅，这些评点为研读者综合理解赋篇提供有益的辅助作用。

考察上述六种赋作评点的形态，其先后"出场"的顺序，基本上契合了赋篇评点中所处的位置。这些评语所处位置的不同，承担的功能也迥然有别。如题下批点处于文本内部题目下方，可独自发挥其解释题目、简明创作缘由、揭示赋篇主旨等的评点功能；眉批有时可以"身兼多职"，既可作开篇的评判，又可兼总批的作用；旁批与夹批处于评点文本的内部,是融合注解、指引、强调、总结、批点等作用于一身的辅助功能;再如外部的眉批形态,因限于空间范围的不足,可以通过内部的总批形态进行有益的补充,这样就形成了内外相连、首尾呼应的双向结合的综合型评点样式。正是这些形态不一、功能有别的批评方式,再结合类型互异评点符号,最终组成色彩斑斓而又历久弥新的赋评形态。

第二节　评点符号与批评旨趣

评点符号是评点文学的重要构成形态。随着评点本的不断刊刻与盛行,一些评点常用的符号渐渐固定下来,并具有一定意旨,最终以"点""圈""截""抹""钩"等形状各异的标记符号,再施以红、黑、黄、青等颜色,展示不同的批评意蕴。

一　点灭

点灭指在评点文本中对如"文眼""警语""纲目"处的标识,常见有"丶""ヽ"" · "等符号。标"点"时一般有固定位置,即注重顺序性,如罗根泽《中国文学批评史》中称:"抹点一律在字的右旁,圈则变化较多。"[1] 圈点符号一般都在文字的右侧进行标识。

"点"除具有句读标点功能之外,在评点发展过程中还有不同的意义。如《说文解字》:"点,小黑也,从黑占声。"[2]《尔雅》:"灭谓之点。"[3] 即用笔将多余或不必要的字加点进行删减或消除。《后汉书·文苑列传》:"射时大会宾客,人有献鹦鹉者,射举卮于衡曰:'愿先

---

[1] 罗根泽:《中国文学批评史(二)》,上海古籍出版社1984年版,第262页。
[2] (汉)许慎撰:《说文解字》,中华书局1963年版,第211页。
[3] (晋)郭璞注,(宋)邢昺疏:《尔雅注疏》,见(清)阮元校刻《十三经注疏》,中华书局1980年版,第2600页。

生赋之，以娱嘉宾。'衡揽笔而作，文无加点，辞采甚丽。"① 可见"点"在汉代有点灭之意。魏晋南北朝亦有"点定"之意。如《世说新语》："籍时在袁孝尼家，宿醉扶起，书札为之，无所点定，乃写付使。时人以为神笔。"②"点定"分而解之，即"点灭"与"改定"之意，从"时人以为神笔"的评语中，可知阮籍所书信札之贯通优美，无点定之瑕。

唐代以降，"点"的含义不断丰富，延伸有"点勘""点烦"之意。"点勘"一词初见韩愈《秋怀十一首》中"不如觑文字，丹铅事点勘"③句，指用丹铅之笔来校对勘正文字，施以不同颜色进行评点，进而引起读者的注目。"点烦"在刘知几《史通》中论述颇详，是书"点烦"条："钞自古史传文有烦者，皆以笔点其烦上（小字注：其点用朱粉、雌黄并得）。凡字经点者，尽宜去之。如其间有文句亏缺者，细书侧注于其右（小字注：其侧书亦用朱粉、雌黄等，如正行用粉，则侧注者用朱黄，以此为别）。或回易数字，或加足片言，俾分布得所，弥缝无阙。庶观者易悟，其失自彰。"④ 刘知几论及的"点烦"，不仅有颜色的标注与区别，而且依据实际情况可略施评语，这种形式大体具备了"评点"的功能，较之以往在形式与内容上更加丰富与完善。

宋以后由于评点繁兴，"点"作为常用的圈点符号与评语结合在一起出现于各类评本，具有自觉、独立、完整意义上的评点形态，遂被后世沿用。明清之际，赋学评点繁盛，如明郭正域评《选赋》、孙矿《孙月峰先生评文选》、清洪若皋《昭明文选越裁》、鲍桂星评选《赋则》、余丙照《赋学指南》等，在这些赋学评点著作中，除施以不

---

① （南朝宋）范晔：《后汉书》卷80《文苑列传》，中华书局1965年版，第2657页。
② （南朝宋）刘义庆撰，徐震堮校笺：《世说新语校笺》，上海古籍出版社1984年版，第135页。
③ （唐）韩愈著，钱仲联集释：《韩昌黎诗系年集释》，上海古籍出版社1984年版，第552页。
④ （唐）刘知几：《史通》，上海古籍出版社2015年版，第396页。

同色彩的"·""、""ゝ"点灭之外，另如圈符中的"〇""◎""。""△"，抹符中的"‖""︱""｜""□"，截笔中的"└""—"，钩符中"」""し"等随处可见，不同的符号在篇中示意不同的内容。总而言之，圈点的批评指向多是褒赏肯定的内容。

二　圈符

圈符一般指在评点文本中的"清新俊逸、秀雅透露、菁华奇幻、摹写有趣之处"施以圈符。该类形态在明清两代的评点著作中，展现的颇为详赡，如明代《禅真逸史·凡例》云："史中圈点，岂曰饰观？特为阐奥，其关目照应，血脉联络，过接印证典核要害之处，则用'、'，或清新俊逸、秀雅透露、菁华奇幻、摹写有趣之处，则用'〇'，或明醒警拔、恰适条妥、有致动人处，则用'、'，至于品题揭榜通之妙，批评总月旦之精，乃理窟抽灵，非常剿袭。"① 清人则对"圈符"的归纳更为详细，如《苏评孟子》对"圈"归结云："此本有大圈，有小圈，有连圈，有重圈，有三角圈，已断非北宋人笔。"② 概括明清之际的常用圈符，大体有单圈"〇"、双圈"◎"、实圈"●"、三角圈"△"、上下连圈及左右连圈等常用的符号。可见在评点符号中，"点"要早于"圈"，"圈"是由"点"扩充而来。"圈"与"点"二者常联系使用，谓之"圈点"，统指评点符号。

尤其随着明代出版业的成熟，出现了诸多精美的多色套印评本，不仅评点本增多，而且评点的方法、色彩也渐趋丰富。如《甘泉乡人稿》谓："朱圈点处总是意句与叙事好处，黄圈点处总是气脉，朱圈点者人易晓，黄圈点者人难晓，墨掷是背理处，青掷是不好要紧处，朱掷是好要紧处，黄掷是一篇要紧处。"③ 这种以颜色与圈点元素组合

---

① （明）清水道人编次，延沛整理：《禅真逸史》，黑龙江人民出版社1986年版，第8页。
② （清）永瑢等：《四库全书总目》卷37经部《苏评孟子》，中华书局1965年版，第307页。
③ （清）钱泰吉：《甘泉乡人稿》，台北：文海出版社1973年版，第394页。

的评点旨归，对读者赏读有着积极的导引作用。清人对圈点符号与句读的作用也有明确的概述，如《妆钿铲传》中的《圈点辨异》一节，探论圈点理论相对完备："凡传中用红连点、红连圈者，或因意加之，或因法加之，或因词加之，皆非漫然。凡传中旁边用红点者，则系一句；中间用红点者，或系一顿或系一读，皆非漫然。凡传中用黑圆圈者，皆系地名；用黑尖圈者，皆系人名，皆非漫然。凡传中'粧钿铲'三字，用红圈套黑圈者，以其为题也，皆非漫然。"①借此可知，凡传中"地名"施以黑圆圈标识，"人名"则施以黑三角圈，传文中凡出现"粧钿铲"三字则施加双圈"◎"（红圈套黑圈）。这种精细有序的施注方式，说明越到晚近对圈点形态与含义的发展愈加丰富。

　　清鲍桂星在《赋则》② 中对"圈"的不同标识给予丰赡的考察。如《西都赋》开篇"有西都宾问与东都主人曰"句，其后"闻皇汉之初经营也"句，均采用左右连圈的方式标识。"尝有意乎都河洛矣""实用西迁，作我上都"等句全采用三角圈"△"予以标识。另外，像"于是""若乃""又有""遂乃""其阳则""其阴则"等皆标识三角圈"△"。这种形态的圈点，多是针对句首发语词以及方位用语，有加强之意。另外还有两种圈点：一种是通篇用黑重单圈"○"，此是用以句读的划分，阅读赋篇便知，此不赘言；另一种是施以小圈"。"，显示警言佳句，如"朝发河海，夕宿江汉，沈浮往来，云集雾散"等句皆以小圈"。"标注。该段赋文旨在铺陈建章宫之宏美，加之眉评"摹写入神，佳在参差变化无斧凿之迹"，评语言简意赅，能切中要害，使眉评与赋文互为表里，贴切自然。倘若评点者对赋篇没有深切的感悟，很难达到游刃有余的点评境地。

---

　　① （清）昆仑褦襶道人：《妆钿铲传》，见《古本小说集成》，上海古籍出版社1994年版，第4页。

　　② （清）鲍桂星：《赋则》，清道光刻本，凡文中所引评赋内容，皆据此影印刻本，不一一出注。

三 截笔

截笔在评点符号中常以黑右上倾斜线"━"标识,旨在表达对篇章段落进行切断、割开之意,以示文章的层次结构。"广叠山法"指出,"截"有三种功能。第一,如大段意尽,"截"施以黑色,则表示篇法。第二,如大段内有小段,"截"施以红色,则表示章法。第三,小段内再有小细节目,"截"施以一半黄色,则表示句法。不同颜色与"截"组合,构成不同的评点意义,但无论是章法、篇法、句法,其核心皆是"法"。至于由评点而"法"的意图,章学诚在《文史通义》"古文十弊"条论曰:"古人文成法立,未尝有定格也。……谓之时文,必有法度以合程式。而法度难以空言,则往往取譬以示蒙学,拟于房室,则有所谓间架结构;拟于身体,则有所谓眉目筋节;拟于绘画,则有所谓点睛添毫;拟于形家,则有所谓来龙结穴。随时取譬。然为初学示法,亦自不得不然,无庸责也。"[1] 章氏认为因评点而"法",最终目的是启发初学,助于赏读。

这种取譬它物、以示蒙学之法,在金圣叹评点的小说中亦有迹可循。其在《第五才子书施耐庵水浒传》中称"章有章法,句有句法,字有字法。人家子弟稍识字,便当教令反复细看,看得《水浒传》出时,他书便如破竹"[2]。金氏列出倒插法、夹叙法、草蛇灰线法、大落墨法、绵针泥刺法、背面铺粉法、弄引法、獭尾法、正犯法、略犯法、极不省法、极省法、欲合故纵法、横云断山法、鸾胶续弦法。金圣叹评点小说时所倡明的诸法,上承《古文关键》中总评之"看文字法""看韩文法""看柳文法""看欧文法""看苏文法""看诸家文法""论作文法"等体,下启清人对《聊斋志异》《儒林外史》《红楼梦》

---

[1] (清)章学诚著,叶瑛校注:《文史通义校注》,中华书局1985年版,第508—509页。
[2] (清)金圣叹评点,文子生校点:《第五才子书施耐庵水浒传》,中州古籍出版社1985年版,第19页。

等书的点批。这些既可体现中国文学理论间渊源深厚的关系，又能反映评点文学根植文本、取便初学的宗旨。

"截笔"在明清评点文学中可谓一仍旧贯，如明凌濛初朱墨套印刻本《东坡易传》中"截"的使用率极高，几乎每篇皆有。到了清代，"截"符依然活跃于评点文学之中，综观所标之"截笔"，无出"篇法""章法""句法"之右。如鲍桂星辑评《赋则·恨赋》，共有九处施"截"，第一处从起句至"天道宁论"句后，第二处从"于是仆本恨人"至"伏恨而死"句后，第三句从"至如秦帝按剑"至"宫车晚出"句后，第四处从"若乃赵王既虏"至"为怨难胜"句后，第五处从"至如李君降北"至"握手何言"句后，第六处从"若夫明妃去时"至"终芜绝兮异域"句后，第七处从"至乃敬通见抵"至"长怀无已"句后，第八处从"及夫中散下狱"至"销落烟沉"句后，第九处从"若乃骑叠迹"至"闭骨泉里"句后施"━"，以示意段落终结，进而凸显赋文的层次结构。

四 涂抹

涂抹指在评点文本中用笔在关键或纲目的文字右侧处画一长线。犹如今天读书时，遇到在关键处自左而右画横线来标识，因古籍文献为竖排体，所以施抹时则由上而下。其又分长抹"▎"与短抹"丨"两种。"长抹"大体施注篇章的关键、纲目处，彰显篇章之主旨；"短抹"多标识于句首前二三字，或表承接，或示转换。

研究者在探讨圈点批评时，一般绕不开朱熹以诸色"笔抹"进行赏读的圈点方式。一则因其出现较早，具有开创之举；一则因所施圈抹周详完善，有章可循，备受评点者重视与规仿。《朱子语类》云："先将朱笔抹出语意好处；又熟读得趣，觉见朱抹处太烦，再用墨抹出；又熟读得趣，别用青笔抹出；又熟读得其要领，乃用黄笔抹出。至此，自见所得处甚约，只是一两句上。却日夜就此一两句上用意玩味，胸中自是洒落。"① 朱熹用朱、墨、青、黄诸色将自己的读书见解与所感、所悟配以"抹"的体例施于书中，所"抹"之处：或"语意好"、或"得趣"、或"得其要领"、或"用意玩味"，于圈点者而言这些皆蕴含了一定的旨趣，故施以抹笔。朱熹读书时的抹笔批点方式，得以被后学传承，如《程氏家塾读书分年日程》"抹笔"条云："红中抹：纲、凡例。红旁抹：警语、要语。红点：字义、字眼。黑抹：考订、制度。黑点：补不足。"② 从这些翔实的"抹笔"载录中，可以整体观照早期圈点形态的演进风貌。

吕祖谦《古文关键》得朱熹评点之精髓，清人徐树屏为吕书所撰"凡例"交代了抹笔的情况："古人读书，凡纲目要领，多用丹黄等笔抹出，非独文字为然。后人乱施圈点，作者之精神不出矣。东莱先生此编，家藏两宋刻，刻有先后，评语悉同，皆以抹笔为主，而疏密则殊。一本稍前者，每篇抹不过数处，皆纲目关键。其稍后一本，所抹较多，并及于句法之佳者。今将二本参酌互用，第恐抹多而汩其面目，大概从前本为多，其接头处用抹，则从后本，明唐荆川《文编》于接头处用抹，尚是古法也。"③ 通读凡例可知，徐家所藏两种宋代版本的《古文关键》，其评点形态皆以"抹笔"为主，并指出两本差异：前本施抹于文本的纲目关键处，后本则抹笔于句法之佳者。前有赏鉴之意，后有助读之功，仅抹笔而言，虽无评断之语，却有评鉴之实。

赋评亦如此，孙矿评《西都赋》对"未央""建章"等宫殿之名，则施以大框抹笔"□"；对如"神仙""麒麟""掖庭""椒房""天禄""石渠"等称名物，施以长条框抹笔"‖"。另外，在"弘我以汉京""故穷泰而极侈""隆上都而观万国""至于三万里""光焰朗以景彰""盖以数百""非吾人之所宁""第从臣之嘉颂"句后，皆标黑

---

① （宋）黎靖德编，王星贤点校：《朱子语类》，中华书局1986年版，第2783页。
② （元）程端礼撰，姜汉椿校注：《程氏家塾读书分年日程》，黄山书社1992年版，第70页。
③ （宋）吕祖谦：《古文关键》，商务印书馆1936年版，第1页。

色截笔"一",以示段落划分;句读时用红圈"〇"标识;句眼处、警语处以及关键处,施以黑实圈"●"和点"、"两种。

五 钩符

钩符指在文中的用语新奇处,筋脉联络处,施以"〕""し"的钩状符号。这种评点符号出现颇早,如南宋末刘辰翁评点《王荆公诗》[①]时曾使用该符号,是集卷四《题定林壁》"舍南舍北皆种桃,东风一吹数尺高"句,其"舍南舍""数尺高"字右旁施"〕"。卷二十七《雨花台》"新霜浦溆绵绵净,薄晚林峦往往青"句,其"往往"二字右旁施"〕"。同卷《和御制赏花钓鱼诗二首》其一"宿蕊暖含风浩荡,戏鳞清映日徘徊"句,其"清映日"三字右旁施"〕"。卷十八《到郡与同官饮》"草木犹疑夏郁葱,风云已见秋萧索"句,其中"萧索"二字右旁施"し"。卷三十一《次韵徐仲元咏梅二首》其二"肌冰绰约如姑射,肤雪参差是太真"句,唯"太真"二字右旁施"し"。是书标识"〕""し"符号者颇多,不一而足。

赋学评点中更是不胜枚举,清余丙照在《赋学指南》[②]中对钩符的运用较多,如评江淹《别赋》中"感寂寞而伤神""去复去兮长河湄""谢主人兮依然""思心徘徊"等句后用皆施"し",评黄滔《汉宫人诵洞箫赋赋》中"争致于瑶编绣轴""皆吟凤藻于春风""误下歌尘于绮栋""更重箜篌之引"等句后施"し",余氏所标皆是段落收束处。从施符处看,有的是用语新奇处,有的是筋脉联络处,有的是上下段落篇章的收束处,有些因其标识无详细说明,故难以确切知其所属含义。即使这些符号难以详考,但对丰富中国评点文学的内容的贡献则是毋庸置疑的。

[①] (宋)王安石、刘辰翁批点:《王荆公诗》,北京出版社2010年版影印本,凡文中所引评赋内容,皆据此影印刻本,不一一出注。

[②] (清)余丙照:《赋学指南》,清光绪十九年刻本,凡文中所引评赋内容,皆据此影印刻本,不一一出注。

第三节　赋评的价值及其演进

赋学评点是由评论和赋篇共同组成，具有批评和文学双重并存的文学形态，然而就这样的一种文学样式，与小说、戏曲等体裁的评点文学相比其研究仍相对滞后。究其原因有多方面，有学者指出："过去一些学者，往往轻忽评点，究其缘故，主要是两点：一是以为评点层次低，只不过便于初学，难登大雅之堂；二是因明清评点每多讲文脉、章法，受八股文影响，八股文既被否定、排斥，则评点也受其累。"[①] 此非针对赋学评点而论，然其这一学理性的分析概括一样适用于解释赋学评点研究相对迟延的原因。撇开历史的尘雾，回归赋学评点研究的本身，方能发掘其独特的价值。

其一，借助赋学评点可以深掘赋文在文学与文献方面的价值。此点尤以赋学评点著作中的凡例表现最为凸显，评点者或刊刻者在所评赋篇的凡例或序跋中对文本的编撰体例、创作时间、动机、旨归等有清晰的交代，这些为后世研究评点者的思想风貌、生平籍里、行迹交游等提供了有益的文献帮助。邹思明《文选尤·凡例》有八条，摘录几条聊作考察：五，首皆精研奇古之笔，并取之以备其体。七，圈点必于着意处，结脉处，归重处，奇幻灵变处，韶令华赡处，则不嫌繁密，非漫以采绮关捷也。八，缀言有朱，有绿，有墨，各有所取。总评分脉则用朱，细评探意则用绿，释音义、解文辞、考古典则用墨，观者辩之。这三条凡例可谓言简义丰，钩玄提要，总体概述了评点尚"奇"风格。圈点则主要针对文中结脉处、归重处、奇幻灵变处、韶令华赡处；在总评处施以朱色，在细评探意处施以绿色，在释音、解文辞、考典故等处施以墨色。

另如孙矿的生平及其评点《文选》的时间，文献记载比较模糊，

---

① 赵俊玲：《文选评点研究》，上海古籍出版社2013年版，第1页。

闵齐华在《孙月峰先生评文选·凡例》中的载录，对解读上述疑惑具有一定的启发与补充作用，《凡例》谓："大司马孙月峰先生博览群书，老而不倦，兹评其林居时所手裁也。片语之瑜无不标举一字之瑕，亦为检摘后学之领袖，修词之指南也。仲兄翁次宦游南都，先生手授焉。不敢秘之帐中，遂以公之同好。"对此，赵俊玲认为："孙矿晚年乡居之时，闵氏之兄后来在南京得到其手授之亲笔批阅本。这正与孙矿万历二十五年（1597）因忤尚书石星而被罢免回籍、至万历三十三年（1605）起复为南京兵部尚书的经历相吻合。则孙矿评点《文选》的时间，即应在此八年中。"① 其在此文献上斟酌并发力，对孙矿评点年限的断定，比较有说服力。

其二，赋学评点对赋篇中的错讹、释读等方面起到订正与辅助作用。评点者就赋篇中出现的不足与讹误稍作指正，如孙矿评左思《吴都赋》，其"杂袭错缪"数句，眉批："缪字是韵，此处明是两对股，然却又不甚对。顾文势不协，细看又非错误，似有意为之，然要不为佳。"对句中"用韵"与"对仗"的用法提出质疑。另如潘岳《西征赋》"贞臣见于危国"句，在"危国"处施以"倒乙"符号变成"国威"，以此对原刻本中的错讹进行校正。成公绥《啸赋》尾末总评中"充贾杨骏"句，对"充贾"处施以"倒乙"符号，进而正确地变成人名"贾充"，此为对自己评语内容的校改。如同样的评语，郭正域评《甘泉赋》时未注明评语来源，致使读者误以为是其所为，而至明末，邹思明评《甘泉赋》时眉评："杨升菴曰：赋家往往铺张数段以示宏丽，一气写就奇字警语，层见叠出独相如、子云耳？孟坚辈不免填塞。"评点者特意标注此为杨慎之语，澄清并纠正了评语的来源。

赋评还有一个新发明，将他者的考据内容引入评点中，以此辅助释读。如郭正域评张衡《西京赋》"缭垣绵联"句，眉批："善注云：

---

① 赵俊玲：《文选评点研究》，上海古籍出版社2013年版，第124页。

今以垣为亘。用修云：'缭垣绵联'此句本不必注李善改'垣'为'亘'，殊谬。唐人诗'缭垣秋断草烟深'即此意也。"《吴都赋》"绵杬枎栌"句，眉批："（杨慎）又云：李商隐诗'木棉花发鹧鸪飞'，即今之班枝苍也，实入酒杯。"扬雄《长杨赋》"西厌月窟，东震日域"句，眉批："用修云：'西厌月窟，东震日域'，日域，服虞注以为日所生，恐非。李太白诗'天马来出月氏窟'即月氏之国，日域指日逐单于也，盖借日月字形容，威服四夷耳，太白妙得其解。"征引唐诗来解释词句，这些事例足见：一方面需要评点者精熟各类赋篇，唯此方可对其中的瑕疵错讹了然于胸，做到心中有数，操作起来才能游刃有余；另一方面上述种种也展现了评点者扎实、丰赡的学识及其严谨、务实的评点风格。概言之，这些对后世赋学评点均具有镜鉴作用。

其三，借助赋学评点可以领会赋评者的评价机制和赋学观念。不同的评点者一般有设置属于自己的评点机制，如前文所述孙矿评赋善用各种符号，不同的符号对应不同评点内容。清方廷珪在《增订昭明文选集成详注》评点《南都赋》"永世克孝，怀桑梓焉；真人南巡，睹旧里焉"句，在"怀桑梓焉""睹旧里焉"旁分别施以双圈"◎"以别其他，之前的评点著作较少见到这种符号，说明越是晚近，评点文学的发展越发丰富成熟，读者一目了然，加之部分采用朱墨套色印本，更易于赏读。

洪若皋《昭明文选越裁》[①] 圈点时也表现出不同的一面，除给赋篇施注圈点之外，对自己的评论也予以标圈，在整个赋评中尚属少见。如《蜀都赋》总批："蜀、吴俱极侈山川、苑囿、草木、鸟兽、田猎，《魏都》止叙宫室、朝市、街衢、田野，其中奢俭贞淫，抑昂进退，体自不同。亦犹《两都》之《东都》，《二京》之《东京》也。昔人谓《蜀都》俊，《吴都》奇，讥《魏都》为强弩之末，殊未解斯指。

---

① （清）洪若皋辑评：《昭明文选越裁》，齐鲁书社1997年版影印本，凡文中所引评赋内容，皆据此影印刻本，不一一出注。

至其灵秀之笔，隽逸之气，思若洪河奔涌，致如孤岛辣峙，真可追扬、马、班、张之辙，而开徐、庾、鲍、谢之先，《三都》得此宜其空洛阳之纸也，陆士衡焉能不为之搁笔？（文中变体字部分右侧分别施加小圈'。'）"洪若皋在自己的评语中施加一定圈点，以示区别。《闲居赋》序前眉批："一序词气雄壮，是汉文非复晋人之笔。"同上，评点者对文中变体字右侧施以小圈"。"，几乎篇篇有之，施圈部分有示强调、区别、对比之意义。

同一赋作，因鉴赏标准不同，评价各有千秋。如孙矿总批《雪赋》："描写处俱着迹，乏传神之致，未是高手。"郭正域总批："备极形容，巧思入微。"《芜城赋》孙矿总评："多偶语，锻炼甚工细。然气脉却狭小，是后世律赋祖。"郭正域总批："凄凉之调，千古含愁，文奚贵于多也。"对比即知，郭正域评论多是溢美之词，表现出尊崇苍远高古的美学风格；而孙矿更加理性，其批评带有苛刻的态度，对六朝丽靡精巧的赋风却凸显出赏识的一面，这些迥然有别的评价，正是由二者审美或鉴评标准不同所致。正如谭帆所论："文学批评其实不应该是批评者纯然自足乃至封闭的形式，对读者的引导，对阅读趣味的针砭和对作品的解析无疑是其一个重要的批评目的，文学批评应该与作品一起在读者中赢得自身的地位和价值，否则，批评将是一个空中楼阁，或者纯然是批评家自身的一种游戏。"[1] 所以借助评点，读者才能更加容易区分评点者之间的差异。

其四，借助赋学评点可以解析时代的学术风貌与鉴赏标准。一个时代有一个时代的学术风气。如明代受渐趋宽松的文化政策的影响，明人在评点上大体追求"奇艳"的风格，而清人长于小学，追求务实精神，学术风气上注重"实证"。在这样的背景下各类赋学评点在评判标准以及学术崇尚上也是各有千秋，如邹思明《文选尤》中评赋则表现出"尚奇"的标准，"奇"字出现至少 30 次。这与评点者所处时

---

[1] 谭帆：《中国小说评点研究》，华东师范大学出版社 2001 年版，第 127—128 页。

代有关，邹思明身处思想解放的晚明，受张扬个性追求奇异才士之风的影响，思想或多或少已有融会，如李贽在文集《初潭集》卷一"许允妇是阮卫尉女"条，眉批："事奇，语奇，文奇。"卷十六"宗少文好山水"条，眉批仅一"奇"字。从其言简意赅的评点中，可知有明一代时人有"尚奇"之风，李卓吾作为明代评点大家，其评点风格必然有风向标的导引作用。邹思明在此评点之风的陶然下，崇"奇"的理念逐渐渗入文学评点风格之中亦属常理。

  孙矿评点赋文上则追求"浓腴""奇峭""精雅"的艺术风格，一方面是指出赋篇艺术风格的所宗之源，另一方面则是就赋篇的艺术特色指出被后世某类或某篇文章所祖。简言之，即孙矿的此类评点向上探索其渊源，向下找寻其继承。何焯《义门读书记》评赋推许"实证"的精神，《蛾术轩箧存善本书录》中所论："且义门评例，兼及校勘考证，间亦涉及友朋时事。"① 观此可见，何焯既重考据的实证之风，又兼知人论世的理念。洪若皋在《昭明文选越裁》中推重"辞藻气骨"的评点风格，而且在赋评技法上例举"擒纵法""脱胎法""反主为客法"等表现出相当娴熟的理论水准。

  赋评本身的演进方面也有诸多表现，如批评形态由明代常见的眉批、总批，至清代则在前者的基础上出现了题下批、旁批、删注批的形态，尤其以方廷珪等的《增订昭明文选集成详注》、于光华的《重订文选集评》中的评赋为典范。批评形态的增加，预示清人的赋评观念的开阔，由单一向多元的递变，亦是清人评点文学成熟的表现。评点由评注相兼到评考并论，也是评点演变的一个显著标志。如在孙矿、郭正域等的评赋中，还可以看到评点者将李善注、五臣注赋的内容或征引、或比勘夹注于篇中，然到何焯、方廷珪、于光华、洪若皋等的评赋中完全找不到李善注、五臣注的影踪，随之而来则是评点者本人的评论兼考证及其引用他人的考证来批点赋文，由评注体向评考体形

---

① 王欣夫：《蛾术轩箧存善本书录》，上海古籍出版社2002年版，第1625页。

态的转变，是赋学评点的一个重要现象，具有一定的研究价值，目前探究较少，希望能引起更多的关注。

此外，由明而清，赋评本出现了由一人评论向多人集评、汇评的演变过程。明代出版业相对发达，一些书商为谋私利，出版的一些著作往往将当时的名家大儒的评语汇聚在一起，成为一种汇评或集评本，招徕时人注意，从中获取暴利。这种风气一直延续到清代，如方廷珪等的《增订昭明文选集成详注》、于光华的《重订文选集评》汇辑数十人的评语对赋篇以及其他文章进行评点。这些评点本的渐变，与时代风气的导向密不可分。此可从日本学者高津孝对明代书商为谋私利妄改书名等的揭示得到辅证，高津氏以名古屋市蓬左文库藏《新刻校正古本大字音释三国志传通俗演义》为例，添改之后指出："'新刻''校正''古本''大字''音释'都不过是雕饰至极的广告性词句，旨在声扬文本优秀可靠、价值多样，集中体现了书肆竭尽全力推销'商品'的心情和姿态。"[①] 书商为便于售卖，遂设置较长的题目来博时人眼球，达到牟取更多的利益的目的。另如明代《新镌音释圈点提章提节士魁四书正文》《新镌出像批评通俗奇侠禅真逸史》二书，其正名无非是"四书正文""禅真逸史"，然前面长串的修饰成分，犹如今日的宣传广告语，以吸引读者，便于售卖，也是推动评点文学传播的有效途径。窥斑见豹，可以看出一个时代的学术风貌。

评点作为富有中国特色的文学批评样式，形态多样灵活，评语短小精悍、言简义丰且鉴赏性极高，其价值自不待言。张伯伟指出："评点的批评注重细微的分析剖判，从局部着眼衡量，未免'识小'之讥。但放在整个中国文学批评的体系中看，评点所最为倾心的是文本本身的优劣，它努力挖掘的是文学的美究竟何在以及何以美，它注重对文本的结构、意象、遣词造句等属于文学形式方面的分析，同时

[①] ［日］高津孝：《科举与诗艺——宋代文学与士人社会》，上海古籍出版社2013年版，第69页。

也不废义理和内容的考察,尽管这在评点是次要的。中国文学批评在这一方面的贡献,是值得我们作进一步抉发的。"① 然赋学评点的研究与小说、戏曲等评点相比略显迟滞,本文虽试图做了尝试性的工作予以补充,然学识才力浅薄疏漏,这样或那样的问题亦在所难免,对待存在的问题,不仅希冀自己能继续在这块领地上开疆拓土,还期待更多的赋学研究者倾力加盟,让这种历史悠久、灵活多变的文学批评方式受到越来越多的关注与青睐。

---

① 张伯伟:《中国古代文学批评方法研究》,中华书局2002年版,第591页。

第四章 "解镫":从诗格理论到赋学批评

"解镫"源于生活现象,过渡到军事术语,有解除马镫暂歇、延缓之延伸意。后经诗论家撷取其延伸意于诗学病犯论中,旨在厘正五言诗创作节奏板滞、韵律单一的弊端,"解镫"成为初唐颇具影响的批评理论。随着科举试赋的盛行,"解镫"由诗格范畴向赋学批评迁转,变成律赋创作中用一联隔句对解决两个限韵字的特殊形式。"解镫"韵作为一种批评方法,在赋学创作中呈现出较强的指导性与实践性,为律赋实现声韵与节奏的谐协提供了理论支撑,进而推动律赋的发展。唐抄本《赋谱》是最早探讨律赋"解镫"韵的赋格论著,标志着"解镫"由诗学概念进入赋学范畴。

"解镫"一词,顾名思义即解除束缚在马鞍两旁支撑装置的马镫。因解除马镫的前提是须先从马背上下来,故又有暂歇、推缓行程之延伸意。起初,诗家在论诗时多取其延伸意,以示诗歌语词节奏的延宕状态。嗣后关涉赋学,又从解镫的暂歇之意,再次引申为省力、取巧之意,具体指一种简便讨巧的押韵限字之法。其概念史的大致演进过程是:起初仅作为生活中的一个动词,后被用于军事术语,再被赋予诗格范畴的含义,最后又应用于赋学批评领域。

古人设譬有"近取诸身,远取诸物"的理念。初唐元兢、上官仪等诗论家为纠诗学之偏,曾借"解镫"为喻提出一种诗学病犯论,以考察诗学中的"句法"与"章法"问题,可视作"解镫"进入文学批评的关捩。唐代科举繁兴,试赋成为场屋取士的主要科目。为适应科考之需,遂出现一批探索律赋创作技艺的赋格论著,抄本《赋谱》正是在这一时风影响下产生的"教科书"式的赋学指南。此时"解镫"又作为"韵法"进入《赋谱》讨论的视域中,用以解决科场试赋的限韵问题,故成为指导律赋创作的规范之一。依此可见,"解镫"概念因语境、时代及使用对象的变迁流转,其内蕴亦随之衍变。探讨"解镫"概念的演进、引申、迁转过程,能揭示诗学概念进入赋学范畴的生动细节与丰赡内蕴,既有助于加深对诗学概念的理解,又益于厘清赋学概念的朦胧之处,更为探究诗、赋在体制与创作手法上的异同提供了理论参考。关于"解镫"在赋学中的概念与内涵的考察,詹杭伦《唐代科举与试赋》[①] 一书中初有涉及,虽有开拓之功,然仍有未尽人意处,故本文拟从概念史的视角对其作较为全面的梳理与研讨。

第一节 "解镫"缘起:从生活现象到军事术语

"解镫"中的"镫"字出现较早,如《仪礼·公食大夫礼》:"宰右执镫,左执盖。"郑玄注:"瓦豆谓之镫。"[②]《尔雅·释器》:"木豆谓之豆,竹豆谓之笾,瓦豆谓之登。"[③] 此处的"镫""登",指古代盛熟食的陶制器皿。又《楚辞》:"兰膏明烛,华镫错些。"此处"镫"通"灯",是从瓦豆名镫假借而来。"镫"作"马镫"意,据笔者所见,最早见于《世说新语》。是书《规箴》篇:"谢中郎在寿春败,临奔走,犹求玉帖镫。"[④] 这里说谢万兵败寿春,临走时仍奢求镶嵌玉石

---

① 詹杭伦:《唐代科举与试赋》,武汉大学出版社2015年版,第295—305页。
② (汉)郑玄注,(唐)贾公彦疏:《仪礼注疏》,见(清)阮元校刻《十三经注疏》,中华书局1980年版,第1081页。
③ (晋)郭璞注,(宋)邢昺疏:《尔雅注疏》,见(清)阮元校刻《十三经注疏》,中华书局1980年版,第2598页。
④ (南朝宋)刘义庆撰,徐震堮著:《世说新语校笺》,中华书局1984年版,第312页。

的马镫。其后《南齐书》也有马镫的记载，如《武十七王传》："纯银乘具，乃复可尔，何以作镫亦是银？"①同书《张敬儿传》："敬儿疑攸之当因此起兵，密以问攘兵，攘兵无所言，寄敬儿马镫一双，敬儿乃为之备。"②至此"马镫"的辞意更为显豁。南北朝以后，"镫"作为马镫之意已不乏用例。综上可知，当"镫"作去声指马镫之意时，"解镫"才有一定的所指意蕴。

本文所考察的"解镫"，即为解除马镫。马镫是骑乘时用的脚踏与支撑设备，在上马、疾驰过程中马镫均能起到支撑力点与稳定身体的作用，可以有效地使马与骑乘者协调配合，做到人马合一，以便最大限度地发挥骑乘的优势。特别是使骑乘者的双手与身躯获得足够的解放，进而在马背上展开复杂的动作，如生活中的推拉牵引，战事中的拉弓射箭、舞刀弄枪等行动。马镫形制虽小，其出现与使用对古代社会进步的意义却非同一般，因其为人们在骑乘交通工具需求驱动下的产物。特别是在农耕文明与游牧文明的生活生产、交通往来、战事装备中也扮演着重要的角色。

据考古发掘工作及相关出土文物得知，马镫的考古实物最早见于两晋时期。如1959年长沙晋墓出土陶骑俑上的马镫模型③，1972年南京东晋王廙墓骑俑马镫模型④，1983年安阳西晋墓单马镫⑤，1984年朝阳东晋壁画墓马镫⑥，1998年北票喇嘛洞墓地木芯马镫⑦，等等。这些出土实物表明，马镫在数量上最初是由单镫向双镫发展，即由一侧使用变为两侧皆配马镫；在形制上由三角形演变成浑圆形再变为圆圈形；在材质上由木质到木芯镶饰金石再变成后来的纯金

---

① （南朝梁）萧子显：《南齐书》卷40《武十七王传》，中华书局1972年版，第703页。
② （南朝梁）萧子显：《南齐书》卷25《张敬儿传》，中华书局1972年版，第466页。
③ 高至喜：《长沙两晋南朝隋墓发掘报告》，《考古学报》1959年第3期。
④ 袁俊卿：《南京象山5号、6号、7号墓清理简报》，《文物》1972年第11期。
⑤ 孙秉根：《安阳孝民屯晋墓发掘报告》，《考古》1983年第6期。
⑥ 李庆发：《朝阳袁台子东晋壁画墓》，《文物》1984年第6期。
⑦ 万欣：《辽宁北票喇嘛洞墓地1998年发掘报告》，《考古学报》2004年第2期。

属。故马镫早已进入人们的生活是毋庸置疑的事实。与之相随的是，有马镫就有解马镫。因此，"解镫"就成了生活中的一种常见行为。

正如上文中的"玉帖镫"所示，马镫不仅能作为贵族的奢侈品，而且早已遍迹于战场。马镫很早便已作为器物用于军事活动之中，但"解镫"作为军事术语见诸史籍，却晚至北宋时期。该词作为军事术语在史书中出现虽晚，但也是生活样态的一种本源再现，可以说明"解镫"一词在文学以外的存在状态。宋仁宗时，官修军事著作《武经总要前集》记载："先是太宗时，患北戎侵轶，亦尝置，开方田，使以陷胡骑。咸平中，上封人孙士龙及静戎军王能，并言方田之利，请置于北边。能请于军城东新河之北开之，广袤相去皆五尺，深七尺，状若连锁（俗谓之解镫），东西至顺安、威虏军境。仍以地图来上。是日诏令：静戎、顺安、威虏军界皆置方田，凿河以遏胡骑。令保州、广信、安肃军境皆可设置，与竦前言陷马坑类，极边赖之，与塘水共为利也。"①"陷马坑"亦即"方田"，具有阻止敌人进犯、迫使战马延缓攻击甚至停歇的功能。而"状若连锁"则是对"陷马坑"这一状态的描述。安国楼在《北宋军事方田制述论》中对"方田法"的形制、功能补充道："方田规格为长宽各五尺，深七尺，'状若连锁'，当时人习惯称之为'解镫'，形状与所谓的'陷马坑'相类似。"② 开辟"方田"之举实质是利用能阻止敌军战马驰突的陷马坑来防御敌军骑兵的突袭，进而起到保卫城池、维持安定的功用。陷马坑见图1，图中陷马坑与机桥均有延缓、阻滞敌军进攻的功能，由此表明，时人之所以谓之"解镫"，是取其延缓、阻滞之义。

此外，"解镫"又作为阵法中的重要环节出现于军事防御中。《宋史·兵志》载录："康定元年，帝御便殿阅诸军阵法。议者谓诸军止

---

① （宋）曾公亮等撰：《武经总要前集》，见《中国古代版画丛刊》（第一册），上海古籍出版社1988年版，第629页。
② 安国楼：《北宋军事方田制述论》，《杭州大学学报》（哲学社会科学版）1992年第4期。

第四章 "解镫":从诗格理论到赋学批评

教坐作进退,虽整肃可观,然临敌难用,请自今遣官阅阵毕,令解镫以弓弩射。营置弓三等,自一石至八斗;弩四等,自二石八斗至二石五斗,以次阅习。"① 解除马镫,前提是先下马,在速度上放慢,作为阵法中的一个环节,有助于提升骑兵步战的能力。同书《宋琪列传》云:"其阵身解镫排之,俟与戎相搏之时,无问厚薄,十分作气,枪突交冲,驰逐往来,后阵更进。彼若乘我深入,阵身之后,更有马步人五千,分为十头,以撞竿、镫弩俱进,为回骑之舍。"② 可知,"解镫"的目的还是在于与步阵配合。

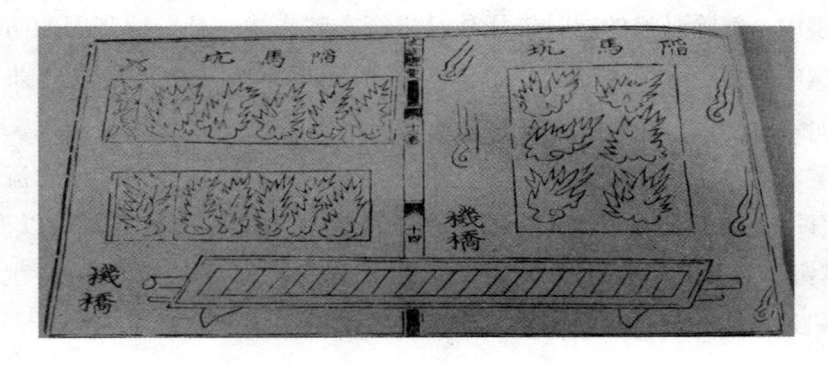

图1 陷马坑③

"解镫"之阵法,在其他的军事文献中也有相关记载与论述。如《武经总要·前集》卷7"本朝平戎万全阵法"条云:"前后阵各用骑兵五千,解镫分为两行,前行配五十人骑为一队,计六十二队。"④ 此处"解镫"作为骑兵阵法的一环,与分行列队、人员数量、占地步数、每队队眼密切结合,以阻挡并延缓敌方的猛烈进攻。这种阵法,具体如何进攻或者防御,单上述记载,今已不得其详,但从后世文献

---

① (元)脱脱等:《宋史》卷195《兵志》,中华书局1985年版,第4853—4854页。
② (元)脱脱等:《宋史》卷264《宋琪列传》,中华书局1985年版,第9127页。
③ (宋)曾公亮等撰:《武经总要·前集》,见《中国古代版画丛刊》(第一册),上海古籍出版社1988年版,第629页。
④ (宋)曾公亮等撰:《武经总要》,见《中国古代版画丛刊》(第一册),上海古籍出版社1988年版,第561—562页。

— 69 —

征引中仍能获取蛛丝马迹。明代王鸣鹤辑录军事著作《登坛必究》曾引用此段,是书卷34"平戎万全阵记"条在"解镫"下注解:"不用马镫。"[①] 此解释极为紧要,不用马镫,最有可能是骑兵步行战斗中,依靠战马来作为屏障的一种阵法,王鸣鹤认为不用马镫,可能因为骑兵阵法,在列队上须严密紧凑,倘使马镫则有不便。该阵法不需要长途奔袭的速度,而是要有冲击不破的密度和稳定性。

综合上述《武经总要》《登坛必究》《宋史》等文献的记载,"解镫"多用于军事方面,是一种骑兵布阵、徒步作战的战术。特别是在战事中,解除马镫的同时依托战马进行布阵作战,是一种坚固的防攻兼擅的措施。由此可知,"解镫"若用于军事阵法中,是攻守兼备(更偏重于守)的战术战略,属概念的本然之色。若用于诗、赋文体的学术规范中,是减速、延缓、停顿的引申义。详细考察其概念流变可有助于厘清其在诗赋的节奏、用韵等问题中的存在样态。可以说,"解镫"在从日常生活到军事战争的外延拓展中,也为其后的诗赋家们"远取诸物"的设譬提供了丰富的素材。

第二节 "解镫"迁转:从诗格理论到赋学批评

在唐代,"解镫"曾被引入元兢《诗髓脑》、崔融《唐朝新定诗格》、王昌龄《诗中密旨》、空海《文镜秘府论》等诗格论著中,用作批评术语与诗学规范,来考察诗歌句法节奏以及五言诗的流变等概况。随着"解镫"的引申义不断延展与深化,遂从诗学迁转至赋学范畴中。

"解镫"作为批评术语,在命名上是沿用古时流行的"近取诸身,远取诸物"的譬喻方式来读解文本。其在诗学术语中,常与"撷腰"并称使用,成为初唐时期颇具影响的批评理论。唐时上官仪、元兢、

---

① (明)王鸣鹤辑:《登坛必究》,清刻本。

第四章 "解镫":从诗格理论到赋学批评

崔融等诗论家,以"解镫""撷腰"为喻而提出的诗学规范,旨在规避五言诗在创作中因节奏过于刻板、韵律缺乏变化而出现的弊端。二者本身不是"病",所忌的是诗体通篇采用解镫或撷腰句式。如无其他句式间的变换,则是一种病犯。若一首五言诗全用撷腰句式,而不间采解镫句式,即"长撷腰病";若都用解镫句式,不用撷腰句式予以相间,即为"长解镫病"。故元兢推崇以"屡迁其体""间而有之"的解镫句与撷腰句来协调诗句、篇章之间板滞的范式结构,使其节奏舒卷自如,韵律雅致工稳。因解镫说理方式符合当时主流学说,体现了诗学的审美理路,遂为时人所接受。

元兢《诗髓脑》"文病"条载:"兢于八病之别为八病。自昔及今,无能尽知之者。近上官仪识其三,河间公义府思其余事矣。八者何?一曰龃龉,二曰丛聚,三曰忌讳,四曰形迹,五曰傍突,六曰翻语,七曰长撷腰,八曰长解镫。"① 元兢对"长解镫"作阐述:"长解镫病者,第一、第二字意相连,第三、第四字意相连,第五单一字成其意,是解镫;不与撷腰相间,是长解镫病也。如上官仪诗曰:'池牖风月清,闲居游客情,兰泛樽中色,松吟弦上声。''池牖'二字意相连,'风月'二字意相连,'清'一字成四字之意,以下三句,皆无有撷腰相间,故曰长解镫之病也。撷腰、解镫并非病,文中自宜有之,不间则为病。然解镫须与撷腰相间,则屡迁其体。不可得句相间,但时然之,近文人篇中有然,相间者偶然耳。然悟之而为诗者,不亦尽善者乎。此病亦名'散'。"② 可见,不间则为"病",有"病"亦称"散","散"即是"无有撷腰相间"的"长解镫"的松散状态,这种状态是因后无"撷腰"相救而引起的。

"长解镫"病犯概念的提出,是针对五言诗中"二二一"结构的形式,即第一、第二字相连,会延缓一下节奏,第三、第四字相连,

---

① 张伯伟:《全唐五代诗格汇考》,凤凰出版社2002年版,第120—121页。
② 张伯伟:《全唐五代诗格汇考》,凤凰出版社2002年版,第123页。

再次延缓一下节奏,两个"解镫"相连出现,谓之"长解镫",节奏频频遭到延缓,文气就显得松散。"长解镫"诗例中的"池牖风月",若能与撷腰相间,则可使诗歌显得灵活多变,而正是有了这种补救之举,"解镫"就不算病犯。然而这首诗"以下三句,皆无有撷腰相间",那么就是"长解镫",在这里就有延缓、推迟句子节奏的问题,因此成为病犯。这种病犯称"散",取因句子的节奏被长解镫的延缓功效冲散而无变化之义。"撷腰"则是指五言诗中"二一二"的结构,即第一、二字意相连,第四、五字意相连,第三字撷上下两字,同样文中举上官仪"青山笼雪花"为例。二者皆是五言律诗结构的最基本形态,并非真正的文病。只是诗中一味运用"二一二"或"二二一"句式,则使诵读节奏变得单一、乏味,容易导致诗病。倘若连贯用"二一二"式,就如同上官仪诗"曙色随行漏"句式,一动词"随"字,贯穿腰间,节奏相因而缺少变化,则易犯"长撷腰病",亦称"束",指一连串的"二一二"句式,取中间一字束于腰间之意。从诗句结构看,"二一二"式给人以紧密之感;若持续采用"二二一"式,就如同上官仪"池牖风月清"之诗句,其"清"字能涵盖"池牖""风月"四字之意,好比一位解除马镫下马歇息的旅客,原地悠游不前,故谓之"散"。从诗句结构看,"二二一"式给人以迂缓拖延之感。鉴于二者紧凑、舒缓的结构特征,唐人主张将"解镫"与"撷腰"二句式相参并用,这样可避免单一节奏独占诗篇的局面,使诗句在节奏、韵律、诗意上能呈现出参差不一、错综变化的诗学美感。

初唐产生的"长解镫""长撷腰"诗格理论,是针对六朝以来五言诗句式"二一二"撷腰句常常多于"二二一"解镫句的情况而言。元兢所谓"长撷腰""长解镫"之论,主要是基于前人较多地使用撷腰句式,致使章节中缺少节奏的变动而申发出来的。对此项鸿强有过详赡的考察,他认为"其原因或许在于'二一二'句式中句腰用字的词性较为多样,既可用实词,亦可用虚词,在语法结构上较少受到限制,可选用的字词范围更广,而'二二一'中'一'这个位置的可用

第四章 "解镫":从诗格理论到赋学批评

词的词性种类要远远少于'二一二'这类句式。'镫'位于句尾,故不适用起连接作用的连词、介词或加深程度的副词,多以名词、动词、形容词等可以具体感知的实词结尾,可选择的范围较小,对诗人选词炼句的要求却更高"①。这就解释了被称为"解镫"的"二二一"句式,何以更需要与上下文相配合,因为只有与上下文交错而出,它在语法结构中受到的大量限制才能得到一定的补救。项氏最后又补充,唐代以前的诗歌中存在两种情况:一是连篇累牍地使用同一节奏,倘篇幅短小,尚能给人一气而下的流畅感,若篇幅冗长,则容易造成板滞、缺乏变化之味,二是由两种不同节奏形态分段构成,整篇中若截然两段,各为解镫、撷腰而成,又容易造成断裂、艰涩之感。所以元兢认为,诗人若是能够通晓这一病犯的奥秘,就能达到尽善的境界②。此论细致翔实,较为准确地道出了"解镫"的诗学意义,颇可参考。

元兢之主张于初唐的显庆至龙朔年间提出,这一诗学理念对后世影响较深,在此论引导下,新的五言诗创作手法渐趋风靡,诗人开始考究诗联间的节奏变换,因此解镫与撷腰"间而有之"的现象开始多样起来。另外,这种诗学规范也得到后世诗论家的认可与继承。如王昌龄《诗中密旨》"诗有六病例"条云:"诗有六病例,一曰龃龉病;二曰长撷腰病;三曰长解镫病;四曰丛杂病;五曰形迹病;六曰反语病。"③其中长撷腰病、长解镫病的注解,完全照搬《诗髓脑》之内容,如"长解镫病三",第一、第二字义相连,第三、第四字义相连,以上官仪诗"池牖风月清,闲居游客情"为例。《文镜秘府论》西卷《文病二十八种》④ 其中十九曰"长撷腰",小字注:或名束;二十曰"长解镫",小字注:或名散;注解依然胪举元兢的

---

① 项鸿强:《长撷腰、长解镫:初唐节奏论与五言诗流变》,《文艺理论研究》2020年第4期。
② 项鸿强:《长撷腰、长解镫:初唐节奏论与五言诗流变》,《文艺理论研究》2020年第4期。
③ 张伯伟:《全唐五代诗格汇考》,凤凰出版社2002年版,第191页。
④ [日]弘法大师原撰,王利器校注:《文镜秘府论校注》,中国社会科学出版社1983年版,第449—450页。

内容，不赘录。

卢盛江在《文镜秘府论汇校汇考》①中对上述"束"与"散"之名，亦有申论。他认为元兢八病多为崔融《唐朝新定诗格》所有，唯名称有异。"龃龉病"，叙目称"或名不调"，正文称"崔氏是名不调"。"丛杂病"，叙目称"或名丛木"，正文称"崔名丛木病"。"形迹病""反语病"，叙目均称"崔同"，正文均引有崔氏之说。如论"长撷腰病"，叙目亦称"或名束"，正文称"此病或名束"。论"长解镫病"，叙目亦称"或名散"，正文称"此病亦名散"。从前数病之例推测，"长撷腰病"之异名"束"，"长解镫病"之异名"散"，亦当为崔氏之说。对此，项鸿强的解释可聊备一说，他称："束、散为崔融之说，与元兢之说名异实同，应为崔融吸收了元兢的节奏论，'束'与'散'在词义上相对，一为紧缚，一为疏松。与撷腰、解镫相似，都是将声音节奏作视觉化的形象呈现，颇具通感意味。"②此论最为接近真相，但缺遗处是未能再透过一层深入阐释"解镫"之意，为何用它来称"散"，以标指疏松，又为何用它来形容"将声音节奏作视觉化的形象呈现"这种行为？本章对"解镫"意义、起源、迁转等的考论则能弥补这些不足。解镫与撷腰之法，降及宋代，仍被时人关注。如宋陈应行所编《吟窗杂录》，卷6即载录王昌龄撰《诗中密旨》。可见这种诗学规范的影响长期存在。

"解镫"在赋学批评的发展过程中，先作为换韵的说法，后随着唐人试赋的需要，用于律赋创作。唐时随着科举试诗、赋的盛行，"解镫"开始由诗格范畴向赋学批评领域过渡。《文镜秘府论》西卷引《文笔十病得失》："赋颂有第一、第二、第三、第四或至第六句相随同类韵者。如此文句，倘或有焉，但可时时解镫耳，非是常式。五三文内，时一安之，亦无伤也。又，辞赋或有第四句与第八句而复韵者，

---

① 卢盛江：《文镜秘府论汇校汇考》，中华书局2015年版，第1094—1095页。
② 项鸿强：《长撷腰、长解镫：初唐节奏论与五言诗流变》，《文艺理论研究》2020年第4期。

第四章 "解镫":从诗格理论到赋学批评

并是丈夫措意,盈缩自由,笔势纵横,动合规矩。"① 此处论"解镫",意在打破赋句铺采摛文的堆砌句式,即一连四句甚至六句都用同类韵,解镫作为一种赋句间押韵的简便方法,允许偶尔出现,就如同骑乘时临时"解镫"休息一样。所以,赋句使用"解镫"是为赋文"盈缩自由,笔势纵横,动合规矩"的艺术追求而服务。倘若与其他赋句协调有序,间或运用解镫法,则有助于达到这一艺术效果。关于"解镫"韵法在赋中的运用概貌,唐抄本《赋谱》阐释最为详赡。

今所传《赋谱》为唐时抄本,著者不详。大抵作于中唐时期,是现存极少的唐代赋格类著作。长期以来,限于诸种原因,学术界对赋格类著作关注较少,而对唐抄本《赋谱》的研究更是寥寥无几。《赋谱》篇幅有限,但体制完备。全书体例依照赋句、赋体、赋题的顺序,将赋文的写作技巧由局部到整体渐次展开。它详赡地阐明了中晚唐赋体的理想形态,代表一个时代赋学批评理论的风貌,并为后人探究唐赋形制的发展提供了范本。在今天看来,《赋谱》依然是探析唐人律赋的一把钥匙。作为当时举子科考的"指南手册",《赋谱》以其较强的实用性和时效性,为研究唐人的赋学理念,考察初唐至中晚唐时期律赋的演变轨迹和文体嬗递等问题,提供了坚实的文献。

《赋谱》论"解镫"韵称:"又有连数句为一对,即押官韵两个尽者,若《驷不及舌》云:'嗟乎,以骎骎之足,追言言之辱,岂能之而不欲。盖室喋喋之喧,喻骏骏之奔,在戒之而不言。'是则'言'与'欲'并官韵,而'欲'字故以'足''辱'协,即与'言'为一对。如此之辈,赋之解镫时复有之,必巧乃可。若不然者,恐识为乱阶。"② 就引文分析,"足""辱""欲"三韵字同属一个韵部,用"足""辱"协"欲"构成赋句的上联;"喧""奔""言"三韵字同

---

① [日]弘法大师撰,王利器校注:《文镜秘府论校注》,中国社会科学出版社1983年版,第474页。
② 张伯伟:《全唐五代诗格汇考》,凤凰出版社2002年版,第564—565页。

属一个韵部,用"喧"、"奔"协"言"构成赋句的下联,最终将上下两联中的"欲""言"韵字绾合到所限官韵(以"是故先圣,予欲无言"为韵)中,此种方式谓之"解镫"韵。由此可见,使用一个隔句对子,简短的六句,就把本应用两个段落来展开的官韵给解决了,这里的"解镫"就再次延伸为省力、讨巧的意思。《赋谱》称"近来官韵多勒八字而赋体八段,宜乎一韵管一段",唐人试赋要求八韵八段准则,正常情况下一韵管一段,那么,如引文两个官韵自然要管两段赋,但"解镫"韵法却简化为只用一联隔句对子便解决两个韵字的特殊形式。这种讨巧省力的技法,偶尔可以使用,但须巧妙,若无法达到巧妙地与上下文搭配,又欲多次使用,则会导致赋法的混乱。"解镫"韵出现于《赋谱》中,其与赋体创作史的关联及赋学的意义有以下几点。

其一,"解镫"韵是基于八韵八段式的新体赋而出现的。《赋谱》明确指出新体赋的文体标准:"至今新体分为四段:初三四对,约卅字为头;次三对,约卅字为项;次二百余字为腹;最末约卅字为尾。就腹中更分为五:初约卅字为胸,次约卅字为上腹,次约卅字为中腹,次约卅字为下腹。次约卅字为腰。都八段,段段转韵发语为常体。"①《赋谱》将一篇完整的新体律赋分为八段,每段划分细致并且附有一定的术语名称。所谓八段指"头""项""腹""尾"四段,其中腹段再分"胸""上腹""中腹""下腹""腰"五段,整篇而合即是"头""项""尾"三项,再加腹中的"胸""上腹""中腹""下腹""腰"五项,凡八段。唐时已规定新体赋(即律赋)在段落构成上明确为"八段"。"解镫"韵正是在基于这些规范的要求之上渐趋兴盛起来的。

其二,"解镫"韵主要解决押韵时段落中遇到窄韵、难押韵字不能顺利展开这一问题。文中以"泉泛珠盘"为宽韵,"用"为窄韵的示例来阐述。如"盘"字,在《广韵》中属上平声二十六"桓"韵,与上平声二十五"寒"韵同,押韵时可以选择较多的韵部,属于宽

---

① 张伯伟:《全唐五代诗格汇考》,凤凰出版社2002年版,第563页。

韵。"用"字在《广韵》中去声,韵部字数少,属于窄韵。为了平衡这一矛盾,巧妙地运用"解镫"韵法,可化解律赋的难押之韵问题。《赋谱》以唐陈忠师作(元和元年进士)《驷不及舌赋》示例来阐释"解镫"韵,此赋收入《文苑英华》卷92。赋以"是故先圣,予欲无言"为韵,其中"以骎骎之足,追言言之辱,岂能之而不欲;盖窒喋喋之喧,喻骏骏之奔,在戒之而不言"段用"解镫"韵法,正如上文所言,上联用"足""辱"协"欲",下联以"喧""奔"协"言",这样成功地用偏于省力的"解镫"韵法化解了两个"言""欲"所限官韵。

其三,"解镫"韵入赋是赋家注重"屡迁其体"的发端。赋家在认识到句式、节奏的变换对律赋创作的影响这一问题的基础上,提出以"解镫"韵入赋。其与"换韵"之间具有异曲同工之妙。换韵能使赋作的韵律变得更加婉转灵变,如同诗中"二一二"与"二二一"句式的交错使用,从而避免韵感的呆板单调。无论是"解镫"抑或换韵,都表明赋家开始意识到"屡迁其体"所带来的声韵之美。从此通过节奏与韵律的变动,创造新的句式,变换赋文脉络,最后再齐聚到所限的官韵上来。"解镫"不再仅是诗学专属,也成为赋学的要义。"解镫"迁转的态势表明,律赋在句法、章法、韵法中经历了长期的孕育,最终形成了不仅追求韵律的平仄错落,参差多变,而且更进一步地探索了韵脚位置上的疏密相间以及韵部转换上灵活有序的声韵系统等问题。

第三节 "解镫"实践:试赋限韵的突围与优化

赋体是唐代进士科、博学宏词科考试中极为重要的科目,不仅规则的难度极大,而且要求的标准甚高,故赋篇创作的高低优劣,成为能否及第的关键。唐代所考赋体是一种格律赋,时人谓之甲赋,它在形态上注重用韵的严格、声调的和谐、辞藻的丽饰、对仗的工整等要

赋学：批评与体性

素。一般而言，平声表达的情感较为婉约舒缓，而仄声往往传递的是直接强烈的情愫，能否用合适的韵部，表达合适的节奏，成为一篇赋作是否合格乃至优秀的重要考核标准之一。换言之，严格的押韵规则成为律赋最根本的特征之一。

依据《赋谱》厘定，一篇完整的律赋，不仅在段落结构、创作法则上有一定的要求，甚至对赋句的数目、赋篇的字数也有一定的规范。"约略一赋内用六七紧、八九长、八隔、一壮、一漫、六七发；或四五六紧、十二三长、五六七隔、三四五发、二三漫壮；或八九紧、八九长、七八隔、四五发、二三漫壮长；或八九隔、三漫壮；或无壮；皆通。计首尾三百六十左右字。但官字有限，用意折衷耳。"① 科举律赋大约为 360 字，通常为八韵八段，每段平均在 45 字左右，在创作中如遇到宽韵，选择押韵的字数量就大，多写几联实属不难；困难在于，倘遇窄韵，很难找到足够的韵字完成一段，这时巧妙地利用"解镫"韵的法则，即可解决窄韵字带来的创作困境。

"解镫"韵法在科考试赋中普遍使用，不仅是因其能化解窄字难字韵所造成的困扰，而且还可展示士子赋兼才学，或为博得考官垂青而有意为之。这种因难见巧的表现，于应试者创作而言，是学识能力的一种挑战；于评阅与预防作弊而言，则提供了一种可资操作的规范与标准。核查并梳理唐代历年科考试赋中，目前所见采用"解镫"韵法有 13 篇赋作②，今择进士科与博学宏词科各一篇稍作探析，以窥"解镫"韵在场屋试赋中的实践风貌。

---

① 张伯伟：《全唐五代诗格汇考》，凤凰出版社 2002 年版，第 564 页。
② 13 篇赋作分别是：先天二年（713）进士试《出师赋》，开元十五年（727）进士试《灞桥赋》，大历十四年（779）进士试《寅宾出日赋》，大历十四年（779）博学宏词科试《放驯象赋》，贞元六年（790）博学宏词科试《南至郊坛有司书云物赋》，贞元六年（790）进士试《清济贯浊河赋》，贞元七年（791）进士试《珠还合浦赋》，贞元八年（792）进士试《明水赋》，贞元九年（793）博学宏词科试《太清宫观紫极舞赋》，贞元十一年（795）博学宏词科试《朱丝绳赋》，贞元十三年（797）进士试《西掖瑞柳赋》，元和元年（806）进士试《土牛赋》，元和四年（809）进士试《荧光照字赋》。

（一）先天二年（713）进士试《出师赋》

先天年（小字注：即是元年），猃狁孔炽，动摇边陲，是以我国家有事于沙漠也。征甲选徒，星驰云集，楚剑霜利，吴钩月悬，将以驱日逐之首，斩天骄之族。盖使烽埤无火，亭障息肩。大矣哉！自古出师，未有若斯之盛者。藉虽不敏，敢述赋云：

赫哉帝唐，叶殷累圣。光明乾道，洗清邦政。德所以和怀四夷，教所以平章百姓。（此段韵押"圣""政""姓"，属"劲"韵，窄韵独用）

用能尽奄有于天下，得乐推于群黎。凤符以讴歌而适，龙历以揖让而跻。既神化之无外，何鬼方之独迷。（此段韵押"黎""齐""迷"，属"齐韵"，窄韵独用）

若乃皇赫斯怒，元戎是出。其制敌也以威，其用师也以律。雕戈电举，铁骑风疾。霜明锋刃，夕曜曜以冲星；火色旌旗，昼炎炎以彗日。横行有同于千里，止步不过于六七。桓桓大将，黄石老之兵符；赳赳武夫，白猿公之剑术。（此段韵押"出""律""术"，属"术"韵；"疾""日""七"，属"质"韵，"术""质"宽韵同用）

谋无再陈，其来若神。攻则必取，谅资于武。（此联用"解镫"韵）

既作气以皷行，受脤者实在乎国英，虽假灵于庙算，决胜者亦关于天断。固将以拒十角之猖狂，岂止扫一隅之陵乱。然后作寰宇之清谧，成皇王之壮观。（此联亦用"解镫"韵）

别有其仪不忒，诗书是则。鳞翮初就，将腾跃于风波；冠剑未从，尚栖遑（一作"迟于"）翰墨。愿高阙之气袗，伫燕然之铭勒。优哉悠哉，小臣高歌帝德。（此段韵押"忒""则""墨""勒""德"，均属"德"韵，窄韵独用）

— 79 —

据《登科记考》记载,《出师赋》是现存较早的科考赋题。其中《出师赋》(落韵)属同题共作,作者为赵子卿、赵自励、梁献,三人当为先天二年(713)的进士,上赋选自赵自励《出师赋·并序》。此赋有八个韵部,考官虽未严格限韵,但赋家本人自有设限,并采用"解镫"韵法,詹杭伦根据各段韵字,还原所限韵字,即"圣德跻神,武断出英"作为此赋的官韵。其中"谋无再陈,其来若神。攻则必取,谅资于武"段用"解镫"韵。该段"陈"押"神"韵,"取"押"武"韵,一个隔句对,四句短言,就解决了两个官韵,上联中"陈"协"神",属于"真"韵,宽韵同用;下联"取"协"武",属于"虞"韵,窄韵独用。借此可见,此不仅同时解决了两个官韵,而且还将窄韵连押几个韵字可能带来的窘境给巧妙化解了。此即《赋谱》中的"解镫"韵。

另外,"既作气以鼓行,受脤者实在乎国英。虽假灵于庙算,决胜者亦关于天断。固将以拒十角之倡狂,岂止扫一隅之陵乱。然后作寰宇之清谧,成皇王之壮观"段大抵如此。该段押"行""英""断""乱""观"韵,上联"形"协"英",属于"庚"韵,宽韵同用;下联"乱""观"协"断",属于"换"韵,宽韵同用。再根据上下联句,将"英"与"断"归入官韵中。赋题虽未明确限韵,又不是严格上的隔句对,称不上标准的"解镫"韵,但赋家自我设限,尤其八句解决两个官韵,算是较为省力讨巧的技法,实质上仍是采用"解镫"韵法来完成创作。

(二)大历十四年(779)博学宏词科试《放驯象赋》

彼炎荒兮,王国是宾。此驯象兮,越俗所珍。化之式孚,则必受其来献;物或违性,所用感于至仁。(此段韵押"宾""珍""仁",属"真"韵,窄韵独用)

吾君于是诏掌兽之官,谕如天之意。惟越献象,不远而致。推己于物,曾何以异。徒见驵雄姿而屈猛志,安知不怀其土而感其类。揆夫国用,刍豢之费则多;许(一作计)以方来,道途之勤亦至。与其继之而厚养,孰若纵之而自遂。(此段韵押"意""异""志",属"志"韵;"致""类""至""遂",属"至"韵,"志""至"宽韵同用)

且彼集于禁林,我则有五色九苞之禽;在于灵囿,我则有双骼共抵之兽。(此联用"解镫"韵)

何必致远物于外区,崇伟观于皇都。是用返诸林邑之野,归尔梁山之隅。时在偃兵,岂婴乎燧尾;上惟贱贿,宁恤乎焚躯。非同委弃,罔或踟蹰。知拜跪兮则有,谢渥恩兮岂无。(此段韵押"区""隅""躯""蹰""无",属于"虞"韵;"都",属于"模"韵,"虞""模"宽韵同用)

复得顾侣求群,跨川登陆。食丰草以垂鼻,出平林而瞪目。逍遥乎存存之乡,保守乎生生之福。怀仁初就于牵挈,顺理竟资于亭育。游乎水同反身之龟,处乎山异放麑之鹿。(此段韵押"陆""目""福""育""鹿",属于"屋"韵,窄韵独用)

大道兹始,淳风不遐。感以和乐,亦参乎百兽率舞;驱之仁寿,宁阻乎四海为家。奚必充帝庭之实,驾鼓吹之车,然后可以为国华者哉。(此段韵押"遐""家""车""华",属于"麻"韵,窄韵独用)

由是圣心,孚于下国。物靡不获其所,化乃允臻其极。放一兽而庶类知归,遂四方而万代作则。彼周驱犀象,汉放骏马,未可论功而校德。(此段韵押"国""则""德",属于"德"韵;"极"属于"职"韵,"德""极"宽韵同用)

放驯象事见《旧唐书·德宗本纪》,据载:"丁亥,诏文单国所献舞象三十二,令放荆山之阳。"① 大历十四年(779),代宗驾崩,德宗继

---

① (后晋)刘昫等:《旧唐书》卷12《德宗本纪》,中华书局1975年版,第320页。

位，放驯象以示仁道。该赋为同题共作，独孤绶《放驯象赋》以"珍异禽兽，无育家国"为韵，其中"且彼集于禁林，我则有五色九苞之禽；在于灵囿，我则有双骼共抵之兽"段用"解镫"韵法。上联押"禽"字韵，以"林"协"禽"，属于"侵"韵，窄韵独用；下联押"兽"字韵，以"囿"协"兽"，属于"宥"韵，窄韵独用。用一联隔句对化解两个限韵字，在将上下联中的"禽""兽"字韵，归入所限官韵中。此外，独孤良器《放驯象赋》以"珍异禽兽，无育家国"为韵，其中"然后以儒为林，毓贤哲以为禽。以道为囿，利忠良以为兽"亦采用"解镫"韵法。另外，其他赋篇皆如此，不再赘述。

纵览"解镫"在试赋中的实践，有以下几个方面的特性。

首先，"解镫"韵构成的隔句对，一般置于赋篇中第六或第七段的束腰部位，肩负着紧束和勾连上下、转承赋段的使命，使赋篇在结构与声律上显得更加紧促灵动、绰约生姿。除此之外还要遵循《赋谱》中"近来官韵多勒八字，而赋体八段，宜乎一韵管一段，则转韵必待发语，递相牵缀，实得其便"的创作要求，尤其换段必换韵，换韵须注重四声交互、平仄相间、韵数多寡等因素，这样才使韵部更加错落有致，使赋作通篇生色。换韵还意味着要协同内容的延展，既要与赋篇主旨相得益彰，又要使二者之间递进前行。这是一种"双赢的合作机制"，规范有序的押韵格式能有效促进较多的赋句排列，变换灵动的韵部可以协调这种多元的赋句组合，以规避其单一与无序的弊端。概言之，赋韵与赋意之间当契合"能赋者，就韵生句；不能者，就句牵韵"[①]，赋韵呈现在批评功能上，具有相辅相成的作用，蕴涵在演进形态上，由最初的自发音韵到声律自觉的历程，而"解镫"韵的出现与盛行，正是这一历程的力证。

其次，从先天二年（713）到元和四年（809）的科试中，共12次采用"解镫"韵法，进士科试赋8次，博学宏词科试赋4次，足以

---

① （宋）郑起潜：《声律关键》，宋宛委别藏抄本。

第四章 "解镫"：从诗格理论到赋学批评

说明盛唐至中唐之际"解镫"韵的盛行情况。尤其"解镫"韵于博学宏词科试赋，虽仅有4次，然意义却非同一般。据王士祥《唐试赋研究》①统计，全唐可考的博学宏词科试赋共44次，而这12年当中有4次博学宏词科使用"解镫"韵，其数量虽似微小，但所占比重却十分可观，足资证明"解镫"韵法的使用频次。由上亦可知，博学宏词科试赋主要分布于中唐时期，而该阶段正是进士科试赋的全盛期。由此蠡测，博学宏词科试赋当受到进士科的侵染与影响。二者虽都是国家选拔人才的重要科目，但其性质、用意、标准、归属等存在差别，如《全唐文》云："宏词拔萃，以甄逸才；进士明经，以长学业。"②律赋极为注重用韵，通常在偶句上押韵，且赋韵要工稳整饬，这种韵式对赋作的文体结构、内容铺采、吟诵节奏都有重要的意义。押韵通常是同一语种的人群相沿成习的声韵共识，呈现于文本中，即每句结笔处要做到字异而韵同，遂有"天下好赋，皆自韵出"之推崇。"解镫"韵法的出现与盛行，对律赋限韵的突围与优化有极大的推进作用。

再次，"解镫"韵在试赋过程中主要围绕限韵与节奏展开，进而为律赋带来多样化效果。完成一篇标准的律赋，用好声韵是其创作的首要条件。如《楞园赋说》云："场中出色，押韵是一半工夫。押得自然，如韵脚皆为我设，则开卷数句，即知为内行所作，否则似稳非稳，纵有佳句，终难夺目。官韵须押股尾乃见整齐，又须以典出之乃见新色。官韵难押者，更须留意，试官每于此着眼，此处出色，则佳句在人口矣。"③律赋的限韵若能得到有效处理，那么，节奏问题自然迎刃而解。"解镫"韵不仅使律赋在声韵上得到缓和，而且进一步使其在强弱、长短的节奏感上得到优化，这一做法与《礼

---

① 王士祥：《唐代试赋研究》，上海古籍出版社2012年版。
② （清）董诰等：《全唐文》，中华书局1983年版，第3606页。
③ （清）江含春：《楞园赋说》，上海图书馆藏清抄本。

记·乐记》中"乐者,心之动也,声者,乐之象也;文采节奏,声之饰也"①的论述最为契合。节奏的核心特征即是有规律的变化,这也是赋体艺术的美学内核所在。节奏涵括于词句中,一般不会随作家思想、逻辑的变化而流动。朱光潜曾有过精辟的陈说,《诗论》称:"节奏是宇宙中自然现象的一个基本原则。自然现象不能彼此全同,亦不能全异。全同全异不能有节奏,节奏生于同异相承续,相错综,相呼应。寒暑昼夜的来往,新陈的代谢,雌雄的匹配,同波的起伏,山川的交错,数量的乘除消长,以至于玄理方面反正的对称,历史方面兴亡隆替的循环,都有一个节奏的道理在里面。艺术反照自然,节奏是一切艺术的灵魂。"② 是论可谓的当亲切,特别是对律赋在韵律、情感、篇章等节奏方面的深入探讨能起到积极的引导作用,对今天赋文创作也有一定的启示意义。

第四节 "解镫"理论:律赋形态与功能的多样化追求

"解镫"作为一种批评范畴,虽肇端于诗学规范,但在优化律赋限韵与创作方面的贡献,同样值得肯定。"解镫"韵随着律赋的发展与限韵的要求应运而生,而律赋的发展,一方面依托科举制度,因场屋试赋的规定,士子们要博取功名,律赋自然成为他们钻研的对象;另一方面,文人雅士尝试用科考的律赋形式来发抒自己的情感以及所见所感,也创作出不少名篇佳作。"解镫"韵在这种情况下,其形态、功能等均得到进一步的深化与拓展,这在律赋的创作实践中可以窥见,不妨以白居易《赋赋》为例言之。

白居易《赋赋》(以"赋者古诗之流"为韵)非场屋之作,然赋

---

① (汉)郑玄注,(唐)孔颖达疏:《礼记正义》,见(清)阮元校刻《十三经注疏》,中华书局1980年版,第1536—1537页。
② 朱光潜:《诗论》,生活·读书·新知三联书店2014年版,第163—164页。

第四章 "解镫":从诗格理论到赋学批评

中的章法结构颇具表现力,如"观夫义类错综,词采分布(依抄本《赋谱》句型构成划分,此二句为紧句,下同)。文谐宫律,言中章句(紧句)。华而不艳,美而有度(紧句)。雅音浏亮,必先体物以成章;逸思飘飘,不独登高而能赋(杂隔)。其工者,究笔精,穷旨趣,何惭《两京》于班固;其妙者,抽秘思,骋妍词,岂谢《三都》于左思(股对)。掩黄绢之丽藻,吐白凤之奇姿;振金声于寰海,增纸价于京师(平隔)。则《长杨》《羽猎》之徒,胡可比也;《景福》《灵光》之作,未足多之(重隔)。"① 此篇是赋学史中较为卓殊的赋论作品,不仅在于赋家独特的命名方式,更在于它以"赋"论"赋",进而阐述"赋"的文体形态与赋学观念。

《赋赋》作为一篇重要的文学理论作品,在赋法篇章上的发明,约略两端值得辨明。一是"状若连环"的构句形态及审美意识是对"解镫"韵的承传。是赋上段限押"赋"字韵,下段限押"之"字韵,两段之间巧妙地以长股对"其工者,究笔精,穷旨趣,何惭《两京》于班固;其妙者,抽秘思,骋妍词,岂谢《三都》于左思"来分押上下两段的韵字,这种谋篇构段举措,已远远超出"解镫"韵最初用一隔句对来处理两个限韵字的局促之处。不仅解决了"窄韵"问题,最为关键是股对的运用使上下两段前后相承,衔接紧密,以形成"状若连环"的铺排方式。这种律赋形态,既是对"解镫"韵的承传,又在其基础上更进一步深化。二是"起承转合"结构篇法是对"解镫"韵功能的新拓展。因"解镫"韵在创作中大量使用,遂使创作者思索在律赋的谋篇布局中,兼备转折的功用,犹似律诗结构中的"起承转合"之法。诚如"文字之道,极之千变万化,而蔽以二言,不过曰接曰转而已。一意相承则曰接,两意相承则曰转"② 所论,白氏赋作对"起承转合"章法功能的探讨亦有此举。该赋在构段上不仅多用紧句,

---

① (唐)白居易著,谢思炜校注:《白居易文集校注》,中华书局2011年版,第73—74页。
② (清)王元启:《祗平居士集》,清嘉庆十七年刻本。

且造语精密,使行文连贯畅快,承接处犹人之胸腹遒劲而有气力,转折处胀满蓄势,最后在结尾处开闸泄洪,促使赋文产生巨大的能量,以感染读者,引发共鸣。

律赋作为国家考核、选拔人才的重要科试文体,一直沿袭至清代,使该文体得到了长足的发展。文人之间以律赋形式唱和、抒怀、模拟的现象,已从国家制度的层面缓步向公众的点滴日常走来,二者平行发展,有殊途同归之妙,这在以往的古籍文献记载中,可窥一斑。《全唐文纪事》卷96记载:"晚唐士人作律赋,多以古事为题,寓悲伤之旨,如吴融、徐寅诸人是也,黄滔,字文江,亦以此擅名。"[1] 并援引黄滔《明皇回驾经马嵬坡赋》《景阳井赋》《馆娃宫赋》《陈皇后因赋复宠赋》等历史题材的赋句予以说明。再如宋何薳《春渚纪闻》卷6"龙团称屈赋"条云:"先生一日与鲁直、文潜诸人会饭。既食骨堆儿血羹。客有须薄茶者,因就取所碾龙团,遍啜坐人。或曰,使龙茶能言,当须称屈。先生抚掌久之曰:'是亦可为一题。'因援笔戏作律赋一首,以俾荐血羹龙团称屈为韵。山谷击节称咏,不能已。已无藏本,闻关子开能诵,今亡矣!惜哉!"[2] 因不牵涉考试成分,赋家在选题和创作上相对自由,即可以充分发挥,这时赋作的文学意蕴渐趋增进,甚至已然臻于至境。浦铣《复小斋赋话》下卷称:"文以有情为贵。余于辅文赋,以《沛父老留汉高祖》为压卷;文江赋,以《秋色》为压卷。"[3] 综上,律赋的发展动力,不仅有国家选拔人才的科试之需,而且源于文人间相互的创作交流。

律赋押韵的目的具有多样性:一则易于记诵,这是承继先秦以来诗文创作的传统,综观经籍、史传、诸子百家等内容,大体遵循"寡其词,协其音,以文其言,易于记诵"的动因,一则与诗歌的音乐性

---

[1] (清)陈鸿墀纂:《全唐文纪事》,中华书局1959年版,第1202页。
[2] (宋)何薳:《春渚纪闻》,中华书局1983年版,第97页。
[3] (清)浦铣:《复小斋赋话》,清乾隆五十三年复小斋刻本。

有关，甚至与礼乐制度休戚相关。如汉代诗文创作与汉乐府制度之间的关系，则可作为《礼记·乐记》所谓"声音之道与政通矣"[①]的注脚。历代赋皆有其声律，特别在创作与批评上注重炼韵、押韵的事宜。宋李廌《师友谈记》："赋中工夫不厌子细，先寻事以押官韵，及先作诸隔句。凡押官韵，须是稳熟浏亮，使人读之不觉牵强，如和人诗不似和诗也。"[②]清余丙照《赋学指南》卷1"论押韵"条："作赋先贵炼韵，凡赋题所限之韵，字字不可易押过，易押之字，须力避平熟，务出新意，庶不至千手雷同。难押之字，人皆束手者，争奇角胜，正在于此。但不得过于凿空，反欠大雅。押官韵最宜着意，务要押得四平八稳。"[③]由此可见，对于律赋用韵而言，历代研究者都有不同的探讨与推进，而用韵之工是其根本所在，因律赋文体的基本特征就是限韵，脱离了限韵，律赋也就不成其为律赋。故如何用韵，是写作律赋最先着眼的地方，余丙照强调"作赋先贵炼韵"，认为"韵稳"比"句之工巧"更重要，故将其置于书卷之冠。

律赋在韵字、韵位、换韵上均有严格标准，用韵若稀疏散乱甚或无序失韵，不仅会削减赋文的韵感与节奏，导致如"犯格""落韵""犯韵"等病犯的出现，严重者还会影响到科考仕途，这从唐宋时期试赋因犯韵、落韵而被罢黜的记述可见一斑。《唐国史补》载："宋济老于文场，举止可笑，尝试赋，误失官韵。"[④]《登科记考》称："今后举人，词赋属对并须要切，或有犯韵及诸杂违格，不得放及第……卢价赋内薄伐字合使平声字，今使侧声字，犯格。孙澄赋内御字韵使宇字，已落韵，又使膂字，是上声。有字韵中押售字，是去声，又有朽字犯韵。"[⑤]又《石林燕语》卷8："李文定公在场屋有盛名，景德二

[①] （汉）郑玄注，（唐）孔颖达疏：《礼记正义》，见（清）阮元校刻《十三经注疏》，中华书局1980年版，第1527页。
[②] （宋）李廌：《师友谈记》，中华书局2002年版，第19页。
[③] （清）余丙照：《赋学指南》，清光绪十九年刻本。
[④] （唐）李肇：《唐国史补》，上海古籍出版社1957年版，第56页。
[⑤] （清）徐松：《登科记考》，中华书局1984年版，第967页。

年颁省试，主司皆欲得之，以置高第。已而乃不在选，主司意其失考，取所试卷覆视之，则以赋落韵而黜也。"① 由此可知，唐以后举试赋对赋韵的要求，不仅关涉律赋的创作事宜，而且已成为决定士子取优舍劣的硬标准。

　　在科考试赋中，限韵问题诚然会束缚士子们的思想，甚至制约应试者的学识。但从考试科目的文体出发，"律赋"或许是不错的选择。试赋是命题行文，在用韵、篇幅、语词、内容等方面均有谨严规定，鲜有口碑载道的精品，因此饱受争议与批评。但在人们的观念中，试赋的体格远高于策、论等文体，在一定程度上既继续发扬其润色鸿业、揄扬盛世的传统，又予人以尊贵之感，于此举措下开展场屋试赋，势必会大大提高时人的人文修养与创作水平。从考官批改试卷及防止士子预作舞弊的角度而言，也加强了对应试者在学识才能方面的综合考察，从而通过试赋本身的程式设限，来防止"共相模拟"的时弊发生。

　　在律赋发展与限韵要求的基础上，"解镫"韵作为一种赋格理论入赋，不单是为"屡迁其体""间而用之"所带来的节奏、韵律之美服务，更多的是作为一种批评理念，在赋学创作中呈现出较强的指示性与实践性，尤其为律赋实现节奏与声韵方面迁转提供了理论支撑，进而促进律赋的发展。唐代科举试赋倡导"解镫"韵，其主要功能不仅在于可以化解押韵时遇到窄韵难韵的繁难，而且能体现赋兼才学、因难见巧的赋体认知与理念，更为关键的是具有使赋句达到节奏上更加舒缓连贯、容量上更加丰富多元的审美功效。故此，律赋虽囿于限韵而有益于阅卷者评卷、防止作弊等因素，但自唐科考功令以来始终占据着主导地位。

---

① （宋）叶梦得撰，侯忠义点校：《石林燕语》，中华书局1984年版，第113页。

第五章 律赋创作技艺论

律赋是科场取士的重要文体。清代律赋繁兴,探讨律赋创作技法艺术的论著随之增加,尤其赋话类文献关涉律赋创作最为详赡。清代赋话基本以律赋为品评中心,建构系统的律赋批评体制,对律赋的创作技巧及价值给予较高的认同,倾覆元明以来对律赋"华巧浮艳"的批评。今以清代赋话为中心,厘定出律赋创作中几种典型的技法,借此探索律赋创作从简单到复杂、从宽泛到严格的迁转形态与创作机制,省思律赋内在的辨体风貌与外在的文化意蕴,阐述其写作方式、理论建构以及价值影响,为赋学研究提供新的探索范式和关注焦点。

第一节 破题与诠题

赋话是赋学批评理论的重要组成部分。作为一种理论形态,呈现出不同于其他赋学批评的特质,正是这种特质,使赋话研究具有独特的意义,尤其对了解与研究赋学文献有着重要的参考价值。有清一代,赋话论著显豁,如清乾嘉以来有浦铣《历代赋话》《复小斋赋话》,李调元《赋话》,林联桂《见星庐赋话》,姜学渐《味竹轩赋话》,姜国伊《尹人赋话》,孙奎《春晖园赋苑卮言》,江含春《愣园赋说》,汪廷珍《作赋例言》,王芑孙《读赋卮言》,余丙照《赋学指南》,等等,这些论著,尤其在律赋的创作技法方面,赋家花费大量篇幅来进行讨论，虽带有个人心得和总结的色彩，却具有一定的理论价值，常有独到之见。

律赋创作首重破题。律赋的起句制法极为讲究，因破题的优劣事关整篇的布局构思，若能开门见山吸引考官的注意力，则对应试较为有利。《赋学指南》就其具体创作程式："文争起结，赋亦争起结。起必用短调，取其紧峭，擒得住题目。结必用长调，取其充沛，收得住通篇。虽起亦有用长句者，而结断不可用短句。"[①] 余丙照认为赋的起、结二联宜用四字联，结句宜用六字联或隔句对。

李调元《雨村赋话》论律赋破题诸多，如："唐人试赋，极重破题。白居易《性习相近远赋》云：下自人，上达君，咸德以慎立，而性由习分。李凉公逢吉大奇之，为写二十余本。韦象《画狗马难为功赋》云：有丹青二人，一则矜能于狗马，一则夸妙于鬼神。吴学士融方构是题，见之，遂焚所著，其价重一时如此。迄今观之，亦不过疏解明晰耳。陈佑《平权衡赋》起句云：俾民不迷，兹器维则。八字典重而浑成，殆欲与'日华''天鉴'之句并驱中原矣。"[②] 白居易及第在当时影响极大，遂成为唐代科举中的佳话。《白居易集》载："由是《性习相近远》《求玄珠》《斩白蛇》等赋，及百道判，新进士竞相传于都下矣。"[③] 尤因破题独树一帜而成为科举试赋中的典范。韦象出色的破题，竟让名声显赫的翰林学士吴融"遂焚所著"。而陈佑的破题，被李调元誉为"八字典重而浑成，殆欲与'日华''天鉴'之句并驱中原"。上述破题不仅能简明扼要地解释命题，还能冠冕涵盖全文，对赋作内容有包举领挈的功用。

浦铣《复小斋赋话》中对破题的功用也给予关注。其云："律赋最重破题。李表臣程《日五色赋》，夫人知之矣。宋唯郑毅夫《圆丘

---

① （清）余丙照：《赋学指南》，清光绪十九年刻本。
② （清）李调元：《雨村赋话》，清乾隆四十九年函海刻本。
③ （唐）白居易：《白居易集》，中华书局1979年版，第1页。

象天赋》，一破可与抗行。外此，如黄御史滔《秋色赋》：白帝承乾，乾坤悄然。能摹题神。范文正公《铸剑戟为农器赋》：兵者凶器，食唯民天。善使成语，亦其亚也。"①浦铣因重视破题，而极力推崇唐李程《日五色赋》、宋郑獬《圆丘象天赋》，二赋皆以不凡的破题而被浦铣看作第一。唐代律赋八韵八句成为固定格式，贞元十二年（796），李程所作的《日五色赋》被李调元和浦铣视为经典。以德动天鉴，祥开日华起句，深受杨于陵青睐，擢第一获当年状元。

　　林联桂《见星庐赋话》、余丙照《赋学指南》对律赋"诠题"技法的论述颇为详赡，前者"论诠题"条云："赋题不难于旁渲四面，而难于力透中心。而名手偏能于题心人所难言之处，分出三层两层意义，攻坚破硬，题蕴毕宣，乃称神勇。"②接着胪举鲍桂星《夏日之阴赋》、黄钺《秋水赋》、奎耀《拟潘安仁射雉赋》、胡达源《探梅赋》等六篇赋作来证明诠题时"力透中心"之妙思。后者所论较为翔实："赋贵审题，拈题后不可轻易下笔，先看题中着眼在某字，然后握定题珠，选词命意，斯能扫尽浮词，独诠真谛。如唐太宗《小山赋》，处处摹写'小'字；宋言《学鸡鸣度关赋》，处处关合'鸡鸣'。此风檐中秘诀也。赋又贵肖题，如遇廊庙题，须说得落落大方，杂不得山林景况。遇山林题，须说得翩翩雅致，杂不得廊庙风光。题目甚伙，举可类推。……将见凑字凑句，苦态不堪，又何能诠题耶？备列诸法于左，是在神而明之者。"③所谓诠题，是律赋创作要合乎赋体的要求，即如何审题、切题。审题时应着眼于题中的关键"字眼"，如唐太宗《小山赋》题中的关键词肯定是"小"而不是泛写"山"。此外，题目不仅决定了主题走向，也制约着语句的内容和风格，如山林题和廊庙题就完全是不同的作法，所应叙写的

---

① （清）浦铣：《复小斋赋话》，清乾隆五十三年复小斋刻本。
② （清）林联桂：《见星庐赋话》，清光绪十八年刻本。
③ （清）余丙照：《赋学指南》，清光绪十九年刻本。

内容不能相互混杂。

浦铣强调切题须先认题。《复小斋赋话》云:"作小赋必先认题,如《凉风至》《小雪》《握金镜》诸赋,须看其处处不脱'至'字'小'字'握'字。不则,便可移入'凉风''雪''金镜'题去矣。"① 认题的关键是把握好赋中如"平""至""小""握"诸字的题旨,然后进行铺陈,充分体现赋的精义。该论与李元度《赋学正鹄》论审题基本契合。是书载:"学者每得一题,先看题中着眼在何字,认定题珠,针针见血,乃能扫净肤泛语。如《小园赋》之注定'小'字,可类推也。即能认题,又贵肖题。须辨其孰为小赋题,孰为台阁体,孰为山林体,孰宜用律体,孰宜用古体。如题系拟古,尤须识得当时作者本意。"②

律赋为科场应制文体,其破题、审题对士子而言极其关键。李调元注重制题,即创制赋作是要切中题旨。如"作赋贵相题立制。如唐王起《宣尼宅闻金石丝竹之声赋》,不过用'遐想乎返鲁之年,追思乎在齐之月'等语,自成绝唱。若此等题,著一新异之语,便谬以千里矣"③。以起句中"自成绝唱"与"缪以千里"的极大反差,来阐述制题的关键性。

赋话中反复强调"起手亦极重制题""相题精审""作赋贵相题立制"等,旨在说明律赋的创作必须因题制赋,制题要紧紧围绕赋作展开,扣紧题旨,正如《作赋例言》所论:"赋有宏博、简练两路,须因题制变。大题大做,小题小做,顺之也。窄题宽做,宽题窄做,逆之也。法无一定,但须段段相称,不可头大尾小,鹤膝蜂腰。"④ 欲使律赋创制切合题意,其核心是把握题目中的关键字,方可诠题。

---

① (清)浦铣:《复小斋赋话》,清乾隆五十三年复小斋刻本。
② (清)李元度:《赋学正鹄》,清同治十年爽溪书院刻本。
③ (清)李调元:《雨村赋话》,清乾隆四十九年函海刻本。
④ (清)汪廷珍:《作赋例言》,清道光二十七年刻本。

第二节　用笔与用事

用笔指律赋创作时所运用的技巧，旨在表情达意、切合主题。具体如何用笔，当因题而异。《赋学正鹄》云："取势则全在用笔。用笔须如天马行空，转变不测。向背离合得其情，操纵顺达随其意，则局势自不平庸。"李元度又强调用笔须因题而异，是书称："体物题须用写生之笔，双关题须用活脱之笔，写景题须用风华之笔，言情题须用婉转之笔，纤细题须用刻画之笔，论古题须用沉雄警快之笔。"①

律赋用笔须轻倩工稳。《复小斋赋话》对此有较翔实的论述，其云："作赋不在用事精切，尤在用笔。黄文江《白日上升赋》用'乘风''奔月'二事云：较美古今，列子之乘风固劣；论功昼夜，姮娥之奔月非优。其得诀处，全在上四字用得好。"又云："林滋，闽人，与同年詹雄、郑诚齐名。时谓'闽中三绝'，雄诗、诚文、滋赋也。今观其《小雪》《阳冰》二赋，用笔轻倩，制局整齐，得名洵不虚矣。《小雪赋》尤佳。"② 林滋因《小雪》《阳冰》二赋，用笔轻倩，制局整齐，而得名洵不虚。律赋用笔在于灵活，不墨守成规。如汪廷珍《作赋例言》所言："笔固根于天事，用功深亦可脱化，大约以活字、切字为主，而诸美因之矣。"③ 综观诸家引例评论用笔，正谓未言秋月，而秋月自然涌现是也。

用事是律赋创作过程中的重要技巧之一。浦铣《历代赋话》谓："晚唐五代间士人作赋，用事亦有甚工者。"④ 李调元《雨村赋话》云：

---

① （清）李元度：《赋学正鹄》，清同治十年爽溪书院刻本。
② （清）浦铣：《复小斋赋话》，清乾隆五十三年复小斋刻本。
③ （清）汪廷珍：《作赋例言》，清道光二十七年刻本。
④ （清）浦铣：《历代赋话》，清乾隆五十三年复小斋刻本。

赋学：批评与体性

"唐人雅善言情，宋人则极讲使事。"① 此说，既能反观不同时期律赋创作的概貌，又流露出著者对此的认知。宋人创作律赋善用事，《师友谈记》可证之，其"秦少游言赋中用事一"条云："赋中用事，唯要处置。才见题，便要类聚事实，看紧慢，分布在八韵中。如事多者，便须精择其可用者用之，可以不用者弃之，不必惑于多爱，留之徒为累耳。如事少者，须于合用者先占下，别处要用，不可那辍。"② 秦观认为，律赋用事既要讲究位置，又要学会平衡"事多者"与"事少者"之间的关系。宋人律赋善于用典，南宋孙奕《示儿编》卷八"赋贵巧于使事"条记载，可为秦观之理论补做注脚。孙奕不仅提出律赋擅于用事，还强调用事原则，如"用事贵审"。律赋用事，一般有以下几点值得注意。

第一，讲究精当，注重切题。如《复小斋赋话》言："钱仲文《西海变白龙见赋》，押'于'字一联云：皓而其真，异叶公之藻缋；超然将举，同正礼之友于。'礼'原本误'理'。……古人用事，确切如此。"③ 赋文"皓而其真，异叶公之藻缋；超然将举，同正礼之友于"句，典出《新序》云："叶公子高好龙，钩以写龙，凿以写龙，屋室雕文以写龙。"④ 后者事见《三国志》云："洪曰：若明使君用公山于前，擢正礼于后，所谓御二龙于长涂，骋骐骥于千里，不亦可乎！"⑤ 此赋巧妙使事，皆扣"双龙"。

第二，避免俗套，贵在出新。《复小斋赋话》云："用典处以不说出为高。谢观《吴坂马赋》：乍同曲突，收将宫征之音；又似丰城，指出斗牛之气。虽用蔡邕爨桐、张华剑气事，却不说出'桐'与'剑'字，亦是避熟法。"⑥ 其中"乍同曲突，收将宫征之音"句，见

---

① （清）李调元：《雨村赋话》，清乾隆四十九年函海刻本。
② （宋）李廌：《师友谈记》，中华书局2002年版，第19页。
③ （清）浦铣：《复小斋赋话》，清乾隆五十三年复小斋刻本。
④ （汉）刘向：《新序》，中华书局1997年版，第173页。
⑤ （晋）陈寿：《三国志》，中华书局1959年版，第1184页。
⑥ （清）浦铣：《复小斋赋话》，清乾隆五十三年复小斋刻本。

《后汉书·蔡邕列传》云："吴人有烧桐以爨者，邕闻火烈之声，知其良木，因请而裁为琴，果有美音，而其尾犹焦，故时人名曰'焦尾琴'焉。"① "又似丰城，指出斗牛之气"句，见《晋书·张华传》云："初，吴之未灭也，斗牛之间常有紫气，道术者皆以吴方强盛，未可图也，惟华以为不然。……并刻题，一曰龙泉，一曰太阿。其夕，斗牛间气不复见焉。"② 浦铣认为谢观《吴坂马赋》，虽采用蔡邕爨桐、张华剑气之典事，然并无直接点出"桐""剑"二字，读后不觉耳熟，有"陌生化"之感，是谓用典技巧之高。

第三，巧妙斡旋，点铁成金。《雨村赋话》云："唐人雅善言情，宋人则极讲使事。无名氏《帝王之道出万全赋》云：一举朔庭空，窦宪受成于汉室；三箭天山定，薛侯禀命于唐宗。此两事乃人臣，非帝王也。斡旋灵妙，便能点铁成金。陈修《四海想中兴之美赋》云：葱岭金堤，不日复广轮之土；泰山玉牒，何时清封禅之尘。运用既切，情致亦深。宜其见赏，阜陵读之流涕也。"③ 无名氏《帝王之道万全赋》，典见《萤雪丛说》："昔有士人在场屋间，赋《帝王之道万全》，绝无故实。遂问一老先生，答云：只有'一举空朔庭，三箭定天山'好使，要在人斡旋尔。或谓此事乃人臣，非帝王也，不可用，疑诳之。后于程文中见一举人使得最妙，其说题目甚透，有曰：一举朔庭空，窦宪受成于汉室；三箭天山定，薛侯禀命于唐宗。真所谓九转丹砂，点铁成金者也。"④ 而"一举朔庭空，窦宪受成于汉室"句，源出《后汉书·窦宪传》，其论曰："窦宪率羌胡边杂之师，一举而空朔庭，至乃追奔稽落之表，饮马比鞮之曲，铭石负鼎，荐告清庙。"⑤ "三箭天山定，薛侯禀命于唐宗"句，源出《旧唐书·薛仁贵传》，其曰："军

---

① （南朝宋）范晔：《后汉书》卷60下《蔡邕列传》，中华书局1965年版，第2004页。
② （唐）房玄龄等：《晋书》卷36《张华传》，中华书局1974年版，第1075页。
③ （清）李调元：《雨村赋话》，清乾隆四十九年函海刻本。
④ （宋）俞成：《萤雪丛说》，中华书局1936年版，第5页。
⑤ （南朝宋）范晔：《后汉书》卷23《窦宪列传》，中华书局1965年版，第820—821页。

中歌曰：将军三箭定天山，战士长歌入汉关。九姓自此衰弱，不复更为边患。"① 典故所用窦宪、薛仁贵皆为人臣，而非帝王，但经过施巧斡旋，顿觉妙合意旨，正所谓点铁成金。

除上述几点，浦铣和李调元在律赋用典上亦有补充。浦铣强调善用故实，食古而化；李调元则重视典故陪衬、另出一奇之法。总之，关于用典，既要做到用事和赋题相切合，又要裁剪语言以适应声韵与句式的要求。

第三节　偶对与辞格

律赋在创作中一般借助律诗的属对经验，常使用假对、流水对、言对、事对、反对、正对等，这些修辞格的运用旨在使文气流转，富有趣味。这方面较早论述的当推《文心雕龙·丽辞》篇。刘勰先阐明形成之因："造化赋形，支体必双；神理为用，事不孤立。夫心生文辞，运裁百虑，高下相须，自然成对。"再例举形态："故丽辞之体，凡有四对：言对为易，事对为难，反对为优，正对为劣。言对者，双比空辞者也；事对者，并举人验者也；反对者，理殊趣合者也；正对者，事异义同者也。"② 刘勰不仅论述赋体偶对的几种主要形态，也就其内涵给予了学理式的阐释，虽是针对古赋而论，然其法则一样适宜律赋。律赋偶对的实践与理论，从南朝发轫，经唐宋承袭，元明清拓展，研究者从未停止对其进行探索，尤以清代赋话的讨论为最。

述论律赋偶对的迁转形态。《雨村赋话》卷一："扬、马之赋，语皆单行，班、张则间有俪句，如'周以龙兴，秦以虎视''声与风游，泽从云翔'等语是也。下逮魏晋，不失厥初。鲍照、江淹，权舆已

---

① （后晋）刘昫等：《旧唐书》卷 83《薛仁贵传》，中华书局 1975 年版，第 278 页。
② （南朝梁）刘勰著，范文澜注：《文心雕龙注》，人民文学出版社 1958 年版，第 588 页。

肇；永明、天监之际，吴均、沈约诸人，音节谐和，属对密切，而古意渐远；庾子山沿其习，开隋唐之先躅。古变为律，子山实开其先。"① 从中不仅可以看出赋体创作由散而骈、由骈而律的迁转过程，而且对不同时代、不同赋家的风格特征予以考索。如西汉扬雄、司马相如赋篇多是散体大赋，此时偶对句相对不多；东汉至南朝时期咏物、抒情小赋盛行，偶句趋于繁兴。其后永明声律论的出现，对赋文的句子结构、辞性、节奏等的谐协起到了重要的推动作用，遂有"音节谐和，属对密切"的论评。迨至庾信，赋文臻于完备，可谓无语不工，无句不偶，在承续齐梁余波的同时，为隋唐律赋的发展奠定了基础。《四库全书总目·庾开府集笺注》对此评："庾信骈偶之文，集六朝之大成，导四杰之先路，自古迄今，屹然四六宗匠。"②

评骘律赋偶对的句法结构。浦铣《复小斋赋话》卷上："律赋句法，不可但用四六，或六四，或七四，或四七。试取王辅文棨、黄文江滔、吴子华融、陆鲁望龟蒙诸家观之，思过半矣。"③ 四六是律赋创作中较为常用的句式，但须交错使用，使句式流转多变，以此来增加偶对的艺术效果。如陆龟蒙律赋句法灵活多变，精工雕镂，不仅常用四六句，而且还兼擅四五、五四、四七、七四，八四、六四等句式以入律赋，来增加偶对的流转之妙。浦铣《复小斋赋话》卷下："鲁望诸赋，精工雕镂，不遗余力。句法多用四五、五四、四七、七四，八四、六四不多用之，以等剩字。且赋中颇多寄托，《青苔》《书带》诸篇，得骚人香草美人遗意。"④ 如此长句在律赋偶对中较为少见，元稹、白居易最早用于律赋之中而别创一格。《雨村赋话》卷三："律赋多用四六，鲜有用长句者。破其拘挛，自元、白始。乐天清雄绝世，

---

① （清）李调元：《雨村赋话》，清乾隆四十九年函海刻本。
② （清）永瑢等：《四库全书总目》卷148《庾开府集笺注》，中华书局1965年版，第1275—1276页。
③ （清）浦铣：《复小斋赋话》，清乾隆五十三年复小斋刻本。
④ （清）浦铣：《复小斋赋话》，清乾隆五十三年复小斋刻本。

妙悟天然，投之所向，无不如志；微之则多典硕之作，高冠长剑，璀璨陆离，使人不敢逼视。"① 相关论评诸多，不一而足。

　　品鉴律赋偶对的创作准则。这一点主要体现在偶对用语和句式上的要求。前者如刘熙载《艺概·赋概》中称："赋中骈偶处，语取蔚茂；单行处，语取清瘦。"② 文中对这一标准进行溯源，指出此自宋玉、相如已然。后者如汪廷珍《作赋例言》谓："长句不如短句，四句对不如两句对，骈对不如活对，多用四句对，最易厌气。换韵处尤不宜用四句对，合掌更属大忌。四句对相承处须变换，不可两联一样，如上联上四下六，下联再用上四下六便不好。"③ 魏谦升《赋品》云："新情古色，才美齐梁。物必有耦，妙合成章。一歌绛树，韵迭声双。兰苕翡翠，菡萏鸳鸯。花花自对，翼翼相当。属辞比事，摘艳熏香。"④ 这是针对偶对句式创作准则而言的。整齐谨严，音律谐美，正是偶对句式追求的写作准则。江含春《楞园赋说》论曰："四六错综变化，不必求奇，其法不外夹叙夹议，或上述下议，或上议下叙，或分或合，或抑或扬，总以虚实相生，上下不隔为妙。"⑤ 律赋富于变化的句式，正是不同律诗的独特个性，因此对律赋句式的探索，成为赋话论著中重要的考察对象。

　　揭示律赋偶对的书写弊端。姜学渐《味竹轩赋话》"初学律赋一则"条云："然后讲求每字句要稳当，要圆熟，求真切便稳当，调平仄便圆熟。每句意要联贯，要圆转，不杂凑便联贯，有开合便圆转。每段要流畅，忌累赘，少排句便流畅、不累赘。"⑥ 至清代，律赋艺术形态在韵律、句法、词性、句式、结构、偶对等方面臻于完善，已成为赋家或评论家所追求的典范，这正契合《复小斋赋话》"其中抽秘

---

① （清）李调元：《雨村赋话》，清乾隆四十九年函海刻本。
② （清）刘熙载：《艺概》卷3《赋概》，上海古籍出版社1978年版，第100页。
③ （清）汪廷珍：《作赋例言》，清道光二十七年刻本。
④ （清）魏谦升：《赋品》，清抄本。
⑤ （清）江含春：《楞园赋说》，上海图书馆藏清抄本。
⑥ （清）姜学渐：《味竹轩赋话》，同治六年刻本。

骋妍,俌色揣称,使人有程式可稽,工拙立见者,自在律赋。所为气度之厚,神思之远,古今无异致也"① 所论。因此,为使律赋整体上稳工连贯、流畅圆转,评论家对律赋创作的中字、句、段、韵、偶对等常见的疏漏弊病予以揭示,以免落人窠臼。王芑孙《读赋卮言》亦有相似评述:"读赋必从《文选》《唐文粹》始,而作赋则当自律赋始,以此约束其心思,而坚整其笔力。声律对偶之间,既规重而矩叠,亦绳直而衡平。律之为言,固非可卤莽为之也。"② 律赋创作虽有章法可循,但须注意其弊端,倘若旁牵远摭,会导致段落之间的差异,上下联句之间未能有机衔接;若一味追求闳博富丽,则会忽略用韵和偶对之间的创作准则,"此皆败律之过",恐佳构之篇难以为继。

文本的结构往往昭示理论发展的趋势。律赋辞格的文本实践,正是为其之后理论形成的方向而进行的努力尝试,反过来理论又能指导律赋的创作实践,二者交互进行,互为弥补。赋话论著不仅对律赋的偶对技巧、形态特征、艺术风格进行了全面的探析,而且对律赋的渊源嬗递、审美标准、鉴赏批评也给予了深入考量,从而使其具有一定的指导意义与借鉴作用。

第四节 炼字与琢句

魏谦升《赋品》"研炼"条云:"《京都》钜丽,一纪十年。笔札楮墨,藩溷著焉。《海潮》卢作,星再周天。结响不滞,捶字乃坚。为绕指柔,妙极自然。丹成剑跃,炉火无烟。"③ 此可视为律赋在炼字、逐句技法方面的合理注脚。

李调元强调律赋创作须重炼字。《雨村赋话》评唐黄滔《融结为

---

① (清)浦铣:《复小斋赋话》,清乾隆五十三年复小斋刻本。
② (清)王芑孙:《读赋卮言》,清光绪九年刻本。
③ (清)魏谦升:《赋品》,清抄本。

河岳赋》炼字:"诗家以炼字为主,惟赋亦然,句中有眼,则字字轩豁呈露矣。唐黄文江滔单讲此决,词必已出,苦吟疾书,故能于贴括中自竖一帜。其《融结为河岳赋》云:则有龟负龙擎,文籍其阳九阴六,共触愚移,倾缺其天枢地轴。如疏朴略,波万壑以派分;似截洴浂,仞千岩而云矗。戛戛独造,不肯一字犹人。"评唐白行简《金跃求为镆铘赋》炼字:"云:迸紫光而傍射,期游刃以剚犀;烘赤气而上冲,愿成形于斩马。又:自殊美玉,岂韫椟以沽诸;愿比雕戈,庶因兹而砺乃。力写'求''为'二字,作作有芒,熊熊有光。字里行间,皆挟精悍之色,赤如跃冶之祥金。"[1] 李调元认为该赋将炼字和用典混搭,以此可以增进律赋的艺术效果。从上述诸如炼字中"戛戛独造,不肯一字犹人""作作有芒,熊熊有光""句法、字法俱工""无字不炼,无意不搜,至矣,美矣"等评价来看,可窥见李调元对炼字的重视程度。在对待炼字上,李调元和浦铣均提出自己的见解。

李调元《雨村赋话》对炼字提出了活用的准则。如"唐周针《登吴岳赋》云:中隐深溪,日月之光不到;外连层阜,龙蛇之势斯蟠。又云:西窥剑阁,霜地表之千镡;东眺蓬莱,黛波间数点。'霜'字'黛'字,捶字结响,得古人活用之法。又《海门山赋》云:当晴昼而纤雾豁开,大吞江汉;值阴霾而浓云交翳,暗锁乾坤。俱长于锤炼,意态雄杰。此二赋足以凌跨一时,然他赋则不称是,如《同人》《于野》等篇,殊少细腻风光。乃知高下咸宜,此境固未易到。按王定保《摭言》云:周缄者,湖南人,咸通中以词赋擅名。考其年代,即是此人,但'针''缄'字有一误耳。"[2] 特意强调了《登吴岳赋》中"霜"与"黛"二字,得古人活用之法,二字的锤炼,足可"凌跨一时,然他赋则不称是"。

浦铣《复小斋赋话》论述炼字则提出"一字师"之说。其以《莹

---

[1] (清)李调元:《雨村赋话》,清乾隆四十九年函海刻本。
[2] (清)李调元:《雨村赋话》,清乾隆四十九年函海刻本。

雪丛说》《梦溪笔谈》中的记载展开："今人但知诗有一字师，不知赋亦有一字师。《莹雪丛说》载，吴经叔鄂在湖南漕试。次名陈尹，赋《文帝前席贾生》，破题云：文帝好问，贾生力陈，忘其势之前席，重所言之过人。经叔改'势'作'分'，陈大钦服。又陈季陆在福州，考校出《皇极统三德五事赋》，魁者破云：极有所会，理无或遗。统三德与五事，贯一中于百为。季陆极喜辟初四句，只嫌第四句'贯百为于一中'似乎倒置，改'贯'字作'寓'，较有意思。又《梦溪笔谈》：刘辉《尧舜性仁赋》，有'内积安行之德，盖禀于天'，欧阳公以为'积'近于'学'，改为'蕴'，人莫不以公为知言。皆一字师也。"①"一字师"源自诗论观念，而浦铣将其援引至赋论中，足见其对炼字的重视。

再如浦铣评论黄文江、王辅文炼字时云："黄文江、王辅文，唐僖昭时人，俱以律赋擅长。其句法大略相同，而黄更有艳情，加以琢句炼字，奕奕新色，真小赋第一手。"又："题有不得不用哀艳者，如《馆娃宫赋》是也。黄御史更加炼句炼字，便成千秋绝调。"②黄滔、王棨二人，均为晚唐律赋名家，尤其黄文江极其注重琢句炼字，强调字句皆奕奕新色，遂成千秋绝调。因此，浦铣誉黄滔为"小赋第一手"。

除炼字之外，律赋亦重琢句。在琢句上赋家各抒己见，江含春《楞园赋说》指出："炼句之法，短须典重有力，长须飘逸有致。四六错综变化，不必求奇，其法不外夹叙夹议，或上叙下议，或上议下叙，或分或合，或抑或扬，总以虚实相生，上下不隔为妙。能间用成语工对，加以语妙指点，则场中可制胜矣。"③李调元则认为赋要新颖，须琢句，唯此不落前人窠臼，《雨村赋话》云："赋须琢句新颖，方不落

---

① （清）浦铣：《复小斋赋话》，清乾隆五十三年复小斋刻本。
② （清）浦铣：《复小斋赋话》，清乾隆五十三年复小斋刻本。
③ （清）江含春：《楞园赋说》，上海图书馆藏清抄本。

前人窠臼。明沈朝焕《春蚕作茧赋》云：战玄黄于倏忽，藏白贲于韬铃。其缭绕也，如宓妃之辑雾；其鲜洁也，若鲛人之杼冰。周陛以纲，蔽茀以紟。或疏或密，一纵一横，机工墨色而让巧，文士橐管而逊精。凭唇吻以默运，不手足而自营。末句尤新。"① 随后李调元例举南朝至唐律赋琢句的概况，加以阐述"新颖"之意。评南朝赋："梁沈约《高松赋》云：经千霜而得拱，仰百仞而方枝。'得'字'方'字，清劲有力，可为琢句之法。谢玄晖、王仲宝俱有《和竟陵王高松赋》，而此篇有'平台北园'及'邹枚之客'等语，想亦同时应教所作。竟陵王，齐武帝之子萧子良也。"评唐人琢句，既新颖流丽又雅近六朝："唐张何《蜀江春日文君濯锦赋》云：夺五云长风未散，泫百花微雨新洗。设色浓至，琢句新颖，气味亦雅近六朝。"②

另外，余丙照认为琢句倘若有工力，不可了以率易；有火候，更不可参以生硬。虽过炼亦恐伤气，总要清不流于滑，华不近于俗，奇不戾于正，方为和平大雅之音。《赋学指南》云："赋贵琢句，律赋句法不一，唐人律赋，不必段段尽用四六句，亦有全不用者。如石贯之《藉田赋》，颜鲁公《象魏赋》是也。而最便初学者，莫如四字六字，及四六六四等句，酌其机调，参差用之，自能修短合度，血脉流通。然欲出语惊人，行间生色，则必加以烹炼。烹取调和，所谓酰醯盐梅以和五味也；炼则融化，所谓百炼钢化为绕指柔也。"③ 当然，炼字琢句虽为律赋新颖服务，但不可雕琢太过，否则难免流于靡丽之辞。

第五节 制局与炼局

局法即是律赋制作的布局章法。姜学渐《味竹轩赋话》云："学

---

① （清）李调元：《雨村赋话》，清乾隆四十九年函海刻本。
② （清）李调元：《雨村赋话》，清乾隆四十九年函海刻本。
③ （清）余丙照：《赋学指南》，清光绪十九年刻本。

赋之法，先布一篇之局。篇中有停顿，有开合，题之层折，即赋之波澜，无层折便为平铺直叙，总须相题之。局既布，则一段有一段之意矣。"① 律赋多为场屋之作，士子在规定范围内应试，若要充分施展自己的才智学识，毫无疑问会在律赋的章法结构上苦下功夫。因此，律赋在创作上遵循章法、注重结构，成为异于其他诸种赋体的显著特征。今据赋话文献就所论局法，概括有四。

第一，循题布置。循题布置在唐代较为常用。李调元《雨村赋话》评唐陆贽《冬至日陪位听太和乐赋》云："先叙冬至，至叙陪位，然后叙作乐，末以听字作收煞。循题布置，浑灏流转，盖题位使然，不必尽以雕镂藻缋为工也。"② 赋篇以"乐自上古兮，和洽足闻；日至南极兮，阴阳肇分"起句，然后题义层层推进，先叙冬至，后写陪位，再述太和乐，末则以听字作结。

唐李程《金受砺赋》亦是典型的例证。其以"圣无全功，必资佐辅"为韵；以"唯砺也，有克刚之美；唯金也，有利用之功"起句；从读解"金"和"砺"的性质、功用铺展开来；再以"兴喻殷鉴，譬后之圣"来阐释赋韵"圣无全功，必资佐辅"的内涵，物人互喻，将"金受砺"与"君听谏"对比研论，遂后进一步论证君臣、金砺的关系，"君与臣兮相符，金与砺兮相须。离之而道斯远，全之而德不孤"；再以"工必利其器，君先择其佐"与"俾钝质不可砺，俟昏德以将衰"的论述承上启下，阐明事理，突出主旨；最后赋以"金"示君与"砺"示臣为喻收结，云"恭默思道，曷高宗之可俦；辅弼纳忠，岂傅岩之攸匹。宜乎哉！超羲而越夔，勖而自必"。李调元称赞：双起双收，通篇纯以机致胜，骨节通灵，清气如拭，并谓其在唐赋中又是一格。

第二，以韵叙次布置。李调元在《雨村赋话》论唐黄滔《馆娃宫

---

① （清）姜学渐：《味竹轩赋话》，同治六年刻本。
② （清）李调元：《雨村赋话》，清乾隆四十九年函海刻本。

赋》曰："昔盛今衰，各以三韵叙次，布置停稳，尤妙在起韵末联云：舞榭歌台，朝为宫而暮为沼；英风霸业，古人失而今人惊。对法变化，恰好领起下文'想夫桂殿中横，兰房内创'一段，此赋家正眼法门。"① 文中"昔盛今衰，各以三韵叙次"所言，指赋家用"漾""支""职"三韵，论述昔日馆娃宫盛；再用"东""陌""豪"三韵，叙今日馆娃宫之衰。用韵叙次布局，既可使赋篇生色、流丽，又可凭换韵规律来安排层次，谋篇立意。

以韵叙次布置之法，不仅在唐代盛行，遂后宋代亦有详细的研究。如宋李廌《师友谈记》中记载秦观论赋曰："凡小赋，如人之元首，而破题二句乃其眉。惟贵气貌有以动人，故先择事之至精至当者先用之，使观之便知妙用。然后第二韵探原题意之所从来，须便用议论。第三韵方立议论，明其旨趣。第四韵结断其说以明题，意思全备。第五韵或引事，或反说。第七韵反说或要终立义。第八韵卒章，尤要好意思尔。"② 可见，宋代对律赋布局章法的探索与考究，比之唐代愈趋严谨精准。

第三，多样化的句法。律赋在句法上不拘一格，其取文、骚、骈三体之法而为之，这样不仅益于律赋自身的调节变化，而且还呈现出在骚赋、辞赋、骈赋句法上所不具有的灵活性。正是基于这一灵活特性，使律赋在诸如用韵、命题、破题、切题、用笔、用事等条件的限制下，能得到较好的补充。律赋体式的发展，正是在这种得失互兼的现象中发展与丰富起来的。

句法是律赋布局中的关键一环，因此，论述布局则首论句法。四六是律赋常用句法，但要错杂使用，方可得变化流转之功。如浦铣《复小斋赋话》："律赋句法，不可但用四六，或六四，或七四，或四七。试取王辅文棨、黄文江滔、吴子华融、陆鲁望龟蒙诸家观之，思

---

① （清）李调元：《雨村赋话》，清乾隆四十九年函海刻本。
② （宋）李廌：《师友谈记》，中华书局2002年版，第18页。

过半矣。"又："四六、六四等句法，须相间而行。唐人唯王辅文曲尽其妙。辅文律赋四十一首，余析为四卷，笺注藏于家。"① 王棨、黄滔、吴融、陆龟蒙都是律赋大家，工于四六。尤其王棨《江南春赋》，可谓句法流转变化，行文曲尽其妙，是四六的典范之作，因此，被前人誉为律赋正楷。

第四，讲究结笔。与唐宋间律赋重破题不同，清人律赋则讲究收结。《读赋卮言》"谋篇"称："盖赋重发端，尤慎结局矣。行百里者半九十里，言晚节末路之难也。迟声以曼，铿而未希，明月夜珠，与诗同境，末篇多踬，减赋半德，卒读称善，完赋全功。"②《赋学指南》论"炼起结"云："文争起结，赋亦争起结，起必用短调，取其紧峭擒得住题目；结必用长调，取其充沛收得通篇。虽起亦用长句者，而结断不可用短句。"③ 相较而言，前者更注重起结的变化，后者遵从固定准则。简言之，诸家之说可相互渗透，互为增补。清人对律赋不仅重视破题，亦慎重结笔。浦铣《复小斋赋话》中论述了收结有不同称谓，云："赋后有乱，有谇，有讯，有谣，有理，有重，有辞，有颂，有歌，有诗。唐顾逋翁《茶赋》有雅，裴晋公《铸剑戟为农器赋》有系，唐无名氏《蜀都赋》有箴，宋薛士隆《本生赋》有反，明萧子鹏《鼎砚赋》有赞，沈朝焕《把膝赋》有吟。"④ 浦铣首举荀子赋作的结笔，紧接着又以唐宋之际赋家为对象，胪举其结笔概况，并给予评论。

评荀子赋起句与结笔："兰陵《云》《蚕》等赋，俱以'有物于此'作起句，篇末方点明题字，其赋中之椎轮积水欤！"评唐舒元兴《牡丹赋》结笔："舒元兴《牡丹赋》，秾艳极矣！不而，便与题不称。卒章云：何前代寂而不闻，今则喧然而大来？曷草木之命，亦有时而塞，亦有时而开。此数语，乃其序中所云所作之旨也。"评宋李忠定

---

① （清）浦铣：《复小斋赋话》，清乾隆五十三年复小斋刻本。
② （清）王芑孙：《读赋卮言》，清光绪九年刻本。
③ （清）余丙照：《赋学指南》，清光绪十九年刻本。
④ （清）浦铣：《复小斋赋话》，清乾隆五十三年复小斋刻本。

《荔枝赋》结笔："李忠定《荔枝赋》卒章云：衡懿不可以好鹤，而幽人得之，适所增其逸。阮籍之徒，得全于酒，而羲和湎淫，乃废时而乱日。似用坡公《放鹤亭记》。"① 李调元、浦铣等认为收结是赋作重要之处，若草率结之，则全篇减色。因此，对结笔提出的基本要求：一则要与破题照应，一则要含蓄警策。如汪廷珍强调律赋结笔时，末后须更加警策，不可如强弩之末，否则精神一衰，通篇减色。

第六节 余论

　　清代文学最显著的特征是文学文献集成的崛起，创作上呈现出对前辈作家的规仿与接受，批评上体现出对文献文学特征的着重申述与自觉意识，理论上显示出对贤士典范的文学传统的尊崇与理解。作为批评形态的赋话，以综合的视域对搜集、遴选、编撰、评论等自觉意识进行阐释。赋话除探析赋体创作的技巧准则、艺术构思、表现方法等理论概括之外，其"教学示范""交游交际""颂扬报恩""发潜阐幽"的写作方式和写作动机亦值得关注。考察赋话在律赋创作技艺上的审美空间和学术内涵，可谓各具特色，卓然新裁。律赋为应试之作，士子为博求功名，要在有限时间和指定命题内，彰显自己的才华与学识以出色完成答卷，因而不得不在律赋的技法、制艺上耕云种月，苦下功夫，于是既注重章法、讲究结构，又追求实用、强调文采则成为律赋迥异于其他赋体的鲜明特征。有清一代，赋话论著繁盛，律赋创作理论更有集大成之举，究其原因主要为：一方面因举子科考而编"指南手册"，昭示其实用性，另一方面编著者紧跟时代步伐，强调其时效性，以彰显价值。

　　赋话作为一种赋学批评形态来研讨律赋创作的价值，不仅仅在于能观照历代时人的赋学观，更多是折射出了各时期律赋的演变轨迹，

---

① （清）浦铣：《复小斋赋话》，清乾隆五十三年复小斋刻本。

为考察赋体嬗递提供了一种可信文献的依据。清陆葇《历朝赋格》"凡例"云："赋也者，始基乎荀，达乎宋，盛于汉魏，艳于六朝，规矩乎唐，而裁制于是乎尽。"[1] 依历代律赋章法技艺而论，唐代律赋虽为正格却法疏意薄，而宋代渐趋绵密，至清则取得"青出于蓝而胜于蓝"的赋学成就。又《赋学指南》是承唐代抄本《赋谱》、宋代《声律关键》之后，探究律赋创作最为实用详赡的一部赋学理论著作。吴东昱在序中评曰："然初学之士，得此一编伏而读之，赋中诸法，瞭若如指掌，不俟面命耳提，自可抽黄对白，又何法之不易知，赋之不可学哉！"[2] 由此可知，该著虽是指导初学者撰赋的赋格之书，然始于押韵，终于炼局，条分缕晰，识见颇高，以为程式。它不仅在赋学理论领域颇具影响，而且对一般文学的创作亦有重要的镜鉴作用。另外，律赋创作技艺的日臻完善，某种程度而言，得益于考赋制度的推行。朝廷选拔人才，以考赋取士，读书人欲踏入仕途，就不得不参加科考。为实现名登金榜，势必会用心研习律赋的写作，因此在诸生竞逐利禄的风气下，赋体的创作技艺日趋谨严起来。

---

[1]（清）陆葇：《历朝赋格》，清康熙二十五年刻本。
[2]（清）余丙照：《赋学指南》，清光绪十九年刻本。

第六章 律赋用韵类型论

律赋与科考关系密切，是科场取士的重要文体。律赋的根本特征是注重用韵。试赋限韵肇端于初唐，其韵字平仄、用韵次序、韵数多寡皆无定制。中唐之后，八韵八段式成为常例。宋代以降，四平四仄相间而行的韵脚终成定制。金元明三朝，律赋渐趋式微，用韵问题亦渐行渐远。有清一代，律赋繁兴，论述律赋用韵的典籍随之增加，尤其赋话一类文献关涉律赋用韵繁多，今据清代《雨村赋话》《复小斋赋话》二书，厘定出不同的用韵类型，并就其功能、价值及其演变轨迹略作考察。

第一节 律赋立名

清代赋话文献中，载录诸多关于律赋用韵的问题。今以李调元的《雨村赋话》与浦铣的《复小斋赋话》为考察对象，就律赋用韵的立名、类型、方式、功能等加以研讨，进而窥探律赋在用韵上从无到有、从简单到复杂、从宽泛到严格的嬗递路径，整体领略赋体内在的辨体风貌与外在的独特意蕴。

从现存唐代文献的记载来看，唐时并无"律赋"之名，真正出现"律赋"名称，是在五代时期。唐代没有为"律赋"分类的概念，时人称科考试赋为"甲赋"。如权德舆《答柳福州书》："两汉设科，本于射策，故公孙弘、董仲舒之伦痛言道理。近者祖袭绮靡，过于雕虫，俗谓之甲赋、律诗，丽偶对属。"① 皇甫湜《答李生第二书》："既为甲赋，不得称不作声病文也。"② 舒元舆《上论贡士书》："今之甲赋、律诗，皆是偷拆经诰侮圣人之言者……试甲赋、律诗是待之以雕虫微艺，非所以观人文化成之道也。"③ 从这些载录中可以发现：一则"甲赋"往往与"律诗"并列出现于科考探讨的范围，说明"甲赋"隶属科考试题，一则每论及"甲赋"，后面常涉及"丽偶""声病"等声律方面的问题，加之与"律诗"并列，足见，重声律已是"甲赋"的显著特征。细检这两个条件，基本符合"甲赋"即是有唐一代科场试题中"律赋"的要求。

"律赋"之名最早见于王定保所撰《唐摭言》，其卷九云："郑隐者，其先闽人，徙居循阳，因而耕焉。少为律赋，辞格固寻常。"④ 王定保生于晚唐，卒于五代，《唐摭言》完成于五代之际，主要记载唐人科举逸闻趣事，"是书述有唐一代贡举之制特详，多史志所未及。其一切杂事，亦足以觇名场之风气，验士习之淳浇。法戒兼陈，可为永鉴"⑤。从王著中可以推测，"律赋"有可能是唐代科场试赋中的常用名称，虽被王定保正式记载下来，但并非其首创。限于唐代相关文献的缺失，故无从证之。然王著的记载使"律赋"之名得以流播，则是毋庸置疑的。

唐人所称的"甲赋"是否即是王定保所谓"律赋"的别名，这一点可从清人对律赋考辨的文献中得到答案。如《古文渊鉴》谓："睹今之甲赋律诗"，下小字注云："甲，令甲也，甲赋犹言律赋也，唐制进士试以诗赋策论。"⑥ 清人将"甲"释为令甲，即所颁发的首道诏

---

① （宋）李昉等：《文苑英华》，中华书局1966年版，第3548页。
② （清）董诰等：《全唐文》，中华书局1983年版，第7022页。
③ （清）董诰等：《全唐文》，中华书局1983年版，第7487页。
④ （五代）王定保撰：《唐摭言》，上海古籍出版社1978年版，第96页。
⑤ （清）永瑢等撰：《四库全书总目》，中华书局1965年版，第1186页。
⑥ 四库提要丛书编委会编：《四库提要著录丛书》集部181册《古文渊鉴》，北京出版社2010年版，第65页。

令，那么"甲赋"则是唐代科举中朝廷首次应试的赋题。这种说法在周中孚的《郑堂札记》中可得到进一步的印证，是书卷一："唐人称应试之赋为甲赋，盖因令甲所颁，故有此称，以别于居恒所作古赋。皇甫持正所谓'即为甲赋，不得不作声病文也。'或以《文选》第一卷首有赋甲二字，故倒其字称甲赋。案：李善注，赋甲者，旧题甲乙，所以纪卷先后。今卷既改，故甲乙并除，存其首题，以明旧式，或说非也。"① 通读材料有两点值得辨明。第一，周中孚认可"甲赋"即是律赋这一解释，同时指出，之所以名"甲赋"，是为了别于"古赋"。"古赋"是相对于唐时"新赋"或"新体赋"的一种俗称，如佚名唐抄本《赋谱》（唐抄本《赋谱》，发现于20世纪40年代，原系伊藤由不为私人藏品，现珍藏于日本东京五岛美术馆，谱文有三千五百字左右，主要论述律赋创作、用韵、形制等的"指南之作"）中称"但古赋段或多或少，若《登楼》三段，《天台》四段之类是也。至今新体分为四段"，"故曰新赋之体项者，古赋之头也"，《赋谱》中"新赋"或"新体"正是"律赋"的统称。故此，对《郑堂札记》中称"甲赋"别于"古赋"之说，便可迎刃冰解。第二，周中孚对"甲赋"得名提出新的看法，认为其源于《文选·赋》，原因是《文选》第一卷有"赋甲"的纪卷顺序，若将其颠倒即是"甲赋"。此论未免牵强，可聊备一说，以供参考。

对"律赋"之名的考察，从清初《古文渊鉴》探讨开始至晚清，持续不断。如文廷式《纯常子枝语》云："今之律赋，唐时盖谓之甲赋，权德舆《答柳冕书》云：'近者祖习绮靡，过于雕虫，俗谓之甲赋、律诗，丽偶对属。'又舒元舆《论贡举书》云：'今之甲赋、律诗，皆是偷拆经诰，侮圣人之言。'"② 概而言之，"律赋"之名，出现于五代王定保《唐摭言》，而唐时文献中所谓"甲赋"正是"律赋"

---

① （清）周中孚撰：《郑堂札记》，中华书局1985年版，第5页。
② 赵铁寒编：《文芸阁先生全集》，台北：文海出版社1975年版，第2325页。

的别名。注重声律与适用科场，是其区别于诸如骚赋、古赋、文赋等的显著标志，尤其"律赋"之于科举，抑或科举之于"律赋"，二者始终相伴，正是彼此影响和相互选择的结果。

第二节　律赋用韵的文献特质及时代征候

从唐代开始，历代典籍中均有律赋用韵的相关记述。这些多散见于各类史书、杂传、笔记等文献中，记载相对零散，探讨不够深入，往往是点到即止，不成体系。今检索律赋用韵的重要文献，梳理如下。

唐宋之际，是律赋用韵的繁盛期。律赋限韵草创于唐，这一时期文献记载不多，讨探相对宽泛。如李肇《唐国史补》云："宋济老于文场，举止可笑，尝试赋，误失官韵，乃抚膺曰：'宋五又坦率矣！'由是大著名。"[①] 宋济因误失官韵，而被黜落。唐抄本《赋谱》谓："近来官韵多勒八字，而赋体八段，宜乎一韵管一段，则转韵必待发语，递相牵缀，实得其便，若《木鸡》是也。"《木鸡赋》是唐822年进士科题，此以"致此无敌故能先鸣"为韵，浩虚舟凭此及第。《木鸡赋》后来成为中唐律赋应试的典范。白居易《赋赋》："赋者，古诗之流也。始草创于荀、宋，渐恢张于贾、马。冰生乎水，初变本于《典》、《坟》；青出于蓝，复增华于《风》、《雅》。而后谐四声，祛八病。"[②] 此既探讨赋的渊源、流变，又论及了赋的"谐四声，祛八病"的用韵情况。白居易是唐时词赋名家，因科试而高中，具有场屋的实战经验，尤其受科场士子青睐，赵璘《因话录》可证之，卷三云："李相国程、王仆射起、白少傅居易兄弟、张舍人仲素为场中词赋之最，言程式者，宗此五人。"[③]

[①]　(唐)李肇:《唐国史补》,上海古籍出版社1957年版,第56页。
[②]　(唐)白居易撰,顾学颉校点:《白居易集》,中华书局1979年版,第877页。
[③]　(唐)赵璘撰:《因话录》,上海古籍出版社1957年版,第82页。

降及宋代，律赋限韵历经唐代的发展与积淀，不仅文献繁多，而且探讨颇为详赡。如宋吴曾撰《能改斋漫录》，既总结了前人用韵的历史风貌，又考量了其渊源、演变的概况，卷二"试韵八字韵脚"条云："赋家者流，由汉、晋历隋、唐之初，专以取士。止命以题，初无定韵。至开元二年，王邱员外知贡举，试《旗赋》，始有八字韵脚，所谓'风日云野，军国清肃'。"① 依此可知，八韵八段式的制科试赋，始于开元二年，以《旗赋》限"风日云野，军国清肃"韵为标志。关于科考八韵式的时间断限问题一直存有争议，如邝健行《诗赋合论稿》、曹明纲《赋学概论》等均持否定意见，他们认为限韵的时间还要上移至初唐时期，曹明纲认为《寒梧栖凤赋》限韵要早于《旗赋》，然《寒梧栖凤赋》以"孤清月夜"四字为韵，李调元所言是八字韵脚始，二者显然不在同一个讨论层面上。笔者细检发现，前者之所以否定，是忽视了《能改斋漫录》中对时间断限的语境。首先，吴曾强调唐初取士"止命以题，初无定韵"，试赋初无定韵在后人的研究中多有提及，如《中国辞赋发展史》所言："试赋原不限韵，后因应试者太多，为便于评定高下，形式上更加限制，于是考试律赋成为定制。"② 其次，论断开元二年是科试八韵开始之年。邝健行等研究者仅抓住了用韵开始的年限进行考证，当然无可非议，然而忽视了科举限八韵的年限，虽是限韵，但限韵内容完全不同，这样得出结论难免武断，当不足取。

总结唐人用韵较详者当数宋代洪迈。其《容斋随笔》卷十三云："唐以赋取士，而韵数多寡，平侧次叙，元无定格。故有三韵者，《花萼楼赋》以题为韵是也。有四韵者，《蓂荚赋》以'呈瑞圣朝'，《舞马赋》以'奏之天廷'，《丹甑赋》以'国有丰年'，《泰阶六符赋》以'元亨利贞'为韵是也。有五韵者，《金茎赋》以'日华川上动'

---

① （宋）吴曾撰：《能改斋漫录》，中华书局1960年版，第27页。
② 郭维森、许结：《中国辞赋发展史》，江苏教育出版社1996年版，第492页。

第六章 律赋用韵类型论

为韵是也。有六韵者,《止水》、《魍魉》、《人镜》、《三统指归》、《信及豚鱼》、《洪钟待撞》、《君子听音》、《东郊朝日》、《蜡日祈天》、《宗乐德》、《训胄子》诸篇是也。有七韵者,《日再中》、《射己之鹄》、《观紫极舞》、《五声听政》诸篇是也。八韵有二平六侧者,《六瑞赋》以'俭故能广,被褐怀玉',《日五色赋》以'日丽九华,圣符九德',《径寸珠赋》以'泽浸四荒,非宝远物'为韵是也。有三平五侧者,《宣德门观试举人》以'君圣臣肃,谨择多士',《悬法象魏》以'正月之吉,悬法象魏',《玄酒》以'荐天明德,有古遗味',《五色土》以'王子毕封,依以建社',《通天台》以'洪台独出,浮景在下',《幽兰》以'远芳袭人,悠久不绝',《日月合璧》以'两曜相合,候之不差',《金柅》以'直而能一,斯可判动'为韵是也。有五平三侧者,《金用砺》以'商高宗命傅说之官'为韵是也。有六平二侧者,《旗赋》以'风日云舒,军容清肃'为韵是也。自太和以后,始以八韵为常。唐庄宗时,尝覆试进士,翰林学士承旨卢质以《后从谏则圣》为题,以'尧、舜、禹、汤倾心求过'为韵。旧例,赋韵四平四侧,质所出韵乃五平三侧,大为识者所诮,岂非是时已有定格乎?国朝太平兴国三年九月,始诏自今文馆及诸州府、礼部试进士律赋,并以平侧用韵,其后又有不依次者,至今循之。"①

洪迈较为细致地将律赋用韵分:三韵、四韵、五韵、六韵、七韵、八韵,尤其对八韵进行二次划分为:二平六侧者、三平五侧者、五平三侧者、六平二侧者等,同时追溯了"自太和以后,始以八韵为常"的用韵现象。此举,既是宋人对唐人用韵的详备归纳,从谨严细致的二次划分来看,又具有开拓之功。

宋人在律赋创作方面不仅总结前人,而且在注重用韵的同时,也积极寻找新的突破。如《旧五代史·卢质传》云:"曾覆试进士,质

---

① (宋)洪迈:《容斋随笔》,上海古籍出版社1978年版,第368—369页。

以'后从谏则圣'为题赋，以'尧、舜、禹、汤倾心求过'为韵，旧例赋韵四平四侧，质所出韵乃五平三侧，由是大为识者所诮。"① 又《燕翼诒谋录》云："国初进士词赋押韵，不拘平仄次序；太平兴国三年九月，始诏进士律赋，平仄次第用韵；而考官所出官韵，必用四平四仄；词赋自此整齐，读之铿锵可听矣。"② 足见，宋时律赋用韵较唐严谨且有规则，这种严谨的用韵秩序及追求"铿锵可听"的声律之美，正是创新的表现。此外，如李焘《续资治通鉴长编》、王禹偁《小畜集》、郑起《声律关键》等均有相关限韵的商讨，此不赘论。

律赋至金、元、明三朝即趋式微。究其主要原因，则是在科场中试赋的现象逐渐淡退，甚至朝廷对科举试赋有轻慢之举。如《元史·选举志一》云："至仁宗皇庆二年十月，中书省臣奏：'科举事，世祖裕宗累尝命行，成宗、武宗寻亦有旨，今不以闻，恐或有沮其事者。夫取士之法，经学实修己治人之道，词赋乃摘章绘句之学，自隋、唐以来，取人专尚词赋，故士习浮华。今臣等所拟将律赋省题诗小义皆不用，专立德行明经科，以此取士，庶可得人。'帝然之。"③ 这种现象，李调元《雨村赋话》亦有记载，是书卷六："金自大定、建元，颇重进士，历年所命诗赋题，及状头名氏，徐梦莘《三朝北盟会编》记载甚详，而赋罕有流传者。元承金制，赋不限韵，观杨廉夫集中所附试帖，元之赋题可大知，大率平衍朴素，不足观览。律赋至元而中息矣。"④ 借此，时见一斑。

至明朝，律赋已不再作为科考的试题。《明史·选举志一》云："科目者，沿唐、宋之旧，而稍变其试士之法，专取四子书及《易》《书》《诗》《春秋》《礼记》五经命题试士。盖太祖与刘基所定。其

---

① （宋）薛居正等撰：《旧五代史》卷93《卢质传》，中华书局1976年版，第1228页。
② （宋）王栐撰：《燕翼诒谋录》，中华书局1985年版，第40页。
③ （明）宋濂等撰：《元史》卷81《选举志》，中华书局1976年版，第2018页。
④ （清）李调元撰：《雨村赋话》，乾隆四十九年函海刻本。

文略仿宋经义，然代古人语气为之，体用排偶，谓之八股，通谓之制义。"① 明代律赋基本退出科场的领域，正如李调元《雨村赋话》卷六所云："有明馆阁课试，率由学士命题，未有定式，于是八韵之作歇绝者几四百年。自郐无讥，姑从阙略。"② 由此可知，金元明三朝，士人对律赋用韵问题的关注开始下移。

有清一代，赋论家亦承袭唐宋赋韵之旧制。乾嘉之后，李调元《雨村赋话》、浦铣《复小斋赋话》、王芑孙《读赋卮言》、林联桂《见星庐赋话》、余丙照《赋学指南》等赋论家及论著，对唐宋以来律赋用韵问题做了较为系统的探索。

如清余丙照《赋学指南》卷一"论押韵"云："作赋先贵炼韵。凡赋题所限之韵，字字不可率易押过，易押之字，须力避平熟，务出新意，庶不至千手雷同。难押之字，人皆束手者，争奇角胜正在于此。但不得过于凿空，反欠大雅。押官韵最宜着意，务要押得四平八稳。凡虚字、俗字、陈腐字、怪诞字，总以典切不浮者押之，要知试官注意全在此处。"③

清王芑孙在《读赋卮言》④ 中对"押官韵""押虚字韵"作了重点讨论。其中"押官韵"胪举了十几种用韵情况。如：1. 有以题为韵者；2. 有以题为韵而减其字者；3. 有以题为韵而增其字者；4. 有以题为韵而不限其何字及几韵者；5. 有限用题中字何者；6. 有限字即以疏解题意者；7. 有与题意不相比附者；8. 有以四声为韵之类，又分四例：但曰四声而已，则不用平上去入四本字；以平上去入为韵，则必押四本字；亦有复用四声者；亦有倒用四声者；9. 有限字而所限之字不完语者；10. 有任用韵者；11. 有限作依次用者；12. 有以题为韵而限作依次用者；13. 有不限次用而亦次用者；14. 有限字甚难而遂假借

---

① （清）张廷玉等撰：《明史》卷70《选举志》，中华书局1974年版，第1693页。
② （清）李调元撰：《雨村赋话》，乾隆四十九年函海刻本。
③ （清）余丙照：《赋学指南》，清光绪十九年刻本。
④ （清）王芑孙：《读赋卮言》，清光绪九年刻本。

押之者；15. 有限字甚难遂置不押者。

论"押虚字例"谓："限韵有虚字，亦不得不治想于图空。凭空而作势，要有临危据槁之形而已。"① 并以陈章《水轮赋》中"于"字、独孤申叔《处囊锥赋》中"必"字、柳子厚《披沙拣金赋》中"乎"字、白行简《韫玉求价赋》中"岂"字、韦肇《瓢赋》中"岂"字、卢肇《鸜鹆赋》中"若"字、无名氏《审乐知政赋》中"其"字、无名氏《箫韶九成赋》中"皆"字、白行简《滤水罗赋》中"而"字、王起《洗乘石赋》中"者"字为例展开叙述。

清林联桂在《见星庐赋话》中探讨律赋用韵的几种情况。如卷二："赋题所限官韵，近来馆阁巨手固须挨次顺押，不许上下颠倒。而且顺押之韵，每韵俱押于每段收煞之句，此亦见巧争奇之一法。"卷三："古诗古赋，闲有用过转叶韵者，有重沓韵者，律赋则不然。凡赋题所限官韵，或数字之中有一、二韵相同者，挨次顺押之中，上下虽同一韵，而前后不许重沓，此之不可不知也。"② 卷四："馆阁之赋多限官韵，仿唐人八韵解题之例。然闲字韵，限助语、虚字最为棘手，而大家偏从此处因难见巧，意外出奇，令阅者几忘其为虚字也。"③ 卷二、卷三探讨律赋限官韵的不同情况，卷四论述律赋押虚字韵是因难见巧的一种表现，由此可达到新奇的阅读效果。

第三节　律赋用韵方式、类型、功能的研讨

限韵是律赋别于其他赋体的特征之一。古人对律赋限韵的意图，论者多从考官批改试卷较易及防止士子预作舞弊的角度出发，概括有四：一，便于评阅；二，注解赋题；三，规范格式；四，预防舞弊。

---

① （清）王芑孙：《读赋卮言》，清光绪九年刻本。
② （清）林联桂：《见星庐赋话》卷三，清光绪十八年刻本。
③ （清）林联桂：《见星庐赋话》卷四，清光绪十八年刻本。

对此马积高指出："(律)赋既然成立进士考试的科目，为了便于试官的评阅和防止士人的预作，就自然地形成了一些限制。"① 今就律赋用韵的方式、类型、功能等进行深入讨论，以清代《雨村赋话》②、《复小斋赋话》③为研究对象，针对律赋用韵问题考察如下。

一　以题为韵

李调元《雨村赋话》称："唐人限韵有云：'以题为韵者，则字字协之；以题中字为韵者，则就中任八字。不必字字尽叶也。'"李氏将限韵再分"以题为韵"和"以题中字为韵"两类。

这里不妨先来简析"以题为韵"。李调元"以题为韵"举例示曰："唐元稹《郊天日五色祥云赋》，以题为韵。其起句云：'臣奉某日诏书曰：惟元祀月正之三日，将有事于南郊。'中云：'于是载笔氏书百辟之词曰'，'象胥氏译四夷之歌曰。'后云：'帝用愀然曰。'皆以古赋为律赋。至押'五'字韵云：'当翠辇黄屋之方行，见金枝玉叶之可数。陋泰山之触石方出，鄙高唐之举袂如舞。昭示于公候卿士，莫不称万岁者三；并美于麟凤龟龙，可以与四灵为五。'纯用长句，笔力健举，帖括中绝无仅有之作。至押'色'字句云：'因五行以修五事，遵五常而厚五德。正五刑以去五虐，繁五稼而除五贼。苟顺夫人理之父子君臣，则安知云物之赤黄苍黑。'微嫌稍拙，然皆就五色上生发，语无泛设。"

浦铣在《复小斋赋话》中论述"以题为韵者"，如"唐人限韵，有以题为韵者，'赋'字或押或不押。姑举一二，如元稹《郊天日五色祥云赋》，郭适《人不易知赋》，刘珣《渭水象天河赋》，俱押'赋'字。王起《元日观上公献寿赋》，王棨《圣人不贵难得之货赋》，

---

① 马积高：《赋史》，上海古籍出版社1987年版，第362页。
② 清李调元撰，乾隆四十九年函海刻本，不一一标注。
③ 清浦铣撰，乾隆五十三年复小斋刻本，不一一标注。

吕令问《掌上莲峰赋》，俱不押'赋'字"。二者在律赋限韵方面持有相同的观念，在"以题为韵"示例上几乎如出一辙，如元稹《郊天日出五色祥云赋》、郭遹《人不易知赋》、刘珣《渭水象天河赋》，均以赋题相押，其中含有"赋"字；而王棨《圣人不贵难得之货赋》、王起《元日观上公献寿赋》、吕令问《掌上莲峰赋》不押"赋"字，以题为韵。

二 以题中字为韵

"以题中字为韵"者，可任取题中字为韵，而且不必字字押韵。《雨村赋话》谓："唐人限韵有云：'以题为韵者，则字字协之；以题中字为韵者，则就中任八字。不必字字尽协韵也。'"李调元再举例释曰："唐郑锡《正月一日含元殿观百兽率舞赋》'率'用题字，而独遗'月'字不叶，于两者皆不合。至其典丽而雄伟，则律赋中煌煌大篇矣。"唐初对律赋限韵比较宽泛，如用韵数多寡、平仄使用、先后次序等均无严格的厘定。

浦铣《复小斋赋话》论"以题中字为韵"云："有以题中八字为韵者，如王棨《诏远轩辕先生归罗浮旧山赋》，随意捡八字用也。有截取题中上几字者，如《汉武帝游昆明池见鱼衔珠赋》以题上七字为韵，《皇帝冬狩一箭射双兔赋》以题上六字为韵，《曲直不相入赋》以题中'曲直'二字为韵是也。"从浦铣的论述中可以发现题目"减字"的现象，即要求用韵字的数小于题目中给出的字数，如王棨《诏远轩辕先生归罗浮旧山赋》用韵时则任检八字，《汉武帝游昆明池见鱼衔珠赋》以题上七字为韵，《皇帝冬狩一箭射双兔赋》以题上六字为韵，《曲直不相入赋》以题中"曲直"二字为韵。既然有题目"减字"用韵者，那么也有"增字"用韵现象。如高盖等五人《花萼楼赋》则以"花萼楼赋一首并序"为韵，阙名《秦客相剑赋》下注以"决浮云清绝域通题为韵"等均为增字韵者。浦铣细致、深入的分析，更加有利于后世者比勘前人在用韵类型上的差异。

"以题中字为韵"，李调元、浦铣论述虽各有侧重，但总的来说，二者相辅相成，互为补充。

三 次用韵

律赋次韵始于宋代，兴盛于明代。王芑孙《读赋卮言》云："次韵之赋亦起于宋，而盛于明。"[①] 次用韵之说，本源诗体创作之法，指据他人诗作所用韵律，再依原韵先后次序进行唱和。

《雨村赋话》探讨"次用韵"曰："唐人赋韵，有云'次用韵者，始依次递用；否则，任以己意行之'。晚唐作者，取音节之协畅，往往以一平一仄相间而出。宋人则篇篇顺叙，鲜有颠倒错综者矣。唯唐无名氏《望春宫赋》无'次用韵'三字，而后先不紊。其做'望'字警句云：'伟凤阙之楼台，万邦仰止；盼龙鳞之原隰，五稼惟时。'"如评论宋代李纲赋作次用韵云："宋李纲《折槛旌直臣赋》，其出落云：'辱师传之贵，虽曰敢言；千雷霆之威，自应可暂。而天子能恕，将军敢争。因免冠而致悟，乃饰槛以为旌。'以韵语叙事，曲折匠心，无一毫遗漏。中云：'迳命驾去，不为薛宣而少留；趣和药来，更助萧公之引决。惟直情而径行。故太刚而必折。'尤为开合动宕，神明于矩之中。按忠定律赋，专仿坡公，兼有通篇次韵者，此殆青出于蓝矣。"

《复小斋赋话》对"次用韵"评论曰："有以题为韵次用者，如《圣人苑中射落飞雁赋》是也。有限韵而依次用者，如《审乐知政赋》是也。"又云："诗有属和，有次韵，惟赋亦然。《南史》齐豫章王嶷子子恪，年二十，和兄司徒竟陵王《高松赋》，谢朓、王俭、沈约、皆有和作。自是而后，唐则徐充容，有和太宗《小山赋》。张说、韩休、徐安贞、贾登、李宙，有和玄宗《喜雨赋》。高常侍适，有和李北海《鹘赋》。宋则欧阳文忠，有和刘原父《病暑赋》。范文正有和梅圣俞《灵乌赋》。苏子由有和子瞻《沈香山子赋》。田谏议锡，有依韵

---

① （清）王芑孙：《读赋卮言》，清光绪九年刻本。

和吕杭《早秋赋》。李忠定纲，有次韵东坡《浊醪有妙理赋》。有次韵而不必对题者。李忠定《南征赋序》云：'仲辅赋《西郊》，见寄次韵，作《南征赋》报之。'有以后人而次韵前人者，朱子《白鹿洞赋》，六十余年，里中学子方岳，及明代林俊、祁顺、舒芬、唐龙，皆有'次晦翁韵'赋是也。有以今人而和古人者，如《林下偶谈》载李季允和王仲宣《登楼赋》是也。有和而不必对题者，张燕公作《虚室赋》，魏归仁为《宴居赋》以和之是也。有以赋和诗者，湘东王作《琵琶赋》，以和世子范旧《琵琶诗》；南唐徐常侍铉《木兰赋》，和其宗兄《拟古诗见寄》是也。"

浦铣例举几种"次用韵"的现象，如"以题为韵次用""限韵而依次用""次韵东坡《浊醪有妙理赋》""次韵而不必对题""以后人而次韵前人"等，可见，浦铣论述律赋次用韵较李调元更加详赡。由于唐时诗歌兴盛，次韵颇为流行，律赋在次用韵方面受诗歌的影响，故带有诗体用韵的痕迹，向诗化倾向发展。

四　押虚字韵

律赋用韵，以押虚字最难。如《雨村赋话》论"亦"字韵称："赋押虚字，惟'亦'字最难自然。如侯喜《秋云似罗赋》以'兰亦堪采'为韵，赋末押'一言有以，千秋只亦'之类。又赋押'于'字最难，生别相于所于之外，不见可用者。唐陈章《水轮赋》'罄折而下随埊彼，持盈而上善依于'。生别而弥复自然也。"李调元、王芑孙等以"于""必""乎""岂""若""其""皆""而""者"等虚字用韵的典范之作示例，一方面旨在说明"限韵有虚字，亦不得不治于图空"，另一方面强调押虚字韵要流利自然。

李调元以高郢、范仲淹虚字韵典范示例云："高郢用韵，《痀偻丈人承蜩赋》云：'期于百中，则啼猿之射乎；曾不孑遗，殊慕鸿之戈者。'无名氏《垓下楚歌赋》云：'两雄较武，焉知刘氏昌乎；四面楚歌，是何楚人多也。'一点一拂，摇曳有神。皆因韵限虚字而然，非故作折腰龋齿之态也。宋范仲淹《铸剑戟为农器赋》云：'前王锋镝，不得已而用之；此曰镃基，有以多为贵者。'以子对经，铢两悉称；流丽之至，倍见庄严。押虚字者，此叹观止矣。"其中范仲淹《铸剑戟为农器赋》"前王锋镝，不得已而用之"句，语出《老子》："兵者不祥之器，非君子之器，不得已而用之。"① "此曰镃基，有以多为贵者"句，语出《礼记·礼器》第十："礼之以多为贵者，以其外心者也。"② 二者相间使用，既是李调元谓之"以子对经，铢两悉称"的典范，又因"流丽之至，倍见庄严"而感慨"此叹观止矣"。

《雨村赋话》同时考察了"彼""岂"等字的押韵情况，其云："唐无名氏《炼石补天赋》云：'卿云初触，当碧落以丽乎；银汉同流，激情霄而节彼。'押'彼'字，用歇后语。原本经籍，便不涉织。崔损《霜降赋》云：'茄声乍拂，怨杨柳之衰兮；剑锷可封，发芙蓉之砺乃。'亦用此法。韦肇《瓢赋》云：'安贫所饮，颜生何愧于贤哉；不食而悬，孔父当嗟夫吾岂。'押'岂'字，更妙合自然。"

李调元举《炼石补天赋》中押"节彼"韵、《霜降赋》押"砺乃"韵、《瓢赋》押"吾岂"韵，皆源经籍。其"丽乎"语出《周易·离》，其云"日月丽乎天，百谷草木丽乎土，重明以丽乎正，乃化成天下柔"③，"节彼"语出《诗经·小雅》："节彼南山，维石岩岩。"④ "砺乃"语出《尚书·周书》："备乃弓矢，锻乃戈矛。砺乃锋刃，无敢不善。"⑤ 而韦肇《瓢赋》，其"安贫所饮，颜生何愧于贤哉"句，语出《论语·雍也》第六："子曰：贤哉，回也，一箪食，一瓢饮，在陋

---

① 朱谦之撰：《老子校释》，中华书局1984年版，第123—124页。
② （汉）郑玄注，（唐）孔颖达疏：《礼记正义》，见（清）阮元校刻《十三经注疏》，中华书局1980年版，第1434页。
③ （三国）王弼注，（唐）孔颖达疏：《周易正义》，见（清）阮元校刻《十三经注疏》，中华书局1980年版，第43页。
④ （汉）毛亨传，（汉）郑玄笺，（唐）孔颖达疏：《毛诗正义》，见（清）阮元校刻《十三经注疏》，中华书局1980年版，第440页。
⑤ （汉）孔安国传，（唐）孔颖达疏：《尚书正义》，见（清）阮元校刻《十三经注疏》，中华书局1980年版，第225页。

巷，人不堪其忧，回也不改其乐，贤哉，回也。"① "不食而悬，孔父当嗟夫吾岂"句，语出《论语·阳货》："吾岂匏瓜也哉，焉能系而不食。"② 这些押虚字韵脚，一则注重用韵工巧，追求流利自然；一则达到"原本经籍，便不涉织"而成为典范。以上所押虚字皆非自己所创，而是多源于经、史、子之语。由此可见，倘若未能储备丰富的经、史、子语，那么，创作律赋中的押韵恐怕难以做到贴切自然。

五 押官韵

一般指由考官临时在赋篇题目下所规定押韵的字谓之"押官韵"，后来这种用韵类型即使不作为科考的范围，题下限韵也被视为"押官韵"。其有一个显著特点，即用韵相对灵活，既可依照所规定者依次用韵，也可不遵循。"押官韵"的目的何在？王芑孙在《读赋卮言·官韵例》称："官韵之设，所以注题目之解，示程序之意，杜抄袭之门，非以困人而束缚之也。"③ 简而言之，官韵设制：一，注解或提示题目；二，示范行文格式；三，谨防科场舞弊。

李调元在《雨村赋话》中首先分析了以"押官韵"来注解题目之意，云："《嫩真子》：王禹玉。年二十许就扬州秋解，试《瑚琏赋》。官韵'端木赐为宗庙之器。'满场多第二韵用'木'字云：'惟彼圣人，奥有端木。'禹玉独于六韵用之：'上睎颜氏，原为可铸之金；下笑宰予，耻作不雕之木。'"《瑚琏赋》以"端木赐为宗庙之器"为官韵，而"瑚""琏"皆为宗庙礼器，所设官韵正是对题目的进一步疏解与补充。此外，如陶翰《冰壶赋》以"清如玉壶冰何惭宿昔意"为韵，欧阳修《藏珠于渊赋》以"君子非贵难得之物"为韵，张昔《御

---

① （三国）何晏集解，（宋）邢昺疏：《论语注疏》，见（清）阮元校刻《十三经注疏》，中华书局1980年版，第2478页。

② （三国）何晏集解，（宋）邢昺疏：《论语注疏》，见（清）阮元校刻《十三经注疏》，中华书局1980年版，第2525页。

③ （清）王芑孙：《读赋卮言》，清光绪九年刻本。

注孝经台赋》以"百行之本明王所尊"为韵，此处"明王所尊"紧扣"御注"，而"百姓之本"紧扣"孝"字，诸如此类，均有疏解题目的作用。

唐科场舞弊的现象时有发生，"押官韵"的目的则是为防止其发生。如温庭筠代人"捉刀"为后世所熟知，《雨村赋话》称："又温庭筠与李商隐齐名，时号'温、李'。才思艳丽，工于小赋。每入赋，押官韵作赋，凡八叉手而入八韵成。"温庭筠因考场替人作赋屡试不爽而被称作"温八吟"，亦谓"温八叉"。温庭筠科场限韵舞弊一事影响广泛，如《唐才子传》卷八"温庭筠"条、《唐诗纪事》卷五十四"温庭筠"条、《北梦琐言》卷四"温李齐名"条、《唐摭言》卷十三"敏捷"条等均有相似记载。

又："唐温岐《再生桧赋》云：'以状而方，生荑之枯杨若此；以理而喻，易叶之僵柳昭然。'以史对经，铢两悉称。飞卿此赋，作于未更名之时，盖其少作也。史称其才思艳丽，工于小赋。每入试押官韵作赋，凡八叉手而八韵成，多为邻铺假手。而律赋流传者，仅此一篇，想散掷不复收拾耶。天骨开张，刊落浮艳，使作俪艳，当不减玉溪生。"其中"生荑之枯杨"，典出《周易·大过》第三："枯杨生稊，老夫得其女妻，无不利。"[1] 而"僵柳"典出《汉书·楚元王传》，云："孝昭时，有泰山卧石自立，上林僵柳复起，大星如月西行，众星随之，此为特异。"[2] 李调元论赞温庭筠《再生桧赋》，押官韵者：轻重相当，丝毫不差。因此，将典出史书的"僵柳"与经书的"生荑之枯杨"，视为"以史对经，铢两悉称"的典范。

《复小斋赋话》中探讨"押官韵"云："律赋押官韵，最宜着意。如唐蒋防《雪影透书帷赋》押'阅'字云：'时观谢赋，想墀庑之萦

---

[1] （三国）王弼注，（唐）孔颖达疏：《周易正义》，见（清）阮元校刻《十三经注疏》，中华书局1980年版，第41页。

[2] （汉）班固撰：《汉书》卷36《楚元王传》，中华书局1962年版，第1946页。

盈；载睹曹诗，叹蜉蝣之掘阅。'崔损《霜降赋》押'乃'字云：'筎声乍拂怨杨柳之衰兮；剑锷可封，发芙蓉之砺兮。'白行简《息夫人不言赋》押'言'字云：'势异丝萝，徒新昏而非偶；华如桃李，虽结子而无言。'真令读者叫绝。"唐时，因蒋防《雪影透书帷赋》、崔损《霜降赋》、白行简《息夫人不言赋》三人赋作所押官韵最绾合题意而成为佳作，浦铣赞叹"真令读者叫绝"。

宋代针对押官韵时人亦有自己的新解，如李廌《师友谈记》："赋中工夫不厌子细，先寻事以押官韵，及先作诸隔句。凡押官韵，须是稳熟浏亮，使人读之不觉牵强，如和人诗不似和诗也。"① 宋人认为押官韵的旨归，读之自然、不牵强，还要体现稳熟浏亮之美，这种先寻找相关典事再布局赋篇中的隔句流程，正是"示范行文格式"的具体表现。

六　偷韵

所谓偷韵，即在规定的韵数内，或丢或漏押一、二韵。《册府元龟·贡举部》记述唐人偷韵云："今后举人，词赋属对并须要切，或有犯韵及诸杂违格，不得及第。仍望付翰林别撰律诗赋各一首，具体式一一，晓示将来。举人合作者，即与及第。其李飞、樊吉、夏侯琪、吴油、王德柔、李谷等六人。卢价赋内'薄伐'字合平声字，今使侧声字，犯格。孙澄赋内'御'字韵使'宇'字，已落韵；又使'膂'字，是上声。有字韵中押'售'字，是去声，又有'朽'字犯韵。诗内'田'字犯韵。李象赋内一句'六石庆兮并'，合使此'奚'字；'道之以礼'，合使此'导'字，及错下事尝字韵内使'方'字。诗中言'十千'，'十'字处合使平声字，'偏'字犯韵。杨文龟赋内均字韵内使'民'字；以君上为骖骈之士，失奉上之体；兼'善'字是上声，合押'遍'字是去声，如字内使'舆'字。诗中'遍'字犯韵。

---

① （宋）李廌撰：《师友谈记》，中华书局2002年版，第19页。

师均赋内'仁'字犯韵,'晏如'书"晏如;又'河清海晏','晏'字不合韵,又无理,'晏'字即落韵。杨仁远赋内'赏罚'字书'伐'字,'御勤'字书'针'字。诗内'莲蒲'字合著平声字,兼'黍粱'不律。王谷赋内御字韵押'处'字,上声则落韵,去声则失理;善字韵内使'显'字,犯韵;如字韵押'殊'字,落韵。其卢价等七人望许令将来就试,仍放再取文解。高策赋内于字韵内使'依'字,疑其海外音讹,文意稍可,望特恕此。其郑朴赋内言'肱股',诗中'十千'字犯韵,又言'玉珠'。其郑朴许令将来就试,亦放取解。仍自此宾贡,每年只放一人,仍须事艺精奇。张文宝试士不得精当,望罚一季俸。"[1] 此处的"落韵"和后来的"偷韵"大体相同,指"把声音相近而事实上不属同一韵部的字同押。又可分两种情况:一种是两字发音相近,但声调不同;另一种是两字发音相近而声调相同"[2]。因此,要根据字的具体语境分押不同的韵部,倘若混淆,容易出现落韵的现象。

《雨村赋话》论"偷韵"云:"唐王维《白鹦鹉赋》,韵限以'容日上海孤飞色媚'八字,而赋止五韵,首尾完善,不似脱简。岂如祖咏之赋终南山雪、崔曙之咏明堂火珠,意尽而止,不复足成邪?至其笔意高隽,自是右丞本色。"

《复小斋赋话》探讨"偷韵"称:"唐律赋有偷一韵或两韵,不可悉数。如王起《披雾见青天赋》,偷'可''不'两韵。裴度《二气合景星赋》,偷'有''无'两韵。周针《羿射九日赋》,偷'控'字一韵。陆贽《月临镜湖赋》,偷'动'字一韵,是也。宋则绝无,唯范文正公《任官惟贤材赋》,以'分职求理,当任贤者'为韵,偷'任'字一韵耳。"再如:"二字同韵,亦有偷一韵者。如唐李昂《旗赋》,以'风日云野,军国清肃'为韵,押'云'字一段,而'军'

---

[1] (宋)王钦若等编:《册府元龟》,中华书局1966年版,第7694页。
[2] 邝健行:《诗赋合论稿》,江苏古籍出版社2002年版,第123页。

字则偷过是也。"《复小斋赋话》论述"偷韵"较多，限于篇幅，此不赘录。

"偷韵"现象可从三个方面进行简析。第一，因难字而不押。王芑孙在《读赋卮言》中以王起《履霜坚冰至赋》为例阐释："有限字甚难遂置不押者。王起《履霜坚冰至赋》，以'君子之道，暗然而日章'为韵，起用上下八字，独置'而'字不押。"不押"而"，实则因"限字甚难遂置不押"，故"偷韵"现象的存在亦有此因。第二，在所限韵字中，如有二字同属于一个韵部，则可以押一韵，偷一韵。譬如李昂《旗赋》以"风云日夜，军国清肃"为韵，而韵字中的"云"与"军"为同韵，这时可偷"军"字韵。第三，相对宽松的用韵环境。王芑孙云："唐二百余年之作，所限官字，任士子颠倒叶之；其挨次用者，十不得二焉，亦鲜有用所限字概压末韵者。其压为末韵者，十不得一焉。具知斯体，非当时所贵，无因难见巧之说。"从"颠倒叶之""十不得二焉""鲜有""十不得一焉"的评论中，足见唐代律赋限韵比较宽松。宋则不同，基本无偷韵现象，从"宋则绝无"可见一斑。

七 以"四声"或"平上去入"限韵

唐人赋作，以"四声"或"平上去入"作为限韵字者不少，如高郢《吴公子听乐赋》以"四声"为韵、范荣《三无私赋》以"平上去入"为韵等，此类限韵多数虽与题目内容无涉，但由于限韵特殊，值得关注。

《复小斋赋话》中就"平上去入"或"四声"限韵的问题作过深入评论与汇评。如："唐人赋以平、上、去、入限韵者，或直押本字，如平用'庚'，上用'养'，李子卿《山公启事赋》是也。或不押本字，随意四声中各用一字，阎伯玙《都堂试才赋》是也。"四声用韵是基本形式，有时会因主试或作者要求而有变化。李子卿《山公启事赋》虽以四声限韵，但押本字，如"平"用"庚"，"上"用"养"；

而阎伯玙《都堂试才赋》不押本字,可任用四声中每一字。

又:"唐人限韵,有以四声为韵者,只用四声也。有从入至平者,四声倒用也。有平、上、去、入周而复始者。四声之后,再用一平声,共五韵也,如高郢《吴公子听乐赋》。或四声之后,又押平上二声,共六韵也,如李云卿、王显《京兆府献三足赋》。有以两遍用四声为韵者,则八韵也,如钱仲文《豹舄赋》。"

浦铣对此虽总结了六种用韵的类型,但仍有可以疏解与补充的部分。其一,若以四声为韵,赋家可选属于四声的任意韵目,应押四韵。其二,"四声"倒用与"入去上平"限韵同,赋作须依次押"入去上平",但"入去上平"四字不在韵脚之内。兹以田沉《明赋》(题下注"从入至平为韵")为例,稍作简析,赋文见《文苑英华》卷二十,第一韵部:"默""德""息""匿""北""极";第二韵部:"瞑""听""经""馨""盛";第三韵部:"水""理""起""已";第四韵部:"光""常""障""芳""藏""阳""张""冈""阳""望""伤""长"。依韵可见,"入去上平"四字不在韵脚之内。其三,若以"平上去入"为韵周而复始,指根据赋篇的需要再增设一或两个韵而已,不能误作再次使用"平上去入",周而复始实际上仅完整出现一次。

第四节　结语

除上述七种律赋用韵之外,浦铣在《复小斋赋话》中还考察了几类特殊的用韵现象:如探讨"句句用韵"和"结语重韵"。"赋有句句用韵者,如诗之'柏梁体'矣。曹子建《愁思赋》、赵子昂《赤兔鹘赋》是也。"又:"结语有两句重韵者。张燕公《江上愁心赋》云:'将有言兮是然,将无言兮是然。'赵冬曦《江上愁心赋》云:'恶乎然,恶乎不然。'陈普《无逸图后赋》:'悔不笃信兮文贞,嗟不复见兮文贞。'米元章《天马赋》:'何所从而遽来。'何仲默《渡泸赋》，亦效之。"

探讨"一韵到底"和"通韵转韵者"。"作赋一韵到底者，多用'鱼''虞'二韵。唐李文饶《知止赋》，元庄文昭《蒲轮车赋》，吴莱《狙赋》，杜少陵《封西岳赋》，皆本于子云《羽猎》之'背阿房，反未央'也。"又"有四字句法而通韵者，欧阳《螟蛉赋》也。有转韵者，颖滨《卜居赋》也。有一韵到底者，吴莱《狙赋》也，有两韵一转者，明唐肃《石田赋》也"。这些特殊的用韵类型，为全面探索律赋用韵问题提供了较好的原始材料，应引起研究者的关注与重视。

综上可知，清之前律赋限韵问题的文献记载数量有限，论述相对零散，多数是只言片语，未能形成体系。逮及清代，律赋用韵文献繁多，不仅《赋话》类等专著大量涌现，而且在论述深度和广度上也得到不断的深化与拓展，使其向体系化、集成性方面迈进。

清代在律赋用韵方面研究精湛，且形成不同以往时代所具有的风格，究其成因，约略有三。

其一，清代科举试赋的需求。就科举而言，清承明制，仍以赋、诗、制义等试题取士，如《律赋必以集》序云："我朝承明之制，取士以制义，而仍不废诗赋。自庶吉士散馆、翰詹大考以及学政试生童，俱用之。其体因不捻一格，而要之以律为宜。"[①] 清科举试赋主要包括童试、朝考、翰林院庶吉士散馆、大考、制科等，因此，律赋在科举取士的推动下兴盛起来。《赋学指南》序言载录了这一情景："自有唐以律赋取士，而赋法始严。谓之律者，以其绳尺法度亦如律令之不可逾也。由元讫明，因之不失。我朝作人雅化，文运光昌，钦试翰院既用之，而岁、科两试及诸季考亦借以拔录生童，预储馆阁之选，赋学蒸蒸日上矣。"[②] 可见，科举试赋是推动律赋繁兴的一个先决条件。

---

① （清）顾莼：《律赋必以集》，清嘉庆十八年菊坡精舍刻本。
② （清）余丙照：《赋学指南》，清光绪十九年刻本。

其二，清代帝王的推崇。康熙、乾隆、嘉庆三朝，盛行巡幸召试考赋。据《清史稿·选举志四》记载，康熙帝两次南巡江、浙；乾隆六次巡江、浙，三次巡山东，四次巡天津；嘉庆巡幸津、淀、五台等地，历次巡幸，均有试赋之举。此外，康熙帝不仅自己创作赋文，还命文臣编撰赋集。前者如《四库全书·集部》收录《圣祖仁皇帝御制文集》赋篇有：《春雨赋》《梧桐赋》《弩赋》《夜亮木赋》《西苑芙蕖赋》《松赋》《玉泉赋》《行殿读书赋》《竹赋》《阙里古桧赋》。后者又为陈元龙所编撰的《历代赋汇》制序，序云："赋者，六义之一也。风、雅、颂、兴、赋、比六者，而赋居兴、比之中，盖其敷陈事理，抒写物情，兴、比不得并焉。故赋之于诗，功尤为独多。由是以来，兴、比不能单行，而赋遂继诗之后，卓然自见于世，故曰：'赋者，古诗之流也'。三国、两晋以逮六朝，变而为排。至于唐、宋，变而为律，又变而为文，而唐宋则用以取士，其时名臣伟人往往多出其中。迨及元而始不列于科目。朕以其不可尽废也，间尝以是求天下之才，故命词臣考稽古昔，蒐采缺逸，都为一集，亲加鉴乏，令校刊焉。为叙其源流兴罢之故，以示天下，使凡为学者知朕意云。康熙四十五年三月二十日。"[1]序文既道出了康熙帝的赋学理念，又借此来激发赋家的创作热情。除此以外，乾隆帝曾撰五千字的《御制盛京赋》，颂赞列祖列宗的丰功伟绩，褒扬盛京的辉煌。清代帝王的参与为赋文创作树立了典范，其推动之功不可磨灭。

其三，清代音韵学的发展。清代音韵学的发展有益于促进试赋用韵的规范性。有清一代，音韵学方面无论官方或个人，均出现不少相关论著，如官方著述有：康熙年间张玉书等奉敕编撰《佩文韵府》《钦定音韵阐微》等，乾隆年间编著《钦定音韵述微》等；个人著述有：顾炎武《音韵五书》、江永《古韵标准》、段玉裁《六书音韵表》、戴震《声韵考》、江有诰《音学十书》等，大量音韵类论

---

[1] （清）陈元龙编纂，许结等校订：《历代赋汇》（校订本），凤凰出版社2018年版，第1页。

著呈现，不仅有利于士子的试赋之需，而且也为考官评阅试卷提供了参照标准。这些对时人在律赋用韵方面的规范与指导均有积极的影响，如从李调元《雨村赋话》、浦铣《复小斋赋话》、王芑孙《读赋卮言》、林联桂《见星庐赋话》、余丙照《赋学指南》等论著中对律赋用韵问题的探索来看，音韵学家与赋论家，二者不仅存有交集，而且彼此回应，即从创作到批评，是音韵学进入赋体学的一种综合表现。

第七章 律赋对偶形态论

对偶是律赋最显著的特征之一。律赋对偶大体经历从简单到复杂、从宽泛到谨严的发展路径，至清代已形成专题化、体系化的理论命题。对偶的文本结构往往昭示理论形成的方向，借此，既可探究律赋批评理论的建构历程，又能领略律赋内在的辨体风貌与外在的独特意蕴。清代律赋创作有集成之功，与此同时，赋话类论著伴随着律赋的创作而产生，通过对赋话文献的深入考察，可以进一步探析律赋在创作技艺上的特征。对偶不仅使诗赋在音律、结构、意义、节奏上调匀自然，呈现一定的节奏感与建筑美，还能使其句式获得内在密度与外在张力的兼容，彰显出丰赡的理论内涵与文体意蕴。今据清代赋话文献厘定出九种不同的对偶形态，在诗律视域下就其渊源嬗递、功能价值、实践批评、成就得失以及审美旨趣略作省察。

第一节 从《文心雕龙》到唐抄本《赋谱》

声韵与对偶是律赋最为显著的两种基本特征，亦是律诗的重要构成元素。律诗与律赋出现的时代基本相同，在唐人的心中，律诗与律赋迹近一理，同出一源，故其法格互为通用。此在唐人的诗学理念中可得到论证，如《元稹集》对律诗形式特点的相关阐述："声势沿顺、属对稳切者为律诗。"又："沈宋之流，研炼精切，稳顺声势，谓之为律诗。"① 皮日休《松陵集序》："逮及吾唐开元之世，易其体为律焉，始切于俪偶，拘于声势。"② 据此而知，唐人对律诗特点总体归纳为：一则讲究声势稳顺，一则注重俪偶稳切。概言之，即"用韵"与"对偶"，这和律赋的基本特征毫无二致。在中国诗学漫长的发展史上，魏文帝《诗格》是最早讨论对偶技艺的论著，著有"八对"之论："一曰，正名；二曰，隔句；三曰，双声；四曰，叠韵；五曰，连绵；六曰，异类；七曰，回文；八曰，双拟。"③ 此为对诗歌对偶形态所进行的初次总结，虽与后世论著中对偶论相比略显单薄，然筚路蓝缕之功当不可没。

　　律赋与律诗的迥异主要表现在篇制上。除杜甫首创的排律体外，律诗篇制短小，虽然通篇八句以平仄相间的声韵结构为根柢，却仅有中间两联讲究结构、辞性的对偶，这样无疑消减了对偶的频率，相较律赋创作起来更加灵活。律赋通常全篇对偶，创作起来相当繁难，倘达到句句工稳，联联老健，甚至通篇雅致生色，更是难乎其难。因此诸多探讨律赋创作技艺的赋学论著应时而生，以化此忧。

　　在赋学批评史上最早论述赋体对偶者当推刘勰《文心雕龙》。其在《丽辞》篇论："故丽辞之体，凡有四对：言对为易，事对为难，反对为优，正对为劣。言对者，双比空辞者也；事对者，并举人验者也；反对者，理殊趣合者也；正对者，事异义同者也。"④ 刘勰不仅论述了赋体对偶的几种主要形态，而且就其内涵也给予了学理式的阐释，并通过具体实例进一步倡明："长卿上林赋云：修容乎礼园，翱翔乎书圃。此言对之类也。宋玉神女赋云：毛嫱鄣袂，不足程式；西施掩面，比之无色。此事对之类也。仲宣登楼云：钟仪幽而楚奏，庄舄显而越吟。此反对之类也。孟阳七哀云：汉祖想枌榆，光武思白水。此

---

① （唐）元稹撰，冀勤点校：《元稹集》，中华书局1982年版，第600页。
② （清）董诰等：《全唐文》卷796《松陵集序》，中华书局1983年版，第8351页。
③ 张伯伟：《全唐五代诗格汇考》，凤凰出版社2002年版，第103—105页。
④ （南朝梁）刘勰著，范文澜注：《文心雕龙注》，人民文学出版社1958年版，第588页。

正对之类也。"① 律赋在创作中一般借助律诗对偶经验，常使用假对、流水对、言对、事对、反对、正对等形态，这些修辞格的运用旨在使文气流转，富有趣味。上述虽是古赋之论，然其法则一样适宜律赋，遂被后世推崇并沿承。

刘勰不仅总结赋之对偶的四种形态，而且借助具体赋篇进行慎实的论证，使其在理论与实践两个方面均达到一定的高度，具有一定的开创性。然刘勰并未止步于此，后又对对偶进行了卓然心裁的探索，使其由之前的感悟式、印象式的赋学批评形态，逐步向系统化的理论范畴与命题过渡，这对后世认识古代文学理论与创作、批评实践之间的交互关系多有裨益。检览刘勰在对偶论方面的深入拓展，崖略有三。

第一，论述对偶的高低优劣。刘勰认为："凡偶辞胸臆，言对所以为易也；征人之学，事对所以为难也；幽显同志，反对所以为优也；并贵共心，正对所以为劣也。又以事对，各有反正，指类而求，万条自昭然矣。"② 在四种对偶形态中，刘勰更重视"言对"和"反对"二类，认为"言对"相对容易，而"反对"优于"正对"。

"反对"的使用主要为文章聚气增势。余丙照《赋学指南》论曰："反正，文家常法也。赋取敷陈，反处常少。然非反以取势，则正处亦欠精紧。"又："反击者就反面层层挑醒，多用'匪'字、'岂'字，笔调四旁烘托之，然气大流走。段末总安，收以端庄，长联乃能凝聚其气。"③ 而"反正"一法，落脚点亦在"反"字上。赋文创作中多是正面铺陈，反处常少，这样的文章大抵平庸习常，毫无生色。若使正处眉分目明，局势陡峻，非以反取势方可促之。从"三条烛尽，烧残举子之心；八韵赋成，惊破侍郎之胆"的对句中可知，律赋八韵八段对初学者而言是颇为犯难的，若不谙熟相关写作技法，难以争关夺

---

① （南朝梁）刘勰著，范文澜注：《文心雕龙注》，人民文学出版社1958年版，第589页。
② （南朝梁）刘勰著，范文澜注：《文心雕龙注》，人民文学出版社1958年版，第589页。
③ （清）余丙照：《赋学指南》，清光绪十九年刻本。

隘。而"反正"法是文家常用之法，一般是反拓一段，正转一段，易于成篇。

第二，指明对偶的撰写标准。《丽辞》云："是以言对为美，贵在精巧；事对所先，务在允当。若两事相配，而优劣不均，是骥在左骖，驽为右服也。若夫事或孤立，莫与相偶，是夔之一足，踦踔而行也。若气无奇类，文乏异采，碌碌丽辞，则昏睡耳目。必使理圆事密，联璧其章；迭用奇偶，节以杂佩，乃其贵耳。类此而思，理自见也。"① 在写作标准上，刘勰指出言对贵在"精巧"，因言对不使用典事，仅要求词工意切，故在对偶形态中习为常见。事对即用典，务在"允当"。《事类》篇云："公子之客，叱劲楚令歃盟；管库隶臣，呵强秦使鼓缶。"② 如此用典可谓理得而义要，辞简意丰。一般而言，典事主要源于经书和先秦子书，赋话文献多有讨论。《雨村赋话》卷三："赋中多用成句相对，如'和而不同，卑以自牧'、'拔乎其萃，莫之与京'之类。"③ 成语典故运用得好，既见学识又现巧思；但若运用不当则适得其反。《雨村赋话》卷二评蒋防《姮娥奔月赋》"往而不返，谁谓与子偕行；仰之弥高，孰云不我遐弃"一联即云："贪用成语，此宋人所心慕手追者。然未免质直，于题不配。"④

第三，探掘对偶的形成原因。《丽辞》开篇云："造化赋形，支体必双；神理为用，事不孤立。夫心生文辞，运裁百虑，高下相须，自然成对。"⑤ 此论相对简略，然在范文澜对"丽辞"的疏解中能找到更为合理的注脚，今不惮其烦摘录于此，一窥端倪。

注文曰："古文作丽，象两两相比之形。此云丽辞，犹言骈俪之辞耳。原丽辞之起，出于人心之能联想。既思云从龙，类及风从虎，

---

① （南朝梁）刘勰著，范文澜注：《文心雕龙注》，人民文学出版社1958年版，第589页。
② （南朝梁）刘勰著，范文澜注：《文心雕龙注》，人民文学出版社1958年版，第616页。
③ （清）李调元：《雨村赋话》，清乾隆四十九年函海刻本。
④ （清）李调元：《雨村赋话》，清乾隆四十九年函海刻本。
⑤ （南朝梁）刘勰著，范文澜注：《文心雕龙注》，人民文学出版社1958年版，第588页。

此正对也。既想西伯幽而演《易》，类及周旦显而制《礼》，此反对也。正反虽殊，其由于联想一也。古人传学，多凭口耳，事理同异，取类相从，记忆匪艰，讽诵易热，此经典之文，所以多用丽语也。凡欲明事，必举事证，一证未足，再举而成；且少既嫌孤，繁亦苦赘，二句相扶，数折其中。昔孔子传《易》，特制《文》《系》，语皆骈偶，意殆在斯。又人之发言，好趋均平，短长悬殊，不便唇舌；故求字句之齐整，非必待于偶对，而偶对之成，常足以齐整字句。魏晋以前篇幸，骈句俪语，辐辏不绝者也。综上诸因，知耦对出于自然，不必废，亦不能废，但去泰去甚，勿蹈纤巧割裂之弊，斯亦已耳。凡后世奇偶之议，今古之争，皆胶柱鼓瑟，未得为正解也。彦和云：'岂营丽辞，率然对而。'又云：'奇偶适变，不劳经营。'此诚通论，足以释两家之惑矣。"[①] 据注文而知，对偶产生之因，一是心之联想，此可认为是孕育对偶的原始思维。二是适宜记忆，此可视为文学流布的社会需求。三是举事明证，文章创作中若须典事，必举例证之，一证未足，再举而成，不仅如此，还要把控好使用联句的数目，否则会出现"少既嫌孤，繁亦苦赘"的现象，掌握这一准绳进而构成合理的对偶，是律赋创作自身的基本规律。四是追均求衡，旨在使词句、结构、声韵等均平齐整，此为创作的发展需求。

  通过对《文心雕龙·丽辞》篇的读解，易见对偶论不仅是赋体创作过程中最早的理论范畴和理论命题，而且经过理论和实践的双向考察之后，具有方法论的指导意义，为后世律赋对偶论提供了可靠的理论镜鉴与文献依据。毋庸置疑刘勰于对偶的拓展探索，就文学批评理论的发展而言，其具有一定的推动作用，更值得赋学研究者珍视。由南朝而入李唐，因"对偶"容纳着无尽的美学内蕴与理论命题，遂被后世持续探究。中唐时期出现的抄本《赋谱》，即是继《文心雕龙》之后在对偶理论与实践方面出现的标志性"产物"。

---

① （南朝梁）刘勰著，范文澜注：《文心雕龙注》，人民文学出版社1958年版，第590页。

赋学：批评与体性

唐抄本《赋谱》是现存不多的唐代赋格类文献。唐实行以诗赋取士的科举制度，为适应科举考试的需要，士人们创作了大量的律赋。《赋谱》便是因律赋创作需要而产生的一种类似于教科书的著作。该著尤以论述对偶见长。《赋谱》主要论述赋句、赋段、赋题三个方面的内容，并依此展开论述。赋句是一篇赋文的基本构成元素，也是《赋谱》讨论的关键。对偶的阐述即在赋句的"隔"中呈现。开篇便言："凡赋句有壮、紧、长、隔、漫、发、送合织成，不可偏舍。"[①] 所谓"隔"，指"隔句对者"，由上下两句组成，是律赋赋句中较为繁杂的一种。《赋谱》对隔句又再次细分为：轻、重、疏、密、平、杂六种。

"轻隔"：指上有四字、下有六字的联句，如"器将道志，五色发以成文。化尽欢心，百兽舞而叶曲"（见裴度《箫韶九成赋》）。

"重隔"：与"轻隔"相反，则是上有六字、下有四字组成联句，如"化轻裾于五色，犹认罗衣。变纤手于一拳，以迷纨质"（见白行简《望夫化为石赋》）。

"疏隔"：指上为三字句，下则不限字数的对句，如"府而察，焕乎呈科斗之文。静而观，炯尔见雕虫之艺"（见蒋防《荧光照字赋》）。

"密隔"：指上句字数为五字或以上，下句字数为六字或以上，如"征老聃之说，柔弱胜于刚强。验夫子之文，积善由乎驯致"（见杨弘贞《溜穿石赋》），根据示例可知，虽然"密隔"联句，在字数上有一定的弹性，但一般遵循上句字数不能多于下句字数，表现形态有二：其一，上为五字下为六字联句；其二，上为六字下为七字联句。

"平隔"：上为四字下为四字或上为五字下为五字的联句样式。四字联句如"先王立极，念兹在兹。服有常度，行无越思"（见钱起《豹鸟赋》），五字联句如"进寸而退尺，常一以贯之。日往而月来，则就其深矣"（见杨宏贞《溜穿石赋》）。

---

① 张伯伟：《全唐五代诗格汇考》，凤凰出版社2002年版，第555页。

"杂隔"：指上为四字句、下为五七八字句的联句；或上为五七八字句，下为四字句，前者如"悔不可追，空劳于驷马。行而无迹，岂系于九衢"，"孤烟不散，若袭香炉峰之前。圆月斜临，似对镜庐山之上"，"得用而行，将陈力于休明之世。自强不息，必苦节于少壮之年"；后者如"及素秋之节，信谓逢时。当明德之年，何忧淹望"，"采大汉强干之宜，裂地以爵。法有周维城之制，分土而王"，"虚矫者怀不材之疑，安能自持。贾勇者有攻坚之惧，岂敢争先"。

《赋谱》强调六种隔句是赋中较为常用的句式，其中"轻"与"重"隔句使用最多，"杂"隔次之，"疏"与"密"隔句再次之，"平"隔为下。隔句对在律赋中使用频率为最高，由于赋的篇幅较长，隔句对的大量运用，给人句式整饬、语意连贯之美感，因此对隔句对内在肌理的研讨显得十分必要。以上六种隔句对是律赋的基本构成元素，这种缜密、细致的划分正是《赋谱》继《文心雕龙》之后的贡献所在。然而，晚唐以来，偶对的划分方式及其专业术语的运用也渐次退出历史舞台。宋代以降，各类赋论中余皆不见。而清人赋话著作中虽多有涉及，但就其论述的细致缜密程度，与唐人仍有一定的距离。

第二节　律赋的对偶形态与功用

有清一代，以诗赋取士的科考制度相沿不辍。因场屋之需，士人创作大量的律赋，这与当时科考以及游离于科考之外供文人雅士用以抒怀达意有着密切关系。马积高在《赋史》中谓："由于清朝的馆阁常试律赋，律赋也再度兴盛起来。"[①] 又："（律）赋既然成了进士考试的科目，为了便于试官的评阅和防止士人的预作，就自然地形成了一

---

① 马积高：《赋史》，上海古籍出版社1987年版，第587页。

些限制。开始试赋时流行的赋体还是骈赋，官场又需要骈文，因而对偶成为试赋的首先要条件。"① 场屋试赋中多为律赋，所以赋话作者需总结历代律赋的创作规律，研讨技巧规则来指导士子科考，这就决定了赋学批评不可能仅仅是只言片语的评点，而需要专门化、系统化的阐释。其中律赋的对偶现象，便成了赋话文献讨论中极为常见的理论命题。

一　卦辞对

余丙照《赋学指南》称："一为奇，二为偶，《易》象也。赋之骈体，非比偶乎？作者即以《易》之卦名爻辞，取为对仗，实足为通篇生色，此等对法，总以引用的当、烹炼自然为贵。"② 此则论卦辞对，近于卦名诗之写法，作者接着胪举多联事例以示之，如："刘彬士《饮易三爻赋》：言敢为厄，应协含章之义；辨非炙輠，早占食德之爻。"③ 赋题典出《三国志·吴书》卷十二《虞翻别传》："翻初立易注，奏上曰：臣闻六经之始，莫大阴阳，是以伏羲仰天县象，而建八卦，观变动六爻为六十四，以通神明，以类万物。……臣生遇世乱，长于军旅，习经于枹鼓之间，讲论于戎马之上，蒙先师之说，依经立注。又臣郡吏陈桃梦臣与道士相遇，放发被鹿裘，布易六爻，挠其三以饮臣，臣乞尽吞之。道士言易道在天，三爻足矣。"④ 上联上句"言敢为厄"，典见《庄子·杂篇》："厄言日出，和以天倪。"下联上句"辨非炙輠"事见《史记·荀卿列传》："谈天衍，雕龙奭，炙毂輠髡。"《集解》曰："輠者，车之盛膏器也。炙之虽尽，犹有余流者。言淳于髡智不尽如炙輠也。左思《齐都赋》注曰'言其多智难尽，如

---

① 马积高：《赋史》，上海古籍出版社1987年版，第362页。
② （清）余丙照：《赋学指南》，清光绪十九年刻本。
③ （清）余丙照：《赋学指南》，清光绪十九年刻本。
④ （晋）陈寿：《三国志·吴书》卷12《虞翻别传》，中华书局1982年版，第1322页。

炙膏过之有润泽也。'"① 二者是以子对史。上联下句"含章",源自《易·坤卦》:"含章可贞。"下联下句"食德",源自《易·讼卦》:"食旧德。"二者是以经对经,偶对工稳,紧扣赋题。

《见星庐赋话》对此论述颇详,卷三曰:"赋用卦名对偶,近来馆阁喜用之。然偶一为之,自然凑合则可。若有意专以此见长,终非大雅所尚也。姑录数条,为初学备一法耳。如穆太吏馨阿《龙见而雩赋》云:'咸钦睿虑,祗勤乐岁,卜屡《豐》之象;正值精芒,煜燏清宵,瞻出《震》之龙。'辛庶常文沚《民得四生赋》云:'占《涣》号于辰居,播《咸》和于子姓。'岳庶常镇东《定时岁赋》云:'玉烛凝庥,调《泰》鸿于四气;珠囊纪庆,协《乾》象于两仪。'宋庶常劭毂《三阶平则风雨时赋》云:'《坤》纽长维,锡庶民于五有极;《乾》枢在握,勤天下以三无私。'王庶常培尊《闻行知赋》云:'尧秉宣聪,体函三而出《震》;舜其大智,参明两以作《离》。'杨庶常峻《无逸图赋》云:'执中道契,凝《鼎》祚而功隆;行健德昭,握《乾》符而极建。'陈太史沄《鉴空衡平赋》云:'道叶知临照,普《离》明之德;学由诚立精,符《巽》称之心。'诸如此类,可推之以尽其余。但以上诸联若用作颂圣,句句俱要抬头,不可不知。"② 赋文善用经义,并用自己的语辞加以铺陈,其中不仅蕴含经义思想,而且旨在彰显儒家精神。

二 干支对

余丙照《赋学指南》云:"赋以干支字面作对,最易生色。然一篇数见,亦易生厌,若题系干支,又当别论,总要选用典实,打合自然为妙。"③ 此则论干支对,近于诗中之干支诗。同上文,余氏接着胪

---

① (汉)司马迁撰:《史记》卷74《荀卿列传》,中华书局1982年版,第2348页。
② (清)林联桂撰:《见星庐赋话》,清光绪十八年刻本。
③ (清)余丙照:《赋学指南》,清光绪十九年刻本。

赋学：批评与体性

举多联事例以示之，如："吴荣华《积书岩赋》：收自何年，恐倩六丁之取；读应难遍，更过二酉之奇。"①赋题事见《水经注》卷二："河北有层山，山甚灵秀，山峰之上，立石数百丈，亭亭桀竖，竞势争高，远望参参，若攒图之托霄上。其下层岩峭举，壁岸无阶，悬岩之中，多石室焉。室中若有积卷矣，而世士罕有津达者，因谓之积书岩。"②上联"六丁"余丙照注见"五丁开山"条，《蜀王本纪》曰：秦惠王欲伐蜀，造石牛，置金其后。蜀人使五丁力士开山，拖石成道，秦遂伐蜀。下联"二酉"，余丙照注《郡国志》：小酉山在辰州府，穴中有书千卷，与大酉相连，故曰"二酉"。上联中的"丁"，与下联中的"酉"，二者是天干对天干。

"干支对"入赋在《见星庐赋话》中亦多有论述，卷七载："赋有干支字面之题，赋内多用干支点缀映合题面者。如吴郎中孝铭《十二时竹赋》有云：'丁帘昼永，甲帐春妍。种岂植于庚辰，名应问禹；数竟编乎甲子，字俨成仙。'又云：'园丁是挈，荷子能谙。携锸归来，小卯亲栽于舍北；提壶行去，良辰时探乎池南。'又云：'浑疑铜暑犹缄，时难辨午；应比玉函不启，护有神丁。'又云：'凌霜辰而不改，映月子而无移。种从丁卯，桥边应龙蛇而起蛰；植向癸辛，里外偕鸡犬以知时。阴三癸之亭，荼还留客；溯西申之国，凤可巢枝。他年管奏雅寅，悬亥珠而克肖；此日斗刚指丑，听午漏而无差。'又云：'同表验时，当三庚而却暑；偕钟候刻，植五戊而散萌。'此干支字面之题，用干支字面作映合，为本地风光之法。"③

三 数目对

余丙照《赋学指南》云："数目对与算法不同，彼则较量其多少，

---

① （清）余丙照：《赋学指南》，清光绪十九年刻本。
② （北魏）郦道元著，陈桥驿校证：《水经注》，中华书局2007年版，第43—47页。
③ （清）林联桂撰：《见星庐赋话》，清光绪十八年刻本。

此则统举其成数。盖遇数目题，自宜着眼数目字；即题非数目，拈此作对，亦觉簇簇生新，但不可填砌满篇，贻讥于算博士。"① 余丙照举例论曰："蒋麟昌《菊花赋》：数七十一品之花身，谁嫌容淡；谢二十四番之花信，并绝大怜。"其中"七十一品"与"二十四番"自然成对。"七十一品"文中注《菊谱》："菊有七十一品。""二十四番之花信"出自徐俯诗："一百五日寒食雨，二十四番花信风。"

数量词与标志某事物的词构成词或词组时，会赋予该事物一种全新的寓意。如"一叶""十二州""三六十宫""千山""万水"等，倘若分开来看，在词性上仅作数量词、方位词、颜色词等，语义单一，指代有限，然将二者有机结合，不仅词意丰满，意境宏阔，而且可达到不工而工、工者更工的审美效果。作家往往会根据这种不同来构造对偶关系，这样使原本具有对偶的相关词语进一步增强对仗，使本来缺少对偶的相关语词产生一定的对仗。它们多数或表现为鲜明的对比，或彼此呼应，或层层递进，或上下关联，或使其意义更为普遍。

"数目对"与"算法"虽然都涉及数字，但"数目对"是列举成数，也就是以数字作对，而"算法"中则包含着计算。《赋学指南》"算法"条云："凡遇数目题，莫妙于用算法。盖本题数目多少，难以实诠，必借他件数目字较定之。数目比本题多者，用除法；数目比本题少者，用乘法。乘、除算来，本题之数目自见。"② 此即为修辞中所谓之析数，尤其适用于包含有数字的赋题。至于具体的运算方式，包括了加、减、乘、除等。如《一月得四十五日赋》"倍花风之数，恰少其三"，是指 $24 \times 2 - 3 = 45$；"符大衍之占，又虚其四"，是指 $49 - 4 = 45$；"譬诸六十四卦数，余十九而犹浮"，是指 $64 - 19 = 45$；"窃比三十六宫算，加九筹而为记"，是指 $36 + 9 = 45$。此种手法，在诗中早已用到，但相对而言较为简单，如《文选》卷三十载鲍照《玩月城西

---

① （清）余丙照：《赋学指南》，清光绪十九年刻本。
② （清）余丙照：《赋学指南》，清光绪十九年刻本。

门解中》云:"三五二八时,千里与君同。"李善注曰:"二八,十六日也。《释名》曰:望,满之名。月大十六日,月小十五日。"① 但在律赋中,为了表现出构思奇特和文字工巧,算法往往趋于繁难复杂。

四 反正对

余丙照《赋学指南》云:"反正对有二。上两句或翻或宕或开,作反笔,下两句合到正面,此先反后正法也。上二句正诠题面,下两句或翻或宕或开,作反笔,此先正后反法也。皆赋中擒纵之法,最为便学。"② "反正对"其实是一种对比。

余丙照以《蟹簖赋》为例云:"不屑寄人篱下,自负横行;岂知人我彀中,终难壮往。"并注赋题见《蟹谱》:"捕蟹者纬萧承其流而障之,名蟹簖。""寄人篱下"见张融自序:"丈夫当删诗书,制礼乐,何至寄人篱下?""横行"见杜牧诗:"莫道无心畏雷电,海龙王处也横行。""人我彀中"见《摭言》:"唐太宗见新进士缀行而出,喜曰:'天下英雄入吾彀中矣。'""壮往"见《易》:"大壮利有攸往。"上联言蟹之横行自若,下联言蟹之被困筐中。《伯牙遇钟子期赋》:"风涛辛苦,每嫌识曲之稀;烟火苍凉,竟有知音之遇。"上联叹知音难觅,下联则感慨竟然真的遇到了知音。这些都属于"先反后正",即先反题意,后合题意。如果正好倒过来,先叙题意,再叙写其反面情况,自然就是"先正后反",如以"漫道今时憔悴,怯历风霜;须知曩日容颜,华如桃李"二联来叙写秋柳。

《雨村赋话》论"反对"云:"唐蒋防《聚米为山赋》云:'起自纤微有类积尘为岳;终非奇幻,那同画地成川。'王起《辕门射戟枝赋》云:'若嗤同失鹄,我艺自叠其叠变;倘妙等丽龟,而心固宜其如一。'黄滔《周以龙兴赋》云:'孟津契会,此时不愧于云从;羑里

---

① (南朝梁)萧统编,(唐)李善注:《文选》,上海古籍出版社1986年版,第1404页。
② (清)余丙照:《赋学指南》,清光绪十九年刻本。

栖迟，昔日何伤于鱼服。'皆所谓反对也"① 李调元称以上诸例"属辞比事，不失累黍，可谓优且难矣"。反正对的运用，不仅使赋文的内容更加异彩纷呈，而且有利于文气流转，使读者渐入佳境。

五　流水对

余丙照《赋学指南》云："赋中流水对法，既避重复，且有生动之趣。其法有上下安顿虚字，呼吸一气者，贵得机势。有上下不用虚字，神气一串者，贵极自然。"② 指上下两联共同组合成一个复句，这样赋句显得语意连贯。

《唐音癸签》卷四"流水对"条曰："严羽卿以刘眘虚'沧浪千万里，日夜一孤舟'为十字格，刘长卿'江客不堪频北望，塞鸿何事又南飞'为十四字格，谓两句只一意也，盖流水对耳。"③ 此处的"流水对"与《赋学指南》含义一致。再如，《复小斋赋话》卷下论"流水对"云："律赋对句，亦用流水对法。既避重复，且有生动之趣。聊举一二，如黄滔《戴安道碎琴赋》：'焉有平生，探乐府铮鏦之妙；爰教一旦，厕候门戛击之徒。'《汉宫人诵洞箫赋赋》：'一千余字之珠玑，不逢汉帝；三十六宫之牙齿，讵启秦娥。'是也。"④ 足见，上下联合用一事，流水对下，自然合拍。在调节赋文节奏的同时，亦使其生动有趣易于赏读。

余丙照为阐述流水对，在文中胪举数例，如席世昌《燃明夜读赋》："不限三条则例，五夜长明；须知一寸光阴，千金难买。"赋题见《颜氏家训》："梁世彭城刘绮，交州刺史勃之孙，早孤家贫，灯烛难办，尝买荻，尺寸折之，燃明夜读。"⑤ "三条"，因唐试举人日既

---

① （清）李调元：《雨村赋话》，清乾隆四十九年函海刻本。
② （清）余丙照：《赋学指南》，清光绪十九年刻本。
③ （明）胡震亨：《唐音癸签》，上海古籍出版社 1981 年版，第 31 页。
④ （清）浦铣撰：《复小斋赋话》，清乾隆五十三年复小斋刻本。
⑤ 王利器集解：《颜氏家训集解》，中华书局 1993 年版，第 239—240 页。

暮，许烧三条烛。如韦承贻《策试夜潜纪长句于都堂西南寓》："褒衣博带满尘埃，独向都堂纳卷回。蓬巷几时闻吉语，棘篱何日免重来。三条烛尽钟初动，九转丹成鼎未开。残月渐低人扰扰，不知谁是谪仙才？白莲千朵照廊明，一片升平雅颂声。报道第三条烛尽，南宫风月画难成。""五夜"见《文选·新漏刻铭》李善注引《汉旧仪》："昼夜漏起，省中用火，中黄门持五夜，甲夜、乙夜、丙夜、丁夜、戊夜也。"① "一寸光阴"见《晋书》："大禹惜寸阴。""千金难买"见东坡诗："春宵一刻值千金。"通过分析可知，作者为了点染主旨可谓苦心孤诣，做到了无一字无来历的境界。大量的用典使事略显冗繁，甚至累赘，然作者的旨归悉数可见：一来为构成偶对使其上下联工稳精彩，不落俗套，二来能精确契合赋题，借此阐述刻苦读书之本事。

六　假对

假对本是诗文对偶中的借对，即内容虽不成对偶，但是字面却成对偶，或者因其谐音字成对偶者。如《苕溪渔隐丛话前集》卷二十三引《蔡宽夫诗话》云："诗家有假对，本非用意，盖造语适到，因以用之。若杜子美'本无丹灶术，那免白头翁'，韩退之'眼穿长讶双鱼断，耳热何辞数爵频'，借丹对白，借爵对鱼，皆偶然相值立意，下句初不在此。而晚唐诸人遂立以为格，贾岛'卷帘黄叶落，开户子规啼'，崔峒'因寻樵子径，得到葛洪家'为例，以为假对胜的对，谓之高手，所谓痴人面前不得说梦也。"② 其中，贾岛与崔峒例中的"子"谐作"紫"，"洪"谐作"红"，以成假对。宋邵博撰《闻见后录》卷十七云："唐诗家有假对律，曰：'床头两瓮地黄酒，架上一封天子书。'又：'三人铠脚坐，一夜掉头吟。'又：'须欲沾青女，官犹佐子男。'等句是也。或鄙其不韵，如杜子美：'枸杞因吾有，鸡栖奈

---

① （南朝梁）萧统编，（唐）李善注：《文选》，上海古籍出版社1986年版，第2427页。
② （宋）胡仔撰：《苕溪渔隐丛话前集》卷23引《蔡宽夫诗话》，清乾隆刻本。

汝何。'又：'饮子频通汗，怀君想报珠。'杜牧之：'当时物议朱云小，后代声名白日悬。'亦用此律也。"① 假对之法在律赋创作中常见不鲜，有精彩纷呈之感。

浦铣《复小斋赋话》卷上曰："赋有假对。裴晋公《神龟负图出河赋》，以'洪荒'对'绿水'。范文正公《养老乞言赋》，以'清问'对'黄发'、'无瑕'对'尚齿'是也。乐天《汉高祖斩白蛇赋》，制局一气呵成，叙事有声有色，盖应弘词作也。当日以'不知我者谓我斩白蛇，知我者谓我斩白帝'二句考落。"② 浦铣以"洪荒"对"绿水"、"清问"对"黄发"、"无瑕"对"尚齿"为例，这一难度较高的偶对呈现，不仅使赋文色彩斑斓，而且奇巧生新。

七 当句对

当句对，即一句中自成对偶。宋洪迈《容斋随笔》"诗文当句对"条云："唐人诗文，或于一句中自成对偶，谓之当句对。盖起于《楚辞》'蕙烝'、'兰藉'，'桂酒'、'椒浆'，'桂棹'、'兰枻'，'斫冰'、'积雪'。自齐梁以来，江文通、庾子山诸人亦如此。如王勃《宴滕王阁序》一篇皆然。"③ 这种对偶因灵活方便，用之使赋句工稳精切，而受赋家青睐。

《雨村赋话》论"当句对"云："唐元稹《善歌如贯珠赋》云：'以節为珠，以声为纬。渐杳杳而无极，以多多而益贵。悠扬绿水，讶合浦之同归；缭绕青霄，贯五星以一气。''合'与'同'、'五'与'一'，所谓当句对也。《奉制试乐为御赋》云：'蟠乎地而极乎天，周流既超于马力；发乎迩而应乎远，驰声亦倍于鸾和。'爽健之句。此调亦创自微之，后来永叔诸公，专教此种。"④ 由于该对偶常见于诗

---

① （宋）邵博撰：《闻见后录》卷17，明津逮秘书本。
② （清）浦铣撰：《复小斋赋话》，清乾隆五十三年复小斋刻本。
③ （宋）洪迈撰，穆公校点：《容斋随笔》，上海古籍出版社2015年版，第168页。
④ （清）李调元：《雨村赋话》，清乾隆四十九年函海刻本。

赋创作当中，其称谓多有变换，如王昌龄称之"句对"，《诗格》云："势对例五：四曰句对，曹子建诗：浮沉各异物，会合何时谐。"① 严羽谓曰"就句对"，《沧浪诗话》："有就句对，又曰当句有对。如少陵'小院回廊春寂寂，浴凫飞鹭晚悠悠'，李嘉佑'孤云独鸟川光暮，万里千山海气秋'是也。前辈于文，亦多此体，如王勃'龙光射牛斗之墟，徐孺下陈蕃之榻'，乃就句对也。"②

八 事对

前文在讨论《文心雕龙·丽辞》篇已有说详，此从略。《雨村赋话》对"事对"有一定讨论。如："杨用修与诸才士宴集，偶谈及唐人谢观《白赋》云：'晓入梁王之苑，雪满群山；夜登庾亮之楼，月明千里。'《赤赋》云：'田单破燕之日，火燎平原；武王伐纣之时，血流漂杵。'一客效之作《黑赋》曰：'孙膑衔枚之际，半夜失踪；达磨面壁以来，九年闭目。'一客赋《青》曰：'帝子之望巫阳，远山过雨；王孙之别南浦，芳草连天。'一客赋《黄》曰：'杜甫柴门之外，雨涨春流；卫青油幕之前，沙含夕照。'"③

又："唐白行简《澹台灭明斩龙毁璧赋》云：'纷然电散，谓齐后之碎连环，而星分，同亚父之撞玉斗。'张随《上将辞第赋》云：'王翦请贻乎子孙，与兹难并；晏婴敢烦乎里旅，相去不遐。'宋范镇《长啸却胡骑赋》云：'若楚军夜遁之时，闻歌于四面；异汉将道穷之日，振臂而一呼。'"④ 李调元以唐人谢观《白赋》《赤赋》、白行简《澹台灭明斩龙毁璧赋》、张随《上将辞第赋》、宋范镇《长啸却胡骑赋》等赋中的典事为例，深入分析事对在律赋修辞中"事对为难""事对者，并举人验者也"的作用，即因难见巧，以此体现赋家的渊博学识。

---

① 张伯伟：《全唐五代诗格汇考》，凤凰出版社2002年版，第185页。
② （宋）严羽著，郭绍虞校释：《沧浪诗话校释》，人民文学出版社1983年版，第74页。
③ （清）李调元：《雨村赋话》，清乾隆四十九年函海刻本。
④ （清）李调元：《雨村赋话》，清乾隆四十九年函海刻本。

九　股对

　　股对，指两对词语在上下联同语法位置上，正向相对分押上下之韵，以承上启下，勾连紧密的修辞格式。如《雨村赋话》卷二载录："唐白居易《动静交相养赋》云：'所以动之为用，在气为春，在鸟为飞，在舟为楫，在弩为机。不有动也，静将畴依，所以静之为用，在虫为蛰，在水为止，在门为键，在轮为柅。不有静也，动奚资始。'超超玄箸，中多见道之言，不当徒以慧业文人相目。且通篇局阵整齐，两两相比。此调自乐天刱为之，后来制义分股之法，实滥觞于此种。"[①] 李调元不仅对白居易《动静交相养赋》中"股对"形态特征进行了概论，而且对其渊源流变予以追溯研讨。此外，日人铃木虎雄在《赋史大要》中曾有评析，如论宋王炎《竹赋》中的赋句云："'春日载阳'云云九句，与'冬日祁寒'云云九句，成隔句押之长股对，与唐白居易《动静交相养赋》等之股对为同类。"[②] 是书第七篇"八股文赋（清赋）时代"，有专章论述可览详，此不赘述。

　　"股对"在唐抄本《赋谱》中也有相关讨论。《赋谱》中谓之"双关"，然就其表述来看，"双关"并非现代修辞学中的双关辞格，而是指赋文中两事物相互关联。文中简述了"双关"与"非双关"的情形："'月'之与'珪'双关"，另外如"'丝'之与'绳'，'玄'之与'珠'，并得双关。'丝绳'之与'直'、'玄珠'之与'道'，不可双关"。如白居易《动静交相养赋》，"动"与"静"双关，赋文起句云："天地有常道，万物有常性。道不可以终静，济之以动。性不可以终动，济之以静。养之，则两全而交利；不养之，则两伤而交病。"

[①] （清）李调元：《雨村赋话》，清乾隆四十九年函海刻本。
[②] [日] 铃木虎雄撰：《赋史大要》，殷孟伦译，正中书局1936年版，第279页。

再如李程《金受砺赋》"金""砺"双关。赋文以"圣无全功，必资佐辅"为韵，起句云："惟砺也，有克刚之美；惟金也，有利用之功。利久斯克，犹或失其铦锐；刚固不磷，是用假于磨砻。"赋题典出《国语·楚语上》云："若金，用女作砺；若津水，用女作舟。"赋篇的结穴，正是以"金"→"君主与砺"→"忠臣"互为双关来层层推进，在唐赋中别具一格。李调元在《雨村赋话》论曰："唐李程《金受砺赋》，双起双收，通篇纯以机致胜，骨节通灵，清气如拭，在唐赋中又是一格。毛秋晴太史谓：'制义源于排律。'此种亦是滥觞。分合承接，蹊径分明，颖悟人即可作制义读。又排句之下，每用单句收束，亦是创格。"[①]

鉴于上述对偶形态及其功能意蕴，《赋学指南》卷四"论裁对"中总结云："赋之对仗，贵极精工，骈四俪六，对白抽黄，所谓律也。大凡天地之物，莫不有偶，如天文地理，草木鸟兽，各以类对，固自易易。然近今人文蔚起，花样异常，但能工稳，尚难出色；务必悉去陈言，独标新颖；或参以干支，或配以颜色，或以假借见巧，或以流水见活，方能自开生面，不落恒蹊；但巧不可入纤，工不可伤雅耳。欲知制锦，请看各条。"[②] 活用对偶能使赋文别开生面，不落恒蹊。该论旨在阐明律赋创作若要卓然心裁，须注重偶对之法，即参以"卦辞""干支""数目""流水"等做韵脚方可工稳出色，这是律赋创作中因难见巧的展现。

第三节 律赋的对偶实践与批评

在诸多赋话文献中，唐抄本《赋谱》对律赋的创作与承传有着举足轻重的作用，尤其在对偶方面表现最为显豁。开元、天宝之际，伴

---

① （清）李调元：《雨村赋话》，清乾隆四十九年函海刻本。
② （清）余丙照：《赋学指南》，清光绪十九年刻本。

第七章 律赋对偶形态论

随着科举的盛行，律赋创作进入了真正的繁荣时期，《登科记考》卷二载："开元间，始以赋居其一，或以诗居其一，亦有全用试赋者，非定制也。杂文之专用试赋，当在天宝之季。"[①] 盛唐律赋大抵以科举考试为中心，有较强的政治功利目的，多以歌功颂德为宗旨。此时律赋创作的标准样式也正式步入文坛，如《赋谱》中的"凡赋以隔为身体""此六隔皆为文之要""凡句字少者居上，多者居下。紧、长、隔以次相随"等的理念成了创作者的自觉标准，律赋作品基本遵循"紧+长+隔"的程式，每段有隔对，且以隔对收尾；韵脚要求也较为严格，偷韵、换韵、漏韵的现象几乎无一出现。

《赋谱》明确指出，新赋的字数大概为三百六十字："约略一赋内用六七紧、八九长、八隔、一壮、一漫、六七发；或四五六紧、十二三长、五六七隔、三四五发、二三漫壮；或八九紧、八九长、七八隔、四五发、二三漫壮长；或八九隔、三漫壮；或无壮；皆通。计首尾三百六十左右字。"[②] 观上述律赋而知，赋文以"漫+紧+长+隔"句式构成，每一段有三个对句组成，又以隔对完美收句。这种新体从贞元至元和年间不断增多，白行简除《以德为车赋》之外，还有《车同轨赋》《望夫化为石赋》，以及王起《律吕相召赋》、李绅《善歌如贯珠赋》等，这些赋作大抵符合《赋谱》叙及的新体形制。足见贞元年间场屋试赋对日常律赋创作有深远的影响。

宋代的科举文章也基本继承了唐代律赋的要求。宋李廌《师友谈记》中记载秦观论八韵之说，其"秦少游论小赋结构"条谓："凡小赋，如人之元首，而破题二句乃其眉。惟贵气貌有以动人，故先择事之至精至当者先用之，使观之便知妙用。然后第二韵探原题意之所从来，须便用议论。第三韵方立议论，明其旨趣。第四韵结断其说以明题，意思全备。第五韵或引事，或反说。第七韵反说或要终立义。第

[①] （清）徐松撰，赵守俨点校：《登科记考》，中华书局1984年版，第70页。
[②] 张伯伟：《全唐五代诗格汇考》，凤凰出版社2002年版，第564页。

八韵卒章，尤要好意思耳。"① 《四库全书总目·总集类存目一》记载："宋礼部科举条例，凡赋限三百六十字以上成，其官韵八字，一平一仄相间，即依次用。若官韵八字平仄不相间，即不依次用。其违式不考之目，有诗赋重叠用事，赋四句以前不见题，赋押官韵无来处，赋得一句末与第二句末用平声不协韵，赋侧韵第三句末用平声，赋初入韵用隔句对，第二句无韵。"② 可见，宋代对律赋布局章法的探索与考究，比之唐代愈趋复杂和严谨。

综上，《赋谱》的编撰与律赋的创作实践之关系，一方面因举子科试律赋而编"指南手册"，昭示其实用性；另一方面编著者紧跟时代步伐，强调其时效性，以彰显价值。《赋谱》的价值不仅仅在于彰显唐人的赋体美学观念，更多是折射出了初唐至中晚唐时期律赋的演变轨迹，尤其为考察对偶的嬗递提供了坚实的文献依据。

对偶理论实践与评判，从南朝发轫，经唐宋承袭、元明清拓展，人们从未停止对其的探究，尤以后者在诗论、赋论中的讨论为最。《古赋辨体》卷七："唐赋无虑以千计，大抵律多而古少夫。古赋之体，其变久矣，而况上之人选进士以律赋，诱之以利禄耶？盖俳体始于两汉，律体始于齐梁，俳者律之根，律者俳之蔓。后山云：四律之作，始自徐庾。俳体卑矣，而加以律，律体弱矣，而加以四六，此唐以来，进士赋体所由始也。雕虫道丧，颓波横流，光铓气焰，埋铲晦蚀，风俗不古，风骚不今，后生务进干名，声律大盛，句中拘对偶以趁时好，字中揣声病以避时忌。"③《文章辨体序说》"律赋"条曰："律赋起于六朝，而盛于唐宋。凡取士以之命题，每篇限以八韵而成，要在音律谐协、对偶精切为工。"④ 从二者引文来看，主要对律赋的缘

---

① （宋）李廌撰：《师友谈记》，中华书局2002年版，第18页。
② （清）永瑢等：《四库全书总目》卷191《总集类存目一》，中华书局1965年版，第1736页。
③ （元）祝尧编：《古赋辨体》，清文渊阁《四库全书》影印本。
④ （明）吴讷著，于北山校点：《文章辨体序说》，人民文学出版社1962年版，第55页。

起、嬗变、特征等内容的评价，特别对律赋的"偶对精工"与"声律谐协"评议，可认为是元明时人对律赋通识之见。相较元明的评判，清人对对偶的论述则更为详赡。

其一，律赋对偶迁转形态的述论。《雨村赋话》卷一："扬、马之赋，语皆单行，班、张则间有俪句，如'周以龙兴，秦以虎视'，'声与风游，泽从云翔'等语是也。下逮魏晋，不失厥初。鲍照、江淹，权舆已肇；永明、天监之际，吴均、沈约诸人，音节谐和，属对密切，而古意渐远；庾子山沿其习，开隋唐之先躅。古变为律，子山实开其先。"① 从中不仅可以看出赋体创作由散而骈、由骈而律的迁转过程，而且对不同时代、不同赋家的风格特征予以考索。如西汉扬雄、司马相如赋篇多是散体大赋，此时对偶句相对不多；东汉至南朝时期咏物、抒情小赋盛行，偶句趋于繁兴。其后永明声律论的出现，对赋文的句子结构、辞性、节奏等的谐协起到了重要的推动作用，遂有"音节谐和，属对密切"的论评。迨至庾信，赋文臻于完备，可谓无语不工，无句不偶，在承续齐梁余波的同时，为隋唐律赋的发展奠定了基础。《四库全书总目·庾开府集笺注》对此评云："庾信骈偶之文，集六朝之大成，导四杰之先路，自古迄今，屹然四六宗匠。"②

其二，律赋对偶句法结构的评骘。浦铣《复小斋赋话》卷上："律赋句法，不可但用四六，或六四，或七四，或四七。试取王辅文棨、黄文江滔、吴子华融、陆鲁望龟蒙诸家观之，思过半矣。"③ 四六是律赋创作中较为常用的句式，但须交错使用，使句式流转多变以此来增加偶对的艺术效果。如浦铣《复小斋赋话》卷下论陆龟蒙："鲁望诸赋，精工雕镂，不遗余力。句法多用四五五四、四七七四、八四六四不多用之，以等剩字。且赋中颇多寄托，《青苔》《书带》诸篇，

---

① （清）李调元：《雨村赋话》，清乾隆四十九年函海刻本。
② （清）永瑢等：《四库全书总目》卷 148《庾开府集笺注》，中华书局 1965 年版，第 1275—1276 页。
③ （清）浦铣撰：《复小斋赋话》，清乾隆五十三年复小斋刻本。

得骚人香草美人遗意。"再如论十字句有："五言诗有十字为一句法者，赋亦有十字或十二字为一句法者。唐人郑渎《吹笛楼赋》云：'竟无六律继当时紫府之清音，空有一条是往日翠华之去路。'黄滔《汉宫人诵洞箫赋赋》：'霞窗触处不吟纨扇之诗，乐府无人更重箜篌之引。'皆是也。"① 如此长句在律赋对偶中较为少见，唐元稹、白居易最早用于律赋之中而别创一格。《雨村赋话》卷三："律赋多用四六，鲜有用长句者。破其拘挛，自元、白始。乐天清雄绝世，妙悟天然，投之所向，无不如志；微之则多典硕之作，高冠长剑，璀璨陆离，使人不敢逼视。"② 相关论评诸多，不一而足。

其三，律赋对偶创作标准的品鉴。这一点主要体现在对偶用语和句式上要求，前者如刘熙载《艺概·赋概》中称："赋中骈偶处，语取蔚茂；单行处，语取清瘦。"③ 文中对这一标准进行溯源，指出："此自宋玉、相如已然。"后者如汪廷珍《作赋例言》谓："长句不如短句，四句对不如两句对，骈对不如活对，多用四句对，最易戾气。换韵处尤不宜用四句对，合掌更属大忌。四句对相承处须变换，不可两联一样，如上联上四下六，下联再用上四下六便不好。"④ 魏谦升《赋品》云："新情古色，才美齐梁。物必有耦，妙合成章。一歌绎树，韵迭声双。兰苕翡翠，菡萏鸳鸯。花花自对，翼翼相当。属辞比事，摘艳熏香。"⑤ 这是针对对偶句式创作准则而言的。整齐谨严，音律谐美，正是偶对句式追求的写作准则。江含春《楞园赋说》评论曰："四六错综变化，不必求奇，其法不外夹叙夹议，或上述下议，或上议下叙，或分或合，或抑或扬，总以虚实相生，上下不隔为妙。"⑥ 律赋富于句式变化，正是不同于律诗的独特个性，因此多为赋

---

① （清）浦铣撰：《复小斋赋话》，清乾隆五十三年复小斋刻本。
② （清）李调元：《雨村赋话》，清乾隆四十九年函海刻本。
③ （清）刘熙载：《艺概》，上海古籍出版社1978年版，第100页。
④ （清）汪廷珍：《作赋例言》，清道光二十七年刻本。
⑤ （清）魏谦升：《赋品》，清抄本。
⑥ （清）江含春：《楞园赋说》，上海图书馆藏清抄本。

论所提及。

其四，律赋对偶书写弊端的揭示。姜学渐《味竹轩赋话》"初学律赋一则"条云："然后讲求每字句要稳当，要圆熟，求真切便稳当，调平仄便圆熟。每句意要联贯，要圆转，不杂凑便联贯，有开合便圆转。每段要流畅，忌累赘，少排句便流畅、不累赘。"[①] 至清代律赋艺术形态在韵律、句法、词性、句式、结构、偶对等方面臻于完善，已成为赋家或评论家所追求的典范，这正契合《复小斋赋话》"其中抽秘骋妍，侔色揣称，使人有程式可稽，工拙立见者，自在律赋。所为气度之厚，神思之远，古今无异致也"[②] 所论。因此，为使律赋整体上稳工联贯、流畅圆转，评论家对律赋创作的中字、句、段、韵、对偶等常见的疏漏弊病予以揭示，以免落入窠臼。王芑孙《读赋卮言》亦有相似评述："读赋必从《文选》、《唐文粹》始，而作赋则当自律赋始，以此约束其心思，而坚整其笔力。声律对偶之间，既规重而矩叠，亦绳直而衡平。律之为言，固非可卤莽为之也。其有'妖歌曼舞'六句而裁押一韵，旁牵远撮，片辞而已衍半篇，此段不殊于彼段，下联不接于上联者，犹之市瓜取肥，买菜求益，不有重胎之疾，必遭偾胀之讥，此皆败律之过，而岂律固如是耶？"[③] 律赋创作虽有章法可循，但须注意其弊端，倘若旁牵远撮，会导致段落之间的差异，上下联句之间未能有机衔接；若一味追求宏博富丽，则会忽略用韵和对偶之间的创作准则，"此皆败律之过"。

文本的结构往往昭示理论发展的趋势。律赋对偶的批评实践正是为其之后理论形成的方向而进行的努力尝试，反过来理论又能指导着律赋的创作实践，二者互为参补。清代赋话论著不仅对律赋的对偶技巧、形态特征、艺术风格进行了全面的探析，而且对律赋的渊源嬗递、

---

① （清）姜学渐：《味竹轩赋话》，清同治六年刻本。
② （清）浦铣撰：《复小斋赋话》，清乾隆五十三年复小斋刻本。
③ （清）王芑孙：《读赋卮言》，清光绪九年刻本。

审美标准、鉴赏批评也给予了深入考量，从而使其具有一定的镜鉴意义与指导作用。

第四节　余论

综观律赋的对偶现象，无论是在形态与功能方面的拓展、成就与得失的权衡，还是实践与评论方面的推进，在清代总体上趋向专题化、体系化的发展态势，并取得了丰硕成果。概言之，对偶的成就即是律赋臻于至善的具体表现，归根结底与律赋在清代的繁荣密不可分。余下四端概略性认识，可窥探律赋兴盛之貌。

首先，清代科举试赋的有力推动。清代科考，首重律赋。《清史稿·选举制一》载："有清一沿明制，二百余年，虽有以他途进者，终不得与科第出身相比。康、乾两朝，特开制刻，博学鸿词，号称得人。所试者亦仅诗、赋、策、论而已。"[①] 除此之外，庶吉士月课、翰詹大考皆试律赋。顾蒓《律赋必以集·序》中云："我朝承前明之制，取士以制义，而仍不废诗赋。自庶吉士散馆、翰詹大考，以及学政试生童，俱用之。其体固不拘一格，而要之以律为宜。盖律者，法也。有对偶、有声病。古赋可以伪为，而律非富于涉猎揣摩有素者，不能也。"[②]《见星庐赋话》讨论较多，如"馆阁之赋多限馆韵，仿唐人八韵解题之例""馆阁多有律赋""近时馆阁赋之甚夥，谨录其尤者，备我朝掌故焉"等，清代科举试赋的盛行，一则为律赋的繁盛奠定了社会根基，一则促使诸多赋话论著应时而生。

其次，清代赋话论著的全面创获。赋话得名于宋王铚《四六话序》，成书于清代。清代赋话类论著的创获，大抵是随着律赋创作而形成的，今存主要有：浦铣《历代赋话》《复小斋赋话》、李调元《赋

---

① 赵尔巽等撰：《清史稿》志88《选举制一》，中华书局1976年版，第3099页。
② （清）顾蒓：《律赋必以集》，清嘉庆十八年菊坡精舍刻本。

话》、林联桂《见星庐赋话》、姜学渐《味竹轩赋话》、姜国伊《尹人赋话》、孙奎《春晖园赋苑卮言》、江含春《楞园赋说》、汪廷珍《作赋例言》、王芑孙《读赋卮言》、余丙照《赋学指南》等，述论其内涵，约略有四：（一）搜集、摘录前人相关赋论文献，（二）鉴赏、评骘赋家与赋作，（三）阐微赋学理论，其多涉律赋的渊源流变、技巧法则、风格体制、批评方式、艺术特征、编撰体例、审美准则等内容，（四）论赋之功用价值。该四点大体轨制诗话之旨，综此而言，赋话既是赋学理论的有机组成部分，又是推动和指导律赋创作的重要理论著作。

再次，清代音韵之学的蓬勃兴起。清代音韵学的发展，有益于促进试赋用韵的规范性。有清一代，音韵学方面不论官方或个人，均出现不少相关论著，如官方著述有：康熙年间张玉书等奉敕编撰《钦定音韵阐微》《佩文韵府》等，乾隆年间编著《钦定音韵述微》等；个人著述有：江永《古韵标准》、顾炎武《音韵五书》、戴震《声韵考》、段玉裁《六书音韵表》、江有诰《音学十书》等，大量音韵类论著呈现，除利于士子围绕科举考试而进行的大量律赋创作之外，另有游弋于科试之外文人雅士或抒怀言志、或游情戏笔、或模山范水等的律赋写作。

最后，清人对律赋批评体系的建构。馆阁试赋虽是律赋批评理论建构的着力点，然清人对律赋的浩繁创作及其深入研究，又使这一理论建构的出发点具有了一定的超越性，最终形成自律的理论体系。究此理论体系建构的主要贡献，一在于考量了南北朝以来律赋的时代风格与迁转路向，此于李调元《雨村赋话》、林联桂《见星庐赋话》中可见其详；二在于建立了律赋鉴赏的审美标准，如浦铣《复小斋赋话》所提出的"清丽""纤巧""秾艳""哀艳"等艺术特征，余丙照在《赋学指南》卷六"赋品"中指出的"清秀、洒脱、庄雅、古致"等审美取向；三在于创设并规范了律赋的写作程式，并厘定了诸如"破题与诠题""用韵与限韵""用笔与用事"等大量场屋写作的技巧。

　　从诗律视域出发考察律赋的对偶对象,既可以使律赋对偶论的阐发获得相应的理论鉴照,又可借此揭示格律对偶在各体韵文学之间的共相意义。观览赋话著作的具体理论和实例,辅以相关文献慎实研讨,易发现律赋对偶论呈现出一个从简单到复杂、从宽泛到严格的迁转过程,对这一过程内部肌理的深究,将有益于完成对律赋内在的辨体风貌与外在的文化意蕴的全面考量。

第八章 赋话视域下的"以诗论赋"发微

"以诗论赋"是中国文学理论中的重要批评形态与构成因素。其作为一种传统的文学批评形态,旨在以诗歌中格法或鉴评的审美取向为范式,镜鉴到赋文的理论建构中,以考察赋论的形态特征、批评意蕴、创作方式、价值影响等内涵。清代赋话"以诗论赋"现象是赋论家独特的批评方式,亦是赋话批评体系中卓然别裁的组合成分,借此可进一步窥探赋话的学理演进与内涵迁转。今以赋话为中心,梳理"以诗论赋"的批评征象,就其批评传统、演进形态、历史成因、批评互鉴予以省察,同时对该现象与赋评话语独立的关系进行读解及阐发。

"以诗论赋"作为一种富有特色的赋评现象,时散见于清代赋话文献中。鉴于清赋话本身的复杂性,"以诗论赋"现象受到的关注甚微,仅作为清赋话诸多特色的一个切面泛见于相关学者的论著中。本章试围绕《复小斋赋话》、《艺概·赋概》及其余赋话论著,通过梳理赋话其中"以诗论赋"的例证,进而从文学文化环境、文体形态融合、赋评与诗评之间的理论互渗等层面探讨"以诗论赋"现象的产生原因,阐明其在文学批评上的意义,并揭示这一现象在赋话从黏附于诗话到独立于诗话这一过程中的过渡属性。

第一节 "以诗论赋"的批评传统

"以诗论赋"的概念易与文学批评史上常见的"以诗论诗""以赋

论赋"产生混淆，此宜作一辨明。在批评史上，以韵文批评韵文的方式屡见不鲜，较著名的有元好问的《论诗三十首》及白居易的《赋赋》等。后人通常用"论诗诗"与"论赋赋"来命名此种特殊批评文体，或称为"以诗论诗"和"以赋论赋"。与此类韵文批评韵文的形态不同，本文所举例的"以诗论赋"并不指文学创作的一种特殊类型，而指引鉴诗歌文体特点或诗学鉴赏理论来议论赋文学的现象。浦铣《复小斋赋话》频频出现"以诗论赋"的情况，如"诗有属和，惟赋亦然""诗有即席，赋亦有之""古诗中，多用'君不见'三字，黄御史滔用入赋律，倍觉媚姿""元、白赋另自一体，流动之中加以工稳句法，亦最浑成，似其诗也"等皆为典型例证，此为《复小斋赋话》的赋评特色之一。从摘出的上述句子中可以看出，"以诗言赋"多集中在体裁、体式、用语、审美旨趣诸层面。同样的，不乏论者在议论刘熙载赋学时，指出刘熙载《艺概·赋概》持有一种"诗变体"的赋学观，其有意识地把赋纳入诗体的范畴，用诗学的审美尺度来衡量赋体文学。参会上述的观点与例证，易见"以诗论赋"是一种发生于文学评点中，作为特殊类型而存在的现象，其主要特征为以诗的体裁特点类比赋、以诗的创作技法镜鉴赋、以诗的美学旨趣审视赋等，且其数量颇为可观。

　　虽然上述"以诗论赋"的批评征象定型于清代赋话中，然而在赋话大量出现以前，亦不乏批评形式具备"以诗论赋"的雏形。针对诗赋关系的论述多黏附在诗话、随笔与文人文集中，其历史演进与内部发展构成了清赋话"以诗论赋"的基础。早期的评点文学中，"诗""赋"在同一文本中相伴出现、互作照应，很大程度上归因于"诗赋同源"且"赋"为"诗"之流的观念。班固《两都赋序》曰："赋者，古诗之流也。"这一认识在后世诸多赋学家的理论体系中，依然能见其嗣响。挚虞《文章流别论》云："赋者，敷陈之称，古诗之流也。古之作诗者，发乎情，止乎礼义。情之发，因辞以形之；

第八章 赋话视域下的"以诗论赋"发微

礼义之指,须事以明之。故有赋焉,可以假象尽辞,敷陈其志。"①明人陈山毓《靖质居士文集》曰:"赋者,振拔于五言之前,嗣风雅而抽声。去古未遥,蔚居变首,故独秀于众制矣。"②皆是认为赋的发生肇始于诗并黏附于诗,这直接导致了诗赋常被理论家视为趋同的文体而一齐议论。而随着辨体意识的兴起,部分理论家开始从"诗赋同源"的观念中走出,对诗赋文体间的差异有所辩论,如《文赋》"诗缘情而绮靡,赋体物而浏亮"。然而诗赋间的辨体意识虽然分类了两种特性有别的文体,却未从诗赋的"同源性"来进一步反思两种文体在批评上理论互渗的可能。即便赋的诗化或诗的赋化内蕴了文学破体的雏形,却仍流于创作上的文体互参,缺少上升到理论层面的探讨。

李唐时代,律赋写作与科举紧密相连,论场屋试赋作法的赋格类论著层见叠出。但在文学评论上,与诗话蓬勃发展的态势不同,赋评却落后于诗评的发展,难觅踪影。但这一阶段受"赋者古诗之流"的传统观念影响,仍有少数赋评偶见于诗话中,呈现出"赋话粘附于诗话"的雏形。只是,清代以前,在诗话的论赋片段中赋被关涉,或记诗人之事而论赋文创作,或借作赋的史实来印证创作观点。总之,涉及赋评的篇幅有限,甚至与当今学者所认定的"以诗论赋"概念无太多关系,今征引如下。

第一,载录诗人之事而论赋文创作。如《竹坡诗话》:"扬子云好著书,固已见诮于当世,后之议论者纷然,往往词费而意殊不尽。唯陈去非一诗,有讥有评,而不出四十字:后之议雄者,虽累千万言,必未能出诸此。'扬雄平生书,肝肾间雕镂。晚于玄有得,始悔赋《甘泉》。使雄早大悟,亦何事于玄。赖有一言善,《酒箴》真可传。'"③第二,以作赋的史实来印证创作观点。如《珊瑚钩诗话》:

---

① (清)严可均辑校:《全上古三代秦汉三国六朝文》卷77《全晋文》,中华书局1958年版,第1905页。
② (明)陈山毓:《陈靖质居士文集》,明天启刻本。
③ (宋)周紫芝撰:《竹坡诗话》,明津逮秘书刻本。

— 159 —

"古之圣贤，或相祖述，或相师友，生乎同时，则时见而师之；生乎异世，则闻而师之。……班孟坚作《两京赋》拟《上林》、《子虚》；左太冲作《三都赋》拟《二京》；屈原作《九章》，而宋玉述《九辩》；枚乘作《七发》，而曹子建述《七启》；……虽华藻随时，而体律相仿。"① 第三，专论赋家创作。如《彦周诗话》："班孟坚《两都赋》，华壮第一，然只是文辞。若叔皮《北征赋》云：'剧蒙公之疲民，为强秦而筑怨。'此语不可及。仆尝三复玩味之，知前辈观书，自有见处。"② 上述多是论诗之余对赋文的闲谈，尚未形成诗赋互鉴的交流，对于赋之批评内涵，仍停留于表层。就引文内容严格意义上来讲，不能称作"以诗论赋"，但这些为赋话的独立提供了充要的条件。概言之，赋话中"以诗论赋"现象的出现，得益于诗话批评形态的深刻影响。

但在清以前的诗话文献中，仍能发现不少兼备"以诗论赋"雏形的记载。宋人李廌《师友谈记》谓："少游言：'赋中工夫不厌子细，先寻字以押官韵，及先作诸隔句，凡押官韵，须是稳熟浏亮，使人读之不觉牵强，如和诗人诗不似和诗也。'"③ 材料所引秦观言论聚焦到具体的赋学创作问题上，与同时代大多数泛引有关作赋的记载有着本质上的不同；援引内容落实到了唱和诗的押韵问题，以此类比作赋中押官韵须注意的变化要诀，已初具赋与诗在文体上互相对举的形态。再如《历代赋话》曰："骚赋之于诗文，自是竹之于草木，鱼之于鸟兽，别为一类，不可偏属。骚辞所以总杂重复，兴寄不一者，大抵忠臣怨夫侧怛深致，不暇致诠，亦故乱其序，使同声者自寻，修隙者难摘耳。今若明白条易，便乖厥体。"④ 此虽有譬喻的成分，但也不乏诗赋对话的意蕴，文中借"竹"与"鱼"在其群体中的作比，实则从赋

---

① （宋）张表臣撰：《珊瑚钩诗话》，宋百川学海本。
② （宋）颜周撰：《彦周诗话》，明津逮秘书刻本。
③ （宋）李廌撰：《师友谈记》，中华书局 2002 年版，第 5 页。
④ （清）浦铣撰：《历代赋话》，清乾隆五十三年复小斋刻本。

的体格入手，用"诗之变体"来厘定赋的存在意义，对话性的评点色彩端倪初露。

这种具备诗赋对话意味的评点，在洪迈的随笔中偶尔可见。洪迈《容斋三笔》指出："宋玉《高唐》《神女》二赋，其为寓言托兴甚明。予尝即其词而味其旨，盖所谓发乎情，止乎礼义，真得诗人风化之本。"① 此说实际上就是借先秦诗歌始于情、止于礼的美学观来观照宋玉赋的创作旨归。另外洪迈在《容斋随笔》中亦曾指责后人作赋肆意模仿屈原"假为鱼父，曰者问答"的体式。其认为该体式"改名换字，蹈袭一律，无复超然新意……不可捃诘"，并说"于诗亦然"。虽然该评点在内在逻辑上更近于"以赋论诗"的形态，但"不可捃诘"的文学观念在诗赋之间的互渗互鉴，值得关注。洪迈著述中所展现的诗赋学对话性的评点文字，究竟是源于文艺批评的自觉意识，还是掺杂了即兴的成分，仍有讨论的空间。但可以明确的是，"以诗论赋"作为潜在的评点方式，实际上在诗论兴盛的时期就或多或少地内化在文人批评理论中。因此，赋话中出现的"以诗论赋"现象，与其说是有清一代应运而生的评点形式，不如说同样具有其批评传统和历史沿承。

有清一代赋话繁兴，"以诗论赋"的形态由起初的黏附于诗论，过渡到被赋论家接受并运用到赋学评点的技巧中。何新文指出："乾嘉时代，皆可见赋话作者常常以诗论赋，以诗这种与赋有传统渊源的文学形式为参照系来评赋的艺术特色和价值得失。"② 这一批评现象最为鲜明地体现于赋话论著中，以浦铣《复小斋赋话》、刘熙载《艺概·赋概》为代表。刘咸炘指出："刘融斋《艺概》专说古法，以言志为标的，最为精神，真以诗论赋者也。"③ 然二著虽皆以"以诗论

---

① （宋）洪迈：《容斋随笔》，上海古籍出版社1978年版，第448页。
② 何新文：《中国赋论史稿》，开明出版社1993年版，第129页。
③ 刘咸炘：《推十书增补全本》，上海科学技术文献出版社2009年版，第1035页。

赋"见长，文本中所呈现的理论内涵、创作方式、艺术风格则各有侧重与特色。余下通过爬梳赋话中"以诗论赋"现象，来阐释其所依据的诗学原理，对赋话所运用的合理性加以评判，进而讨论二者在"以诗论赋"方面阐述理论与创作技法的异同，最后绾合赋话文本来揭橥其批评意蕴。

第二节 "以诗论赋"的演进形态与批评建构

赋话中常见的"以诗论赋"的批评形态，主要分文体方面借诗比赋与审美方面借诗论赋两类，尤以后者为重。今以浦铣《复小斋赋话》[①]及刘熙载《艺概·赋概》[②]为主要考察对象，就二类中的演进形态与批评建构展开研讨。

一，在文体上以诗比赋。该类型一般着眼于分析诗赋之间的文体关系、梳理诗赋之间体裁上的共同点、考辨诗赋功用的差异性等问题。观览《复小斋赋话》《艺概·赋概》二著，发现前者侧重文体体裁与形式问题的议论，后者则侧重对诗赋关系与定义的把握。《复小斋赋话》在文体论上的"以诗论赋"现象，又再可分评论赋的体裁与形式两类，论述的程式基本是先阐明诗中存有的体式，然后借此进入赋作的列举论述中。在体裁方面的论述，约略如下几端。

其一，借诗中的联句诗、赋得诗来引入赋作中的同类体裁，如《复小斋赋话》称："东坡与吴彦律、舒尧文、郑彦能各赋《快哉此风赋》两韵，子瞻作第一、第五韵，此亦如诗之联句矣。以《风赋》为题，亦如诗之赋得体矣。"此处所谓联句诗，属于古时诗人酬唱吟和时常用的一种体裁，多由两人或多人共同创作，每人单句或数句，缀

[①] （清）浦铣撰：《复小斋赋话》，清乾隆五十三年复小斋刻本，余下引文皆据此，不一一出注。

[②] （清）刘熙载撰：《艺概》，上海古籍出版社1978年版，余下引文皆据此，不一一出注。

成一诗,如孟郊与韩愈所作的《遣兴联句》,多被后人称道。诗之赋得体由于有命题的性质,则常见于科举诗试中,如钱泳《履园丛话》记曰:"今大小试俱有赋得诗,命题多不注出处。"① 时人或知诗有联句体与赋得体,少知赋亦如此,浦铣有导夫先路之功。

其二,借诗之俳谐体来比赋之戏谑类变体。《复小斋赋话》:"束广微《劝农赋》,犹诗之俳谐体也。"俳谐体即诗中的俳体诗、谐趣诗,大多以幽默诙谐、嘲噱讽喻为主要表现形式,多为文人的戏笔之作。明徐师曾《文体明辨序》云:"按《诗·卫风·淇奥篇》云:'善戏谑兮,不为虐兮。'此谓言语之间耳。后人因此演而为诗,故有俳谐体、风人体、诸言体、诸语体、诸意体、字谜体、禽言体。虽含讽喻,实则诙谐,盖皆以文滑稽尔,不足取也。然以其有此体,故亦采而列之。"② 杜集即有"俳谐体"的诗作,尤以《戏作俳谐体遣闷二首》评价较高。

其三,借次韵诗、属和诗引入属和赋。《复小斋赋话》:"诗有属和,有次韵,惟赋亦然。《南史》齐豫章王嶷子子恪,年十二,和兄司徒竟陵王《高松赋》,谢朓、王俭、沈约皆有和作。"次韵体诗兴盛于唐宋,属近体之常见,多被诗人作赠答诗时使用,一般有和诗臻于原诗的情况。赋同属韵文,亦偶有次韵之作,浦铣在此引文以下胪举数篇,不乏名家之作,如欧阳修和刘敞《病暑赋》、范仲淹和梅尧臣《灵乌赋》、苏辙和苏轼《沈香山子赋》等,足见其分量之重。关于属和赋的问题,《见星庐赋话》曾提出不同的见解:"古人诗有和韵、次韵者,词有和韵、次韵者,赋之和韵、次韵,则罕见也。"③ 其认为相较诗词,赋的和韵作在数量上稍显逊色,此说可作为浦铣论断的补充。

其四,借即席诗引入即席赋。《复小斋赋话》:"诗有即席,赋亦

---

① (清)钱泳撰:《履园丛话》,清道光十八年述德堂刻本。
② (明)徐师曾著,罗根泽校点:《文体明辨序说》,人民文学出版社1962年版,第162—163页。
③ (清)林联桂撰:《见星庐赋话》,清光绪十八年刻本。

有之。陆鲁望《即席探得麈尾赋》是也。"即席所得之诗，即古诗人宴会之时即兴觅得之作。诗人往往好引其作诗之题，如韩偓《元夜即席》、皮日休《醉中即席赠闰卿博士》等，浦铣认为赋亦有即席探得的佳作。另外，有借诗之柏梁体引入赋作中句句用韵者，如《复小斋赋话》："赋有句句用韵者，如诗之有柏梁体矣。曹子建《愁思赋》，赵子昂《赤兔鹘赋》是也。"柏梁体句句用韵，属古风中的别类，这在《文心雕龙》中论述颇为精审，"明诗"篇谓："回文所兴，则道原为始；联句共韵，则柏梁余制。"①

其五，借诗中拟古体入赋。《复小斋赋话》："诗有拟古，赋亦然。"持此说者并非仅有浦铣孤例，《见星庐赋话》亦有如出一辙的阐述："古人诗题有拟体、仿体，往往触类继作，广其辞义，惟赋亦有之。"② 可见赋有拟体几成共识。实际上拟体作为创作方式，历来多为诗家所关注。顾炎武《日知录》云："扬雄拟《易》作《太玄》，王莽依《周书》而作《太诰》。"③ 在诗歌创作领域内，亦是层出叠见的诗歌现象。《沧浪诗话》论江淹时提到："拟古惟江文通最长，拟渊明似渊明，拟康乐似康乐。"古今有名的拟古作有李白《拟古十二首》组诗、陶渊明《拟古九首》等。推及赋作，浦铣引征了十余首尚佳的拟古赋，如宋孝武帝《拟汉武帝李夫人赋》、沈约与王融分别撰写的《拟风赋》等，可见诗赋在拟古的创作手法上大同小异。上述皆可见明显的类别色彩，浦铣实质是依据对诗歌体裁的熟稔，来为赋文实践给予导论性的概览。

此外，关于诗赋体裁层面的共性，《见星庐赋话》对《复小斋赋话》有不少补充发现。譬如发现近体赋有模拟诗歌作"回文体"的现象。《见星庐赋话》曰："诗有回文体，始于苏蕙织锦之作，后世祖其

---

① （南朝梁）刘勰著，范文澜注：《文心雕龙注》，人民文学出版社1958年版，第68页。
② （清）林联桂撰：《见星庐赋话》，清光绪十八年刻本。
③ （清）顾炎武著，黄汝成集释：《日知录集释》，上海古籍出版社2014年版，第432页。

体者甚众。若赋用回文体格者,古不多见,近人如聂学使铣敏进呈《感京谒陵回文赋》,曾邀睿皇帝首擢体制,最称新警。"① 又譬如发现赋偶尔有沿用诗歌"集古体"的现象。《见星庐赋话》:"诗之有集古,由来远矣。赋之集古,从古寥寥。然集古为骈体之文,近亦有之。如黄之隽《香屑集自序》,通篇全集唐句,亦一新法也。"② 虽然"回文体""集古体"之类不论在诗歌中还是在赋作中都较似于文字游戏,多为文人偶戏为之,并非常见的体裁,尤其在赋中的例子偏少,然上述引例亦足可证实赋在借鉴诗歌体裁时的多样性。

  在形态方面的考察,《复小斋赋话》也有不少见地。论一字两押。《复小斋赋话》:"字同而义异者,诗韵可以两押,赋亦然……然不得施之于律赋。"此处因字同而义异两押的现象,与杜甫诗可谓如出一辙,如《壮游》"抚事泪浪浪""渔夫濯沧浪"两句同押"浪"字,《园人送瓜》"爱惜如芝草""种此何草草"两句同押"草"字。《杜诗详注》注曰:"草草,芳心也。赵曰:'此诗两押草字,岂东坡所谓两字字义不同,故得重用耶?'"③ 然鉴于律赋严苛的格律限制,浦铣特别阐明赋中一字两押的现象多见于古赋,而不得用于律赋,见其论赋之精审。

  论多字合为一句。《复小斋赋话》:"五言诗有十字为一句法者,赋亦有十字或十二字为一句法者。唐人郑渎《吹笛楼赋》云:'竟无六律,继当时紫府之清音;空有一条,是往日翠华之去路。'黄滔《汉宫人诵洞箫赋赋》:'霞窗触处,不吟纨扇之诗;乐府无人,更重篷篌之引。'皆是也。"所谓十字句法,即将隔句对中一联内断开的两句在意义上归为一句。此法在古赋中极少,在律赋中则屡屡可见。而在诗中,"十字句法"却早有被论及。葛立方《韵语阳秋》引杜诗论

---

① (清)林联桂撰:《见星庐赋话》,清光绪十八年刻本。
② (清)林联桂撰:《见星庐赋话》,清光绪十八年刻本。
③ (唐)杜甫撰,(清)仇兆鳌注:《杜诗详注》,中华书局2015年版,第1985页。

曰："五言律诗于对联中十字作一意……诗家谓之十字格，今人用此格者殊少也。老杜亦时有此格《放船》诗云：'直愁骑马滑，故作泛舟回。'《对雨》云：'不愁巴道路，恐湿汉旌旗。'《江月》云：'天边长作客，老去一沾巾'是也。"① 相较上述引文可见赋的十字句或十二字句实际就是诗歌十字句法的变式，只不过在节奏上形态有殊，浦铣这一发现独具慧眼。

论诗赋的功能词。其一为拟题词："诗有摘诗中字为题者，赋亦有之。梦得之《何卜赋》、江采萍之《楼东赋》是也。"即诗赋中撷取片语为题的关键词。其二为发语词："古诗中，多用'君不见'三字，黄御史滔用入律赋，倍觉姿媚。"即蓄积气势的句首虚词。两种类型皆广泛见于诗赋中，然少有人关注。此既可见诗赋文体形态上的共相，又能读解浦铣在这些共相上的互鉴意识。

《复小斋赋话》更多地注意到诗赋之间体裁形式上的共相，而刘熙载《艺概·赋概》更多地从宏观上阐释诗赋文体的抽象关系，以及文体表现目的上的迥异。在阐释诗赋的交互关系上，刘熙载秉承赋为诗之变格的观点，认为诗之外延要比赋要大，是书指出："乐章无非诗，诗不皆乐；赋无非诗，诗不皆赋。故乐章，诗之宫商者也；赋，诗之铺张者也。"同时认识到诗赋具体的差异，肯定"至西汉以来，诗赋始各有专家"。刘熙载在此的笔墨更多关注到诗赋的文体关系，如赋为"诗体""诗之铺张者"等说法，实际在形式层面有"以诗论赋"的意味。刘氏构造这一层譬喻，则是借助诗学的体系指明赋在形式上本有的底色。在诗赋的功能上，刘熙载同样用诗学理念来类比赋作："诗，持也，此论通之于赋。如陶渊明之感士不遇，持己也；李习之之幽怀，持世也。"刘熙载认为诗赋在表现目的上是作者对于人生世界一种体认，这不仅是诗与赋两种文体的共生基础，而且是它们的表现功能。

---

① （宋）蔡梦弼撰：《草堂诗话卷》，宋刻本。

第八章 赋话视域下的"以诗论赋"发微

二，在审美上借诗学规范评鉴赋作。赋话在联句评点时，常借前代积累的诗学审美观评价赋句，以形成审美批评范畴中"以诗论赋"的样态。赋话中所引用的多是历代承传下来的传统诗学命题，如"物色""生意"等，或是诗论家常用的诗学术语，如皎然的"作用"、严羽的"别趣""别材"等。鉴于赋在写法上与诗有大量共同之处，借用诗的审美标准来权衡赋作，不仅能在批评合理性上避开一些由文体差异所产生的障碍，更为赋学自身建立批评体系提供了依据。

《复小斋赋话》在审美论上的"以诗论赋"现象，可分为遣词与表意两类。前者关注作品的文字修辞，后者则关注作品的意境建构。需指出，由于浦铣所引借的一些概念如"小中见大""借题发挥"在批评中较为普遍，不仅适用于论诗，更被其他文体创作奉为圭臬。对于此类理念，余下适当考量其在诗学范畴的重要性，加以引证。

在遣词方面大体有三：论"炼字"、"避熟生新"、"化用典故"，以下分而论之。论"炼字"。《复小斋赋话》："今人但知诗有一字师，不知赋亦有一字师。《萤雪丛说》载，吴经叔鄂在湖南漕试。次名陈尹，赋《文帝前席贾生》，破题云：'文帝好问，贾生力陈，忘其势之前席，重所言之过人。'经叔改'势'作'分'，……又《梦溪笔谈》：刘辉《尧舜性仁赋》，有'内积安行之德，盖禀于天'，欧阳公以为'积'近于'学'，改为'蕴'，人莫不以公为知音。皆一字师也。""一字师"之现象在诗中多有记载。《诗人玉屑》载："有《早梅诗》云：'前村深雪里，昨夜数枝开。'谷曰：'数枝非早也，未若一枝。'齐己不觉下拜，自是士林以谷为一字师。"[1] "一字师"涉及用字惊警的问题，属天才论范畴，诗赋共通。与此同时，浦铣还关注"诗眼"问题。《复小斋赋话》："饮泣为昏瞳之媒，幽忧为白发之母。""'媒'字'母'字，犹诗中之有眼也。"宋诗家尤其重视"诗眼"的铸造，陈应行《吟窗杂录》引贾岛事云："诗有眼，贾生《逢僧诗》：

---

[1] （宋）魏庆之：《诗人玉屑》，上海古籍出版社1978年版，第140页。

'天上中秋月，人间半世灯。''灯'字乃是眼也。又诗：'鸟宿池边树，僧敲月下门。''敲'字乃是眼也。"① "诗眼"多为意脉的发力点，不仅有难以言传的妙处，更考验诗家的炼字功夫，亦共通于诗赋。此外，关于"炼字"的问题，《雨村赋话》亦有类似的探讨："诗家以炼字为主，惟赋亦然。句中有眼，则字字轩豁呈露矣。"② 此说同样是引诗家炼字之法来类比赋文创作。

"避熟生新"。《复小斋赋话》："杜少陵论诗则曰：'语不惊人死不休。'韩昌黎则曰：'险语破鬼胆。'余读叔党《飓风赋》云：'疑屏翳之赫怒，执阳侯而将戮。'少陵《朝献太清宫赋》云：'九天之云下垂，四海之水皆立。'真破胆惊人之语。"又言："韦左司《冰赋》假仲宣对陈王词，而谓大王不识其短，亦是文章避熟法。"皆指诗赋遣词要力避熟语，新人耳目。仇兆鳌解"惊人语"曰："所谓惊人语，即警策也。"即说诗歌著语要有新警处。据此可见浦铣文字修辞的审美倾向近似于杜甫、韩愈乃至后来江西诗派一脉，以重字辞工美、雕琢精致为上乘，注重赋作文字的"陌生化"。关于"避熟生新"的问题，《见星庐赋话》还注意到赋家为了难中出奇，会借用诗歌中的"禁体"规则："诗有禁体，如苏东坡《聚星堂雪诗》之类是也。赋亦用禁体者，殆避熟取新，偏师取胜之一法也。"③ 可见不论是在审美倾向还是实践形式上，赋都沿袭了诗学中"避熟生新"的理念。

"化用典故"。《复小斋赋话》："文章有脱胎法，然亦须变化，乃为异曲同工。若句摹字仿，规规然唯恐失之……使人见之欲呕。"此明显借黄庭坚"夺胎换骨"之意而论。不过浦铣在黄庭坚"夺胎换骨，点铁成金"的理论基础上，亦融贯了多位诗家的理论，提出更为细化的用典思想。一是提出"烹炼说"。是书曰："古人作赋，虽用经

---

① （宋）陈应行：《吟窗杂录》，中华书局1997年版，第413页。
② （清）李调元：《雨村赋话》，清乾隆四十九年函海刻本。
③ （清）林联桂撰：《见星庐赋话》，清光绪十八年刻本。

语，亦必烹炼。"此借钱谦益"诗家采钏、缩银、攒簇、烹炼"说，以"烹炼"为喻，讨论伸缩锤炼之于用典的重要性。二是提出"化用说"。是书曰："食古而化，乃为善用。故实若堆垛填砌，毫无深曲，奚取哉。王启《凉风尘赋》……令人无从下注脚，真上乘也。"又曰："诗家有换骨法，谓用古人意而点化之，使加工也。"皆提及用典的"加工点化"，此论实际将吕本中"活法"论与黄庭坚"点铁"论形成融通。三是提出"含蓄说"。是书曰："用典处以不说出为高"，此论可参《竹坡诗话》："凡诗人作语，要令事在语中而人不知。"[1] 即用典的最高境界在于不言自明，呈现含蓄深婉的修辞效果。

而在表意层面，浦铣亦有丰赡的思考，大体可归纳如下：论咏物"以小见大""借题发挥"的技法。《复小斋赋话》："作咏物题须于小中见大。晋傅长虞《镜赋》……另立主意，文字故是观也。""以小见大"说少见于唐宋诗论，属清代诗家抉发的咏物技法。如洪亮吉云"赋物诗，贵在小中见大"，沈德潜云"小中见大，咏物诗须如此作"，大体上皆认为咏物不应拘泥于尺寸之间，而须别有气象。与"以小见大"相辅相成的则是"借题发挥"说。《复小斋赋话》："宋何耕作《苦樱赋》，后半颇多寄托。盖借题发挥也。"又："李忠定公《三黜赋》，纯是借题发挥……此赋是以当之。"要之，在咏物体裁中，"以小见大"说侧重于物象与境界的关系，"借题发挥"说侧重于物象与情思的关系，两者皆涉及物我相融的审美思想，是淬炼咏物佳作的要诀。浦铣用于赋论，不仅为咏物赋提供鉴照，更可见其对赋"体物"论的重视。

论咏物的"不粘不脱"的审美原则。"以小见大""借题发挥"说多注重写作技巧，而"不粘不脱"更多着眼于意境呈现。《复小斋赋话》："咏物题最忌肤泛，然用典悫懃，毫无生动之趣，又一病也。明杨云鹤《浮萍赋》，可谓不粘不脱，极体物之能事。"此论可从诗论中

---

[1] （宋）周紫芝撰：《竹坡诗话》，明津逮秘书刻本。

窥见端倪。《履园丛话》曰:"咏物诗最难工,太切题则黏皮带骨,不切题则捕风捉影,须在不即不离之间。"① 即说咏物须既见物象痕迹,又见诗人哀乐,不能单纯临摹,也不能自抒己意,应该物语与情语互为融贯、扑朔迷离。此外在"不粘不脱"的基础上,诗家还忌讳生硬板滞,而追求自然浑成的意境。如方回《瀛奎律髓》认为"盛唐诗浑成,'晓风吹画角',犹'池塘生春草'自然诗句,亦是别一用意"②,胡应麟《诗薮》曰"汉人诗不可句摘者,章法浑成,句意联属,通篇高妙"③ 等,皆呈现出对浑融美的倾向。故《复小斋赋话》曰:"元、白赋另自一体,流动之中加以工稳局法,亦最浑成,似其诗也",又曰:"归震川先生《冰复草堂赋》,句句从肺腑中流出,毫不见雕琢之迹,每三复不能已已。"即是吸收了诗家理念,认为赋亦以浑成天然为佳。

提出免俗气、避谀辞的主张。《复小斋赋话》:"作文须自置地步,不可一味作干谒语。"即便是酬和赋,也不能一味耽于应酬,故又曰:"作赋先要脱应酬气。"是论就文学的独立性而言,认为文学与现实须保持一定距离。倘若作品流于应酬或奉承之用,以致使千篇一律、套话连篇,则为后人所讥。类似现象在诗论中可见端倪,如方回批评刘改之诗"外侠内馁,作诗多干偈乞索态"。避应酬气的主张不仅展现出浦铣对赋的审美独立性,也折射出其对儒家"为己"精神的认同。

与《复小斋赋话》相比,《艺概·赋概》在审美层面上的讨论更显理论化,一些理论范畴更具备本体论上的意蕴。刘熙载在引用这些诗话中的审美命题时,有明用和暗用两种方式。前者指名道姓地说出引借的理论家,而后者由于所涉及的命题较具普适性,多不明言立论出处。明用诗论家的术语的引例可管窥如下。如引皎然"作用"说论

---

① (清)钱泳撰:《履园丛话》,清道光十八年述德堂刻本。
② (元)方回选评,李庆甲集评校点:《瀛奎律髓汇评》,上海古籍出版社 2005 年版,第 1303 页。
③ (明)胡应麟:《诗薮》,上海古籍出版社 1958 年版,第 32 页。

赋的状物。《艺概·赋概》："赋以'象物'。按实肖象易，凭虚构象难。能构象，象乃生生不穷矣。唐释皎然以'作用'论诗，可移之赋。""作用"一说援自佛语，在皎然的体系中，指创作者动用"心"之能动性，对物象之境界进行无限开拓。皎然《诗式》中喻谓"作用"为"壶公瓢中自有天地日月。时时抛针掷线，似断而复续"，认为"作用"是突破形式限制的要诀。刘熙载在论赋中基本延续了这一观点，认为赋者宜有虚构景象的能力，唯有臻于"构象"的境界，赋的趣旨才会生生不穷。

引谭元春"灵朴"说论句与篇之关系。《艺概·赋概》："谭友夏论诗，谓'一篇之朴，以养一句之灵；一句之灵，能回一篇之朴'。此说每为谈艺者所诃，然征之于古，未尝不合。如《秦风·小戎》'言念君子'以下，即以灵回朴也，其上皆以朴养灵也。《豳风·东山》每章之意，俱因收二句而显，若'敦彼独宿'以及'其新孔嘉'云云，皆灵也；每二句之前，皆朴也。赋家用此法尤多。至灵能起朴，更可隅反。"谭元春原意指秀句需要全章的映衬，其《题简远堂诗》一文曰："古人一语之妙，至于不可思议，而常借前后左右宽裕朴拙之气，使人无可喜而忽喜焉。"[1] 认为终篇浑成朴质，偶有句子惊警秀出，篇用之以烘托，句用之以夺目，如此辩证关系才是诗的最佳状态。与之相反，若全篇句句警策绮丽，则"若满身皆心，心外皆目，人乃大不祥矣。"刘熙载借此认为赋家屡屡用此法，却少有人觉察，已成默认的表达技法。关于句与篇的辩证关系，《雨村赋话》："论诗有摘句之图，选赋亦有断章之义。盖一篇之中，玉石杂揉，弃置则菁英可惜，甄采则瑕病未除。"[2] 李调元此论属于论诗与论赋的平行比较，更近似于批评理论层面的谈论，可见"以诗论赋"不仅适用于批评实践，亦对批评方法本身的反思有所裨益。

---

[1] （明）谭元春撰：《谭友夏合集》，明崇祯六年刻本。
[2] （清）李调元：《雨村赋话》，清乾隆四十九年函海刻本。

引严羽"别材"说论赋之"别眼"。《艺概·赋概》:"严沧浪谓,诗有别材、别趣,余亦谓赋有别眼。别眼之所见,顾可量耶?"严羽"别材""别趣"说指出创作须有灵感与巧思,非学识所能替代。刘熙载化用此说提出"别眼"论,指明作赋须有慧眼加工,对物象进行凝萃与加工,而非照仿现实。此论规定了创作主体层面的审美要求。另外在《艺概·赋概》中,还有一例引范梈论诗的材料,同样暗含着诗赋互鉴的意味。《艺概·赋概》:"范梈论李白乐府《远别离》篇曰:'所贵乎楚言者,断如复断,乱如复乱,而词义反复屈折行乎其间,实未尝断而乱也。'余谓此数语,可使学骚者得门而入,然又不得执形似以求之。"此处可管窥者有二:一在于说明诗赋皆有拟骚体的现象,二在于劝导习者模仿李白《远别离》的做法,沿承楚骚辞断意连、一唱三叹的审美意境。可见拟骚体的创作方式与审美理念是诗赋互通的。

暗用诗学命题的例证则主要可归纳为三点。第一,论文意与画境的谐融。《艺概·赋概》:"戴安道画《南都赋》,范宣叹为有益。知画中有赋,即可知赋中宜有画矣。"此明显借苏轼评王维"诗中有画,画中有诗"一说,认为作赋与作画亦相通。文意与画境的互涉历来受谈艺者重视,如《西清诗话》云:"丹青吟咏,妙处相资。昔人谓诗中有画,画中有诗者。盖画能状而诗人能言之。"[①] 诗赋意境倘能寓万千气象于尺幅之间,使观者身临其境,是历来诗家的艺术追求。借此,刘熙载认为作赋时"宜有画",即是画境的追求在诗赋间是共通的。

第二,论物色与生意兼容。《艺概·赋概》:"在外者物色,在我者生意。二者相摩相荡而赋出焉。"此处所论"物色""生意"说,亦有前人诗论踪迹可寻。在"物色""生意"的这一组概念中,诗家普遍认为"物色"不可孤立对待,即诗中不宜纯写物色。如方回评尤袤

[①] (明)蔡绦:《西清诗话》,明钞本。

《雪》诗曰："然则凡赋咏者，又岂但描写物色而已乎。"① 朱庭珍《筱园诗话》曰："咏物诗最难见长，处处描写物色，便是晚唐小家门径，纵刻画极工，形容极肖，终非上乘，以其不能超脱也。"② 皆认为"物色"之外应有意趣。因此名家往往不对物象亦步亦趋，而是自铸生意。如东坡"一点芳心雀啅开"语趣味无穷，方回即评曰："作诗不拘法度，而自有生意。"③ 此外，刘熙载还进一步提出"物色"与"生意"须"相摩相荡"的说法，实际上是在前人基础上将两个概念进行了整合。

第三，论理趣与理障的差别。《艺概·赋概》："以老、庄、释氏之旨入赋，固非古义，然亦有理趣、理障之不同。如孙兴公《游天台山赋》云'骋神变之挥霍，忽出有而入无'，此理趣也。至云'悟遣有之不尽，觉涉无之有间。泯色空以合迹，忽即有而得玄。释二名之同出，消一无于三幡'，则落理障甚矣。"在前人的诗论中，"理趣"指寓哲理于诗意之中，使诗思相偕，不落说教之窠臼。"理障"则指在诗中空谈玄理，使之索然无味，为诗家之忌。《雨村诗话》序云："诗衷于理，要有理趣，勿堕理障。"④ 此语概括精当。"理趣"说尤其强调作品的"文学性"，认为审美文学应与论道文章保持良性距离，展现出文学性本位的立场。

综观《复小斋赋话》《艺概·赋概》的"以诗论赋"现象，前者偏重于技法，具有创作指导意义；后者主要聚焦于文艺理论的阐发，具有理论建构的功用。不论侧重点何在，"以诗论赋"在两本赋话中的运用都蔚为可观，该批评形象是赋评体系趋向成熟过程中的重要一环。

---

① （元）方回选评，李庆甲集评校点：《瀛奎律髓汇评》，上海古籍出版社2005年版，第875页。
② （清）朱庭珍撰：《筱园诗话》，清光绪十年刻本。
③ （元）方回选评，李庆甲集评校点：《瀛奎律髓汇评》，上海古籍出版社2005年版，第797页。
④ （清）李调元：《雨村诗话》，清道光十六年刻本。

第三节 "以诗论赋"的成因及价值

赋话的"以诗论赋"现象是多种因素交汇下的批评产物。其出现既与外部的政治文化环境紧密关联,又与内部的文体互渗性桴鼓相应。随之衍生的诗评与赋评之间的理论互渗,则构成了"以诗论赋"诞生的直接原因。与此同时,传统文学批评观念的变化亦是一个重要因素。

从政治文化环境上看,清廷科举对试赋的重视是重要的外部原因。"以诗论赋"作为一种批评形态大量出现,本质上基于论赋专著在有清一代的兴起,而论赋专著的兴起源于当时清廷对赋的重视。如康熙帝在《历代赋汇序》中对赋的高度评价:"赋者,六义之一也。风雅颂兴赋比六者,而赋居兴比之中,盖其敷陈事理,抒写物情,兴比不得并焉,故赋之于诗功尤为独多。由是以来,兴比不能单行,而赋遂继诗之后,卓然自见于世。"① 康熙帝认为赋不仅具有吟咏性情的作用,以及"体国经野,义尚广大"的文体特征,还有"欲讽反全""宣扬龙威"的社会作用,因此比诗有更多的价值。鉴于康熙帝对赋的尊崇,试赋在清科举中的地位随之上升,进而催生了大批赋格、赋话,使赋文批评获得了脱离诗评的现实需求与历史动因。然而由于先代可供参考的独立赋评论著较少,赋评体系的重建势必与现实需求形成矛盾。因此汲取诗话中的既有成果以弥补赋话的不足,成了赋学家普遍认可的方式。"以诗论赋"属赋话趋向独立过程中的权宜之计。

从文学批评观念上看,传统观念与尊体意识之间的张力,是不可忽略的因素。一方面,受制于"赋者古诗之流"的说法,批评家对于赋的定义多有成见,赋的文学价值一直屈尊于诗之下。王芑孙在解读荀况"请陈佹诗"以及"赋者,古诗之流"时,就曾提出"曰'佹'旁出之辞,曰'流'每下之说"的说法。在这种传统观念下,点评赋

---

① (清)陈元龙编纂,许结等校订:《历代赋汇》(校订本),凤凰出版社2018年版,第1页。

作被文人潜意识地定义为"末技",这也致使赋评在批评史上相对边缘化,难以自成体系。何新文认为赋话的独立之所以举步维艰,是因为"赋自诗出,赋为诗余"的观念对后代赋论的萌蘖产生了深远的影响,不论是左思、皇甫谧、挚虞、刘勰、颜之推,还是唐宋以后许多批评家都继承此说法。另一方面,受惠于清廷对赋的重视,赋论家又意识到赋评的价值和意义,赋文学"尊体"批评意识随之兴盛。"尊体"意识强调赋的文体自觉,由此引发赋学家追求诗赋平等的思考。刘熙载《艺概》云"赋起于情事杂沓,诗不能驭,故为赋以铺陈之",又"赋别于诗者,诗辞情少而声情多,赋声情少而辞情多",可见其提高赋作地位的努力。尊体意识进而对赋评的独立提出了要求。《历代赋话》序云:"乃唐以后,诗有话,诗余有话,独赋无话,岂一时疏略,留此以俟后贤欤?"[1] 然在这一过程中,理论家建构赋评体系的急迫心态,势必面临批评传统相对薄弱的现实问题,又促使赋论家不得不从更高体位文体的理论中进行迁移借用。"以诗论赋"正是在这一矛盾下应运而生的批评现象,其揭橥出赋评独立过程中寄附性与分离性并存的状态。

从文体互渗特性看,诗与赋在文体上的近似是此现象出现的根本原因。虽尊体意识在清代隆盛,然不可否认,诗与赋在文体界限上并不存在互为排斥的状况。另外就写法而言,诗与赋还时不时有写法上的互相借用,诗法入赋或赋法入诗的交叉现象处处可见,如谢榛《四溟诗话》曰:"庾信《春赋》,间多诗语,赋体始大变矣。"[2] 而诗人群体与赋家群体在东汉以后的重叠,也使赋的诗化与诗的赋化屡现。从这些文体交叉的前例中,可管窥赋文体的多元性、开放性和包容性,以及赋与诗文在渊源取向与文学基质上的统一特征。因此不乏观点认同赋具备"中间属性"一说,认为赋是一种介乎诗与文之间的文

---

[1] (清)浦铣撰:《历代赋话》,清乾隆五十三年复小斋刻本。
[2] (清)谢榛著,宛平校点:《四溟诗话》,人民文学出版社1961年版,第44页。

体，其中骚体赋近于诗，散体赋又近于文，在中国文学发展史上，赋得以通过吸收其他各文体的长处来丰富自身。不论是在写作技法上还是在审美趣旨上，赋法挪用于诗或诗法迁移到赋，都少有太大的跨文体障碍。然而赋的诗化与诗的赋化这一文体互涉并不存在均势状况。徐公持亦指出"赋与诗的交流，不是等量交换，在这场交流中，赋是入超者，诗是出超者"，对赋的发展而言，诗还扮演了一个"援救者角色"[1]。由此看"以诗论赋"乃诗赋文体之间非均势交流的特定产物。

从批评理论建构而言，诗赋理论在历代展现的互渗现象则直接导致了"以诗论赋"的广泛出现。鉴于诗赋文体的互渗性，许多诗论范畴同样适用于赋论中。然清代以前，这种理论的互渗大多展现于诗格与赋格中。由于科场律赋在唐以后逐渐兴盛，一些论律赋作法的文章，对重声律、重格式、重科举法门的诗格呈现出高度模仿性。[2] 清以前"以诗论赋"仅限于赋格论著，未见于赋话。赋评长期与诗文评叠合，却无法形成独立。逮至清代，赋话的出现开始使诗赋理论的互渗由起初赋格对诗格的模仿，过渡到赋话对诗话的黏附中。即便受尊体意识影响，诗话理论对于赋话的出超，还是使赋话大多渊承诗话之意旨。因此"以诗论赋"既成为赋话脱离诗话过程中的过渡，也成为文体互渗现象在清代的主要形态。鉴于"以诗论赋"的产生与多重因素密切相关，就批评价值而言，"以诗论赋"的独特性理应被重视。"以诗论赋"肯定了诗赋文体间的互融性以及越界批评的可能性，也加速了赋话对诗话的脱离。

"以诗论赋"深化了诗赋文体之间的互渗性。由于中国文学自身的"杂文学"传统，针对单一文体的批评本身具有开放性和互文性，

---

[1] 徐公持：《诗的赋化与赋的诗化——两汉魏晋诗赋关系之寻踪》，《文学遗产》1992年第1期。

[2] 孙福轩：《赋学与诗文理论互渗论》，《中国文学研究》2013年第1期。

因此探讨文体的共质,在批评中时常可见。在宋熙宁四年至元祐元年这段时期,宋文人之间曾掀起关于"诗赋"与"经义"之矛盾的论争。该论争将"诗"与"赋"同作为"经义"的对立面,被视作形态功用高度相似的文体,揭示了"诗"与"赋"之间共有的、区别于经义文字的美文性质。刘咸炘《文学述林》论曰:"古之子、史家,其文格调虽美而皆不以艺术为标,其后此术乃成专门。有文之目,有集之名,渐以密声丽色为尚,然皆诗赋一略之流,子、史不入焉。"[1] 诗赋对形式美感的追求使二者同为"一略之流",表明二者之间有更密切的关联,故"以诗论赋"进一步深化了诗赋文体之间的对话。

"以诗论赋"推进了诗赋之间的越界批评。在中国文学批评史上,诗与词之间的越界批评是十分常见的现象。这一现象源于"破体"观念的兴起,进而演变为以诗喻词、以诗论词。然除去零星提到的赋作,清代以前通过比附诗赋而进行艺术探讨的论文少之甚少,遑论诗赋之间的越界批评。因此"以诗论赋"现象开辟了诗赋之间的越界交流。需指明由于诗在古代文体中享有最高体位,清代的诗赋跨界批评依然遵循着传统"文体互参中以高行卑的体位原则"[2],也致使该跨界批评具有单向度的特征,主要以"以诗论赋"呈现,少见"以赋论诗"。当然在清代诗评话语远丰富于赋评话语的情况下,"以赋论诗"本缺乏必要的条件。然即便如此,"以诗论赋"仍对于诗赋跨界批评有开源意义。

"以诗论赋"实现了赋话由黏附诗话到脱离诗话的过渡。由于试赋在篇幅、声律、使事、对仗等层面上的要求比起近体诗更为繁复,不乏有观点认为作赋要比作诗难度大。刘熙载即曰:"以赋视诗,较若纷至沓来,气猛势恶。故才弱者,往往能为诗,不能为赋。"对此

---

[1] 刘咸炘:《推十书增补全本》,上海科学技术文献出版社2009年版,第8页。
[2] 蒋寅:《中国古代文体互参中"以高行卑"的体位定势》,《中国社会科学》2008年第5期。

刘咸炘还有更详细的阐述："诗难于文，赋又难于诗，故工诗文者，不必皆工赋。然必工诗然后工赋，赋既为诗之流，皆可以以诗代之。"① 正是因为作赋门槛较高，清赋话不仅需要独立于诗话，也须直接指导试赋写作。因此在资源匮乏与需求迫切的矛盾下，"以诗论赋"也就充当了诗赋理论从黏附到分离的过渡物。这一过渡既良性促进了赋评话语体系的独立，也在实践层面上裨益学习者。"以诗论赋"的过渡属性使赋话适应了多方面的现实需求。

第四节 结语

通过对赋话"以诗论赋"现象的梳理分类，可见"以诗论赋"作为清赋话中独特的批评现象，具有多样的形态。该现象既进一步解释了诗赋文体的互渗性，又在政治文化的外部环境上有着现实的作用。此外，"以诗论赋"作为诗赋理论互渗论在清代的突出表现，不仅见证了赋文学从卑体到尊体的过程，也充当了赋话从粘附到独立的过渡状态。"以诗论赋"背后揭示着清代文体学的发展以及文学批评观念的流变，值得展开研究。

---

① 刘咸炘：《推十书增补全本》，上海科学技术文献出版社2009年版，第1035页。

第九章　岭南赋与岭南赋话

岭南赋与岭南赋话是在中原文学的影响下发育起来的极具地方特色的区域文学，它既具有一般共性，又受到岭南地区人文、自然乃至海外因素的影响，从而形成了独特的文学个性。明清时期，岭南赋创作在历经不同时期的发展后，形成了"地域特性显豁""法汉宗唐""赋风真朴"的艺术风格与审美指向，岭南赋话则彰显出强烈的以地域为视角和单位来遴选蒐辑、编撰批评赋体的自觉意识。这种由"瘴疠之地""蛮夷之乡"到"自觉建构""乡邦意识"的书写迁转，正是赋家对岭南的自我认同、归属意识的具体呈现。考察岭南赋学内在的辨体风貌与外在的文化意蕴，可为地域文学研究提供新的探索范式和关注焦点。

就岭南文学中诗、词、赋三类文体的创作情况而言，诗学最为繁盛，成绩斐然，词则不及前者，稍逊一筹，而赋又居词之后，因此在关注焦点与研讨热度上，赋较落后于诗、词二体。岭南诗学在审美旨趣与诗派特点上，以"诗风雄直"的地域特色独步中国诗坛，其不仅创制特盛，而且诗家众多，如"一代诗宗"张九龄、"吾粤之太白"黎遂球、"吾粤之灵均"邝露、"吾粤之少陵"陈邦彦等，诗派社团更是层见叠出，如"南园诗社""东皋诗社""白莲诗社""西园诗社""越台诗社"等，这些地方色彩鲜明、富有革新精神的创作流派，在某些时期能与中原或江南的诗家门户并驾齐驱，甚至算是异军突起。

而以"雅健"为特性的岭南词作，在作家、作品数量及成就方面虽不及诗，但曾出现过"岭南三大家"（屈大均、陈恭尹、梁佩兰）、"岭南四家"（黎简、吕坚、张锦芳、黄丹书）、"近代岭南四家"（梁鼎芬、曾习经、罗惇曧、黄节）等享有盛誉的词学名家。上述作家虽以诗词扬名，但裁撤诗词成就所笼罩的光环，其赋学建树亦值得关注与讨论，因为这是建构岭南文学必不可少的环节。岭南赋的水平虽不足拟诗词之盛，但除文学价值外，其自身所呈现出独特的文献价值亦值得关注。岭南赋以其不同于诗词的体裁形式，镌刻了岭南历史前进的年轮，鲜明地显示出地域社会在发展中的轨迹。

第一节　岭南赋的传统建构与创作风貌

　　岭南在地域上覆盖今广东、广西、海南及香港、澳门，旧称"两粤"。该地区开发较晚，因此自汉至六朝只有零星几篇赋涉及岭南，其中最重要的赋家是谢灵运。他在粤两年有余，写下了诸多歌颂岭南山水的佳作，其中《岭表赋》和《罗浮山赋》这两篇不朽的名作向世人展现了早期岭南文学与文化的发展风貌，成为文学见证时代、参与时代书写的最好注脚。逮至李唐，出现了被誉为"岭南第一人"的张九龄，其曾主持开凿大庾岭路，促进了岭南与中原的良好交流，推动了岭南经济的发展和岭南文学的发育。身为岭南人的张九龄对家乡的风土物情颇为熟悉，尝作《荔枝赋》，借荔枝以言志抒情。有宋一代，苏轼贬谪岭南，在此期间创作了大量关于岭南风物的作品，如赋篇有《天庆观乳泉赋》《酒子赋》《沈香山子赋》等，大大提高了中原士人对岭南的认识。到了元代，由于岭南地区担当了抗元斗争的最后战场，持续的战斗较为惨烈，而元代统治者对岭南的打压摧残极为严峻，因此岭南文坛在元代显得格外沉寂。总的来说，明以前有关岭南的赋作品较为少见，且作者多为贬谪官员或行旅至岭南的人，岭南籍作家实则不多。

第九章　岭南赋与岭南赋话

降及明代，政治上强化君主专制，思想文化上大力提倡程朱理学，实行八股取士，科试内容以四书五经为主，不再是唐以来的诗赋取士，这使得诗赋文学创作逐渐萧条起来。与中原诗赋文的衰落现象截然不同的是，岭南文学却以迅速繁荣的姿态别帜于中原之外，其成就甚至超越了此前唐宋两代。明初，岭南诗坛上出现了"南园五先生"（孙蕡、王佐、黄哲、李德、赵介），结社唱和，推崇盛唐之风，代表着其时岭南文人的最高水平。这一岭南地域文人群，"开有明岭南风雅之先"①，使岭南诗派崛起为明初全国五大地域诗派之一。

相比于诗坛的活跃，明初岭南的赋体创作要逊色很多，留下的赋作极少，内容多是歌功颂德。出现这种现象的主要原因是明代前期朱元璋推行极权政治，对有悖逆思想的文人实行镇压，大兴文字狱，不少文人因一字一句之误而惨遭迫害，这种严酷的思想文化专制使明初文人谨小慎微，写诗作文不敢直抒胸臆，针砭现实，造成了明代前期文坛的黯淡景象，岭南地区自不例外。至于岭南诗坛在明初表现活跃，主要是因为南园诗社结社于元末，而明初只是元末岭南诗坛的延续。且元明之际的许多文人在洪武初年有过六七年的意气风发的创作高潮，但随后便由于政治的严酷与党案的牵连陷入困境，或获死罪或被流放，从而进入其创作的低潮期，岭南文人也不例外。岭南远离中原，文化基础本来就比较薄弱，中原地区的赋篇创作传统尚未在岭南稳步扎根便被封建统治者的理学和八股取士替代了。

明代中后期，岭南文坛上出现了丘濬、黄佐、郭棐等辞赋大家，所写赋文具有明显的地域特色以及时代征候。如丘濬《南溟奇甸赋》对海南岛的物产民情进行描写，盛赞了家乡之美。黄佐《粤会赋》对广东的地理位置、发展历史、山川物产、民情习俗、生产生活都作了细致描写，歌颂粤地山河美景，人文繁盛。黄佐、郭棐二人同时亦兼著名的方志学家，他们具有丰富翔实的岭南史志之知识，故能在赋中

---

① （清）屈大均：《广东新语》，中华书局1985年版，第463页。

较好地彰显岭南独有的自然环境、地理概貌。如黄佐撰有《广东通志》《广西通志》《广州府志》《罗浮山志》等,为岭南地方文献留下了丰富的文化遗产和深远的历史影响。而郭棐著有《粤大记》《岭海名胜记》《广东通志》等,尤其《岭海名胜记》是岭南名胜的大型诗文总集,辑录了丰厚的岭南赋作,为岭南辞赋的文学、文献研究提供了充裕的史志资料。除此之外,张诩、湛若水、王渐逵、黎民表、区大相、刘克正、孔煦等,皆有作品传世。明末,岭南赋家出现了有"吾粤之太白"之称的黎遂球。李调元在《雨村赋话》中论其赋曰:"明黎遂球《素馨赋》最为警策,余尤爱其六句云:得人气而转馥,在晚妆之初洗。围宝髻之盘盘,贯玉屑而齿齿。果并掷于车前,香可分于袖底。"[①] 在黎遂球的引领下,出现了著名的"南园十二子"(黎遂球、陈子壮、陈子升、欧主遇、欧必元、区怀瑞、区怀年、黎邦瑊、黄圣年、黄季恒、徐荣、僧通岸),他们在诗文创作之余,亦进行赋文创作。总的来说,有明一代,岭南辞赋得到较快的发展与拓展,然与岭北的辞赋水平相较,在创作数量和文学价值等方面,仍存有一定距离。

　　清代以降,岭南赋作得到长足的发展,作品不仅异彩纷呈,而且水准也得到显著提高。如明末清初"岭南三大家"屈大均、陈恭尹、梁佩兰,他们虽以诗结名,然其辞赋创作亦不逊色,特别是屈大均,代表了当时岭南散文的最高成就。屈大均的《广东新语》一书,记述颇多岭南各地风物之作以及赞美家乡、体现岭南认同感的美文佳作。但在具体的岭南辞赋创作中,当以陈恭尹为代表,他创作了较多的关于岭南景观或物产的辞赋作品,如《登镇海楼赋》《荔枝赋》《浚贪泉赋》等。值得一提的还有清初成鹫和尚,他是岭南赋作创作的主力成员,其学问博洽,才气纵横,撰述丰赡,传世的赋篇多记载岭南的物产习俗、景物风光、社会生态等,同时也反映了他的政治立场、思想

---

① (清)李调元:《雨村赋话》,清乾隆四十九年函海刻本。

倾向、生活态度以及赋文理念。其赋作深入浅出，明白如话，颇富哲思。到了清代中期，岭南赋创作得到进一步发展，譬如车腾芳（《海珠寺赋》《沉香浦赋》）、韩海（《海珠寺赋》）、黄呈兰（《朝汉台赋》）、黄丹书（《西樵山赋》《花田赋》）、庾泰钧（《槟榔赋》）等，均是该时期较有成就的赋作名家。此外，这时期岭北富有名望的辞赋作家袁枚和陈沆曾先后踏足岭南，创作了不少关岭南的辞赋，如袁枚《铜鼓赋并序》、陈沆《陶侃运甓赋》等，皆有相关作品问世。清代晚期，也是岭南赋最后绽放光彩之际。19世纪40年代，西方列强的军舰大炮轰开了中国紧锁的门户，西方的政治、经济、文化的思想开始进入中国。地处南海之滨的广东得风气之先，首先出现了一批接受西方思想的政治家、思想家、宣传家，如黄遵宪、康有为、梁启超就是其中的代表。但这种社会环境的转变并没有在辞赋创作中得到体现，岭南赋仍规仿着以往的书写传统，以岭南的花木、物产、习俗、景观、地望等入赋，较少反映国内的社会问题，这主要与赋体文学的体制和传统有关。这时期优秀的代表有谭莹、黄遵宪、潘飞声等，其中值得一提的是谭莹。谭莹为岭南著名学者，与陈澧齐名。长诗文，尤工辞赋，传世的岭南辞赋有《石门怀古赋》《盐田赋》《羊城灯市赋》等。此外，谭莹一生值得称道的还有他"生平博考粤中文献，凡粤人著述，蒐罗而尽读之"[①]，孜孜不倦致力于岭南文献的搜集编纂。由他编纂出版的岭南文献，可谓洋洋大观，计有《岭南遗书》《粤东十三家集》《楚庭省旧遗诗》《粤雅堂丛书》等，谭氏为上述文献所撰写的跋语多达二百余篇。这些著作规模宏阔，体例完备，涉及面广，使散见于各种著作的岭南文献得以辑录成书，其文学文献价值较高，而且影响至深。

综上，明清时期岭南赋作的兴盛不仅体现在作家、作品数量上的持续增长，而且更有质的飞跃，集中表现为岭南赋作在题材、主旨等

---

① （清）陈澧：《陈澧集》，上海古籍出版社2008年版，第244页。

方面呈现出多元化发展趋势。明清时期，岭南赋作题材范围进一步得到拓展与深化，如涉及岭南之地理、经济、物产、风俗乃至与岭南有关之重大历史事件等诸多领域。地理景观及建筑描绘方面的赋篇，如钟夏嵩《南海庙赋》、黎民表《粤王台赋》、王思任《镇海楼赋》、谭莹《石门怀古赋有序》《红梅驿赋有序》《羊城灯市赋有序》等；风物特产赋篇，如霍与瑕《粤秀山烟树赋》、释成鹫《七星岩赋》《端砚赋》、谭莹《孔雀赋》、钮锈《西樵山赋》等；此外，还有与岭南相关的历史事件的名篇佳作，如吴锡麒《伏波铜柱赋》、郭棐《石门泉赋》、黎遂球《三忠祠赋》、陈恭尹《浚贪泉赋》等。明清岭南辞赋题材的多元化足以说明，伴随着中原移民的到来和岭南文人与中原地区的交流，岭南的地方风物等诸多方面进入赋文创作领域，产生了一大批具有鲜明地域特色和时代征候的赋文作品。岭南文化是一种在中原文化的影响下发育起来的极具地方特色的区域文化，是悠久灿烂的中华文化的有机组成部分，它既具有中华文化的一般共性，又受到本地区自然、人文乃至海外因素的影响，从而形成了独特的个性。岭南赋学文献与文学活动是岭南文化的精粹部分，因此展开对岭南赋的探讨，意在对岭南文化研究的深化起到积极的推进作用。

第二节 岭南赋的风格特性与审美蕴藉

岭南赋家群体的赋篇创作，在历经不同时代的发展后，他们在赋体文学的领域中依然能独树一帜，呈现出不同于其他地域而特有的发展风貌与艺术风格。尤其是明初至清末，岭南五百多年的赋学发展及其内涵迁转，大体呈现出"地域特性显豁""法汉宗唐""赋风真朴"等特性。借此，来探索岭南赋内在的辨体风貌与外在的文化意蕴，进而彰显明清岭南赋的创作与成果，为岭南赋学研究提供新的探索范式和关注焦点。

其一，地域特性显豁。在广阔丰富的中国文化格局中，岭南地区一向具有显著的特质。关于这一点,梁启超在《中国地理大势论》中就有过充分的论述。他指出:"中国为天然一统之地,固也。然以政治地理细校之,其稍具独立之资格者有二地:一曰蜀、二曰粤。此二地者,其利害常稍异于中原。……粤,西江流域也。黄河、扬子江开化既久,华实灿烂;而吾粤乃今始萌芽,故数千年来未有大关系于中原。虽然,粤人者,中国民族中最有特性者也。其言语异,其习尚异。其握大江之下流而吸其菁华也,与北部之燕京,中部之金陵,同一形胜,而支流之分错过之。"① 此论见地迭出,直指岭南以其独特的自然地理环境影响着人们的性格品质和风俗面貌,陶染着作家的创作志趣,进而对作家的审美理路产生潜移默化的功用。而充分体现岭南地方文化特色的岭南文学在这一背景下渐趋繁盛,则不可避免地受到地域特殊性的浸染,岭南人讴歌山川名胜、历史文化和风俗人情,天然带有鲜明的乡邦情怀。

岭南北枕五岭,南濒大海,这使其与外界的交流受到了极大的阻碍,但经过历代中央及地方政府在交通等方面的不断开拓,至明清时期,岭南在一定程度上打破了地域的界限,使文学、文化形成了既保持地域特色又兼对外交流的形态。在岭南诗学方面,出现了岭南诗派。最早标举"岭南诗派"一语的是明代诗学家胡应麟,他提出:"国初吴诗派昉高季迪,越诗派昉刘伯温,闽诗派昉林子羽,岭南诗派昉于孙蕡仲衍,江右诗派昉于刘崧子高。五家才力,咸足雄踞一方,先驱当代,第格不甚高,体不甚大耳。"② 是说指出明初中国诗坛有吴、越、闽、岭南、江右五大诗派,又说明代中叶正德、嘉靖间的诗坛,"自吴、楚、岭南外,江右独为彬蔚"③。即以吴、楚、岭南、江右四大诗派为代表。《四库全书总目》评《广州四先生诗》时,也把孙蕡

---

① 梁启超:《饮冰室合集》,中华书局2015年版,第942页。
② (明)胡应麟:《诗薮》,上海古籍出版社1979年版,第342页。
③ (明)胡应麟:《诗薮》,上海古籍出版社1979年版,第359页。

以及王佐、黄哲、李德、赵介四先生称为"粤东诗派"的代表。嘉庆年间诗人李黼平认为:"天下之诗派有三:河朔为一派,江左为一派,岭南诗自为一派。"① 把岭南诗派与河朔诗派、江左诗派并列为全国三大诗派。道光年间,邓显鹤曾在《九芝草堂诗存序》中提到:"今海内竞称岭南诗派。"可见在明清时期,岭南诗歌以其鲜明的地域特色在诗坛占有一席之地。在词学的建构中,岭南词更是摆脱当时的"时尚"②(指代表特定时期社会心理和审美趣味的流行趋势),构建自己的地域词学传统。在明代,词学中衰,但岭南词人却能摆脱流俗,承袭南宋以来的岭南词风,写出刚健清新的佳作。明末清初,朝代更迭,社会动乱,孕育出了屈大均这颗岭南词坛上辉煌的巨星,其词"比兴要眇之旨,实与屈原为近。无论思想与艺术上之成就,均远过于清初阳羡、浙西诸人"③。此外,这时期还有陈子升、梁佩兰、陈恭尹、释今无、梁无技、易宏等的作品堪称时代的实录。清代词学中兴,岭南词人能保持岭南词固有的本色,不为当时主盟词坛的"浙西词派"和"常州词派"所左右,还开创了另一条道路,大异于江左诸人,即岭南学者陈澧以风雅为归,创出了以学人为词的新境界。综此可见,明清之际的岭南词人在词学时尚与地域传统之间仍然坚持本色创作,进而构建出具有鲜明地域色彩的词学观念。在诗词之外,赋也在不断发展。明清时期的岭南赋作虽不足诗词之盛,但岭南赋以其不同于诗词的体裁形式,昭彰出岭南独有的地域特性。

在岭南的发展过程中,自然环境和社会状况都与中原有很大差异,这种差异必然会在岭南赋篇中有所反映。温汝能在《粤东文海》序中说:"粤东濒大海,宅南离,山禽水物,奇花异果,如离支、木棉、珊瑚、玳瑁、孔翠、仙蝶之属,莫不秉炎精,发奇采。而民生其间者,

---

① (清)李黼平著,李永新点校,李国器辑补:《李黼平集》,广东人民出版社2019年版,第3页。
② 蒋寅:《清代诗学与地域文学传统的建构》,《中国社会科学》2003年第5期。
③ 朱庸斋:《分春馆词话》,广东人民出版社1989年版,第72页。

亦往往有瑰奇雄伟之气，蟠郁胸次，发于文章，吐芬扬烈。"① 此论是物产对地方文风的作用，赋文概莫能出其右。事实上，在岭南赋家的作品中，把罗浮山、西樵山、白云山、崖山、云门山、浮丘山、丹霞山、鼎湖山、七星岩、白鹤峰、南海神庙、海幢寺、飞来寺、光孝寺、石门泉、镇海楼等自然人文景观，以及端砚、木棉、荔枝、椰子、龙眼、槟榔、素馨、孔雀、鹦鹉等具有浓郁岭南特色的物产作为赋家题咏对象的作品，可谓浩如烟海，不胜枚举。此类赋作多铺陈本地风光物产，旨在读解岭南的文史流迈，由此凸显赋文的地域倾向。

在岭南赋篇中，还有一些明显的意象，因其意蕴的独特或其他的特殊性，在历代赋家的创作中不断重复出现。这种同题共作，使意象本身的文化内涵不断深化拓展，而赋家们在写作中又将自己的家乡情感凝聚其中，再次强化了自身的地域意识，由此构筑起具有岭南特色的人文大厦。如荔枝作为岭南特有的物产，历来为赋家所称赞吟咏。唐时张九龄曾为南海出产的荔枝作赋，其《荔枝赋并序》云："蒂药房而攒萃，皮龙鳞以骈比，肤玉英而含津，色江萍以吐日。朱苞剖，明珰出，冏然数寸，犹不可足。未玉齿而殆销，虽琼浆而羞歃。"② 宋代李纲在张九龄的基础上进一步赞美荔枝，作《荔支赋并序》曰："全而观之，丸如丹凤之方卵而未雏；破而窥之，莹如老蚌之既剖而见珠。掇而出之，粲如姣姬褪红裳而露玉肤；咀而嚼之，旨如琼醴吸沉瀣而羞醍醐。"③ 明代黎遂球撰有《荔枝赋》，其云："而吾园之所植，其名黑叶，低枝浓暗，土膏屯结。实不裹刺，色若血珀。琼液内凝，绛衣欲裂。樽肩壶腹，龙鳞龟坼。剥而吞之，融冰沃雪。"④ 清代

---

① （清）温汝能：《粤东文海》，见（清）陈昌齐撰《（道光）广东通志》卷198，清道光二年刻本。
② （唐）张九龄：《曲江集》，广东人民出版社1986年版，第383页。
③ （宋）李纲：《梁溪集》，台湾商务印书馆2008年版，第510页。
④ （明）黎遂球：《莲须阁集》，清康熙黎延祖刻本。

陈恭尹亦作《荔枝赋》，赋曰："其始也，划然如佳人慷慨解罗襦；其继也，皎然如回身绰约呈玉肤。其丰媚也，盈盈然如清镜含光当绮疏；其庄丽也，晃晃然如金釭衔壁环帝居。捧者五内震骇，闻者下风徐趋；言者流涎溢咽，过者扼腕捋须。倚以朱唇，荐之玉齿，轻脆融液，醇和香美。朗乎冰雪之入怀，淡乎幽兰之薄体，涣乎石髓之未凝，矙乎丹泉之不滓。"[1] 以上这些作品，除了是对荔枝的描写赞美之外，更多的是一种对于自身岭南文化的自豪，有此圣品，唯岭南一处而已。

  赋文方面，岭南赋虽然并未形成地域性流派，但随着文学地域意识的增强，赋与诗、词相似，亦逐渐滋生出地域性特征。首先，创作者的转变。唐张九龄之前几乎无岭南人作赋的记录，到了明清时期，岭南籍作家急剧增加，成为赋文创作的主力。且岭南的赋作在明清时期繁盛，赋家及创作体裁皆超前代，显示出该时期赋篇创作的活跃与兴盛。同时出现了以地域命名的赋篇，如《广东赋》《羊城赋》《南海赋》等，有力阐释了明清之际赋家地域意识的提高。其次，虽然明清时期以地域命名的赋集仅见《广东文献综录》著录的陈堂《岭南古迹赋钞》和庞钰等人合撰的《莲峰赋钞》两种，但在《广东通志》《广州府志》《罗浮山志会编》等地方志的艺文志以及《广东文选》《粤西文载》《粤东文海》《岭海名胜记增辑》《领海菁华记》等岭南地域性著作中均收有大量地域性赋作，且全国性的赋集中亦收录有岭南地域特色的赋作，这正是岭南地域性特征的体现。由此可见，岭南赋发展到明清两代，最大的特征就是地域性显豁起来，其地域文学传统的意识也逐渐清晰。

  其二，法汉宗唐。岭南独特的审美风尚，除了自然地理原因之外，还与明清以来的法汉宗唐传统有关。岭南赋所尊崇的主要文学风尚，指以汉唐时期的赋学风格为宗法来进行指导创作。陈永正在《岭南诗

---

[1] （清）陈恭尹：《陈恭尹集》，人民文学出版社2018年版，第571—572页。

第九章 岭南赋与岭南赋话

派略论》一文中曾对岭南诗歌的审美旨趣有过总结，他指出："历代的岭南诗人，多以唐诗为宗，不随风气转移。"① 这一慎实的判断，大体契合岭南文学发展的理路。此虽是对岭南诗学创作特性的归纳，但同样可以镜鉴到赋文探究的领域中。如康熙年间广州府事刘茂溶为屈大均《广东文选》所撰序中就曾指出："昔王僧孺为广州太守，首表章董正、唐颂、罗威三孝子，以为粤献之宗；复表章陈钦之《春秋诂》、杨孚之《南裔异物志赞》、王范之《交广春秋》、黄恭之《十三州记》，以为粤文之祖。"② 陈钦、杨孚均为两汉时期著名学者，也是岭南地区最早的经史学家，二人为岭南文化的传播所做的贡献与影响，为历代后人所崇仰。其中陈钦所撰《春秋诂》被视为古文经学的经典，杨孚所撰《异物志》，不仅是中国第一部区域性的物产论著，而且系首次对岭南的风土物产进行系统整理的专著，堪称岭南文化的拓荒者，遂刘茂溶称其为"粤文之祖"。由此可见，这些也成为岭南赋家在创作时风上追溯两汉之正格的先决条件。

　　岭南赋家在创作风格上视唐人为圭臬，在宗唐、学唐方面亦是不遗余力。屈大均在《广东文选·凡例》中称："为文当以唐宋大家为归，若何李、王之流，伪为秦汉，斯乃文章优孟，非真作者。吾广先哲，文体多出于正，可接大家之武者实繁其人，是选无遗美焉。"③ 嘉庆年间惠州知府伊秉绶在所撰《唐人赋钞序》中强调："赋肇于周，宏于汉，绚于魏晋宋齐梁陈隋，而莫盛于唐……唐人之赋，前乎唐之众轨于此集，后乎唐之支流于此开也。"④ 伊秉绶认为唐赋不仅是赋史发展的集大成之作，而且具有承先启后的重要地位。此说或许受乾隆时期赋论家王芑孙的浸染，王氏《读赋卮言》"审体"条称："诗莫盛于唐，赋亦莫盛于唐。总魏、晋、宋、齐、梁、周、陈、隋八朝之众

---

① 陈永正：《岭南诗派略论》，《岭南文史》1999年第3期。
② （清）屈大均辑：《广东文选》，清康熙二十六年三阁书院刻本。
③ （清）屈大均辑：《广东文选》，清康熙二十六年三阁书院刻本。
④ （清）邱先德、邱士超：《唐人赋钞》，清同治七年粤东翰宝楼重刊本。

— 189 —

轨，启宋、元、明三代之支流。踵武姬汉，蔚然翔跃，百体争开，昌其盈矣。"① 对比而知，二者几乎如出一辙。

另外，随着唐时科举制度的盛行，场屋试赋越来越程式化，岭南地区的文人士子之间或为博取功名、或为附庸风雅、或为吟唱感怀等，时人在仰崇唐人赋作的雅正之风外，还练就了穿穴经史的作赋本领。清代广东学政杜联为马传庚《选注六朝唐赋》作序称："自有唐以诗赋取士，沿至我朝，赋视诗尤重。士子应制，自童试迄庶常馆课、翰詹大考，均以此等第优劣，业是者莫不殚精研思。"② 嘉庆年间粤西布政使继昌为顾莼《律赋必以集》所作序也有相关讨论，是序云："时余视藩六诏，出以示余，见其于汉唐宋以来，源流体制，厘然备具，而旁批字节句梳处，尤使学者一目了然，因受而藏之箧。戊寅冬，余奉谕来为粤西布政使，桂林旧有秀峰书院，诸生肄业者百余人。余于月课处，加置一课，试以帖括，兼及诗赋，其文与诗兼能之者不下二十人。己卯秋闱，已获售者半。余苦诸生犹未工于赋，日思与之讲明切究，顾簿领之身，恒少暇，偶忆南雅曾有是刻，遂付之梓人，诸生苟有志，必当大有所进，第南雅为其劳，而余今为其逸矣。"③

据上可见岭南赋家在创作理念与时代风气上，素来以汉魏三唐为赋之正格。因为在创作者看来，凡"新声野体"，有伤大雅，则不足为法。鉴于此，屈大均才有"千余年以来，作者彬彬，家三唐而户汉魏"赋学风尚的概括。岭南赋创作在师法汉唐上，除追溯其时代及赋风之外，对其代表性人物也予以考察与评定，嘉庆年间广东人邱先德、邱士超编选的《唐人赋钞》"总论"云："李程《日五色赋》所以见重古今者，其起结固属冠场，而端凝典重，浑穆清高，律赋之中推为

---

① （清）王芑孙：《读赋卮言》，清光绪九年刻本。
② （清）马传庚：《选注六朝唐赋》，清光绪二年松竹斋刻本。
③ （清）顾莼：《律赋必以集》，清嘉庆十八年菊坡精舍刻本。

极则。陆宣公、裴中令风骨凝重，如夏鼎商彝；韩昌黎、柳柳州如天马行空，不可方物；白乐天、元微之顿挫驰骤，力洗肤庸，为有唐极盛。其他体格虽多，有心者当取法乎上。"① 特别是有关赋的润色鸿业的本色与法汉宗唐的学赋途径，因历代岭南学人的承袭与借鉴而渐趋丰赡，最终形成岭南赋的独特内涵。

其三，赋风真朴。在岭南文学的建构过程中，若说岭南诗风以"雄直"为主，岭南词风以"雅健"见长，那么，岭南赋作则以"真朴"取胜。"真"是文艺创作的最高标准，所以历史上很多评论家都用这条标准来批判那些伪情矫饰的作品。与"真"相联系的是"朴"，构成"真朴"一词，指那种从内容到形式都处于原生态的、没有变味也未经人为加工的东西。岭南赋作多数不事雕饰，率真质朴，往往在寓情于景中直抒胸臆，在体物写志中给读者以晓畅明白之感。这种真朴的赋风，与广东为南岭与大海所隔阻而自成一方天地的特殊地理环境有关。岭南地处中国一隅，由于五岭横亘，自古远离中国政治经济文化中心，而不尚虚谈的生活传统孕育着岭南人求真的文学个性。岭南地处亚热带，气候温润，农业发达，又滨江临海，物产丰富，多劳多得的生产规律滋养了岭南人尚实的精神特质。明清以降，文类流派层出不穷，开宗立派的学风思潮渐趋迭合，在诸家尊尚各异的学理背景下，岭南赋家依然循着"真朴"的理路进行创作，不被"神韵""性灵""格调""肌理"等学说流派的时风陶染，进而积极地倡导、实践着地域赋的传统底色。

岭南人的求真、务实灌注于赋文，既反映为题材的平凡质朴，又反映为语言的真朴自然。在铺排对象上，岭南赋的创作题材普遍源于日常生活，岭南的风土人情、奇观异景、生活习俗，皆是赋家喜闻乐用的写作题材。其中最受关注的非罗浮山、荔枝莫属。清初著名文人王士禛曾奉命来广东祭告南海，并在此逗留近两月，与屈大均、陈恭

---

① （清）邱先德、邱士超：《唐人赋钞》，清同治七年粤东翰宝楼重刊本。

尹等游览岭南古迹名胜。但遗憾的是其遍游岭南名山，遍尝岭南佳果，但却未能登罗浮、尝荔枝。其回忆此事曰："独不及登罗浮、啖新荔，为两恨事耳。"其中意味颇有至山东不及登泰山、至曲阜不及临孔庙之憾尔。罗浮山位于岭南中南部的惠州境内，素有"岭南第一山"之称，山势绵延，风光旖旎，仙气荡漾，自然成为人们所颂赞的对象。而荔枝是岭南特有的物产，鲜甜美味，多为赋家所赞。在语言运用上，岭南人所作之赋如其人，朴素自然，于胸中汩汩溢出，不事雕琢。今赘录陈献章《湖山雅趣赋》，一窥其貌，赋曰：

丙戌之秋，余策杖自南海循庾关而北涉彭蠡，过匡庐之下，复取道萧山，溯桐江，舣舟望天台峰，入杭观于西湖。所过之地，盼高山之漠漠，涉惊波之漫漫；放浪形骸之外，俯仰宇宙之间。当其境与心融，时与意会，悠然而适，泰然而安，物我于是乎两忘，死生焉得而相干？亦一时之壮游也。迨夫足涉桥门，臂交群彦，撤百氏之藩篱，启六经之关键。于焉优游，于焉收敛；灵台洞虚，一尘不染；浮华尽剥，真实乃见；鼓瑟鸣琴，一回一点。气蕴春风之和，心游太古之面。其自得之乐，亦无涯也。出而观乎，通达浮埃之濛濛、游气之冥冥、俗物之茫茫、人心之胶胶，曾不足以献其一哂，而况于权炉大炽、势波滔天、宾客庆集、车马骈阗！得志者扬扬，骄人于白日；失志者戚戚，伺夜而乞怜。若此者，吾哀其为人也。嗟夫！富贵非乐，湖山为乐；湖山虽乐，孰若自得者之无愧怍哉？客有张璟者，闻余言，拂衣而起，击节而歌，曰："屈伸荣辱自去来，外物于我何有哉？争如一笑解其缚，脱屣人间有真乐。"余欲止而告之，竟去不复还。噫！斯人也，天随子之徒与！振衣千仞冈，濯足万里流。微斯人，谁将与俦？①

---

① （明）陈献章：《陈献章全集》，上海古籍出版社2019年版，第373—374页。

赋文晓畅明白，多直述，少修饰，语言朴实至极，洗尽铅华，返璞归真。全无赋体文学的辞藻富丽，唯有语言的质朴。但岭南赋中也存在铺采摛文、辞藻华丽的赋作。此外，在情感上，明清时期岭南赋家在赋作中所表达和阐述的感情大多纯粹真挚。岭南人对岭南多为洋溢赞美之词，以岭南山川、风俗物产为自豪。即使是那些南来的官员，也不再像前代的贬谪官员，眼里仅仅看到了蛮荒与苦楚，而是更为悠闲自在地欣赏岭南独特的地域光景。

概而言之，岭南赋文的风格定谳，可规仿陈永正先生在《岭南诗歌研究》一书中的论述，是书称："邵谒诗的真朴与张九龄诗的雅正，成为岭南诗派两条艺术主线，一直影响着各代的诗人……大都沿着这两条主线进行艺术创作，从而逐步形成岭南诗派的独特风貌。"[①] 真朴和雅正，是岭南诗派共同的风格特征，毋庸置疑，亦是岭南赋文所追求的标准。若追求雅正是中国文学发展之大潮流，那么，追求真朴，正是岭南人在朝代更迭、功名浮沉时，肯定自我、坚定自我、不随波逐流的本色流露。所谓文如其人，唯其人之真朴，并对真朴做切实的追求，方能在其作品中体现真朴。故此岭南赋的真朴是岭南人热爱生活，崇尚真朴人生的体现。上述的赋体风格与审美旨趣展示着岭南赋独特的发展脉络以及岭南文学中赋体的重要价值。

第三节　岭南赋话的撰述形态与自我意识

赋话是一种近于诗话之漫谈随笔性质的赋学理论批评形式，是我国古代文学批评理论的重要组成部分。赋话之名，始于北宋王铚《四六话·序》："铚类次先子所谓诗赋法度，与前辈话言，附家集之末，又以铚所闻于交游间四六话事实，私自记焉。其诗话、文话、

---

① 陈永正：《岭南诗歌研究》，中山大学出版社2008年版，第26页。

赋话，各别见云。"① 王铚首次提出了"赋话"这一名称，而且还将赋话与诗、文、四六话对举，独具价值，但惜其赋话并未传世。此后的宋、元、明三朝，并无赋话之书出现。直至清代，始有冠以"赋话"之名的著述出现，自此，赋话一时兴盛。而岭南赋话作为赋学批评理论的一部分，对于研究明清赋学批评具有重要价值；同时，岭南赋话也是岭南文学的重要组成文献，对于研究岭南赋以及"岭南学"的深化起到积极推动作用。其中最主要的是岭南赋话显示出强烈的以地域为视角和单位来遴选、蒐辑、编撰、批评赋体的自觉意识。

在中国文学和中国文学批评发展史上，岭南一般处于起步较晚、成熟较慢的位置，但在赋话方面却是例外。在清代赋话演进过程中，处处都有岭南的身影。据现存史料可知，浦铣是清代第一个以"赋话"名书的人。浦铣生活于乾嘉时期，因见历代诗话之作甚众而赋话未有集其成者，于是"积数十寒暑"而著有《历代赋话》和《复小斋赋话》两种赋话专书。值得一提的是浦铣曾在乾隆四十六年至五十三年主讲粤西秀峰书院（今广西桂林），此时正是增补、修订两部赋话的阶段，故孙士毅为《历代赋话》所作序中言"柳愚尝再阅二十二史，一阅于乙未京师，一阅于乙巳桂林，摘其中作赋之人，为《赋话》十四卷"②。且《历代赋话》书前的袁枚、孙士毅、杨宗岱三人所作序文均与岭南有关。浦铣是乾隆四十九年在广西认识的袁枚，故才能在乾隆五十三年至金陵请袁枚为之作序。而孙序和杨序均是撰于岭南。此外，或受在广西当山长的影响，或当时岭南赋在赋坛上已占有一席之地，浦铣在《历代赋话》续集和《复小斋赋话》中多提及岭南赋家及赋作，如张九龄、王渐逵、郭棐、黄佐等，也辑录了岭南赋的

---

① （宋）王铚撰：《四六话》，见（清）孙梅著，李金松校点《四六丛话》卷33，人民文学出版社2010年版，第712—713页。

② （清）浦铣：《历代赋话》，清乾隆五十三年复小斋刻本。

作赋事迹，如柳宗元贬谪南海时，因"厌山不可得而出，朝市不可得而复，丘壑草木之可爱者，皆陷阱也"①，作《囚山赋》一事。

浦铣之后，李调元在乾隆四十三年撰成《雨村赋话》，次年刊行于广东，而《雨村赋话》算得上是岭南的第一部赋话。作者李调元与岭南有着颇深的历史渊源，他曾两次宦游广东，且停留时间较长。第一次是乾隆三十九年（1774）五月充任广东乡试副主考，十一月返京，著有《粤东皇华集》十卷。该集以诗歌的形式记录了沿途的地理面貌、名胜古迹、田园风景及粤东地区的特产、风俗、民歌等，在内容上重点突出了广东地区的草木植被及风土人情。第二次是乾隆四十二年（1777）十一月到任广东学政。在粤三年，李调元不辞辛苦巡考示学广东各州府学生员，整顿全省学风，著有《岭南示学册》《粤东试牍》等。在示学之余，他还广泛收集民歌，采访岭南风土逸文，著有《南越笔记》《粤风》等，对岭南地域文化作出了一定贡献。而《雨村赋话》正是其莅任广东学政时为指导诸生习作律赋而撰。之所以将《雨村赋话》视为岭南的第一部赋话，一是因其创作及刊刻均在岭南，且其是为岭南学子而作，即"予视学粤东，经艺之外，与诸生讲论，尤津津于声律之学。凡岁试月课之余，有兼工赋者，莫不击节叹赏，引而启迪之，而苦未有指南之车也"②。二是由于李调元在粤期间多方采集岭南文献，深谙岭南文化及文学，这使《雨村赋话》中多反映岭南文学。如赋话中多增补岭南赋中的佳句，加以点评。据现有的研究而知，李调元《雨村赋话·新话》中有很多条目是沿袭汤稼堂《律赋衡裁》。据杨广岳《汤稼堂〈律赋衡裁〉与〈雨村赋话·新话〉之文本对比研究》一文可知，《雨村赋话·新话》（包括序）共二百一十六条，其中只有三十八条是李调元完全自撰，其余均是沿袭《律赋衡裁》。而其中完全自撰的条目中就有五条涉及岭南，分别谈及王棨

---

① （清）浦铣：《历代赋话》，清乾隆五十三年复小斋刻本。
② （清）李调元：《雨村赋话》，清乾隆四十九年函海刻本。

《诏遣轩辕先生归罗浮旧山赋》、胡权《饮贪泉赋》、区大相《草虫投灯赋》、邓云霄《绿槐赋》、黎遂球《素馨赋》。且在其《雨村赋话·旧话》中也多提及岭南赋的本事和赋家逸事，如李纲作《含笑花赋》、江总作《南越木槿赋》等。

在浦、李之后，还有孙奎的《春晖园赋苑卮言》（亦名《春晖园赋话》）刻行于岭南。此书成书于嘉庆十五年（1810），时任广东学政胡长龄因寄慨已故业师孙奎，遂为其赋话论著撰序并刊刻于粤。是书上卷一百三十三则，多载赋家本事，辑录历代史传、史评、文集、杂论中有关赋家与赋作的评述，主要以汉魏六朝唐宋时期的赋家与赋作为内容展开论述，并辅有少数金元明时期赋家的撰赋逸事。下卷一百二十七则，论作赋旨趣并对名篇佳作进行了鉴赏，重点围绕唐宋时期的律赋进行评析。此后还有岭南人所作岭南赋话。道光二年（1822），广东吴川人林联桂买舟游岱时，"采缀者十万言，构思于月尾风头，使笔在舵边篷底"①，历时三四个月，终辑成《见星庐赋话》十卷。该书内容颇为丰富，卷一综括了陆棻《历朝赋格》的观点，将赋作分为文赋、骚赋和骈赋，概述汉至明代"古赋"尤其是骈赋的演进及其作法；二至九卷结合具体作品，以评论清代馆阁律赋艺术为核心内容，不仅体现时人论时赋之"当代性"的赋学批评特色，还保存当时颇具影响之律赋作品与作赋史料，具有清代赋论与律赋文献的双重价值；卷十则录载林氏自作《临雍讲学赋》《圣驾东巡谒陵礼成赋》两篇、《祝嘏回文千字文》一篇，另附论清代骈文一则。总的来说，以上这些岭南赋话大多是推崇唐律赋，以唐为宗，这与岭南赋的审美旨趣相一致。但从《见星庐赋话》开始，赋学批评和理论开始向"去唐律而尚时趋"②转变，馆阁律赋逐渐成为文人士子效法的对象。

赋话作为我国古代赋体文学批评的重要样式，它的内容相当丰富

---

① （清）林联桂撰：《见星庐赋话》，清光绪十八年刻本。
② （清）徐斗光：《赋学仙丹》，柳深处草堂家塾刻本。

第九章 岭南赋与岭南赋话

广泛。岭南赋话是岭南文化的宝贵财富，不但具有文学价值，而且兼擅文献与历史价值，可为研究本地区的文学、史地、风俗等提供丰富的材料。总括岭南赋话的内容，既有作赋史料和赋作者生平事迹的载录，又有真伪疑误的考辨，还有赋家赋作的品评。简而言之，则主要是记事、考辨、品评三项。但在每一部具体的赋话中或兼而有之，或有所侧重，情况并不完全相同。

赋话作为传统的文学批评形式，其艺术价值的判断无疑是第一功能，同时它作为一种叙述文体，当然也具有记录和传播的功能。记事是所有岭南赋话都涉及的内容，如浦铣《历代赋话》就是以辑录前代史料为主的赋话。此书凡二十八卷，包括正集和续集两部分。《正集》十四卷，以"赋家"为纲目，辑录历代正史中赋家的相关史料，可目为一部历代辞赋作者的生平、籍里、创作、思想等的资料汇编。《续集》十四卷，以"论赋"为原则，旨在搜辑正史以外各种旧籍的赋学理论、作赋逸事、诸家绪论。再如林联桂《见星庐赋话》在论清代馆阁律赋艺术的同时，兼记自身的作赋行事。其卷八处记载道光二年游于齐鲁时的经历及写赋、读赋的情形，卷九处记载嘉庆二十二年其与诸文士结诗社，作《黄金台赋》一事。总之，正如浦铣《历代赋话·凡例》中所说："赋以话名，必其信而有征者，或关于国家之典故，或识其生平之梗概。"[①] 这是说赋话要记载作赋史料和赋家生平，而这将有助于后世了解前人作赋的背景和赋家行事及思想。

在岭南赋话中，比较偏重于品评论述、具有较一定理论批评色彩的著作，当推浦铣《复小斋赋话》。是书共上、下两卷，成书于乾隆五十三年（1788），曾附《历代赋话》之后，以阐述赋学理论为主。正文收录赋论二百六十余则，以漫话随笔的形式重点评述唐宋元明时期的律赋，并兼论先秦至汉魏六朝古赋，是浦铣读赋的心得体会和对辞赋的见解，呈现出赋论家的批评特色与赋学理念。崇尚赋体创作时

---

① （清）浦铣：《历代赋话》，清乾隆五十三年复小斋刻本。

的法则与独特性，提出"作赋先要脱应酬气""作赋贵得其神"的书写范式；推重赋体作品的思想内涵与真实情感，追求"文以有情为贵""事与情之兼至"的创新境界；强调赋体的艺术风格，以"雄健"评述古赋，用"清丽"归结律赋；概括律赋的创作技巧，对破题、用韵、布局、用典、修辞等技巧观照甚详，并评其工拙。这些均构成了《复小斋赋话》评鉴赋家、赋作的重要基石，借此，对赋学批评的发展有一定的贡献。此外，李调元《雨村赋话》中的《新话》部分也通过撮取历代赋篇"佳语"，评析体制、技巧，论述源流演变。他还重点研讨了唐宋之际律赋风格变化，论其形成发展，品评价值得失，提出了不少中肯的见解。林联桂《见星庐赋话》更是专以律赋品评为主的赋话集。

岭南赋话总体上还是偏于辑录史料、品评赋作、谈论作法，理论性、系统性并不强，但已经有向此发展的倾向，体现了赋话演变发展的必然趋势。笔者结合岭南的地域特色以及明清的时代背景，以明清岭南赋为主要研究对象，通过梳理历代岭南赋学发展状况，结合岭南赋学内在的辨体风貌与外在的文化意蕴，发现岭南赋的创作风貌诚如蒋寅先生在《清代文学与地域文化》一文中所论，理论上表现为对乡贤代表的地域文学传统的理解与尊崇，创作上体现为对先辈作家的接受与规仿，批评上则呈现为对地域文学特征的自觉意识和强调。此可谓地域文学发展之定谳。

第四节 结语

纵观历代岭南赋学创作的概况，最为显著的是作者籍里的变更。作者身份的发展变化，是岭南文学文化迁转、地域经济增长与中原腹地之间差异渐趋收缩的晴雨表。唐前除岭南本土张九龄之外，几乎无作家撰写赋文来发抒情感心志、记录岭南风土物产。逮至明清时期，经长时间的文化沉潜累积，经济互交相融，不仅使岭南籍作家剧增，而且成为赋学创作的中坚力量,尤其是大家的出现与作品的臻于完善,使相关文学能比肩中原。由汉至宋,五岭之南既是朝廷用以流放贬官之地,又可成为文人流寓寄居之所。故此可知,岭南其时虽朝廷政治力量可以抵达,但在文化经济上却仍未脱离荒蛮落后之地的属性。而中原地区或被贬谪、或奉派、或流寓岭南的官员文人,即使留下赋篇佳作,其主体基调仍是关乎作家自身的慨叹踌躇、牢骚伤怀等内容,作品中依然缺少地域的认同感以及文化上的自我归属意识。然而历史的发展总是多维的,这里并非责难那些或流寓、或贬谪、或差遣来到岭南的历代文人与官员,反而正是他们因缘际会的到临,大大增进了岭南文化的持续开化与经济的渐趋发展。这一点在清归允肃论士大夫兴趣差异时曾触及:"古今风会不同,而仕宦之好尚亦异。唐宋以岭表为荒绝之区,昌黎莅任潮阳,极言其风土之陋;柳子厚以为过洞庭,上湘江,逾岭南人迹罕至,其情词可谓蹙矣。明之仕宦无所不及,亦未见人情如此之困。今国家统一宇内,梯山航海,无远弗届。仕宦者大率乐就外郡,而尤以南方为宜。五岭以南,珠崖象郡之饶,人皆欢然趋之,与唐宋间大异。岂非以海宇宁谧,无风波之阻,为仕者乐尽其长,宜德泽于万里之外,声教四讫之所致欤?"[1] 这些北来的官员或文人不仅饱读诗书,谙熟儒家礼乐仪节,而且其丰富的学识学养远在本土士人之上,正是这种判若云泥的巨大差距,才使那些北来岭南的衣冠之士欠缺对国家南疆的归属感与认同感。

笔者在编校岭南赋学文丛(《岭南赋选校》《岭南赋话辑校》,广东教育出版社2022年版)时,曾对选入作家的籍贯、生平、职务、创作等进行过系统考察,其中岭南籍赋家众多,岭北偏少。如收明代赋作四十三家,四家名籍不详,余下岭南人得二十有三家,岭北作者十六人,岭南人占据了作者的多数。赋家们一改往昔的抒写基调,如对风土物情的描写不再是险怪隔绝、荒蛮偏远的铺排描摹,同时也少了

---

[1] (清)归允肃:《归宫詹集》,清光绪刊本。

身世浮沉的感喟。相反，即使北来岭南的赋家笔下的抒写，也多是充满溢美之词，并对岭南的山川风物引以为豪。如富礼《梧州南熏楼赋》中所写，"桂林象郡之区，蔚陀都老之裔"，"圣皇致治，驾唐轶虞。皇风熙熙，遍于九区。宜南薰之长养，还淳朴于古初"。在赋家的眼中，岭南已由彼时之"荒蛮"代名词，摇身一变为今日之"淳朴"古初地，这种积极的正面书写，正是赋家对岭南的自我认同、归属认同的具体体现。这也反映了岭南在明代时期文化、经济、交通等方面的开发与发展，与中原文化发达地区的差距日渐缩小。诚然，在"耕读传家久，诗书继世长"的文化传统下，只有财富累积到一定程度，方可供养子弟读书习文，又累数代而有子弟博取功名，继而再有衣冠文士写诗作赋。倘若不是建立在由数代耕读到子弟功名的良性循环基础上，有明一代，岭南士人创作诗赋的数量恐怕难以位列时代前沿。概言之，以赋学为基础，从地方文学中重新审视主流文学发展演进的某些规律，进而彰显明清岭南赋学创作与理论成果，能够为岭南赋学研究提供新的探索范式和关注焦点，从而更好地探寻并厘清中国古代文学在发展演进过程中所表现出的多样性和复杂性问题。

第十章 岭南赋的书写传统与自觉建构

岭南赋是中国赋学文献中具有独特价值的组成部分。明清时期岭南辞赋的创作,并非单纯的地域观念在文学创作中的反映,它丰富了岭南赋的精神内涵,扩展其情感维度,同时也参与了地域文化传统的建构,即摒弃明代以前视岭南文学为"异物"与"他者"的书写观念,取而代之的是以"乡邦意识"与"自觉建构"为主的创作导向。这一实践,在理论上表现为对以乡贤代表的地域文学传统的理解与尊崇,在创作上体现为对岭南先辈作家的接受与规仿,在批评上则呈现为对地域文学特征的自省和强调,借此达到提振岭南地区的文学认同与文化自信的效果。

第一节 岭南赋的传统赓续与历史成因

明清时代疆域开拓,交通发达,强大的一统国家的形成有力地促进了南方经济、文化的发展,不仅江、浙、赣、川等自唐宋以来文学基础雄厚的地区文学事业持续繁荣,粤、闽、滇、黔等历来较闭塞落后的地区也成为新兴的文学基地。这不仅得益于明清时期的文化持续开发,缩小了边远地区与中原文化发达地区的差距,而且由此改变了人们对岭南蛮荒落后、瘴疠之地的刻板印象。岭南名宿陈恭尹对此曾云:"三百年间,人文特盛,超轶宋唐,多骨鲠之臣,无僭窃之患。"① 该总结颇有见地,这期间不仅涌现了以孙蕡为代表的"南园五先生",还有屈大均、梁佩兰以及陈在内的"岭南三大家",他们的文学活动于其时影响很大,甚至开创了岭南文学的新局面,形成了具有地域特色的岭南文学。正如陈永正所言:"明、清两代,是岭南文学的成熟期。"② 这一时期,随着经济、文化的发展,岭南的赋文创作亦进入一个繁荣的发展阶段。主要表现为:一则在赋家数量渐趋增多,一则在辞赋创作的艺术水准上越来越臻于至境。纵观岭南赋的创作风貌,重点是关于其人文历史、地理物产、风俗民情的描摹,借此反映了文人雅士对于岭南的认同感与归属感,并由此形成了有别于中原地区文化"大传统"的岭南地域之"小传统"。本章试图发掘明清时期岭南赋的书写对地域文化建构产生的现实意义与理论价值,并探析其创作形态及范式形成的内在理路。

一 海商贸易与沙田制度

明代专以经术取士的科举制度以及日趋严苛的政治风气,使辞赋创作变得式微。与中原衰落现象截然不同的情况是,岭南赋学却以快速发展的态势渐趋繁荣,其成就甚至超越了此前唐宋两代。主观上,经济与人口为岭南地区的教育提供了舒适的温床。客观上,岭南文人的创作传统与历史内因影响着岭南赋的形成。明代实行海禁制度,然广东被准许对外通商。清人庾泰钧《槟榔赋》中载:"于是海客齐来,夷人毕集入。"③ 展示了海岸通商后外来人往来于岭南的盛况。南海海上贸易随着航海技术的发展及郑和下西洋的拓展,海上丝绸之路航线由此向外延伸,极大地促进了商贸流通与文化传播,也使辞赋中的海

---

① (清)陈恭尹撰:《陈恭尹集》,人民文学出版社2018年版,第578页。
② 陈永正:《岭南文学史》,广东高等教育出版社1993年版,第5页。
③ (明)郭棐编撰,(清)陈兰芝增辑,王元林点校:《岭海名胜记增辑点校》,三秦出版社2016年版,第170页。

洋文化元素大量增多，涌现出许多以海岸通商、舶来品贸易等为内容的赋作。和内地相比，沿海地区的文化更具开放性和创新性。广东地理环境总体特征及其内部差异对其文化传统格局的形成起了重要作用。历史上岭南的政区建置对外呈"犬牙交错"和"山川形便"的关系，对内则存在空间分布不均的差异，直接或间接地影响到岭南赋学的分野及格局。明清广东政区体系格局基本定型，对内则轮廓清晰，对外则率先获得中西交流机会，对广东的文化产生了深远的影响。

明初以来的一两百年间，沙田的扩大带来了经济的繁荣发展，也形成了珠江三角洲的基本面貌。珠三角地区的居民摒弃传统的农田耕作模式，挖土为塘，将土围覆于塘的四周形成基，塘内则养鱼种荷，基上则栽种果树，形成了"基塘互利"的农业模式，这种模式的优势在于形成了"基养塘，塘养基"的良性生态循环，较之传统的农田种植要获利更多，从而吸引了大批移民定居于此，这些在清施润章《粤江赋》、陈恭尹《登镇海楼赋》、黄丹书《花田赋》等篇目中均可见端倪。基于以上因素，岭南地区形成了更为包容和开放的文化气度，由此发酵和催生出一种与中原文学传统所不同的岭南文学传统，即基于本土，融汇中西的传统。

二　人口族群化与书院教育

历史表明，移民是人类文化发生突变、飞跃、产生新文化体系的重要力量。至明末清初之时，岭南地区已吸引了大量的移民，随着人口的增加，逐渐形成了宗族制度，改变了岭南地区的人口结构与社会结构，促进了宗族管理制度的形成。至清代已形成大家族聚族而居的稳定状态，为教育文化的发展提供了充足的客观条件。这也为岭南辞赋的兴盛发展提供了基础。

为了延续家族的兴旺，大多数家族兴办学堂以提升子女的文化教育水平，宗祠学堂、书院等形式的教育机构也相应地扩大了规模。据刘伯骥《广东书院制度沿革》、章柳泉《中国书院史》的统计，明代岭南书院之风极盛，仅广东地区所建数量高达168间，占全国的30%，在全国排第三位，仅次于江西、浙江。清代以来，岭南书院经历了沉寂后，获得了更大规模的发展，新建书院255间，占全国规模的38%。在这样的情况下，区域内文化水平也获得了整体的提高。如方昇的《灵渠赋》专门记录广西兴安地区历代科举文人之兴盛。而广东地区则在阮元督粤期间，一扫陈旧学风，培养出大批经世致用人才，使广东书院在全国声名鹊起。这样的情形也从多个方面滋养着赋文创作和赋学著作的发展。李调元在莅任广东学政时，为指导诸生习作律赋而于乾隆四十三年（1778）撰成《雨村赋话》，并于次年刊行于广东。此书成为岭南地区第一部真正意义上的地域赋话，具有非凡的意义。

就地域而言，尤以南海、番禺、顺德为人文渊薮。明代出现了"岭南三状元"（佛山伦文叙、顺德黄士俊、潮州林大钦），为各地教育文化代表人物。其中伦文叙所在的南海地区则出现了"五里四会元"（伦文叙、伦以训、梁储、梁韬），指其家族所在地石头、黎涌、石啃三堡相距不逾五里，仅伦文叙一家就有"父子四元双士"之称。清代同治之时，番禺的邬彬父子，有着"一门三举人，父子同登科"之说。家族与区域文人的聚集，很快就形成了文人社团，并出现了大量的文学交游活动。如"南园后五子"中的欧大任、黎民表等都是岭南赋创作的中坚力量。"南园十二子"中的陈子壮、欧主遇、欧必元、区怀年、区怀瑞、黎遂球等文人也在前人的基础上更大规模地进行辞赋创作，并有诸多佳作遗留于世。文人社团成了岭南赋创作的主要力量，为岭南赋学提供了丰富而宝贵的材料。

诚然，只有在财富累积到一定程度，方可供养子弟读书习文，在"耕读传家久，诗书继世长"的文化传统下，又累数代而有子弟博取功名，继而再有衣冠文士写诗作赋。倘若不是建立在由数代耕读到子弟功名的良性循环基础上，有明一代，岭南士人创作诗赋的数量恐怕难以位列时代前沿。因此经济的繁荣与人口大规模迁移为岭南教育的发展提供了不可磨灭的劳绩。

三　赋家的籍里、心态的迁转

　　创作主体的刻板印象会影响其笔下塑造的文学形象。板滞记忆是对一个社会群体的一种普遍的、固定的观念和看法。它不一定有事实依据，更不考虑群体内部的个体差异。它只是人们心中存在的一种固定的观点，却能对人们的感知和行为产生重大影响。明清岭南辞赋题材的多元化足以说明，伴随着中原移民的到来和岭南文人与中原地区的交流，岭南的地方风物等诸多方面进入赋文创作领域，产生了一大批具有鲜明地域特色和时代征候的赋学作品。

　　纵观历代岭南赋学创作的概况，最为显著是作者籍里的变更，而作者身份的发展变化，是岭南文学文化的迁转、地域经济的成长与中原腹地之间差异渐趋收缩的晴雨表。明以前乃至明初辞赋中，文人对岭南的书写，仍受"夷服""荒地"等刻板影响的制约，一时主体认同感并不强烈，且多表现在贬谪文人及旅居文人的创作之上。以贬谪身份客居岭南的文人，与岭南保持着一种"他者"的心态，对岭南的定义也绝非"我乡"。在这样一种先入为主的书写之下，岭南自然不可能成为他们心目中的乐土和家园。唐前除岭南本土张九龄之外，几乎无作家撰写赋文来发抒情感心志、记录岭南风土物产，逮至明清时期，经长时间的文化沉潜累积，经济互交相融，不仅岭南籍作家剧增，而且他们又成为赋学创作的中坚力量，尤其是这些作家与作品越来越臻于完善，其相关文学成就可比肩中原。由汉至宋，五岭之南既是朝廷用以流放贬官之地，又可成为文人流寓寄居之所。故此可知，其时的岭南虽受朝廷政治力量的辐射，但在文化经济上却仍未脱离荒蛮落后之地的属性。而中原地区或被贬谪、或奉派、或流寓岭南的官员文人，即使留下赋篇佳作，其主体基调仍是关乎作家自身的慨叹踌躇、牢骚伤怀等内容，作品中依然缺少地域的认同感以及文化上的自我归属意识。然而历史的发展总是多维的，反而正是因那些或流寓、或贬谪、或差遣到来岭南的历代文人与官员因缘际会的到临，才恰好大大增进了岭南文化的持续开化与经济的渐趋发展。这些北来的官员或文人不仅饱读诗书、谙熟儒家礼乐仪节，而且丰富的学识学养远在本土士人之上，正是这种判若云泥的巨大差距，才使那些北来岭南的衣冠之士欠缺对国家南疆的归属感与认同感。

借此又见，举凡周围边缘地带的文化、经济的开化发展程度与中原腹地之间的差异过甚，皆会壅塞归属感、认同感的产生与形成。然至明清之际，偏居一隅的岭南则出现了不同程度的改观，此时的岭南文学文化，随着岭南地区经济文化的蓬勃发展，由历朝叠加累积而直抵质变提升的境地，外来文人由过去的被动式贬谪岭南，转变为主动式闻名而至，心态上也由过去的"陌生""抗拒"的抵触心理转变为"探索""欣赏"的悦纳心理，从而改变了自古以来的岭南辞赋书写范式。"穷山恶水""蛮服荒夷"等标签已逐渐淡出辞赋书写范围，取而代之的是"山川奇胜""草木环殊""阳明内蕴""华采外施"等赞美岭南之词。而本土辞赋作者则以一种"我者"的心态来表现岭南的天然风物及历史人情，在辞赋中流露出自我表现的欲望与期待被人接纳的渴望心态，书写着令他们引以为傲的岭南风物与生活。这些都反映出岭南文人不甘被遮蔽与轻视，为弘扬本土文学与文化做出的努力。

第二节　岭南赋的创作形态与自我认同

岭南地区北枕五岭，南濒大海，珠江流贯，生活在此的百越先民与中原移民一起创造了独具特色的岭南文化。《广东新语》序记载："物产之瑰奇，风俗之推迁，气候之参错，与中州绝异，未至其地者不闻，至其地者不尽见，不可无书以叙述之。"[①] 这种"绝异"于中原文明的自然环境、物产气候、风土人情，及由此而形成鲜明的地域特色，在岭南辞赋作品中均有不同的呈现。明清之前，岭南独特的山水

---

① （清）屈大均：《广东新语》，中华书局1985年版，第1页。

风光已进入赋家视野,然碍于"陌生感"与"他乡"的偏见,作家笔下多为"异物"之谈。明清以降,不管是岭南本土赋家,抑或因派遣、流寓、贬谪而南来的文人官员,在对待岭南的心态上可谓革故鼎新,除却留恋岭南自然山水,尤其关注其建筑艺术、城市变迁、历史浮沉等人文景观,这些纷纷走进赋作家的创作视野。文备众体,而赋体文学则有着"苞括宇宙""控引天地"的创作空间,其规模体制的灵活性、丰富性,为涵盖并总览山川地形、水陆物产、城市建筑、风土人情等题材提供了得天独厚的优势。岭南辞赋不仅能言诗、词之所不能言,更为后人了解其时岭南地区民殷物阜的文化面貌提供了弥足珍贵的文献资料。尤其在赋家笔下,映现出内蕴丰赡且别具特色的岭南"意象群"。

一 粤王台与镇海楼:岭南历史进程与建筑美学的彰显

在明清的诸多辞赋作品中,岭南历史的书写是明清岭南赋文中的重要内容。而赋的篇式特征、形态结构、体裁属性、撰作志趣等规范,为作家提供了足够的叙事空间与抒情言志的文学体裁。赋家通过对人文景观和历史遗迹的书写,追溯了岭南悠久的治统历史。

粤王台,即越王台,南越国赵佗所建。明时"南园后五子"中的黎民表曾作《粤王台赋》,赋篇曲终奏雅,尽抒"兴国亡王"之慨。其云:"则有强秦定霸,劲越守偏。五军摧而弗利,睢禄却而生捐。嚣死南海,佗据龙川。占王气于东井,规闾位于瀛壖。于是思华风陋,魋结衷秦,余役徒隶。乘黄屋以称雄,改金墉而创制。日不重明,世无两帝。思首丘于故墟,挫雄心于游说。循南面之仪,讲郊宫之礼。恢夕室以重模,拟郎台而增垒。堙窦夷山,审曲面势。辇道云连,重轩霞起。赪壤密石之工,井干荣楯之丽。铅墀扣阈之华,藻棁雕栾之侈。固已穷殚海陆,而炳焕万里。"[①] 是赋沿袭宋赋的特点,以咏怀古

---

① (清)陈元龙编纂,许结等校订:《历代赋汇》(校订本),凤凰出版社2018年版,第3038页。

迹的视角，追溯赵佗统治岭南的历史。描摹了秦朝赵佗拥据百越，建立南越国，逮至汉代归藩，及与吕后交恶的完整历史，依凭粤王台遗迹之始末，进而慨叹岭南的诸种变迁。

有关赵佗南粤称王之事，明代岭南儒学大家黄佐在《粤会赋》中进一步写道："季以兆王，佗以基霸。遇吕雉而自君，待汉文而后顺。绝潼关以立国，迄获嘉而始郡。……昔尉佗之在秦也，力政毒痡，血民于牙。咸阳瓦崩，万宇茧拿。于是乘黄屋而自王，总朱垠以为家。乃据秦府库，杀其长吏。营宫建室，自置神器。谽门曲榭，坻鄂弘闶。虹梁缅连，云构林植。既崔嵬以宏琏，又穿豁而巅顶。左纛以朝，箕踞魋结，爰立相臣，御史中尉。将军郎吏，盗窃秦制。阁道圜阙，高甍甲第。上峥嵘而瑰玮，下金縢而绘缋。"[1] 在政治权利更迭风云中，赵佗审时度势从百越地区安定的大局出发，为使岭南免遭战火纷乱，遂以五岭为界建立了独立的政权，南越国一度崛起。因此在后世的岭南辞赋中涉及越王台、赵佗立国者颇多。赋家撰述倾向多是对其历史功绩的充分肯定，认为赵佗于秦末时统一岭南、守关拒敌及后来对汉称臣、甘居藩王的所作所为，作家纷纷对岭南一代的治统安定的鸿蒙初辟之功进行褒扬。

明朝洪武初年，朱亮祖镇守南粤后假借镇压广东王气之名，于越秀山兴建镇海楼，俗称"五层楼"，为当地留下了一座内涵丰富的建筑景观。"岭南三大家"中的陈恭尹曾撰《登镇海楼赋》，全文以细致生动的笔触描绘了镇海楼独特的建筑风格以及优越的地理位置，赋中对其富丽精巧的建筑特征不吝辞藻，进而凸显其风采。今赘录于此，可窥其貌。赋云："呈材鸠众，画堵分区。运斤匠石，督墨公输。基则因其故武，制勿侈于前模。庶民子来以不日，鬼神鞭石而先驱。尔乃八维四表，平阶广堿。累千柱以相承，列重梯而互陟。檐啄张牙，

---

[1] （清）陈元龙编纂，许结等校订：《历代赋汇》（校订本），凤凰出版社2018年版，第1110页。

飞轩比翼。藻棁交驰,荷蕖反植。高窗则阴阖而阳开,雕墙则外杀而中直。三光倒景于暮朝,五纬分层而生克。况夫制作精坚,取裁丽则。不事雕镂,岂荣金碧。榱以石楠,椽以铁力。绮缀交疏,文藤细织。烟云入而莫拒,鸟雀穿而胡得。"[1] 此段着力铺排,摹写详尽,极具气势,对建筑既有由远及近、由结构到布景的刻画,又有宏观之规模、微观之雕墙镂窗的渲染。随后又从镇海楼所处的地理位置及四周之地如南、西、东、北等方位展开穷形尽相的描绘,兼备夸张想象的笔法,竭力描画山水之美。文本不仅关涉自然环境,而且重点凸显岭南人文历史。

整体而言,此类赋文篇制宏阔有序,叙事广博详赡,所呈现的岭南美学风格,迥异于中原传统婉约和谐的自然山水,而表现出特有的雄壮气势和阳刚之美。回溯过往,明代之前岭南的文学多是被忽略,更甚无人问津。降及明清,文人雅士以辞赋之体开始大量关注南越国的历史浮沉,并以褒扬的语词予以书写,这实则是地域上的自我归属以及文化上自我认同的一种有力表征。概言之,是在传统文化、主流历史的"压制"、"遮蔽"甚至"轻视"之外的一种心灵回归与自我抒写。

二 灵渠与大庾岭:秦人治水之杰作与岭北岭南之关隘

与中原传统赋题材不同,岭南赋作把罗浮山、白云山、浮丘山、西樵山、灵渠、粤秀山、丹霞山、海珠寺、南海庙等这样的地理及建筑景观作为赋的描写对象已卷帙浩繁。如黄佐《白云山赋》、汤显祖《游罗浮山赋》、周用《南海赋》、刘克正《浮丘赋》、黄丹书《西樵山赋》、凌玉京《丹霞山赋》等都是地理景观辞赋佳作。而值得注意的是赋家对于灵渠与梅岭的写作与记述,这两处自古皆以其战略性的地理位置及对岭南文学的深远影响引起了历代文人的高度重视。

开凿于秦始皇时期的灵渠,是世界上最古老的运河之一。灵渠的

---

[1] (清)陈恭尹撰:《陈恭尹集》,人民文学出版社2018年版,第579页。

修建，不仅沟通了湘江与漓江，连通了长江与珠江两大水系，为岭南地区带来了交通、灌溉、防洪的便利，而且也为岭南文化的发展与传播提供了往来平台。汉武帝时期开辟的著名的"海上丝绸之路"凭仗灵渠的水路之便，以广西北部湾地区的合浦港为始发地通往东南亚、南亚等地，把中原文化传播到了今天的越南、印度尼西亚、马来西亚、印度、斯里兰卡等地。这一重要的水利建筑历史，也被载于明清岭南辞赋创作中。明代湖南临湘人方昇作《灵渠赋》载："是以亘古至今，取之不穷，而用之不尽。其利也博，其源也长，滥觞于海阳之麓，潆汇于分水之塘，泓澄涵滢；浩淼汪洋。"① 援引旨在论述灵渠亘古至今之功，尤其所涉及不同的流域，也为当地农业发展带来了极大便利，又云："邑治斯建，政令出焉。学校斯设，教化施焉。处士之岩，岿嶐而隐其后；状元之峰，奇崿而卓其前。宜其成万宝而聚百货，钟英杰而产才贤。若宋之唐则、唐介、丘养浩，唐彪功名烜赫，圭组蝉联。迨及我朝，治教休明，人文宣朗。曰赵、曰秦，若唐、若蒋；科名烜赫，圭组相望。是皆沐圣化之涵濡，而当时之所尚也。"② 遍览宋代兴安名人唐则、唐介等，及明代以来广西所出英才，如秦姓、唐姓、蒋姓皆人才辈出，仅成化年间的全州蒋氏家族就有"兄弟尚书"蒋昇、蒋冕二人，由此追认了灵渠的凿建为当地带来的人文开化与建设。此赋的侧重点不仅是感慕圣德，更是对岭南历史的一种追溯与认可，借此，可以肯定明代岭南文化、历史上的繁荣与发展。

江西文人颜暐在《重修灵渠赋》中，也记叙了明代洪武二十九年监察御史严震直主持重修灵渠之事，并对灵渠开凿后所带来的益处进行了叙述："遂舟航之往来，使公私而便益。余波流润兮，溉万顷之芝田。"③ 因灵渠对于岭南地区的发展极为关键，所以历代中央政府对

---

① （清）汪森编：《粤西诗文载》文载卷1，清文渊阁《四库全书》影印本。
② （清）汪森编：《粤西诗文载》文载卷1，清文渊阁《四库全书》影印本。
③ （清）汪森编：《粤西诗文载》文载卷1，清文渊阁《四库全书》影印本。

灵渠的建设尤为重视。故灵渠不仅是岭南水利建筑的代表，同时也成了辞赋家所青睐的对象。

"岭南"得名于"五岭"，指五岭以南的广大地区。而大庾岭则于五岭之中占有异乎寻常的地位。大庾岭地处粤北、赣南之间，分割章水与浈水，是长江流域与珠江流域的分界之岭。秦汉时期开拓的大庾岭道，是南行人必经之路，后经张九龄主持修缮并扩大规模。明代岭南丘濬在《唐文献公开凿大庾岭碑阴记》中称："兹路既开，然后五岭以南人才出矣，财货通矣，中原之声教日进矣，遐陬之风俗日变矣。"[1] 可见这条历千年盛衰变迁的古道，是连接岭南与中原地区交流的重要通道。如此特殊的地理位置，常被赋家记载于赋文中。如孔煦在《广东赋》中写道："北轶乎大庾湘楚，西界乎苍梧九嶷，东尽涨海之连天，南极珠崖之盘黎。"[2] 赋作仅就大庾岭重要的地理地位予以着笔。又陈恭尹《北征赋》云："浈江未穷，远见庾岭。其为岭也，上峥嵘耸厉，拔立而万寻；旁绵联偃亘，奔蠢而千峦。疏云根以启路，斧铁壁而开关。仰而望之，若冉冉而造中天；近而察之，非猿猱之趫捷，孰攀援于其间。"[3] 陈氏不仅简述了大庾岭形貌，而且从不同视角对其险峻山势与峭拔的山姿进行了刻画。

位于大庾岭中段的梅岭，成为赋家笔下时常发抒的文学意象。与周围海拔上千的数峰相比，四百米之高的梅岭则显得更加温婉秀丽，因此人们常以此来借代大庾岭。元代朱元荐虽客居燕山，然其曾寓岭南，常将情思遥寄庾岭之梅，而作《忆庾岭梅花赋》，尽抒离愁之苦，并催生了"付万事于无心，惟以天而出处。乃若真心之长在，岂甘与草木而俱腐"[4] 的超脱之语。明末徐渭在《梅赋》中描述庾岭之梅"孤禀矜竞，妙英隽

---

[1] （清）屈大均辑：《广东文选》卷12，清康熙二十六年三阁书院刻本。
[2] （清）屈大均辑：《广东文选》卷24，清康熙二十六年三阁书院刻本。
[3] （清）陈恭尹撰：《陈恭尹集》，人民文学出版社2018年版，第576—577页。
[4] （清）陈元龙编纂，许结等校订：《历代赋汇》（校订本），凤凰出版社2018年版，第3413页。

发,肌理冰凝,干肤铁屈"① 的仙姿体态。清代谭莹撰《红梅驿赋》既叙大庾岭"殆逾粤峤者,必经之跕矣"的重要地位,又述梅岭"此际有天涯之感,何人无岁暮之伤。行万里而偶驻,折一枝而断肠"② 的天涯之感与乡愁之叹。足见,庾岭之梅在岭南赋家的笔下也被赋予了别离的新内涵,后成为客居岭北或岭外文人入赋的乡愁意象。

三　荔枝、槟榔、烟草:岭南地域风物与乡邦情结

岭南因气候温暖湿润,生长了许多特色的物产。清代温汝能在《粤东文海》序中载录云:"粤东濒大海,宅南离,山禽水物,奇花异果,如离支、木棉、珊瑚、玳瑁、孔翠、仙蝶之属,莫不秉炎精,发奇采。"③ 尤其荔枝,最受作家青睐。以荔枝入赋,发轫于明前,唐代张九龄、宋代范成大等人均曾为荔枝作赋。明以后则更屡见不鲜,如胡宗华、黎遂球等均有赋作遗世。如胡宗华《荔子赋》对其的详细描绘:"擘轻绡之绛膜,吐明月之圆珰。唇未沾而先嗑,口既漱而尤香。具甘滋之正味,食虽饕而靡伤。可以充席珍而娱宾客之奉,可以荐笾实而格神祖之洋洋。"④ 此以细腻的笔触描写了荔枝之形色及食用荔枝的方法,并赞颂了其风味之美以及用其招待宾客、祭祀神祖的民俗概况,洋溢着浓郁的岭南风情。黎遂球在《荔枝赋》中追忆了自家园中所植荔枝成熟时的景象:"荔枝垂垂,自围树腰。于是红染鸾颈,大倍龙目。重五小至,蒸然尽熟。外若火珠,内足香玉。核不烦钻,无骨皆肉。当吾睡起,曳屦旋旋,手摘目选,坐树似眠。幼弟就告,似此必甜,持以奉母,自试果然。饱能辟穀,饫复垂涎。晶丸弹脱,霞

---

① (清)陈元龙编纂,许结等校订:《历代赋汇》(校订本),凤凰出版社2018年版,第3409页。
② (清)谭莹:《乐志堂文集》卷1,咸丰十年隐园刻本。
③ (清)温汝能:《粤东文海》,见(清)陈昌齐撰《(道光)广东通志》卷198,清道光二年刻本。
④ (清)陈元龙编纂,许结等校订:《历代赋汇》(校订本),凤凰出版社2018年版,第3455页。

第十章 岭南赋的书写传统与自觉建构

袋蝉连。困占朱绂,解以形盐。却老还童,颜芳色妍。相如已渴,留侯得仙。饲鸟皆肥,如花特鲜。"① 此论不仅语言平实清朗,而且情感真实自然,日常家人共同摘食荔枝的情景跃然纸上,寥寥数语间令人动容。诚如苏轼所言:"人间有味是清欢。"也许让岭南文人刻骨铭心的,除了荔枝本身浓郁香甜的风味,更多的是与亲友共啖荔枝的温情回忆,以及对故乡清雅闲适生活状态的眷恋之情。因此,辞赋中的荔枝意象便成了"乡情"的载体,承载着岭南文人浓厚的乡邦情结。可见,赋家对荔枝的描绘吟咏,不仅是对果实本身的赞颂,同样透露出岭南人对家乡引以为傲的积极心态,实则是一种对地域文化进行自我推介的征候。

孕育于岭南热带气候的槟榔也是赋作家们关注的对象。《异物志》最早记载了南人嚼食槟榔的习俗:"槟榔若笋竹生竿,种之精硬,引茎直上,不生枝叶,其状若桂,其颠近上未五六尺间,洪洪肿起,若瘣木焉。因折裂出若黍穗,无花而为实,大如桃李,又棘针重累其下,所以卫其实也。剖其上皮,煮其肤,熟而贯之,硬如干枣,以扶留、古贲灰并食,下气及宿食白虫消谷,饮啖设为口实。"② 槟榔中含有生物碱,嚼之可增进食欲,减少口干、咽痛、腹泻等症状。明代黎遂球曾专为槟榔作赋,在《槟榔赋》中写道:"槟榔生于海外,予粤人喜杂蒌叶、蚬灰嚼之。"③ 可见槟榔作为外来物种,流传入粤后,为人们所广泛接纳食用。又言岭南人:"婚姻之约,以表结言。"与中原地区婚俗中的以雁问名不同,岭南地区问名并不用雁,而是以槟榔代替,可见槟榔对于岭南人而言不只是一种可以嚼食的果品,同时承载着民俗、婚俗的神圣寓意。清代吴者仁在《槟榔赋》中生动地再现了海南

---

① (清)陈元龙编纂,许结等校订:《历代赋汇》(校订本),凤凰出版社2018年版,第3454页。
② (汉)杨孚:《异物志》,广东科技出版社2009年版,第17页。
③ (清)陈元龙编纂,许结等校订:《历代赋汇》(校订本),凤凰出版社2018年版,第3477页。

槟榔经包装过海后，从水陆两路分销岭南各地的情形："货分三品兮，业谐具币；鹜趋一时兮，载囊茅均。尔乃揽艨艟，屯箱轴，舟交樯，车击毂。或鸥浮巨海，数日直抵江门；或足捷长途，经旬至梅菉。卒岁如狂，明年又逐。擅其有者，奚翅千头之收；享厥成者，且等万钟之禄。"① 可以从槟榔在岭南地区的畅销程度窥见其常用性与普遍性。清代庾泰钧在《槟榔赋》中对槟榔树的描述有此数语："耸直干于云间，岂受烟岚之染。竖高枝于泽畔，何来霜雪之欺？"② 这是对槟榔树生长环境与形态的描述，夸赞了其高洁的品格与挺拔的姿态，实际上也是对岭南地区风物别树一帜的赞美。

烟草音译为"淡巴菰"或"淡巴菇"（Tabacco），具有治寒疾、祛烟瘴的功效，但因其易成瘾伤身之弊，明初时遭到禁止，但当抽食烟草成为社会风气后，禁令遂废止。清初时烟草风行全国，成为百姓的消遣之物，也为文人所雅好，于乾隆时广东学政李调元的《烟赋》中可见一斑。这篇赋并序详细记载了烟草是如何在岭南地区传播并普遍种植的历史，同时描绘了人们品烟的方式、情态以及趣味，是详细描述烟草的重要文献，具有较高的历史价值与人文价值。他在序中写道："烟，草名，即淡巴菇也。干其叶，而吸之有烟，故曰烟。余试粤惠州，日以此题出试，有柳生赋颇佳，而多出韵，问之，言蓝本于杨孝廉潮观而敷衍之，因嫌瑕瑜半掩，效昌黎玉川月蚀之例而删节之，以示多士。"③ 以烟为试题，一则可管窥本土文化在岭南地区的主导地位，二则说明岭南与日俱增的独立政治文化地位。

四　铜鼓、竹枝词：岭南铜鼓文化与民俗文体的活化石

明清时期的岭南辞赋不仅热衷对历史、自然文化的挖掘，同时也

---

① （清）于煌等纂修：《乾隆会同县志》，海南出版社2006年版，第232页。
② （明）郭棐编撰，（清）陈兰芝增辑，王元林点校：《岭海名胜记增辑点校》，三秦出版社2016年版，第1429页。
③ （清）李调元撰：《童山集》文集卷1《赋》，清乾隆刻函海道光五年增修本。

关注社会民生。该类赋作中描绘了丰富多彩的人民日常生活和民风民俗，同时也体现了岭南人民陶然自得的栖居生活及赋篇创作的审美倾向。

铜鼓文化是百越文化的一个重要特色，古代越人"欲相攻击，鸣此鼓集众"，除了歌舞娱乐以外，铜鼓还有祭祀神明的功用，"祀神以治病"，铜鼓音乐成了岭南地区颇具特色的一种文化表征。明人黎遂球曾为南海神庙铜鼓所作《波罗铜鼓赋》，是赋序云："波罗庙有一铜鼓，面缀两蛙，云是马伏波将军所铸，向埋地中。其处每闻蛙声，因掘地得之，蛙形尚存其一。共奉鼓于庙，时鸣以祀祝融。"① 波罗庙即今南海神庙，序文详细介绍了庙中铜鼓的祭神用途。唐宋以来，铜鼓便普遍被供奉于岭南地区的神庙之中，而南海神庙中的铜鼓最具镇妖、定海的宗教民俗意义。

又乾隆元年（1736），袁枚至桂林探望叔父，时广西巡抚金鉷展览铜鼓，并邀袁枚为之作赋。袁枚应邀写下近千字的《铜鼓赋》，凭借此赋获得金鉷赞赏，此赋也被刻入《广西通志·艺文志》中。赋前小序称："盖闻宝以德兴，玉磬收之建武；物因人至，龙泉佩自张华。况夫鸡娄名文，密须神器；虽陶熔于丹灶，已藏迹于青洪。铜鼓者，汉伏波征交阯之所铸，而武侯擒孟获之所遗也。然而，代远年湮，星移物换。商山宛在，谁能复听鸣钟？泗水依然，不复再擎古鼎。此皆神灵呵护，必待传人；而亦德政熏蒸，始邀瑞物。大中丞金老先生三江沐德，百粤铭仁。福云随银瓮俱青，甘雨共金船并紫。于是，耕夫前获，渔父复收。一则进之阙前，聿昭祥化；一则留之纛下，用肃军门。目览手披，丹砂璀璨；心移神注，紫霭辉煌。因思雀箓、鸡碑，久费书生探访；何幸《聊苍》、《洞历》，忽为文士观瞻。不揣浅疏，谨为之赋。"② 此序以富丽铺陈的手法，记述金鉷获得铜鼓的由来，正

---

① （清）黎遂球：《莲须阁集》，清康熙黎延祖刻本。
② （清）袁枚著，王英志校点：《袁枚全集》，江苏古籍出版社1993年版，第145页。

文以骈体展开，嵌入大量历史典故，辞藻瑰丽，颇具气势。将铜鼓之出类比为泗水获鼎，极言其珍贵。另外，晚清广西文人黄焕中也作过《铜鼓赋》，以杜甫诗句"诸葛大名垂宇宙"为韵，将此七字嵌入赋中，极尽铺陈之能事，并在赋中对铜鼓的历史源流、军事作用进行了有理有据的论述，其独特的见解丰富了铜鼓的文化内涵。

岭南辞赋的地方特色，还表现在受到诸如客家地区的山歌，白话地区的粤讴、渔歌、咸水歌、竹枝词等一类民歌的影响。竹枝词是流行于广东的一种民间歌谣，在清代时自成一派，称为"岭南竹枝词"，经过本地民间歌谣相互融合，成了具有乡土情调和地域特色的一种民俗文体。岭南辞赋从内容题材上则表现出很明显的竹枝词特色，这是文体互相侵入融合的结果。事实上，这两种文体从某种程度上而言有着同样的滥觞，即楚辞。在经过历史长河的分流之后，才演变成两种不同的文体。赋体向上一路步入"雅文学"的大道，竹枝词则另辟蹊径，继续下潜迈向了"俗文学"的门路。明清岭南辞赋中也存在着不少竹枝词元素，主要表现在题材内容的选择上。清人黄丹书《西樵山赋》中记载"采茶歌似竹枝歌，晓风残月；拾翠女如桑下女，缟袂青裙"[1]，作家以清丽精练的文句、鲜明典型的物象，描述岭南人民在劳动中怡然自得的场景，为岭南人民的劳动生活赋予了诗意色彩。清人梁无枝的《花田赋》写道："于是青溪绿岸，连袂女郎，踏歌碧水，鼓枻清江。"[2] 以寥寥几笔勾勒出清雅素净的踏歌图，可见诗意栖居是岭南人生活的普遍状态。欧阳芬的《花田赋》里也描绘了"卖花声歇，悠悠之水调歌残；采花人妇，袅袅之竹枝讴起"。[3] 四六对仗之间语调音节抑扬顿挫，使辞赋富有音乐美，与描绘的内容相得益彰，有

---

[1] （明）郭棐编撰，（清）陈兰芝增辑，王元林点校：《岭海名胜记增辑点校》，三秦出版社2016年版，第497—498页。
[2] （明）郭棐编撰，（清）陈兰芝增辑，王元林点校：《岭海名胜记增辑点校》，三秦出版社2016年版，第753—754页。
[3] （明）郭棐编撰，（清）陈兰芝增辑，王元林点校：《岭海名胜记增辑点校》，三秦出版社2016年版，第754页。

种清淡的赋学审美旨趣。

第三节 岭南赋的多维书写与批评范式

明清辞赋中的岭南书写,更多是展示了岭表文士所见所感以及有别于中原的岭南生活画卷。和历代典籍中所塑造的野蛮落后、尚未开化的形象截然不同,繁盛一时的岭南辞赋,其创作意象构建了丰厚的岭南文化内涵,他们各具个性而又有机统一,展现了岭南文人的乡邦情结与自我认同,进而形成了岭南赋学的多维构建。

一 创作主体的乡邦意识

乡邦意识是考察地域文化时的主要切入点。中国古代社会,常以籍贯郡望代指其人,实际上是乡邦意识的一种体现。乡邦意识在内涵上主要包括对家乡地域所产生的亲近、认同、自豪与归属的情愫,在外延上多流露出对故土自然环境、风土人情的热爱及对乡邦先贤与地方文化传统的尊崇。抛开地理位置造成的物产资源不谈,百越先民驻居已久的岭南地区,不管是风土人情抑或文化习俗,均与中原地区呈现出不同的面貌。而在中原文化一直占主导地位的古代中国,南来文人对岭南普遍反映出抵牾的情感态度,如因文献记载中对岭南地区的珍奇物产表现出渲染与神化,多有歆羡与向往之心;但因中原文化、文明的主导,举凡岭南之物什却贴以偏远、荒蛮的标签,此反映出倨傲与鄙夷的态度。明代之前,本土衣冠之士在这样一种"压制型"文化的大环境下的文学创作,总体显得势弱。

至明末清初,这种风气渐趋转变。清人归允肃在论士大夫仕宦兴趣的差异时提到:"古今风会不同,而仕宦之好尚亦异。唐宋以岭表为荒绝之区,昌黎莅任潮阳,极言其风土之陋;柳子厚以为过洞庭,上湘江,逾岭南人迹罕至,其情词可谓蹙矣。明之仕宦无所不及,亦未见人情如此之困。今国家统一宇内,梯山航海,无远弗届。仕宦者大率乐就外郡，而尤以南方为宜。五岭以南，珠崖象郡之饶，人皆欢然趋之，与唐宋间大异。岂非以海宇宁谧，无风波之阻，为仕者乐尽其长，宜德泽于万里之外，声教四讫之所致欤？"① 明代朝贡贸易消亡，仅存市舶贸易，全国唯存广州一口对外通商。广东市舶司通常征收一定的外舶船货进口税，带来了可观的经济效益。与此同时，广州也是唯一的对外传播口，代表了中国商业和文化，因此岭南地区的文化地位随着经济的提升而渐增。经济和交通的发展使人员频繁流动起来，岭南才破除了以往偏远、荒芜的刻板印象，从而获得了地位的上升，使岭南在地域划分时获得应有的文化地位，与之上升的还有文人的地域认同感。明代以降，岭南人的乡邦意识表现极为鲜明。这显然与岭南辞赋的创作和赋家的自我认同是分不开的。岭南作家集群的形成和岭南辞赋创作的成熟，预示着以地域性为主要特征的文学时代的到来。透过明清岭南辞赋书写的考察，可以清楚地看到乡邦意识在地域赋学构建中的影响及表现。

大量地方物产与风俗民情入赋，是乡邦意识的重要表现之一。通览岭南辞赋，多数以吟咏地方山水与风物为主。除带有岭南标签的"荔枝"之外，另有以素馨、花田、龙眼、仙人掌、槟榔、鹦鹉、孔雀、端砚等富有岭南本土色彩的物产作为题材的作品也已卷帙浩繁，如宋代区子美《素馨花赋》、元代刘诜《端溪砚石赋有序》、明代黄佐《仙人掌草赋》及郭棐《素馨田原赋》、清代庾泰钧《槟榔赋》及谭莹《孔雀赋》等；又罗浮山、白云山、浮丘山、西樵山、灵渠、粤秀山、丹霞山、海珠寺、南海庙等自然与人文景观也常常成为赋家创作的灵感萌生地，如南朝谢灵运撰有《罗浮山赋》、唐代沈佺期《峡山赋》、宋代苏轼《天庆观乳泉赋》、明代黄佐《白云山赋》、陈子壮《西樵山赋》、清代陈恭尹《登镇海楼赋》及黄丹书《西樵山赋》等。

辞赋中对岭南的书写态度也是其重要表征。明代岑用宾于《玩月

---

① （清）归允肃：《归宫詹集》，光绪刊本。

赋》中，撰述其于岭南家乡闲适清雅的生活，展现了对家乡的热爱。欧主遇撰《竹赋》书写岭南园林的诗意生活。清代陈恭尹的《小斋赋》书写了清贫闲适又富有情调的家庭生活。谭莹的《素馨灯赋》中着意描绘了岭南灯市繁华安逸的景象："则见豪家里第，着姓池台，珠履晨谒，华筵夕开。"① 又于《羊城灯市赋》中多着笔墨渲染岭南旧俗灯市的热闹祥和之景："谁家弦管，到处笙歌。赏玩兴阑，吉祥语熟。"② 此种赋作于明清不胜枚举。反观明以前有关岭南的辞赋书写则多为"异物""他乡"的态度，相比而言，明清辞赋所表现出的认同感更为强烈。明代方昇在《灵渠赋》中写道："岂若兹渠之建，克成万世之功。顾愚生之庆幸，逢昭代之时雍。睹灵渠之润泽，喜民物之雍容。"③ 这不仅肯定了灵渠的地理优势，同时对周围的民生和物产也予以赞誉，赋云："宜其成万宝而聚百货，钟英杰而产才贤。……迨及我朝，治教休明，人文宣朗。曰赵、曰秦，若唐、若蒋；科名烜赫，圭组相望。是皆沐圣化之涵濡，而当时之所尚也。"④ 对灵渠泽被之地的物产丰盈及钟灵毓秀的特点不吝修辞。对地域辞赋传统的体认，不只激发了乡邦文化的自豪感，更值得注意的是对传播地域文学知识、培养地域文学观念产生了积极的影响。当一个地域的人们对自己的文化产生认同时，出于对地域文化共同体的历史的求知欲，会有意识地运用一些手段来建构和描写传统。

二 地域空间的"小传统"

蒋寅教授在《清代诗学与地域文学传统的建构》一文中指出："就中国文学史的情况而言，即经典文学和地方文学。前者意味着整个民族文学传统，可以说是精英的；后者意味局部的地方文学传统，

---

① （清）谭莹：《乐志堂文集》，咸丰十年隐园刻本。
② （清）谭莹：《乐志堂文集》，咸丰十年隐园刻本。
③ （清）汪森编：《粤西诗文载》文载卷1，清文渊阁《四库全书》影印本。
④ （清）汪森编：《粤西诗文载》文载卷1，清文渊阁《四库全书》影印本。

可以说是乡土的,但并非通俗的。中国古代以农耕文化为主体的漫长历史,培养了士大夫阶层的乡村生活方式和乡土传统意识。到文化的地域特征愈益鲜明、文学的地域色彩日益突出、文学的地域传统也愈益为人们所自觉的明清时代,人们在学习、模仿和创作之际,所面对的不是精英—城市—经典与通俗—乡村—流行的选择,而是在整个传统和局部传统之间进行选择。相比较整个古代诗歌大传统,乡邦文学的小传统更密切地包围着他们,给他们有形或无形的影响。"① 广东以其相对独立的地理单元,在既封闭又开放的地理区位,形成了富有地域特色的文化小传统。王渔洋在《池北偶谈》中谈道:"粤东(广东)人才最盛,正以僻处岭海,不以中原江左习气熏染,故尚存古风耳。"② 岭南的"小传统",正是通过表达鲜明的地方物产、人文历史、民族精神形成的。在整个传统和局部传统之间进行博弈的情况下,岭南辞赋的"小传统"显然占据了上风。

(一) 海洋文明的渗透和参与

明清时期,"重农抑商""陆主海从"的观念进一步收缩,明王朝统治者甚至在全国实行禁海令,国内航海业整体疲弛,唯独岭南地区还保持着航海事业的活力,使南海海上丝绸之路进入鼎盛时期。海上丝绸之路不仅为岭南地区带来了丰富的商业生活,也为岭南文学注入了丰富的海洋精神文明,即以海为商所产生的包括物质、制度和精神形态的成果。在岭南沿海地区逐渐发展起来的海洋文化,则是相对于中华文化大传统下发展出来的小传统,渗透在岭南人民日常生活方式与生产方式之中。由此,岭南辞赋在中原辞赋传统所遮蔽的情形下另辟蹊径,孕育出了独特的海洋文学传统。

海洋神话是岭南辞赋中频繁出现的又一代表性元素。古代海洋神话逶迤至今,是先民们遗留给后人富有浪漫精神的智慧,岭南人民同

---

① 蒋寅:《清代诗学与地域文学传统的建构》,《中国社会科学》2003年第5期。
② (清)王士禛:《池北偶谈》,中华书局1997年版,第251页。

第十章 岭南赋的书写传统与自觉建构

样也对海洋展开了无数的探索与想象。屈大均在《广东新语》中明确记载:"溟海吞吐百粤,崩波鼓舞百十丈,状若雪山。尝有海神临海而射,故海浪高者既下,下者乃复高,不为民害。父老云,凡渡海……风波不起,岛屿晴明,忽见朱旗绛节,骏驾双螭,海女人鱼,先后导从,是海神游也。"[①] 这些都是对海神的述异与创作。黎遂球曾在赋中对海洋驰骋想象:"海神闻号而舞旗,阿香整驾以鞭龙。鲛人裂绡而泪珠,鳌怪翘足而嗥风。羌修灵之德胜,合钟虞于祝融。"关于海神、鲛人、鳌怪的传说在岭南辞赋中不一而足。

　　航海商业活动的描写增多也是一种有力的表现。清初广州"当盛平时,香珠、犀象如山,花鸟如海,番夷辐辏,日费数千万金。饮食之盛,歌舞之多,过于秦淮数倍"[②]。以海为商的主要内容即商品交换,大量的进出口商贸活动为岭南地区的物产更新注入了前所未有的活力。这样的商业活动同时也体现在辞赋创作中,如各种外来物种与舶来品纷纷进入赋家的作品中,进而成为着力描写的对象。海洋语境与物象在明清岭南辞赋中呈现出纷繁多样的状貌,海景如南海,海洋物产如鱼类、珍珠、贝壳、珊瑚等物,舶来品如珠玑、犀、玳瑁、淡巴菰都出现在赋中。另外,明人孔煕《广东赋》中写道:"至于物产,则南金珠玑,玳瑁文犀。珊瑚银玫,琥珀金芝。海蠃象简,翡翠琉璃。五色雀来,贵人先至。林鸟辰嘲,水鸟夜啼。白鹤霞举,金穴其止。苍鹰豇翚,钟山其栖。玄鸟杜鹃,青雀黄鹂。霜鸰白鹇,绶服锦鸡。鹊巢占风,雉啄惟时。百舌春鸣,鹧鸪南啼。鸲鹆能语,鸥鹭忘机。凫丑足蹼,𫛚类鹥飞。鹦鹉斗鸡,越鸟南枝。江中潜牛,麇鹿有麢,貛狼迅驰。魖䰰𪒠猫,猯狦狐狸。犹登彙刺,猱猿騩蹄。丙穴嘉鱼,龙门鳣鲤。巨鳄细鲴,神蛇灵龟。红蠃紫蠯,玄贝白螭。枫梓杨桤,樗柏枱柂。枞桧荣桂,楠柯楸棋。黄檀苏木,紫荆赤梨。沉香乌檎,

---

① (清)屈大均:《广东新语》,中华书局1985年版,第203页。
② (清)屈大均:《广东新语》,中华书局1985年版,第475页。

藿薜瓠栖。惟菜惟核，惟乔惟条。采芣苢而获薂杜，茹兰蕙而系苤荞。呈瑞应于菌芝，通神明于蕴藻。龙须凤尾之品，石衣海萝之毛。岭桃红锦，雪梅孤标。海棠春艳，芙蓉秋娇。荼蘼金凤，含笑玉簪。榴花夜合，萱草日倾。紫薇云影，蔷薇露瓶。瑞香异萼，茉莉含英。黄花晚节，朱槿朝荣。卢橘金圆，杨梅缟峦。鹤顶鲜荔，龙目琪树。橄榄香橙，黄柑白芋。莲藕芰菱，紫白蔗糖。木云多香，优昙柴棠。罗浮龙钟，琼管槟榔。椰酒海漆，薯菜为粮。草节知风，波罗蜜香。复有果下之马，云白之鸟。凤凰之所翔集，野象于焉群依。潮州之化千鳞鼠。端州之产六目龟。"① 纷繁多样的物质文明为岭南辞赋提供了取之不尽、用之不竭的素材，也促进了属于岭南文学的海洋语境的形成与发展。

除此之外，海商文明带来的开放包容的心态也反映在辞赋上。清人温汝能在《粤东文海》序中不仅提及岭南丰赡的物产，并且又称："而民生其间者，亦往往有瑰奇雄伟之气，蟠郁胸次，发于文章，吐芬扬烈。"② 这里说的是独特的海洋物产对地方文风的影响。这种文体形态与彼时的中原大相径庭。如刘勰所谓"登山则情满于山，观海则意溢于海"，宽阔的海岸与频繁的贸易往来为岭南文人提供了创作冲动及充分的想象空间，涵养着岭南文人开阔、冒险、博大的胸襟。与封建统治者禁海的态度不同，在赖以生存的海洋环境中成长的岭南文人在辞赋中表现出来的记忆、印象往往没有"陌生""恐惧"之感，取而代之的是"认同"与"自豪"。岭南文人的海洋描述不仅体现在轮廓形象的勾勒上，更体现在精神上的摄取。岭南文人在辞赋中所表现的潇洒、宽容、开放，正是海洋文明精神的投射。而中原传统文人在与海洋多加接触后，眼界与心胸都会更加开阔。明代浙江文人周用

---

① （清）屈大均辑：《广东文选》卷24，清康熙二十六年三阁书院刻本。
② （清）温汝能：《粤东文海》，见（清）陈昌齐撰《（道光）广东通志》卷198，清道光二年刻本。

担任广东参议期间曾写《南海赋》,他笔下也呈现了浩荡无涯的海洋形象:"扬越疆理,荆益偏连。区新效顺,洒诺来旋。㶁渤瀕浹,浩荡涯滑。涓浍淖瀇,㵎㳊濿沦。茫茫无地,浩浩其天。"如此胸襟宽广的书写范式并非个例,而是以缩影的形式存于岭南辞赋之中。足见海洋带来的宽容博大的审美风格,已深刻影响着明清两代岭南辞赋的创作心态。

(二)"聊以娱情"的美学旨趣

人们赖以生存的环境无时无刻不影响着其思想感情及生存状态,这种情感与状态以语言的形式、形象化的手段反映于文学作品及其他艺术形式之中,正是由于环境的差异性,才为文学带来了繁复多样的面貌和独具地域特色的风格特征。从社会环境来看,在岭南经商以海贸为主导的生产关系下,时人的物质生活相对而言比较丰富多彩,提供了人们追求上层审美需要的心理基础。从地理环境来看,岭南湿润多雨的气候给农业发展提供了天然优势,而秀丽多姿的地理景观又为涵养岭南世人的性情提供了较好的外部环境,以此陶然着当地文人的审美旨趣。

在体物的同时,岭南文人也注重抒发内心的情感,反映在赋作中则是"聊以娱情"的非功利文学性。岑用宾的《玩月赋》:"于是抚景空谈,拂石危坐,驰盼四虚,鸿冥千里。适有渔灯远照,倒影流苏,辉入长松,空林竞彩。有如虹跨长空,绵绵延延;有如荧光触地,断断连连。"[1] 赋作旨在描绘秋夜玄谈、望月对饮的清雅之事。黎遂球的《荔枝赋》通过叙述儿时卧眠于荔枝树下,与幼弟采果奉母的记忆,发抒对家乡生活的喜爱与眷念之情。陈恭尹的《菊赋》:"望端溪而鼓棹,浩予歌而扣舷。爰问圃人,菊开深浅?对曰有之,其葩尚卷。移之耳目之前,载以岢峨之艑。"[2] 记叙自己游园采菊、登舟放歌的闲适

---

[1] 仇江选注:《岭南历代文选》,广东人民出版社2009年版,第192页。
[2] (清)陈恭尹撰:《陈恭尹集》,人民文学出版社2018年版,第580页。

生活，透露出雅致的生活情趣。

（三）乐观淳朴的生命意识

早在先秦时代，人们就注意到了风土对于人之气质形成的影响。《孔子家语》云："坚土之人刚，弱土之人柔，墟土之人大，沙土之人细，息土之人美，耗土之人丑。"① 另外蒋寅先生注意到："尽管地域传统的外延通常以行政区划为标志，但其精神特征在很大程度上是与风土即地理征候相关的。"② 生活在不同的地理环境中的人，思考方式以及生命意识都有着明显的差异。从屈原创作《离骚》，发出"惟草木之零落兮，恐美人之迟暮"的感慨，就奠定了辞赋创作中的伤春悲秋基因。伤春与悲秋这一组情感命题，往往与临流叹逝、美人迟暮、羁旅还乡、离别相思、怀古伤今等情感内涵相联系。中国古代的抒情传统习惯将情思寄托在自然景物的意象组合之上，往往会有意地利用暮春、深秋这样的季节来渲染情调与氛围。从形式上则表现为落花流水、晚春萋草、深秋木落、北雁南飞等意象组合。

在岭南辞赋作品中，却鲜少觅得伤春悲秋之作，其原因崖略有二。一是岭南地区独特的自然环境。钟嵘《诗品序》云："若乃春风春鸟，秋月秋蝉，夏云暑雨，冬月祈寒，斯四候之感诸诗者也。"③ 文学创作源于生活，触动作者情怀的首先便是自然环境。岭南气候独特，季相不明显，缺乏能够触发创作主体伤春和悲秋之感的物候，因而难以产生真正伤春和悲秋的作品。二是明清岭南地区形成了安定繁荣的社会环境。"景观本是纯客观的景或物，但是经过文学家的感悟和体认，在文学家的笔下呈现出来之后，它就不再是纯客观的景或物，而是包含了文学家的生命意识。"④ 安定的政治环境、充满活力的经济景象及对外开放的格局，这些所产生的包容文化体系，为本土人民提供了乐

---

① （三国魏）王肃注，宋立林校点：《孔子家语》，上海古籍出版社2019年版，第275页。
② 蒋寅：《清代诗学与地域文学传统的建构》，《中国社会科学》2003年第5期。
③ （南朝梁）钟嵘撰，陈延杰注：《诗品注》，人民文学出版社1958年版，第4—5页。
④ 曾大兴：《文学地理学研究》，商务印书馆2012年版，第118—132页。

观平和的心态和对生命意识的体认。

三 岭南赋话的内省与批评

如果说赋的创作增多是文人对于岭南的无意识认同的行为表征，那么赋话的创作则是赋家自觉与内省的双重表现。赋话作为传统的文学批评形式，其艺术价值的判断无疑是第一功能，同时它作为一种叙述文体，也具有记录和传播的功能。明清文学最突出特征就是地域性逐渐显豁，对地域文学传统的建构有意自觉。岭南赋话亦不例外，诚如蒋寅先生在《清代文学与地域文化》一文中所论，在理论上表现为对乡贤代表的地域文学传统的理解与尊崇，创作上体现为对先辈作家的接受与规仿，批评上则呈现为对地域文学特征的自觉意识和强调。其中最主要的岭南赋话显示出强烈的以地域为视角和单位来遴选、蒐辑、编撰、批评赋体的自觉意识。

在应对科举、博取功名之余，不少文人才子著书立言，赋学著作如赋话的创作也随之增多。如《广东文献宗录》中著录了陈堂所作的以岭南地域命名的赋学集钞《岭南古迹赋钞》，以及庞莲等人合撰的《莲峰赋钞》。《历代赋话》中袁枚、孙士毅、杨宗岱三家之序均与岭南有关。袁枚曾有过岭南旅居经历，并在此结识浦铣。孙士毅、杨宗岱二人之序则均作于岭南。另外，浦铣在《历代赋话》续集和《复小斋赋话》中多提及岭南赋家及赋作，显露出岭南赋在当时赋坛上已有一席之地的事实。

岭南赋话不单纯是一个赋学批评载体，还承担着以赋存人、以人存赋的征献功能。其中所展现的地域观念不仅是地域文化在文学批评中的反映，同时为丰富地域文学内涵与边界扩展的理解，积极探索文学见证时代、参与时代提供了书写可能。岭南赋话是岭南文化的宝贵财富，不仅具有文学价值，而且兼擅文献与历史价值，可为研究本地区的文学、史地、风俗等提供丰富的材料。岭南的赋话文献是岭南文化的重要组成部分，因此不可避免地也打上了"岭南"的烙印，显示出不同于中原地区的文化特质。正是这种特质，使岭南赋话文献整理研究这一课题有了独特的意义。岭南赋话研究对于全面、深刻认识岭南赋学批评理论的整体风貌和本质特征具有重要意义。

第四节　结语

明清之际，偏居一隅的岭南在赋作创作和赋学发展方面出现了不同程度的改观，此时的岭南文学文化，由历朝叠加累积而直抵质变提升的境地，这其中最具典型且富有表现力的，即是明清时期岭南赋文大量创作与赋话批评论著的不断涌现。明清两代岭南辞赋，在岭南辞赋发展史上有着重要地位，赋文对于岭南的地理、鸟兽草木、都邑都进行了翔实的书写，展现了独特的岭南地方特色。并为我们描绘了秀美清丽的岭南山水风光，与此前"瘴疠之地""蛮夷之乡"的书写范式迥然有别。在岭南文人有意识地进行自我认识并建立文化自信时，其创造的具有岭南风情的意象群，蕴含着丰厚的岭南文化内涵，体现了岭南文学的海洋精神文明、追求风雅的审美旨趣及乐观的生命意识。在这样的书写当中，投射出外来文人对于岭南的认同感，及岭南本土文人对于家乡的归属感。正是由于这些，岭南才有了与中原同日而语的文学地位，后人在对标岭南风土与文化意义上的地域时不能不给它留有一隅之地。

岭南地区的赋学创作渐趋至境，不仅出现了专以"岭南"冠名的赋作集钞《岭南古迹赋钞》，还出现了专为指导广东学子作赋所作的《雨村赋话》，《历代赋话》中的多篇序文也可以证明岭南赋学于其时之影响力。这些从无到有的突破对于岭南赋学而言无疑具有断鳌立极之功。与日俱增的乡邦情结与地方文化传统，使岭南辞赋自觉形成了有别于中原地区的"小传统"，为中国辞赋文学提供了多样性的成果与发展可能。岭南文化是一种在中原文化的影响下发育起来的极具地方特色的区域文化，是悠久灿烂的中华文化的有机组成部分，它既具有中华文化的一般共性，又受到本地区自然、人文乃至海外因素的影响，从而形成了独特的个性。岭南赋学文献与文学活动是岭南文化的精粹部分，因此展开对岭南赋学的探讨，意在对岭南文化研究的深化起到积极的推进作用。

第十一章 唐抄本《赋谱》撰年及相关问题考论

唐抄本《赋谱》是现存为数不多的唐代赋格类文献之一，旨在为应举士子提供创作律赋的范式与门径。唐代科举始兴，试赋成为场屋取士的主要科目，为适应科考之需，出现一批探索律赋创作技法的论著，抄本《赋谱》正是在这一时风影响下而产生的"教科书"式的赋学指南。《赋谱》依照赋句、赋体、赋题的顺序，将赋文的写作技巧由局部到整体渐次展开。它详赡地阐明了中晚唐赋体的理想形态，代表了一个时代赋学批评理论的风貌，并为后人探究唐赋形制的发展提供了范本。然《赋谱》成书的年限与缘起、功能与价值、承传与影响等，值得关注。

第一节 《赋谱》的成书年代

有唐一代，以诗赋取士的制度颇为盛行。时人因场屋之需，刻苦练就穿穴经史的功夫，遂创作了不少关于探索律赋写作的论著，甚至可以设计一篇律赋的标准范式。今存抄本《赋谱》即是唐时科举试赋这一时风陶染下的"产物"，作为一种赋格文献，不仅较早记载有关律赋在段落、句型、韵脚等方面的内容，而且在科举大力推行与时人创作繁兴过程中均发挥了重要作用。

第十一章 唐抄本《赋谱》撰年及相关问题考论

　　唐抄本《赋谱》因长期流藏海外，加之研究者寥若晨星，其撰述年代目前仍无定论。国内学者饶宗颐、张伯伟、詹杭伦等均有所论及，然各据一词，聚讼纷纭。饶宗颐先生是最早提出这一问题的国内研究者，他指出该书成书上限为贞元（785—805年）时期，下限为太和（827—835年）时期。即《赋谱》创作时间为唐785—835年[①]，上下时限有50年的波动期。张伯伟教授从"用韵"角度进行考量，以《赋谱》中"近来官韵多勒八韵字"为切入点，随后展开论证，认为该书撰述于文宗太和、开成年间，即827—840年[②]。

　　然而，以上两种断限时间均未免宽泛，张伯伟先生虽将时限减少至十三年间，但仍有不够精准之憾。笔者不揣谫陋，在前贤论证的基础上，通过《赋谱》中或引用、或涉及的相关唐代赋篇文献进行胪列比勘，采用文本内证法，并辅以相关史籍，对其撰述年代略作考量。本文将《赋谱》中所征引的赋文及作者、篇名、辑录情况等按照时间顺序梳理如下，以便从中发现与撰年相关的线索。

　　（1）"方以类聚，物以群分"句，源出杨炯《浑天赋》，辑录于《文苑英华》卷十八、《历代赋汇》卷一、《全唐文》卷一百九十中。

　　（2）"万国会，百工休"句，源出胡嘉隐《绳伎赋》，辑录于《文苑英华》卷八十二、《历代赋汇》卷一百零四、《全唐文》卷四百零二中。

　　（3）"感上仁于孝道，合中瑞于祥经"句，源出张说《进白乌

[①] 饶宗颐在《读赋零拾》中认为："日本存《赋谱》一书（五岛庆太氏藏），与《文笔要诀》合为二卷，中记'自太和以后始以八韵为常'，故其书似作于贞元太和之间。"见何沛雄编《赋话六种》（增订版），香港三联书店1982年版，第119页。

[②] 张伯伟依据洪迈《容斋随笔》卷13"试赋用韵"条载："自太和（827—835年）以后，始以八韵为常。"书中又引及浩虚舟《木鸡赋》，据《唐诗纪事》卷五十五载，周墀长庆二年（822年）以《木鸡赋》及第，浩虚舟亦长庆二年及第，此《木鸡赋》即为当年试题。于此可推，《赋谱》或成书于此后不久，即文宗太和、开成年间（827—840年）。而且，还进一步阐释，日本僧圆仁于承和十四年（唐宣宗大中元年，公元847年）所上《入唐新求圣教目录》，内有《试赋格》一卷，"赋格"或即此《赋谱》。见张伯伟撰《全唐五代诗格汇考》，凤凰出版社2002年版，第554页。

赋),辑录于《文苑英华》卷八十九(其中《赋谱》"仁"《英华》作"人")、《历代赋汇》卷五十六、《全唐文》卷二百二十一中。

(4)"惟稞以积膏而润,惟人以积学而才。润则浸之益,才则厥修乃来"句,源出乔林《炙稞赋》(743年进士),辑录于《文苑英华》卷一百二十一(其中《赋谱》"润则浸之益"《文苑英华》作"润则浸之所致"、《赋谱》"才则厥修乃来"《文苑英华》作"学则修之乃来")、《历代赋汇》卷一百一十四、《全唐文》卷三百五十六(同《文苑英华》)中。

(5)"穆王与偓佺之伦,为玉山之会"句,源出乔潭《群玉山赋》(754年进士),辑录于《文苑英华》卷二十九、《历代赋汇》卷二十二、《全唐文》卷四百五十一中。

(6)"采大汉强干之宜,裂地以爵。法有周维城之制,分土而王"句,源出崔损《五色土赋》(775年进士),辑录于《文苑英华》卷二十五、《历代赋汇》卷二十三、《全唐文》卷四百七十六(同《英华》)中。

(7)"咏《团扇》之见托,班姬恨起于长门。履坚冰以是阶,表安叹惊于陋巷"句,源出崔损《霜降赋》,辑录于《文苑英华》卷十六、《历代赋汇》卷九、《全唐文》卷四百七十六中。

(8)"悦礼乐,敦《诗》《书》"句,源出黎逢(777年进士)《人不学不知道赋》,辑录于《文苑英华》卷六十二记载为佚名、《历代赋汇》卷六十、《全唐文》卷四百八十二中。

(9)"咨汉武兮恭玄风,建曾台兮冠灵宫"句,此句所有《通天台赋》中均无,该赋为大历十二年(777)进士科题,辑录于《文苑英华》卷五十有佚名,任公叔,杨奚,《历代赋汇》卷七十四所列同《文苑英华》,而《文苑英华》中的"佚名",在《全唐文》卷四百八十二记载中归于黎逢名下,同书卷四百五十九任公叔,卷五百三十一杨度。

(10)"器将道志,五色发以成文。化尽欢心,百兽舞而叶曲"

句,源出裴度(789年进士)《箫韶九成赋》,辑录于《文苑英华》卷七十五、《历代赋汇》卷九十、《全唐文》卷五百三十七中。

(11) 原无引文。文中出现《朱丝绳赋》,此赋为贞元十年(794)博学宏词科,辑录于《文苑英华》卷七十七有佚名,庾承宣,《历代赋汇》卷九十四同《文苑英华》,而《文苑英华》中的"佚名",在《全唐文》卷四百零八记载中归于王太真名下,同书卷六百一十五庾承宣。

(12) 原无引文。文中出现《冬日可爱赋》,齐映(794年进士)、席夔(794年进士)均有同名赋作,辑录于《文苑英华》卷五、《历代赋汇》卷三、《全唐文》卷四百五十、卷六百三十三中。

(13)"喻人守礼,如竹有筠"句,源出李程(796年进士)《竹箭有筠赋》,辑录于《文苑英华》卷一百四十六、《历代赋汇》卷一百一十八、《全唐文》卷六百三十二中。

(14)"贤哉南容"句,源出张仲素(798年进士)《三复白圭赋》,辑录于《文苑英华》卷九十二、《历代赋汇》卷六十七、《全唐文》卷六百四十四中。

(15) 原无引文。文中出现张仲素《千金市骏骨赋》,辑录于《文苑英华》卷一百三十二、《历代赋汇》卷一百三十五、《全唐文》卷六百四十四中。

(16)"石至坚兮水至清。坚者可投之必中,清者可受而不盈"句,此句在所有《如石投水赋》中均无,该赋为786年进士科题,辑录于《文苑英华》卷三十二有刘辟、卢肇、白敏中,《历代赋汇》卷四十四有刘辟、卢肇、白敏中,《全唐文》卷五百二十六刘辟、卷七百六十八卢肇、卷七百三十九白敏中。

(17) 原无引文。文中出现元稹(793年明经)《郊天日五色祥云赋》,辑录于《文苑英华》卷十一、《历代赋汇》卷六、《全唐文》卷六百四十七中。

(18)"诚哉性习之说,我将为教之先"句,源出白居易(800年进士)《性习相近远赋》，此赋为贞元十六年（800）进士科题，辑录于《文苑英华》卷九十三、《历代赋汇》卷六十六、《全唐文》卷六百五十六中。

（19）"亭亭华山下有渭"句，源出白居易《泛渭赋》，辑录于《文苑英华》卷一百二十八、《历代赋汇》卷二十六、《全唐文》卷六百五十六。

（20）原无引文。文中出现白居易《求玄珠赋》，唐赵宇亦有同名《求玄珠赋》，辑录于《文苑英华》卷一百二十五、《历代赋汇》卷一百零五中。

（21）"昔汉武"句，源出张友正（贞元进士）《请长缨赋》，辑录于《文苑英华》卷六十六、《历代赋汇》卷六十四、《全唐文》卷五百三十六中。

（22）原无引文。文中出现皇甫湜（806年进士）《鹤处鸡群赋》，辑录于《文苑英华》卷一百三十八、《历代赋汇》卷一百二十八、《全唐文》卷六百八十五中。

（23）"化轻裾于五色，犹认罗衣。变纤手于一拳，以迷纨质"句，源出白行简（807年进士）《望夫化为石赋》，辑录于《文苑英华》卷三十一、《历代赋汇》卷二十三、《全唐文》卷六百九十二中。

（24）"月满于东，桂芳其中"句，源出杨弘贞（809年进士）《月中桂树赋》，辑录于《文苑英华》卷七、《历代赋汇》卷四、《全唐文》卷七百二十二中。

（25）"因依而上下相遇，悠久而贞刚失全"句，源出杨弘贞《溜穿石赋》，辑录《文苑英华》卷三十一、《历代赋汇》卷二十三、《全唐文》卷七百二十二中。另外《文苑英华》《历代赋汇》《全唐书》同卷亦辑录赵蕃《溜穿石赋》。

（26）"府而察，焕乎呈科斗之文。静而观，炯尔见雕虫之艺"句，源出蒋防（809年进士）《萤光照字赋》，辑录于《文苑英华》卷六十三、《历代赋汇》卷六十二、《全唐文》卷七百一十九中。

（27）"惟隙有光，惟尘是依"句，源出蒋防《隙尘赋》，辑录于《文苑英华》卷二十六、《历代赋汇》卷二十三、《全唐文》卷七百一十九中。另外《文苑英华》卷二十六、《历代赋汇》卷二十三、《全唐文》卷七百二十二，分别载录杨弘贞、赵蕃同名《隙尘赋》。

（28）原无引文。文中出现蒋防《兽炭赋》，辑录于《文苑英华》卷一百二十三、《历代赋汇》卷八十八、《全唐文》卷七百一十九中。

（29）"守静胜之深诫，冀一鸣而在此"句，源出浩虚舟（822年进士）《木鸡赋》，此赋为长庆二年（822）进士科题，辑录于《文苑英华》卷一百三十八、《历代赋汇》卷一百三十二、《全唐文》卷六百二十四中。

（30）"注水之上，盖山之前，昔有处女"句，源出浩虚舟《舒姑泉赋》，辑录于《文苑英华》卷三十六、《历代赋汇》卷二十八、《全唐文》卷六百二十四中。

（31）"原夫兰容方来，蕙心斯至。顾中橐而无取，俯杯盘而内愧"句，源出浩虚舟《陶母截发赋》，辑录于《文苑英华》卷九十六、《历代赋汇》外集卷十九、《全唐文》卷六百二十四中。

（32）"使乎使乎，信安危之所重"句，不见其出处，存疑。然《苏武不拜单于赋》，《文苑英华》《历代赋汇》《全唐文》均不载，唐李匡乂《资暇集》卷上"不拜单于"条记载云："近代浩虚舟作《苏武不拜单于赋》。"① 据此可知，是赋为浩虚舟作，今散佚。

（33）原无引文。文中出现《碎琥珀枕赋》。同一赋作，《文苑英华》卷一百一十九作"独孤授"，《历代赋汇》卷九十八作"独孤授"，而《全唐文》卷七百二十二作"独孤铉"（元和进士），存疑。

（34）"嗟乎，骎骎足，追言之辱，岂能之而不欲。盖嗓嗓之之喧，喻骏骏奔，在戒之而不言"句，源出陈忠师（元和进士）《驷不及舌赋》，辑录于《文苑英华》卷九十二、《历代赋汇》卷六十七、

---

① （唐）李匡乂撰：《资暇集》，中华书局1985年版，第1页。

《全唐文》卷七百一十六中。此外，《文苑英华》卷九十二、《历代赋汇》卷六十七、《全唐文》卷九百四十八有陈仲卿同名赋作《驷不及舌赋》。

（35）"服牛是比，合土成美"句，源出陈仲师《土牛赋》，辑录于《文苑英华》卷二十五、《历代赋汇》卷十、《全唐文》卷七百一十六中。

（36）"风入金而方劲，露如珠而正团。映蟾辉而回列，凝蚌割而俱攒"句，源出师贞《秋露如珠赋》，辑录于《文苑英华》卷十五、《历代赋汇》卷九、《全唐文》卷九百四十六中。

（37）原无引文。文中出现《大道不器赋》。《文苑英华》《历代赋汇》《全唐文》均不载。据宋佚名撰《宣和书谱》记载，卷二云："今御府所藏篆书七，《大道不器赋》上下二、《蝉赋》一、《篆隶》二、《千文》二。"① 赋名典出《礼记·学记》，其云："君子大德不官，大道不器，大信不约，大时不齐，察于此四者，可以有志于学矣。"②《周易·系辞上》中对"道"与"器"略作阐释，其云："是故形而上者谓之道，形而下者谓之器。"③

（38）"国家法古之制，则天之理"句，不见其出处，存疑。《大史颁朔赋》阙名，《文苑英华》《历代赋汇》《全唐文》均不载。另据《新唐书》卷一百九十九《张齐贤传》记载云："《周太史》'颁朔邦国'，是总颁十二朔于诸侯。"④

（39）"圣有作兮德动天，雪为瑞而表丰季。匪君臣之合契，岂感应之昭室。若乃玄律将暮，曾冰正坚"句，不见其出处，存疑。《瑞

---

① （宋）佚名撰：《宣和书谱》，台北：世界书局2008年版，第321—322页。
② （汉）郑玄注，（唐）孔颖达疏：《礼记正义》，见（清）阮元校刻《十三经注疏》，中华书局1980年版，第1525页。
③ （三国）王弼注，（唐）孔颖达疏：《周易正义》，见（清）阮元校刻《十三经注疏》，中华书局1980年版，第83页。
④ （宋）欧阳修等撰：《新唐书》卷199《张齐贤传》，中华书局1975年版，第5672—5673页。

雪赋》阙名,《文苑英华》《历代赋汇》《全唐文》均不载。

考察《赋谱》所引赋篇,可以发现以下几点,从而有助于厘清《赋谱》的成书年限。

首先,张仲素、白行简、浩虚舟位列援引赋家之中,三人亦被《新唐书·艺文志》视为唐代赋家代表人物。《赋谱》援引张仲素《三复白圭赋》《千金市骏骨赋》两篇,白行简《望夫化为石赋》一篇(文中援引该赋较为频繁),浩虚舟《木鸡赋》《陶母截发赋》《苏武不拜单于赋》三篇。张仲素、白行简、浩虚舟分别为唐798年、807年、822年进士,三人因擅辞赋进士及第,具有场屋的实战经验;又因三人曾作《赋枢》《赋要》《赋门》之类赋格著作,兼备丰赡的理论素养。在这种情况下,撰谱者大量援引三人赋作以警示时人,不但有影响力,而且极具说服力,颇能代表该时代的赋学水准与理论价值。

其次,谱文所举三十九种赋作,几乎是当时的科举应制之作。如775年进士科题《五色土赋》,777年进士科题《通天台赋》,786年进士科题《如石投水赋》,794年博学宏词科题《朱丝绳赋》,800年进士科题《性习相近远赋》,806年进士科题《土牛赋》,809年进士科题《萤光照字赋》,822年进士科题《木鸡赋》。这足以说明《赋谱》在征引过程中,极为重视赋文的时代性。同时,以上三十九篇不乏公认的赋作精品,其中有三十五篇辑录在《文苑英华》《历代赋汇》《全唐文》中,仅有《苏武不拜单于赋》《大道不器赋》《大史颁朔赋》《瑞雪赋》四篇未被收录,《苏武不拜单于赋》虽非完篇,但可找到其作者。可见,《赋谱》努力兼顾应试实用和文学审美,收录了盛唐、中唐时代律赋的典范之作。

再次,从所引赋作的创作时间来考察,可发现最早一篇是显庆五年(660)杨炯《浑天赋》,最晚是长庆二年(822)浩虚舟《木鸡赋》。尤其浩虚舟《木鸡赋》在《赋谱》的征引中,前后出现六次,可见《赋谱》对该赋的重视程度。因《赋谱》是供科场士子使用的赋论之作，不仅要与时俱进、推陈出新，而且必须关涉考试最新的趋势和章程，那么《木鸡赋》作为长庆二年的科考试题，最后一次出现在《赋谱》的征引中，也最有可能成为《赋谱》撰作起始年限。这里不妨将此作为考述《赋谱》撰年时间节点，即《赋谱》撰作的上限之年。

最后，再来探论撰年的下限问题。《赋谱》作为科考指南之作，必须涉及考试的最新规程与动态，这样就出现如文中"至今所常用""此六隔皆为文之要，堪常用""近来官韵多勒八字而赋体八段""近来题目多此类""今事则举所见，述所感""故曰新赋之体项者""贞元以来，不用假设"等语句。从这些语句中不难推断，作者在竭力强调时效性，因此须紧跟时代步伐，以体现《赋谱》作为科举指南的功用。赋格类著作大抵是士子试赋及第后所撰述，宗旨无非在总结科场经验的基础上，使其成为当时的指南之册，为日后的律赋创作或场屋试赋作参照、指引，因此赋格类著作的写作极其讲究时效性、发生性，其创作时间多是士子中试不久之后，倘若过时，功用式微。如范传正于贞元十年（794）举进士，撰有《赋诀》；张仲素于贞元十三年（797）进士及第，不久作《赋枢》；白居易于贞元十六年（800）考取进士，撰有《赋赋》；白行简于元和二年（807）中试，撰述《赋要》而代替张仲素《赋枢》；纥于俞①于元和十年（815）登进士第，撰有《赋格》；浩虚舟于长庆二年（822）登科，当年即撰《赋门》。可见这些赋格类著作的撰写时间具有一定的连续性，彼此的间隔年限不长，最短相距两年，最长不超七年。由此而推，《赋谱》撰年的下限距起讫年短则五年之内，长则亦不超过十年。鉴此而知，《赋谱》作者不一定

---

① 对于"纥于俞《赋格》"，张伯伟在《全唐五代诗格汇考》中指出："此书作者诸史志题名多有误。《崇文总目》作'纪干俞'，《通志·艺文略》及《宋史·艺文志》并作'纥于俞'。案：'纥干'为北朝胡姓，《元和姓纂》卷十载，纥于俞为渭南尉。据岑仲勉《元和姓纂四校记》云，'纥干俞'实当为'纥干息'。息，字咸一。元和十年（815年）登进士第，大中年间为江西观察使。生卒年不详。"张伯伟：《全唐五代诗格汇考》，凤凰出版社2005年版，第577页。另外，周绍良主编《全唐文新编》卷723记载："纥干息，元和中进士，会昌元年为库部郎中，知制诰，官至岭南节度使。"吉林文史出版社2000年版，第8290页。

为科场及第者，然综合上述科举考试的需求与赋格的功能价值等因素来看，《赋谱》最有可能撰于长庆至太和年间，即822—832年而成。

第二节 《赋谱》的成书原因及价值

自隋代推行科举制以来，随着科考盛行，唐代赋格类论著逐渐成为场屋试赋的津梁，其编撰者亦多为科场赢家。赵璘《因话录》卷三记载："又元和以来，词翰兼奇者，有柳柳州宗元、刘尚书禹锡及杨公，刘、杨二人，词翰之外，别精篇什。又张司业籍善歌行，李贺能为新乐府，当时言歌篇者，宗此二人。李相国程、王仆射起、白少傅居易兄弟、张舍人仲素为场中词赋之最，言程式者，宗此五人。"[1] 元稹《白氏长庆集序》又谓："明年（贞元十七年），（白居易）拔萃甲科，由是《性习相近远》《求玄珠》《斩白蛇》等赋，及百道判，新进士兢相传于京师矣。"[2] 李程于贞元十二年试《日五色赋》进士及第，王起与张仲素同为贞元十四年进士，均以《鉴止水赋》登科，白居易于贞元十六年试《性习相近远赋》进士及第，白行简于元和二年试《舞中成八卦赋》进士及第。以上几人中，张仲素和白氏兄弟分别撰有《赋枢》《赋赋》《赋要》等著作，以指导律赋写作。因此，赵璘认为在律赋程式化的创作进程中，李程、王起、白居易、白行简、张仲素五人是场中的代表，作品堪为典范，他们撰写的"教材"也因之成为士子备考的必读物。借此，亦能反映中唐赋学批评的美学倾向及其学术风尚。

抄本《赋谱》作为赋格类著作，其大旨也在于为科举试赋服务。这一点可以从其他赋格著作中得到辅证，如《册府元龟》中对张仲素《赋枢》相关的记载，其卷六百四十二贡举部条制第四云："十二月，每年贡举人所试诗赋，多不依体式。中书奏请下翰林院，命学士撰诗、

---

[1] （唐）赵璘撰：《因话录》，上海古籍出版社1957年版，第82页。
[2] （唐）元稹撰：《元稹集》，中华书局1982年版，第554页。

赋各一首下贡院，以为举人模式。学士院奏：伏以体物缘情，文士各推其工拙；抡才较艺，词场素有其规程。凡务策名，合遵尝式。况圣君御宇，奥学盈朝。傥令明示其规模，或虑众贻其臧否。历代作者，垂范相传。将其绝彼微瑕，未若举其旧制。伏乞下所司，依《诗格》《赋枢》考进士，庶令职分互展，恪勤从之。"①而后唐明宗朝时，中书奏请翰林院将《诗格》《赋枢》等作为科举试诗赋的准则，文中诸如"词场素有其规模""合遵旧式""明示其规程""垂范相传""举其旧制"的句子，正是对《赋枢》《赋谱》等著作性质和功能的合理注解，进而引导与规范士子的创作。

在当时，大批赋格著作的性质基本都与此相近。这些著作现已散佚，但通过《新唐书》《宋书》等文献的记载，可管中窥豹，一睹当时此类著作之盛况。《新唐书》卷六十《艺文志》："唐张仲素《赋枢》三卷（《宋史》卷二百零九《艺文志》作'一卷'）。唐范传正《赋决》一卷。唐浩虚舟《赋门》一卷。"②《宋史》卷二百零九《艺文志》："唐白行简《赋要》一卷。范传正《赋诀》一卷。唐浩虚舟《赋门》一卷。唐纥于俞《赋格》一卷。五代和凝《赋格》一卷。唐张仲素《赋枢》一卷。宋马偁《赋门鱼钥》十五卷。宋吴处厚《赋评》一卷。"③

从《新唐书·艺文志》与《宋史·艺文志》所载的作家数量上看，张仲素、范传正、白行简、浩虚舟、纥于俞五人均为唐代赋评家；和凝为五代十国的赋评家；马偁、吴处厚二位为宋代赋评家。从所录的赋评家的数量可知，唐人多于其他两朝，年代更近的五代及宋反而表现较弱。这从侧面反映了唐代赋格类著作的兴盛，是与唐时科举试赋盛行密切相关的。宋代科举以经义代替了试赋，赋不再是士人必须

---

① （宋）王钦若等编：《册府元龟》卷642《贡举部》，中华书局1960年版，第7695页。
② （宋）欧阳修等撰：《新唐书》卷60《艺文志》，中华书局1975年版，第1626页。
③ （元）脱脱等撰：《宋史》卷209《艺文志》，中华书局1985年版，第5409—5410页。

第十一章 唐抄本《赋谱》撰年及相关问题考论

掌握的文体,因此,律赋写作的"教科书"也就相对冷淡了。

然而,《宋书·艺文志》记载的马偁《赋门鱼钥》非常值得注意。从性质上来看,《赋门鱼钥》为辑录而成的赋格总集,余下七种均为个人专著。这在宋陈振孙《直斋书录解题》卷二十二、宋元马端临《文献通考》卷二百四十九都有记载。如《直斋书录解题》"文史类"条云:"《赋门鱼钥》十五卷,进士马偁撰。编集唐蒋防而下至本朝宋祁诸家律赋格决。"① 可见,马偁所辑是一部赋格总集,而非他人的独立赋格著作。

从上述赋格的时代年限上来看,《赋门鱼钥》所辑录的时间跨度上限始自唐代蒋防,下限终于宋朝宋祁,跨越两朝,历时二百年之余。由此可推,在这二百多年中,赋评家所创作的赋格类著作,必然远超《新唐书·艺文志》与《宋史·艺文志》所记载的八种著作的数目。譬如本文主要论述的《赋谱》,以及宋人郑起所撰的《声律关键》,在《新唐书·艺文志》《宋史·艺文志》等正史书目中均无载录。《赋谱》正是诸多未予著录的赋格著作之一,知者极少,对唐抄本《赋谱》的研究更是吉光片羽。因此,有必要先对《赋谱》做一番简要概述。

今见《赋谱》为唐时抄本,著者不详,是现存中唐时期唯一一部赋格类著作。是书可能由晚于空海的名僧圆仁(796—864年)带回日本,原系伊藤有不为私人藏品,现藏于日本东京五岛美术馆,为日本国宝级藏品。据美国印第安纳大学东亚系教授 S. Bokenkamp(中文名柏夷)赴日访书所见,该作品书于数纸黏合而成的手卷之上,纸高 27.4 厘米,全长 56.88 厘米。全文一百五十七行,每行十七至二十字不等,总共字数有三千五百字之多。正文之前及之后都有"赋谱一卷"字样。在卷头的锦缎之上,横书日文草字"可秘之"。以此可见,来自中国的作品在日本受尊重之一斑。S. Bokenkamp 进一步补充,在

---

① (宋)陈振孙撰,徐小蛮等点校:《直斋书录解题》,上海古籍出版社 2015 年版,第 642 页。

《赋谱》之后，另录杜正伦《文笔要诀》，是出于同一抄写者之手。①

长期以来，限于诸种原因，学术界对赋格类著作关注较少，对《赋谱》的研究更是寥寥。《赋谱》自20世纪40年代在日本重新发现后，日本学者在研究上有近水楼台之便，先后有小西甚一（《文镜秘府论考》）、中泽西男（《赋谱校笺》）两位学者对《赋谱》进行考察。② 在中国，饶宗颐先生是最早关注的学者。其在《选堂赋话》中简叙云："日本存《赋谱》一书（五岛庆太氏藏），与《文笔要诀》合为二卷，中记'自太和以后始以八韵为常'，故其书似作于贞元太和之间。起首云：'凡赋句有壮、紧、长、隔、漫、发、送合织成，不可偏舍，壮为三字句，如：水流湿，火就燥；紧为四字句，如：方以类聚，物以群分；长为上二字下三字句，如：石以表其贞，变以彰其异是。隔指隔句对，漫谓不对之句，发指起端，送指语终之词，皆虚字也。'"③ 饶氏仅论及藏地、卷数、大体撰述时间、起首概况，而未述及《赋谱》具体内容。张伯伟先生在《全唐五代诗格汇考》④ 一书中已有考察，其附录三专设《赋谱》一节，作者仅对《赋谱》进行了句读的标注，尚无过多解读。孙立先生在《中国文学批评文献学》中也有提及，书称："《赋谱》，唐佚名撰。日本五岛庆太郎藏本。"并在附录一"日本国现藏和刻本中国诗文评类文献书目"进一步补充"《赋谱》1卷（附《文笔要诀》）五岛庆太所藏旧抄本，唐杜正伦撰，昭和15年刊"⑤。另外，詹杭伦在《唐宋赋学研究》⑥ 中略作简述，该

---

① ［美］柏夷：《赋谱略述》，《中华文史论丛》（第49辑），上海古籍出版社1992年版，第152页。

② 日本人研究早期赋谱有：小西甚一《文镜秘府论考》，日本雄辩会讲谈社1948年版，第136—160页。中泽西男《赋谱校笺》卷17，群马大学教育部纪要1954年版，第217—233页，该内容笔者未寓目，主要参见周勋初等辑《辞赋文学论集》，江苏教育出版社1999年版，第559页。

③ 何沛雄编：《赋话六种》（增订版），香港：三联书店1982年版，第119页。

④ 张伯伟：《全唐五代诗格汇考》，凤凰出版社2002年版，第554—659页。

⑤ 孙立：《中国文学批评文献学》，广东人民出版社2000年版，第472页。

⑥ 詹杭伦：《唐宋赋学研究》，中国社会科学出版社2004年版，第53—88页。

书为论文集,其中有《〈赋谱〉校笺》一节,据其题目可知内容重在校笺。就目前所见研究而言,多是围绕校笺、句读、简论等展开,未能深入探究,尚有深挖的空间。日人研究成果因时间久远和地域原因尚未完全寓目,此不妄议。

其实,《赋谱》的编撰和流传,本身就有深刻的文学批评的内涵。作为当时举子科考的"指南手册",《赋谱》以其较强的实用性和时效性,为我们研究唐人的赋学理念,考察初唐至中晚唐时期律赋的演变轨迹和文体嬗递等问题,提供了新的原始材料。其中对律赋中赋句、赋段、赋题的迁转等论述尤详,可大大深化学界对律赋文体特征的理解。此外,深入解读《赋谱》,对全面研究唐代科举制度、中国修辞学发展等方面不无裨益。笔者有幸从美国获得唐抄本《赋谱》复印件一份,对全面深入考察《赋谱》具有一定的意义,对此,笔者已另有专文展开讨论①,此不赘述。

第三节 《赋谱》的承传与影响

国内文献中鲜有关于《赋谱》的载录,这和其流藏于日本有关。究竟是何人最先将《赋谱》带去日本,目前尚无定论。对此问题,柏夷的两种推测值得讨论。

第一,《文笔要诀》是由空海(774—835年)从大唐带回日本,空海在《文镜秘府论》中曾引述《文笔要诀》内容,而《赋谱》文后附有杜正伦《文笔要诀》。显然,《赋谱》与《文笔要诀》在当时是合二为一的,因此空海回日本时将二书一并带回。但这一说法的疏漏是,空海是贞元二十年(804,日本平安初期)入唐,于元和元年(806)返回,其中约三年时间,而《赋谱》的创作时间,最早是空海归国的十六年之后,因此,在时间上不符,存疑。

---

① 黄志立:《赋论形态研究》,博士学位论文,中山大学,2017年,第135—176页。

赋学：批评与体性

第二，《赋谱》由838—847年入唐的另一位日本名僧圆仁（796—864年）携带而回。其理由是，圆仁《入唐求圣教目录》一书著录有"试赋格一卷"，假若其所指正是录有《赋谱》《文笔要诀》的这一手卷，那么就与该卷首所书"可秘之"三字相符。柏夷认为，既然圆仁归国后享有极高的礼遇，与皇室有密切的来往，那么，凡是和圆仁有关的东西，必定是"可秘之"的。这种说法尚可自圆其说，但推测的成分过多，仍需更多的材料予以佐证。

空海和圆仁均生活在日本平安时代早期。考察日本典籍，当时的日本文论与《赋谱》的相近似或者相同之处不少。较之《赋谱》年代稍后的《文镜秘府论》一书，其北卷"句端"①条所罗举各类繁多的发语词，与《赋谱》中将句首发语词分为"原始、提引、起寓"三类很是相似。对句中用词进行修辞学意义上的分类辨析，《赋谱》是历史上的第一次，日僧了尊所撰《悉昙轮略图钞》卷七研讨"文笔事"，其相关表述和术语的运用几乎与《赋谱》如出一辙。《里书》云：

发句　夫、夫以、伏惟、风闻。
长句　九字，恭为三代帝王之父祖，旁致万机巨细之咨询。十一字，排月窗以仰天，人师于其际。卷风幌以堀龙，象众于其前。
傍字　抑、就中、然而、于时、所以者何。
轻　竹斑湘浦，云凝鼓瑟之踪。风去秦台，月老吹箫之地。龄亚颜驷，过三代而犹沈。恨同伯鸾，歌五噫而将去。重晓人梁王之苑，雪满群山。夜登庾公之楼，月明千里。东岸西岸之柳，迟速不同。南枝北枝之梅，开落既渊。变为濑之声，寂寂闭口，沙长为严之颂，洋洋满耳。

---

① ［日］弘法大师撰，王利器校注：《文镜秘府论校注》，中国社会科学出版社1983年版，第494—503页。

第十一章 唐抄本《赋谱》撰年及相关问题考论

疏　山复山，何工削成青岩之形。水复水，谁家染山碧潭之色。不调声淑望鸡既鸣，忠臣待旦莺未出，遗贤在谷。

密　菓则上林苑之所献，含自消洒，是下若村之所传，倾甚美。

平　蔡子宅中，鱼网虽旧，张芝他畔，一松烟，非深罗绮。

杂（未举例）。

壮句　后青山而碧水，石山奏状保胤。

紧句　而月光素眼，莲色青虚，空藏赞序纪纳言。

漫句　河唯淳风坊中，一河原院哉。

送句　也、哉、耳、者也。①

从其中的"发句""长句""傍字""轻""疏""密""杂""壮句""紧句""漫句"来看，与《赋谱》中的撰述重合，很有可能是承袭《赋谱》而来。仅此一例，便可知《赋谱》在日本的深远影响。其他日本典籍文献，或援引《赋谱》内容，或祖式《赋谱》体例者也不乏少数。

在文学批评层面，空海《文镜秘府论》一书首开仿效《赋谱》而论赋的风气。是书西卷《文笔十病得失》探讨赋用韵时云："赋颂有第一、第二、第三、第四或至第六句相随同类者。如此文句，倘或有焉，但可时时解镫耳，非是常式。五三文内，时一安之，亦无伤也。又，辞赋或有第四句与第八句而复韵者，并是丈夫措意，盈缩自由，笔势纵横，动合规矩。"其中"解镫"之说，当援引《赋谱》中"如此之辈，赋之解镫"之句。再如北卷"句端"②条，所举种类繁多如：观夫、惟夫、原夫、窃以、窃闻、惟昔、至如、至其、斯则、此乃、诚乃、洎于、逮于、及于、方验、将知……数百条发语词，此举目的

---

① 大正新修大藏经委员会：《大正新修大藏经》，台湾佛陀教育基金会出版部1990年影印本，第694页。

② ［日］弘法大师撰，王利器校注：《文镜秘府论校注》，中国社会科学出版社1983年版，第494—503页。

文中进一步指出："属事比辞，皆有次第，每事至科分之别，必立言以间之，然后义势可得相承，文体因而伦贯也。"其实，三迫初男的《文镜秘府论的句端说》所论更为详细："对偶法之应用是中国文章最大的特点。但是，不可能靠单对及隔句对组织全篇文章，大概要把适当的对句插入文中，必须利用连语。这使文章更有变化，更生动有趣，并使理论明确浅易，'句端'语实际上也负有这样的任务。因此，《秘府》论在《论对属》后放置《句端》一项。"① 概言之，是受《赋谱》中"原始、提引、起寓"三类启发而创。

直到晚近，仍有赋评家深受《赋谱》的影响。铃木虎雄《赋史大要》② 一书论述唐五代律赋，基本是就《赋谱》的观点加以承袭发挥，如："前人称三字句为紧句，四字句为壮句，诚可谓能道其遒劲之力者。""长句之例，有自八字，至九、十、十一字者。八字，若重二四字；九字，若重四字五字；十字句，若于上三下二之上下两部，更各加二字；十一字句，似或重四七，或重二于四五。""用重隔句例，已有李程《日五色》之'非烟捧于圆象，蔚矣锦章；余霞散于重轮，焕然绮丽'，白行简《五色露》之'何必征勒毕之言，以为国泰；验吉云之说，乃辨时康'。亦重隔句也"。以上观点，在《赋谱》中几乎均可找到源头，如："凡赋句有壮、紧、长、隔、漫、发、送合织成，不可偏舍。""壮，三字句也。""紧，四字句也。""长，上二字下三字句也，其类又多上三字下三字。""隔，隔句对者，其辞云，隔体有六，轻、重、疏、密、平、杂。""轻隔者，如上有四字，下六字。""重隔，上六下四。""漫，不对合，少则三四字，多则二三句。"凡此种种，不一而足。可见，《赋谱》有助于研究者澄清诸如此类的问题。

在文学创作层面，《赋谱》明确指出新体赋的文体标准是："至今新

---

① [日] 遍照金刚著，卢盛江校考：《文镜秘府论汇校汇考》，中华书局2006年版，第1692页。
② [日] 铃木虎雄撰：《赋史大要》，殷孟伦译，东京富山房昭和10年版，1936年中国学者殷孟伦于日本帝国大学翻译成中文，1936年正中书局刊发铅印本，第61、66、217页。

体分为四段：初三四对，约卅字为头；次三对，约卌字为项；次二百余字为腹；最末约卌字为尾。就腹中更分为五：初约卌字为胸，次约卌字为上腹，次约卌字为中腹，次约卌字为下腹，次约卌字为腰。都八段，段段转韵发语为常体。"《赋谱》将一篇完整的新体律赋分为八段，每段划分细致并且附有一定的术语名称。所谓八段是指"头""项""腹""尾"四段，其中腹段再分"胸"、"上腹"、"中腹"、"下腹""腰"五段，整篇而合即是"头""项""尾"三项，再加腹中的"胸""上腹""中腹""下腹""腰"五项，凡八段。唐时已规定新体赋（即律赋）在段落构成上明确为"八段"。一篇完整的律赋，不仅在段落结构、创作法则上有一定的要求，而且赋句的数目、赋篇的字数也有一定的规范。"约略一赋内用六七紧、八九长、八隔、一壮、一漫、六七发；或四五六紧、十二三长、五六七隔、三四五发、二三漫壮；或八九紧、八九长、七八隔、四五发、二三漫壮长；或八九隔、三漫壮；或无壮；皆通。计首尾三百六十左右字。"新体律赋基本情况由"紧""长""隔""壮""漫"句构成八韵八段，一篇中句子的数量在三十句左右，全篇字数约为三百六十字。兹将《赋谱》所论新体赋八段八韵范式，归纳为表1。

表1

段落名称		句型构成	韵脚区域	字数
头		发（起寓）+紧+长+隔	第一韵	30字
项		发（原始）+紧+长+隔	第二韵	40字
腹	胸	发（提引）+紧+长+隔	第三韵	40字
	上腹	发（提引）+紧+长+隔	第四韵	40字
	中腹	发（提引）+紧+长+隔	第五韵	40字
	下腹	发（提引）+紧+长+隔	第六韵	40字
	腰	发（提引）+紧+长+隔	第七韵	40字
尾		发（起寓）+长+隔+漫	第八韵	40字

从表1可见，新体赋的标准类型有五个显著特点。第一，每段"字少者居上，多者居下，紧、长、隔以次相随"。第二，所谓"第一

韵",实指同列的紧对、长对、隔对等押同一个韵,即在赋篇中为第一组韵。余下同。第三,除了尾段以"漫"句,其他如"头""项""胸""上腹""中腹""下腹""腰"段均以"隔"句对收结。第四,隔对一般是比较长的对句,因此成为新体赋的躯干,这一点恰好是以隔喻为"身体"的注脚。第五,《赋谱》特意强调:"头"至"腰"七段,或有一两个以"壮"句代"紧"句。

《赋谱》所倡导的创作风尚,对后世以及域外的日本和朝鲜半岛一带产生过深远的影响。如日本藤原明衡(989—1066年)曾沿袭宋姚铉《唐文粹》于宋真宗大中祥符四年(1011)编撰而成《本朝文粹》(十四卷)。《本朝文粹》即平安朝诗文英粹集,本书卷一收录六篇赋作,依次为菅原文时《纤月赋》、纪长谷雄《春雪赋》、纪齐名《落叶赋》、源顺《奉同源澄才子河原赋》、兼明亲王《兔裘赋》、大江朝纲《男女婚姻赋》。其中源顺(911—983年)《奉同源澄才子河原赋》[①],则严格承袭《赋谱》中新体的范式。今将源顺《奉同源澄才子河原赋》,依次用"人事则非,改之僧院"韵,按照《赋谱》中新体赋的要求整理如表2所示。

表2

赋篇内容	句型构成	段落名称	韵脚区域	段落字数
有院无邻,自隔嚣尘◎ 山吐岚之漠漠,水含石之磷磷◎ 丞相遗幽居,难忘前主; 法王垂叡览,犹感后人◎	漫 长 隔(重隔)	头	第一韵 韵脚字"人"	38字
其始也 轩骑聚门,绮罗照地◎ 常有笙歌之典,间以弋钓为事◎ 夜登月殿,兰路之清嘲; 晴望仙台,蓬瀛之远如至◎	发(原始) 紧 长 隔(轻隔)	项	第二韵 韵脚字"事"	43字

[①] [日]藤原明衡撰,小岛宪之校注:《本朝文萃》,东京岩波书店昭和39年版,第3—333页。

续表

赋篇内容	句型构成	段落名称	韵脚区域	段落字数
是以 四运虽转，一赏无忒⊙ 春玩梅于孟陬，秋折藕于夷则⊙ 九夏三伏之暑月，竹含错午之风； 玄冬素雪之寒朝，松彰君子之德⊙	发（提引） 紧 长 隔（密隔）	胸	第三韵 韵脚字"则"	48字
暨乎 有苦有乐，一是一非⊙ 彼宽平之相府，为天禄之禅扉⊙ 不待皋禽夜半之声，梦先绝枕； 岂因峡猿第三之叫，泪自霑衣⊙	发（提引） 紧 长 隔（杂隔）	上腹	第四韵 韵脚字"非"	46字
然犹 山貌叠嵩，岸势缩海⊙ 人物变兮烟霞无变，时世改兮风流不改⊙ 芦锥之穿沙抽日，波鸥戏波； 叶锦之照水浮时，彩鸳添彩⊙	发（提引） 紧 长 隔（杂隔）	中腹	第五韵 韵脚字"改"	48字
是以 感其事，论其时⊙ 登此少熙熙之乐，满院多萧萧之悲⊙ 喻富贵于浮云，诚天与也； 比芜秽于囊日，难地忍之⊙	发（提引） 壮 长 隔（轻隔）	下腹	第六韵 韵脚字"之"	42字
嗟乎 黄阁早闶，翠微易登⊙ 信脚蹈彼纤草，舒手控此垂藤⊙ 携朋兮得来游，屈曲横首杖； 向谁兮谈往事，一两白眉僧⊙	发（提引） 紧 长 隔（杂隔）	腰	第七韵 韵脚字"僧"	44字
吾固知 陵谷犹迁，海田皆变⊙ 何地同万古之形体，谁家全百年之游宴⊙ 强吴灭兮有荆棘，姑苏台之露瀼瀼⊙ 暴秦衰兮无虎狼，咸阳宫之烟片片⊙ 何唯淳风坊中，一河原院⊙而已哉	发（起寓） 紧 长 隔（密隔） 漫	尾	第八韵 韵脚字"院"	68字

资料来源：赋篇来自日本源顺《奉同源澄才子河原赋》。

该赋篇整体而言，契合《赋谱》新体赋的体例。源顺生活的年代，正值中国晚唐至五代十国之际，中日往来频繁，加之《赋谱》在中唐时已流布日本，被时人奉为圭臬。今观源顺赋作之体制形态，即知其深得中晚唐律赋的精髓。由此可见,《赋谱》对唐时日本赋学的影响是直接且广泛的。尤其在早期,日本文学大抵移植中国古代文学,因此《赋谱》提出的创作原则和征引的典范作品,在其中也充当了重要的角色。

朝鲜的科举制度与考试内容也深受唐代科举的影响。据韩柳寿垣所撰《迁书》①记载,朝鲜半岛的科举制度肇始于高丽光宗九年(958),以制述业(亦称进士科)取士为主,考诗、赋、颂、策。在科举"风向标"下,朝鲜半岛亦有大批文士致力于新体赋的练习与创作,如高丽时期著名学者金富轼②,于高丽肃宗元年(1096)科举及第,撰有《仲尼凤赋》《哑鸡赋》两篇,其《仲尼凤赋》③就是一篇极其谨严规范的新体赋。除此之外,如李承召《椒水赋》、金驲孙《疾风知劲草赋》、闵渍《李积应时扫云布唐赐春赋》等作品,均符合新体赋的准则,其中部分赋文虽不似《仲尼凤赋》中规中矩,但总体而言,仍可归入《赋谱》新赋的变体种类。这足以说明《赋谱》中的文体标准同样主导了朝鲜高层文士的创作,可见《赋谱》在东亚文化传播的贡献上具有标志性的意义。

综上所述,《赋谱》本应科举考试之需而撰,其所倡导的新体赋在日后广为盛行与承传,正是得益于《赋谱》这类赋格文献的强力助推。《赋谱》内涵丰赡翔实,最为称道的是对唐律赋结构的划分与命名,对赋句的构成元素、组合准则的深入考察,尤其对律赋段落所采用的"头""项""腹""尾"等术语,借以"近取诸身,远取诸物"的譬喻方式读解律赋,在唐宋时期曾普遍地用于中、日、朝鲜等国的各类文体当中,《赋谱》在这方面的造诣远超后世的同类论著。这些对唐代律赋的研究至关重要,对一般的赋论探讨以及我国

---

① [韩]柳寿:《迁书》,首尔大学古典刊行会1971年版。
② 金富轼(1075—1151年),朝鲜半岛高丽时期著名学者,二十二岁科举及第,入翰林院,历任右司谏、中书舍人。
③ 于春海主编:《古代朝鲜辞赋解析》,商务印书馆2013年版,第9—10页。

科举制度的考察亦有诸多可取之处。试想若无《赋谱》提出的新体赋，那么对场屋试赋的影响，对唐赋的迁转与演变，就不能给予更合理的认定与考量；朝鲜半岛、日本的汉文学对唐赋接受的具体形制等，也不易谈起。如今研究赋学批评理论，当不容忽视《赋谱》类的赋学批评史料。

第十二章　唐抄本《赋谱》的读解维度

今见《赋谱》为唐时抄本，著者不详，大抵撰于中唐时期，是现存不多的唐代赋格类论著，旨在为应举士子提供律赋创作的范式与门径。抄本《赋谱》篇幅短小，体制完备，融"新赋"创作与批评于一体，主张局部与整体兼重，内在与外在并举，详赡地阐明了中晚唐赋体的理想形态，代表了一个时代赋学批评理论的风貌，为后人探究唐赋形制的发展提供了范本。限于《赋谱》长期流藏海外等原因，学术界对其关注较少，而对《赋谱》文本的研究更是屈指可数，今从赋句、赋体、赋题的维度予以读解，以期有所推进。

唐抄本《赋谱》是现存为数不多的唐代赋格类文献之一，旨在为应举士子提供创作律赋的范式与门径。唐代时人因场屋之需，刻苦练就穿穴经史的功夫，遂创作了不少关于探索律赋写作的论著，今存抄本《赋谱》即是唐时科举试赋这一时风陶染下的"产物"。这与后世漫谈评点式的赋话著作，如宋郑起潜《声律关键》、清余丙照《赋学指南》、李调元《赋话》等截然不同。在今天看来，作为当时举子科考的"指南手册"，抄本《赋谱》以其较强的实用性和时效性，作为探析唐人律赋的一把关键钥匙，为后人研究唐人的赋学理念、考察初唐至中晚唐时期律赋的演变轨迹和文体嬗递等问题提供了原始文献。

第一节 赋句：缀合织成，不可偏舍

赋句是一篇赋文的基本构成要素，也是《赋谱》讨论的关键。开篇便言："凡赋句有壮、紧、长、隔、漫、发、送合织成，不可偏舍。"① 首先，著者对赋句进行了划分与命名，这可能是因为《赋谱》主要探讨律赋的创作情况，赋句间既讲究对仗又要求用韵，为了行文和阅读的方便，因此冠以不同术语。其次，对七种赋句的类型逐一阐释。

一 壮

谱文原有小字注解，谓"三字句也"，这里"三字句"，即为"三字联"，唐人称律赋中的"一联"为"一句"，这种称谓到宋代时一直沿用。谱文以"水流湿，火就燥"（见《周易·乾传》）、"悦礼乐，敦《诗》《书》"（见唐黎逢《人不学不知道赋》）、"万国会，百工休"（见唐胡嘉隐《绳伎赋》）而示例。之所以将三字句称为"壮"，或因三字句在声律上平仄变化急速，有爽朗劲健的感觉；在句式上短小紧促，节奏鲜明，犹如急鼓催拍。与其他句式相比，三字句读起来确实显得铿锵有力，如同进行曲的节奏，以此得名。再如顾元熙《沛父老留汉高祖赋》："黥布走，淮南平。回车驾，返神京。"田锡《雁阵赋》："淮之北，汉之南。山如画，水如蓝。"《见星庐赋话》卷一对此论述说："骈赋之体，四六句法为多，然间有用三字叠句者，则其势更耸、调更遒、笔更峭、拍更紧，所谓急管促节是也。"②

二 紧

谱文原有小字注解，谓"四字句也"，谱文的举例有"方以类聚，

---

① 张伯伟：《全唐五代诗格汇考》，凤凰出版社2002年版，文中所引皆据此书，不一一出注。
② （清）林联桂撰：《见星庐赋话》，清光绪十八年刻本。

物以群分"（见杨炯《浑天赋》），"四海会同，六府孔修"（见《尚书·禹贡》）。四字句给人以严整有序、对称紧凑之感，以此得名。

三 长

谱文原有小字注解，谓"上二字下三字句也，其类又多上三字下三字"，主要指句子在五字至九字之间。共有五种类型，文中分别示例为："五字句"谓"石以表其贞，变以彰其异"（见白行简《望夫化为石赋》）；"六字句"谓"感上仁于孝道，合中瑞于祥经"（见张说《进白乌赋》）；"七字句"谓"因伏而上下相遇，悠久而贞刚失全"（见杨弘贞《溜穿石赋》）；"八字句"谓"等度量而化通远迩，体平均而势行宇宙"（见刘禹锡《平权衡赋》）；"九字句"谓"笑我者谓量力而徒尔，见机者料成功之远而"（见杨弘贞《溜穿石赋》）。对于上述五种联句使用频率，谱文略作说明，指出："六七者堪常用，八次之，九次之。"

四 隔

所谓"隔"，指"隔句对者"，由上下两句组成，是律赋赋句中较为繁杂的一种。《赋谱》对隔句又再次细分为：轻、重、疏、密、平、杂六种。

"轻隔"指上有四字、下有六字的联句，如"器将道志，五色发以成文。化尽欢心，百兽舞而叶曲"（见裴度《箫韶九成赋》）。"重隔"与"轻隔"相反，则是上有六字、下有四字组成联句，如"化轻裾于五色，犹认罗衣。变纤手于一拳，以迷纨质"（见白行简《望夫化为石赋》）。"疏隔"指上为三字句，下则不限字数的对句，如"府而察，焕乎呈科斗之文。静而观，炯尔见雕虫之艺"（见蒋防《荧光照字赋》）。"密隔"指上句字数为五字或以上，下句字数为六字或以上，如"征老聃之说，柔弱胜于刚强。验夫子之文，积善由乎驯致"（见杨弘贞《溜穿石赋》）。根据示例可知，虽然"密隔"联句，在字数有一定的弹性，但一般遵循上句字数不能多于下句字数，表现形态有二：其一，上为五字下为六字联句；其二，上为六字下为七字联句。"平隔"上为四字下为四字或上为五字下为五字的联句。四字联句如"先王立极，念兹在兹。服有常度，行无越思"（见钱起《豹舄赋》）；五字联句如"进寸而退尺，常一以贯之。日往而月来，则就其深矣"（见杨弘贞《溜穿石赋》）。"杂隔"指上为四字句，下为五、七、八字句的联句；或上为五、七、八字句，下为四字句，前者如"悔不可追，空劳于驷马。行而无迹，岂系于九衢"，"孤烟不散，若袭香炉峰之前。圆月斜临，似对镜庐山之上"，"得用而行，将陈力于休明之世。自强不息，必苦节于少壮之年"；后者如"及素秋之节，信谓逢时。当明德之年，何忧淹望"，"采大汉强干之宜，裂地以爵。法有周维城之制，分土而王"，"虚矫者怀不材之疑，安能自持。贾勇者有攻坚之惧，岂敢争先"。《赋谱》强调说，六种隔句是赋中较为常用的句式，其中"轻"与"重"隔句为最，"杂"隔次之，"疏"与"密"隔句再次之，"平"隔为下。

五　漫

漫，指不对仗的散句。其特点是：少则可三四字，多则二三句，常置于赋句首或句尾。如三字句用作赋首者"昔汉武"；四字句用作赋首者"贤哉南容"；三句式用于赋首者"甚哉言之出口也，电激风趋，过乎驰驱"；二句式用于赋尾者"诚哉性习之说，我将为教之先"。

六　发

发端之辞，指用作句首的语气助词，无实际意义。《赋谱》将发语词归为三种，其云："发语有三种：原始、提引、起寓。"

第一"原始"，如"原夫""若夫""观夫""稽夫""伊昔""其始也"之类。第二"提引"，如"洎夫""且夫""然后""然则""岂徒""借如""则曰""金曰""矧夫""于是""已而""故是"

"是故""故得""是以""尔乃""知是""从观夫""观其""稽其"之类。第三"起寓",如"土有""客有""儒有""我皇""国家""嗟乎""至矣哉""大矣哉"之类。另据《赋谱》所言,"原始""提引""起寓"三者在赋文中处于不同的位置,其云:"原始发项,起寓发头、尾,提引在中。""原始"在"项"部,即第二段处,有追溯赋作对象源流的含义。"提引"居中处,有起承转合之意。"起寓"用作赋的开始和结尾处,有首尾呼应之意。

七 送

所谓"送",多指语终之辞,如"者也""而已""哉"之类也。"发""送"之中所罗举各种虚词,并非全然原创,南朝时已有人提出。刘勰《文心雕龙·章句》称:"至于夫惟盖故者,发端之首唱;之而于以者,乃札句之旧体;乎哉矣也,亦送末之常科。据事似闲,在用实切。巧者回运,弥缝文体,将令数句之外,得一字之助矣。"[1]由隋入唐的杜正伦对此有进一步拓展,其在《文笔要诀》"句端"条云:"属事比辞,皆有次第,每事至科分之别,必立言以间之,然后义势可得相承,文体因而伦贯也。新进之徒,或有未悟,聊复商略,以类别之云尔。"[2] 杜氏强调了句首虚词的辅助功能,虽没有予以明确分类,实际上已根据其作用及用法总结出二十六种类型。

依此可知,《赋谱》中赋的首尾助词的运用与阐释,正是在《文笔要诀》的基础之上进一步明确辨析,加以强调而来。因为在场屋试赋过程中,"句端"位于一篇赋作的开端,能承担引出下文的作用,是全文的关键。使赋文呈现"以飘忽之思,运空灵之笔"[3]的境界,一则可彰显才学,二则可以迅速吸引考官的注意,为博取功名增添筹

---

[1] (南朝梁)刘勰著,范文澜注:《文心雕龙注》,人民文学出版社1958年版,第572页。
[2] 张伯伟:《全唐五代诗格汇考》附录一《文笔要诀》,凤凰出版社2002年版,第541页。
[3] (清)王韬撰:《弢园文录外编》卷9《幽梦影序》,清光绪九年刻本。

码。由此，可窥见其重要性。

根据上述《赋谱》所叙新体赋句范式，总结如表3所示。

表3

赋句名称		构成方式
壮		三字句⇒三字句（"⇒"仅表示两边为对仗联句，无实际意义）
紧		四字句⇒四字句
长		五字句⇒五字句　六字句⇒六字句　七字句⇒七字句 八字句⇒八字句　九字句⇒九字句
隔	轻隔	上四字+下六字句⇒上四字+下六字句
	重隔	上六字+下四字句⇒上六字+下四字句
	疏隔	上三字+下不限字句⇒上三字+下不限字句
	密隔	上五字句或以上+下六字或以上⇒ 上五字句或以上+下六字或以上
	平隔	上四字+下四字句⇒上四字+下四字句 上五字句+下五字句⇒上五字+下五字句
	杂隔	上四字+下五（或七或八）字句⇒上四字句+下五（或七或八）字句 上五（或七或八）字句+下四字句⇒上五（或七或八）字句+下四字句
漫		上下句不对仗的散句，少则三四字，多则二三句
发	原始	原夫、若夫、观夫、稽夫、伊昔、其始也
	提引	洎夫、且夫、然后、然则、岂徒、借如、则曰、金曰、矧夫
	起寓	土有、客有、儒有、我皇、国家、嗟乎、至矣哉、大矣哉
送		多为语终之辞，如：者也、而已、哉

资料来源：笔者总结所得。

综观这些赋句，隔句对在律赋中使用频率为最高，由于赋的篇幅较长，隔句对的大量运用，给人句式整饬、语意连贯之美感。当然，其他赋句亦是不可或缺的组成部分，不可偏舍。《赋谱》借人的身体部位，将各类赋句的先后顺序、重要程度、功能作用等进行了形象又贴切的阐述，云："凡赋以隔为身体，紧为耳目，长为手足，发为唇舌，壮为粉黛，漫为冠履。苟手足护其身，唇舌叶其度，身体在中而肥健，耳目在上而清明，粉黛待其时而必施，冠履得其美而即用，则赋之神妙也。"一篇完整的律赋，其中不同的赋句好比人体、服饰上具体构件，不仅定位准确，分工有序，而且协调运作最终形成一个有机统一体。一篇出色的赋作，最终留给读者的是自然和谐的美感，以及"晕澹为绮"的遐想空间。

此外，《赋谱》还进一步梳理并归结了赋句的运用特性，如在赋文中"凡句字少者居上，多者居下。紧、长、隔以次相随"，并强调长句若有六七字者、八九字者，上下句连接时，不要出现八九字句，以免和"隔句"错乱混淆。所谓"长隔虽遥相望，要异体为佳"。在律赋创作中，只有处理好细节与技巧，才能达到"晕澹为绮矣"的艺术效果。

现以《赋谱》中多次出现的《木鸡赋》为例，对其略加简析：

维昔，有人心至术精，得鸡之情。情可驯而无小无大，术既尽而不飞不鸣。对劲敌以自持，坚如挺植；登广场而莫顾，混若削成。

初其，教以自然，诱之不惧；希渐染而能化，将枯槁而是喻。质殊朴斫，用明不竞之由；状匪雕镂，盖取无情之故。

然则，饮啄必异，嬉游每殊。伫栖心而自若，期顾敌而如无。日就月将，功尽而稍同颠榜；不震不悚，性成而渐若朽株。

已而，芥羽讵设，雕笼莫闭。卓然之志全变，兀若之姿已致。首圆胫直，轮桷之状俱呈；觜利距锯，枳枸之硋并利。

是以，纵逸情绝，端良气全。臆离披而踵附，眸眩曜而节穿。惊被文而锦翼蔚矣，迷搴木而花冠烂然。虚忻者怀不才之虞，安能自恃？贾勇者有攻坚之惧，莫敢争先。

故能进异激昂，处同虚寂。郢工误起乎心匠，邱氏徒惊乎目击。淡然无挠，子綦之质方俦；确尔不回，周勃之强未敌。

其喻斯在，其由可征。驯致已忘乎力制，积习渐通乎性能。是则，语南国者未足与议，斗东郊者无德而称。

第十二章　唐抄本《赋谱》的读解维度

士有，特立自持，端然不倚。块其形而与木无二，灰其心而顾鸡若是。彼静胜之深诚，冀一鸣而在此。

《赋谱》曰："近来官韵多勒八字，而赋体八段，宜乎一韵管一段，则转韵必待发语，递相牵缀，实得其便。若《木鸡》是也。"其实这是浩虚舟赋作成功的一个方面。此文的主旨继承成玄英注疏而来，描写斗鸡生动形象，符合实际，说理直率明晰，极有分寸。虽通篇运用骈句，但骈句本身已脱去专在辞藻、典故、声律上做功夫的陋习，平易朴素的语言用在错落有致的句式之中，读起来自有一种明白晓畅的美感。可见，真正令人赏心悦目的文章，是形式与内容相统一的文章。但不是每个人都有如此能力做到这一点，因此大多数的律赋作品是"文胜于质"的。

上述七类赋句是律赋的基本构成元素，这种缜密、细致的划分正是《赋谱》的贡献所在。然而，晚唐以来，赋句的划分方式及其专业术语的运用也渐次退出历史舞台；宋代以降，各类赋论中余皆不见。清人赋话类著作中虽有涉及，但就其论述的细致缜密程度，与唐人仍有相当的距离。如浦铣《复小斋赋话》："律赋句法，不可但用四六，或六四，或七四，或四七。试取王辅文棨、黄文江滔、吴子华融、陆鲁望龟蒙诸家观之，思过半矣。四六、六四等句法，须相间而行。唐人唯王辅文曲尽其妙。辅文律赋四十一首，余析为四卷，笺注藏于家。"[①] 从赋话论述可知，清人虽在具体作品的考察上有所创新，然而对于赋作句法的研究，或泛泛而论，或隔靴搔痒，既难以望《赋谱》之项背，又何论后出转精。从赋学发展流变的历史进程来看，这不能不说是一种倒退。这与唐代以来的科举制度有着千丝万缕的联系，这也是赋句分类未能突破前者，反呈下降趋势的一个重要原因。

---

① （清）浦铣撰：《复小斋赋话》，清乾隆五十三年复小斋刻本。

第二节　赋段：赋体分段，各有所归

《赋谱》云："凡赋体分段，各有所归。"一篇赋作内部的段落结构关系，是赋句之外的又一重要研讨对象。关于"赋体分段"的内容，《赋谱》从两个方面进行了深入考量：一是句与句之间如何构成段落，二是段与段之间如何构成篇章。以下按照《赋谱》所涉及问题的先后顺序逐一探索评述。《赋谱》在阐述赋体段落结构关系时，概略有三。

首先，"古赋"与"新赋"的段落数目之间存在差异。试析"古赋"时云："古赋段或多或少，若《登楼》三段，《天台》四段之类是也。"这是说，古赋在段落数目上没有明确的界限，但至少有三段。"新赋"则不同，有着较为具体的段落数目要求，如谱文所言："至今新体分为四段：初三四对，约卅字为头；次三对，约卅字为项；次二百余字为腹；最末约卅字为尾。就腹中更分为五：初约卅字为胸，次约卅字为上腹，次约卅字为中腹，次约卅字为下腹，次约卅字为腰。都八段，段段转韵发语为常体。"《赋谱》将一篇完整的新体律赋分为八段，每段划分细致并且附有一定的术语名称。新体赋所谓八段指"头""项""腹""尾"四段，其中腹段再分"胸""上腹""中腹""下腹""腰"五段，整篇而合即是"头""项""尾"三项，再加中腹的"胸""上腹""中腹""下腹""腰"五项，凡八段。依此可知，唐时已规定新体赋（即律赋）在段落构成上明确为"八段"，诚如谱文所云："近来官韵多勒八字而赋体八段，宜乎一韵管一段。"

律赋八韵八段，至少在盛唐时就已经出现。笔者认为，律赋限韵应该是承自南朝贵游活动中"限韵吟咏"的风气。它的规则是，参与吟咏者预先指定几个字为押韵字，众人再轮流从中选字作诗赋。《南史·曹景宗传》云："景宗振旅凯入，帝于华光殿宴饮连句，令左仆射沈约赋韵。景宗不得韵，意色不平，启求赋诗。帝曰：'卿伎能甚多，人才英拔，何必止在一诗。'景宗已醉，求作不已，诏令约赋韵。

时韵已尽，唯余'竞''病'二字。景宗便操笔，斯须而成，其辞曰：'去时儿女悲，归来笳鼓竞。借问行路人，何如霍去病。'帝叹不已。约及朝贤惊嗟竟日，诏令上左史。"① 此论具备了律赋限韵的雏形，而限韵的前提，正是沈约等"四声八病"说的完善。这点可以从宋代陈鹄《西塘集耆旧续闻》记载得以证明，卷四"李秀才贺滕学士启用侧声结句"条云："四声分韵，始于沈约。至唐以来，乃以声律取士，则今之律赋是也。"②

目前最早有文献可考的科举试赋限韵，是作于唐玄宗开元二年（714）李昂的《旗赋》，以"风日云野，军国清肃"为韵。宋吴曾撰《能改斋漫录》卷二"试韵八字韵脚"条："赋家者流，由汉、晋历隋、唐之初，专以取士。止命以题，初无定韵。至开元二年，王邱员外知贡举，试《旗赋》，始有八字韵脚，所谓'风日云野，军国清肃'，见伪蜀冯鉴所记《文体指要》。"③ 这一点亦可从后人的文献中得到互证。如徐松《登科记考》卷五"进士十七人"条下引："《永乐大典》赋字韵注云：开元二年，王邱员外知贡举，始有八字韵脚。是年试《旗赋》，以'风日云野，军国清肃'为韵。"又按语指出"按杂文之用赋，初无定韵，用八韵自此年始，见《能改斋漫录》因伪蜀冯鉴《文体指要》。"④

至中唐时，以八字为八韵已成常态，李调元《雨村赋话》卷九转引《偶隽》云："唐制：举人试日，日暮许烧烛三条。德宗朝，主文权德舆于帝下戏云：'三条烛尽，烧残举子之心。'举子遂答云：'八韵赋成，惊破侍郎之胆。'"⑤ 权德舆为唐德宗朝礼部侍郎，由举子与权德舆以"八韵赋成"相戏谑的故事，可知至少在中唐初期，律赋的写作便以八韵为要求。

---

① （唐）李延寿撰：《南史》卷55《曹景宗传》，中华书局1975年版，第1356页。
② （宋）陈鹄撰，孔凡礼点校：《西塘集耆旧续闻》，中华书局2002年版，第326页。
③ （宋）吴曾撰：《能改斋漫录》，中华书局1960年版，第27页。
④ （清）徐松撰，赵守俨点校：《登科记考》，中华书局1984年版，第172页。
⑤ （清）李调元：《雨村赋话》，清乾隆四十九年函海刻本。

根据《赋谱》所论新体赋八段八韵范式,其标准类型有如下几个显著特点。第一,每段"字少者居上,多者居下,紧、长、隔以次相随"。第二,所谓"第一韵",实指同列的紧对、长对、隔对等押同一个韵,即在赋篇中为第一组韵。余下同。第三,除了尾段以"漫"句,其他如"头""项""胸""上腹""中腹""下腹""腰"段均以隔句对收结。第四,隔对一般是比较长的对句,因此成为新体赋的躯干,这一点恰好是以隔喻为"身体"的注脚。第五,《赋谱》特意强调:"头"至"腰"七段,或有一两个以"壮"句代"紧"句。

其次,"新赋"与"古赋"的作法不同。《赋谱》云:"《千金市骏骨》或广述物类,或远徵事始,却似古赋'头'。《望夫化为石》云:'至坚者石,最灵者人。'是破题也。'何精诚之所感,忽变化也如神。离思无穷,已极伤春之目。贞心弥固,俄成可转之身'是小赋也。'原夫念远增怀,凭高流眄。心摇摇而有待,目眇眇而不见'是事始也。又《陶母截发赋》'项':'原夫兰客方来,蕙心斯至。顾巾橐而无取,俯杯盘而内愧。'是'头'既尽截发之义,'项'更徵截发之由来。故曰新赋之体'项'者,古赋之'头'也。借如谢惠连《雪赋》:'岁将暮,时既昏。寒风积,愁云繁。'是古赋'头',欲近雪,先叙时候物候也。《瑞雪赋》云:'圣有作兮德动天,雪为瑞而表丰年。匪君臣之合契,岂感应之昭室。若乃玄律将暮,曾冰正坚。'是新赋先近《瑞雪》了,'项'叙物类也。"

所谓古赋与新赋在作法的差异,即新赋体之"项"相当于古赋之"头"。如阐释古赋"头"时以谢惠连《雪赋》为例,赋家欲论雪,开篇则无雪,而是一段自然时令开始,"头"段无雪,实为"项"段大雪的出现渲染气氛,做足铺垫。《瑞雪赋》"头"段即开宗明义,以"圣有作兮德动天,雪为瑞而表丰年"而见主旨,入"项"之后,进一步叙及自然时令。可见,古赋或可步步深入,而新赋为了科举考试的需要,"破题"必须开门见山。《瑞雪赋》的开头确实气魄宏大,但一篇文章的起始就语出惊人,下文可供回旋的余地便不多。律赋容易

第十二章 唐抄本《赋谱》的读解维度

给人虎头蛇尾的阅读感受，与其独特的文类结构不无关系。

最后，"古赋"与"新赋"在赋句数目、赋篇字数上有别。一篇完整的律赋，不仅在段落结构、创作法则上有一定的要求，而且赋句的数目、赋篇的字数也有一定的规范。《赋谱》明确指出，新赋的字数大概为三百六十字："约略一赋内用六七紧、八九长、八隔、一壮、一漫、六七发；或四五六紧、十二三长、五六七隔、三四五发、二三漫壮；或八九紧、八九长、七八隔、四五发、二三漫壮长；或八九隔、三漫壮；或无壮；皆通。计首尾三百六十左右字。"古赋则没有严格字数限制。

据上述内容可知，《赋谱》并非将新体赋的句子与段落间的相互搭配视为不能变更的信条，而是提供指导性的范式，其行文的组合变化可因人、因时、因事而异。如各类赋句都至少有五种不同的搭配情况。依据图表简示，将各类赋句明确出现的次数叠加即是赋篇的总句数。此处略作说明，因"发句"为发端之辞，用于句首语气助词，无实际意义，不能独立成句，在此不计入总数。所以一篇赋文由"紧""长""隔""壮""漫"句构成。由此可见，新体赋的总句数大约在30句。这样一来，新体律赋基本情况由八韵八段构成，一篇中句子的数量在三十句左右，全篇字数约为三百六十字。

以上三点是律赋别于其他赋体的显著特征。宋代的科举文章也基本继承了唐代律赋的要求。宋李廌《师友谈记》中记载秦观论赋八韵之说，其"秦少游论小赋结构"条谓："凡小赋，如人之元首，而破题二句乃其眉。惟贵气貌有以动人，故先择事之至精至当者先用之，使观之便知妙用。然后第二韵探原题意之所从来，须便用议论。第三韵方立议论，明其旨趣。第四韵结断其说以明题，意思全备。第五韵或引事，或反说。第七韵反说或要终立义。第八韵卒章，尤要好意思尔。"[1] 字数篇幅上，如《宋史》卷一百五十六《选举志二》摘引翰林学士洪迈言："《贡举令》：赋限三百六十字，论限五百字。今经义、论、策一

---

[1] （宋）李廌撰：《师友谈记》，中华书局2002年版，第18页。

赋学：批评与体性

道有至三千言，赋一篇几六百言，寸晷之下，唯务贪多，累牍连篇，何由精妙？宜俾各遵体格，以返浑淳。"① 又《四库全书总目》卷一百九十一《总集类存目一》"大全赋会五十卷"条云："宋礼部科举条例，凡赋限三百六十字以上成，其官韵八字，一平一仄相间，即依次用。若官韵八字平仄不相间，即不依次用。其违式不考之目，有诗赋重叠用事，赋四句以前不见题，赋押官韵无来处，赋得一句末与第二句末用平声不协韵，赋侧韵第三句末用平声，赋初入韵用隔句对，第二句无韵。"② 可见，宋代对律赋布局章法的探索与考究，比之唐代愈趋复杂和严谨。

《赋谱》虽将古赋与新赋的不同进行了对比，然而就价值而言，并未评判古、今两种赋体的高下，而是在旁征博引唐人赋篇内容注解时，就赋文本身而论赋文。这种"就事论事"的态度，正是编写"考场指南"之所需。另外值得一说的是，《赋谱》以生命体中不同部位称谓的"头""项""腹""尾"等来比喻文学篇章结构，是沿用当时流行的"近取诸身，远取诸物"的譬喻方式来解说律赋。先秦时期，有人便以生命体为喻来解释治国原理，《管子·心术上》云："心之在体，君之位也，九窍之有职，官之分也。心处其道，九窍循理。"③ 以"心"指国君，以其他器官指群臣百官，这几乎是古代政治思想家的共识；这就是所谓"身体政治学"（body politics），"以人的身体作为隐喻，所展开的针对诸如国家等政治组织之原理及其运作论述，其将身体当做隐喻或符号来运用，以解释国家组织与发展"。④ 南朝时，身体比喻的应用范围扩展到了诗文评方面，如刘勰《文心雕龙·附会》篇云："夫才量学文，宜正体制：以情志为神明，事义为骨鲠，辞采

---

① （元）脱脱等撰：《宋史》卷156《选举志》，中华书局1985年版，第3633页。
② （清）永瑢等撰：《四库全书总目》卷191《总集类存目一》，中华书局1965年版，第1736页。
③ （唐）房玄龄注：《管子》，上海古籍出版社1989年版，第126页。
④ 黄俊杰：《中国古代思想史中的身体政治学：特质与涵义》，《历史月刊》1999年第10期。

为肌肤，宫商为声气。"① 这是在论述文章作法。《南史·陆厥传》云："时盛为文章，吴兴沈约、陈郡谢朓、琅邪王融以气类相推毂，汝南周颙善识声韵。约等文皆用宫商，将平上去入四声，以此制韵，有平头、上尾、蜂腰、鹤膝。五字之中，音韵悉异，两句之内，角徵不同，不可增减。世呼为'永明体'。"② 这是在探讨诗歌声律的理论问题。唐代以来，这种比喻被广泛地应用到其他文体中，如诗格、类书、制文、文话等。可见，《赋谱》的说理方式是完全符合当时主流学说、能被时人接受的。

综上所述，《赋谱》编撰的目的，一方面因举子科考而编"指南手册"，昭示其实用性；另一方面编著者紧跟时代步伐，强调其时效性，以彰显价值。《赋谱》的价值不仅仅在于能观照唐人的赋体美学观，更多是折射出了初唐至中晚唐时期律赋的演变轨迹，为考察赋体嬗递提供了一种可信文献的依据。

第三节　赋题：量其体势，乃裁制之

《赋谱》在探讨"赋题"时云："凡赋题有虚、实、古、今、比喻、双关。当量其体势，乃裁制之。"至于虚、实、古、今等，即是当时科举考试的六种命题方式。王芑孙《读赋卮言·试赋》指出："唐试赋题，皆主司所命，或用古事，或取今事，亦无定程。太和八年试进士，文宗由内自发诗赋题，此为天子自出赋题之始。"③ 律赋命题一般由主考官决定，规格较高则由天子亲自拟定。律赋多数为命题之作，因此场屋应试时须认真审题。因为赋题决定了应试者的仕途命运，审题时要统筹好破题、用事、修辞、用韵、主旨等环节，以免偏离赋题。

---

① （南朝梁）刘勰著，范文澜注：《文心雕龙注》，人民文学出版社1958年版，第650页。
② （唐）李延寿：《南史》卷48《陆厥传》，中华书局1975年版，第1195页。
③ （清）王芑孙撰：《读赋卮言》，清光绪九年刻本。

宋代王观国《学林》卷七"古赋"亦云:"夫赋题者,纲领也,纲领正则文意通。"① 可见,赋题具有提纲挈领的作用。

赋题种类不同,破题方式亦不同。如"虚"题赋,需要考生阐明虚无抽象的事理,对此谱文给出的作文思路是:"无形像之事,先叙其事理,令可以发明。"文中例举《大道不器赋》②《性习相近远赋》中形而上的"道""性"来加以实证。《大道不器赋》典出《礼记·学记》:"君子大德不官,大道不器,大信不约,大时不齐,察于此四者,可以有志于学矣。"③《性习相近远赋》为贞元十六年进士科题,赋名源出《论语·阳货》:"子曰:性相近也,习相远也。"④ 人们的初天本性相近,由于后天习得的不同则有所差异,所以权衡好"本性"与"习得"的关系十分重要。赋文以此立意命题,并限定以"君子之所慎焉"为韵。白居易此赋的破题尤佳,曰:"噫!下自人,上达君。咸德以慎立,而性由习分。习而生常,将俾乎善恶区别。慎之在始,必辨乎是非纠纷。"在严格的形式要求之下尚能说理透彻、深入浅出,白居易也因此赋及第,成为当年状元⑤。

---

① (宋)王观国撰,田瑞娟点校:《学林》,中华书局1988年版,第220页。
② 《大道不器赋》阙名,《文苑英华》《历代赋汇》《全唐文》均不载,据宋佚名撰《宣和书谱》卷二记载:"今御府所藏篆书七,《大道不器赋》上下二、《蝉赋》一、《篆隶》二、《千文》二。"(宋)佚名撰:《宣和书谱》,见杨家骆编《艺术丛编第一集》,台北:世界书局2008年版,第321—322页。
③ (汉)郑玄注,(唐)孔颖达疏:《礼记正义》,见(清)阮元校刻《十三经注疏》,中华书局1980年版,第1525页。
④ (三国)何晏集解,(宋)邢昺疏:《论语注疏》,见(清)阮元校刻《十三经注疏》,中华书局1980年版,第2524页。
⑤ 关于白居易应举及第,时人传为佳话。元稹《白氏长庆集序》谓:"《白氏长庆集序》者,太原人白居易之所作。居易字乐天。乐天始言,试指'之'、'无'二字,能不误。始既言,读书勤敏,与他儿异。五六岁识声韵,十五诗赋,二十七举进士。贞元末,进士尚驰竞,不尚文,就中六籍尤摈落。礼部侍郎高郢始用经艺为进退,乐天一举擢上第。明年,拔萃甲科。由是《性习相近远》、《求玄珠》、《暂白蛇》等赋,及百道判,新进士竞相传于都下矣。"《唐摭言》卷3"慈恩寺题名游赏赋咏杂纪"有载录云:"白乐天一举及第,诗曰:'慈恩塔下题名处,十七人中最少年。'乐天时年二十七。省试《性习相近远赋》,《玉水记方流》诗,携之谒李凉公逢吉。公时为校书郎,于是将他适。白遽造之,逢吉行携行看,初不以为意;及览赋头,曰:'噫!下自人上,达由君成;德以慎立,而性由习分。'逢吉大奇之,遂写二十余本。其日,十七本都出。"

第十二章　唐抄本《赋谱》的读解维度

"实"题赋与"虚"题赋相对，即以"有形像之物"来阐明"无形像之事"。它的破题要求是准确描绘事物的具体形态，述其物像，以证事理。谱文曰："有形像之物，则究其物像，体其形势。"《赋谱》以《隙尘赋》云："惟隙有辉，惟尘是依。"《土牛赋》云："服牛是比，合土成美。"《月中桂赋》云："月满于东，桂芳其中。"破题时赋家直接描状诸如"尘""土牛""月""桂"的实体形态。实题中还有一种特殊的现象是"虽有形像，意在比喻"，诚如谱文云"引其物像，以证事理"。如《如石投水赋》①，赋题典出李萧远《运命论》，云："故伊尹，有莘氏之媵臣也，而阿衡于商。太公，渭滨之贱老也，而尚父于周。百里奚在虞而虞亡，在秦而秦霸；非不才于虞而才于秦也。张良受黄石之符，诵《三略》之说，以游于群雄，其言也，如以水投石，莫之受也；及其遭汉祖，其言也，如以石投水，莫之逆也。"②《赋谱》引用三句"石至坚兮水至清，坚者可投之必中，清者可受而不盈"，来比作"义兮如君臣之叶德，事兮因谏纳而垂名"。借水石相遇比堪君臣之情，正符合"引其物像，以证事理"的旨归，也是抒君臣际遇的典范之作。

谱文再以《竹箭有筠赋》云："喻人守礼，如竹有筠。"赋中的"竹箭""筠"为自然中的实体物象，然赋文背后却有深层含义，以"喻人守礼，如竹有筠"破题，用"竹筠"喻人"守礼"，将赋中的"竹""筠"巧妙贯穿起来，既扣紧题目，又突出主旨。《驷不及舌赋》题旨范式同《竹箭有筠》，赋云："甚哉言之出口也，电激风趋，过于驰驱。"再引用《木鸡赋》云："昔有人心至术精，得鸡之情。"经纪渻子驯养的斗鸡，最后达到神态自若、泰山崩于前而色不改的"神勇"状态，他人斗鸡见之而逃。赋文从"以静胜躁"的角度立意，以

---

① 《如石投水赋》为798年进士科题，《文苑英华》卷32有刘辟、卢肇、白敏中，《历代赋汇》卷44分别载录刘辟、卢肇、白敏中三人赋作，《全唐文》卷526刘辟、卷768卢肇、卷739白敏中，然"石至坚兮水至清。坚者可投之必中，清者可受而不盈"句，三书皆不存。

② （南朝梁）萧统编，（唐）李善注：《文选》，上海古籍出版社1986年版，第2296页。

木鸡比喻士人之操守品行，希冀能一举成功。犹如白居易在《礼部试策》卷四十七第三道总结云："事有躁而失，静而得者，故木鸡胜焉。"①上述四赋中"水""石""竹""驷""鸡"均为具象的实题，而"谏纳""守礼""慎言""术精"则为抽象的虚题，赋家的意旨都是"引实证虚"。

对于"古""今"之事的赋题，《赋谱》则分而论之。"古"事之赋题，《赋谱》云："古昔之事，则发其事，举其人。"并以《通天台赋》为例展开论述，云："咨汉武兮恭玄风，建曾台兮冠灵宫。"《通天台赋》②是大历十二年（777）进士科题，典见《汉书》卷六《武帝纪》云："（元封二年）夏四月，还祠泰山。至瓠子，临决河，命从臣将军以下皆负薪塞河堤，作《瓠子之歌》。赦所过徙，赐孤独高年米，人四石。还，作甘泉通天台、长安飞廉馆。"颜师古注曰："通天台者，言此台高，上通于天地。"《汉旧仪》曰："高三十丈，望见长安。"③例举《通天台赋》旨在借游遗迹，触发怀古之情；再由事及人，劝诫当朝向唐尧看齐，不要效法汉武帝。论罢《通天台赋》之后，又以乔潭《群玉山赋》"穆王与偃佞之伦，为玉山之会"，浩虚舟《舒姑化泉》"漂水之上，盖山之前，昔有处女"，二赋为例，进一步阐释。著者择选上述三赋的缘由，实为此赋系"发其事，举其人"的成功赋作，具有典型性。当然也有反例，如白行简《望夫化为石赋》则不被《赋谱》注引，而且受到批评。《赋谱》云："白行简《望夫化为石》无切类石事者，惜哉！"白氏赋题，始出刘义庆《幽明录》，是书云："武昌阳新北山上有望夫石，状若人立。古传：昔有贞妇，其

---

① （唐）白居易撰，顾学颉校点：《白居易集》，中华书局1979年版，第997页。
② 该赋《文苑英华》卷50有佚名、任公叔、杨系，《历代赋汇》卷74所列同《文苑英华》，而《文苑英华》中的"佚名"，在《全唐文》卷482记载中为黎逢之作，同书卷459有任公叔，卷531杨系。据徐松《登科记考》卷11记载，大历十二年"进士十二人"条注："此年试《通天台赋》，以'洪台独存，浮景在下'为韵，见《文苑英华》。"（清）徐松撰，赵守俨点校：《登科记考》，中华书局1984年版，第394页。
③ （汉）班固撰，（唐）颜师古注：《汉书》卷6《武帝纪》，中华书局1962年版，第193页。

夫从役，远赴国难，妇携弱子，饯送北山，立望夫而化为立石，因以为名焉。"①

"今"事之赋题，则如《赋谱》所云："举所见，述所感。"根据文意又可分为"直赋今事"与"以今证古"两类。"直赋今事"者，若《大史颁朔赋》②云："国家法古之制，则天之理。"《泛渭赋》云："亭亭华山下有人。"二赋在内容上直抒当朝事情，正谓"今"事赋。而"以今证古"者，若《冬日可爱赋》述今事以引赵衰、赵盾之事，典出《左传·文公七年》卷十九："狄侵我西鄙，公使告于晋。赵宣子使因贾季问酆舒，且让之，酆舒问于贾季曰：'赵衰赵盾孰贤？'对曰：'赵衰冬日之日也，赵盾夏日之日也。'"杜预注曰："冬日可爱，夏日可畏。"③席夔的这篇赋作，以"可爱"与"可畏"的对照来展开，最后点出"太上化人，德为之贵。咸欣欣而可悦，不炎炎以求畏"的主题。此语既典出《冬日可爱赋》之名，能以日喻德，确实有"如赋今事，因引古事以证之"的新奇效果。

《赋谱》对诸如《兽炭赋》《鹤处鸡群赋》等的疏漏也有批评。《赋谱》云："近来题目多此类，而《兽炭》未及羊琇，《鹤处鸡群》遗乎嵇绍，实可为恨。"蒋防《兽炭赋》典出《晋书》，其卷九十三《羊琇传》云："琇性豪侈，费用无复齐限，而屑炭和作兽形以温酒，洛下豪贵咸竞效之。"④西晋初，羊琇奢侈无度，曾别出心裁地将石炭捣碎做兽形用来温酒，致使洛阳一带豪门贵族竞相效之。皇甫湜《鹤

---

① 援引（南朝宋）刘义庆《幽明录》，见（前秦）王嘉等撰，王根林等校点《拾遗记》（外三种），上海古籍出版社2012年版，第179—180页。
② 其中《大史颁朔赋》阙名，"国家法古之制，则天之理"句，《文苑英华》《历代赋汇》《全唐文》不见其载录。另据《新唐书》卷199《张齐贤传》记载云："《周太史》'颁朔于邦国'，《玉藻》'闰月，王居门'，是天子虽闰亦告朔。二家去圣不远，载天子、诸侯告朔事，显显弗缪。今议者乃以《太宰》正月之吉，布治邦国，而言天子元日一告朔，殊失其旨。……《周太史》'颁朔邦国'，是总颁十二朔于诸侯。"
③ （晋）杜预注，（唐）孔颖达疏：《春秋左传正义》，见（清）阮元校刻《十三经注疏》，中华书局1980年版，第1846页。
④ （唐）房玄龄等撰：《晋书》卷93《羊琇传》，中华书局1974年版，第2411页。

处鸡群赋》典出《世说新语》，其《容止》篇记载："有人语王戎曰：'嵇延祖卓卓如野鹤之在鸡群。'答曰：'君未见其父耳。'"① 嵇延祖，即嵇绍，字延祖，嵇康之子。嵇绍因相貌出众，气度非凡，在人群中如同野鹤立于鸡群。

有关修辞方面的探讨，《赋谱》具有一定的先导意义。《赋谱》首次将"比喻"明确分为"明喻"与"暗喻"两类。谱文云："比喻有二：曰明，曰暗。"并对二者作具体阐释，谓明喻："若明比喻，即以被喻之事为干，以为喻之物为支。"谓暗喻："若暗比喻，即以为喻之事为宗，而内含被喻之事。"《赋谱》这种对辞格专业而又细致的命名、划分，又作凝练、系统的阐释，使其在修辞学发展史上有里程碑式的意义。

先前，关于修辞格中"比喻"门类这一问题，学界认为最早可溯源宋代陈骙所撰《文则》，陈望道于1932年完成的《修辞学发凡》一书之中有过详细的论述。陈先生在该书中将比喻分"明喻""隐喻""暗喻"三类，陈氏认为"明喻"即源于《文则》中的"直喻"；"隐喻"即是《文则》中的隐喻②。陈骙《文则》③ 确实分比喻辞格十类，依次是"直喻""隐喻""类喻""诘喻""对喻""博喻""简喻""详喻""引喻""虚喻"。但《赋谱》中涉及的比喻辞格，早于《文则》（该著大约撰于1190年）360年之久。

《赋谱》进一步对"明喻""暗喻"作了具体例证。论"明喻"时云："若明比喻，即以被喻之事为干，以为喻之物为支。每干支相含，至了为佳。不以双关，但头中一对，叙比喻之由，切似双关之体可也。至长三、四句不可用。"又以唐师贞《秋露如珠赋》为例，

---

① （南朝宋）刘义庆撰，徐震堮校笺：《世说新语校笺》，中华书局1984年版，第336页。
② 陈望道认为："'明喻'这名，系沿用清人唐彪所定的旧名（见《读书作文谱》八）。唐彪以前，曾有宋人陈骙称它为'直喻'。"又说"隐喻"："陈骙在《文则》卷上丙节里也曾说到隐喻。"
③ （南宋）陈骙著，王利器校点：《文则》，人民文学出版社1960年版，第13—14页。

"露"是被喻之物，"珠"是为喻之物，故云："风入秋而方劲，露如珠而正团。映蟾辉而回列，疑蚌剖而俱攒。"评"暗喻"时云："若暗比喻，即以为喻之事为宗，而内含被喻之事。亦不用为双关。"再以《朱丝绳赋》《求玄珠赋》为例阐释，云："'丝'之与'绳'、'玄'之与'珠'，并得双关。'丝绳'之与'直'、'玄珠'之与'道'，不可双关。"《朱丝绳赋》为贞元十年（794）博学宏词科试题，源出鲍照《代白头吟》之句："直如朱丝绳，清如玉壶冰。"庾承宣《朱丝绳赋》以"修身之道，以直象乎"为韵，以"丝之为体兮，柔以顺德；丝之为用兮，施之则直。从其性而不改，成其音而不罔忒"破题。赋文以"朱丝绳"比喻君子的修身之道，表面上虽未言君子修身之道，实则以"丝"与"绳"、"丝绳"与"直"性能为宗，内含比喻君子直道修行之事，借助暗喻辞格，巧妙地将二者联系起来。《求玄珠赋》以"玄非智求珠以真得"为韵。白居易此文的破题为："至乎哉，玄珠之为物也，渊渊绵绵，不知其然。存乎视听之表，生乎天地之先。亘古不变，与道相全。"表面以求玄珠为宗，阐释"玄"与"珠"、"玄珠"与"道"之关系，实则暗喻求道之事。

　　《赋谱》对"双关"类赋题也有谈及，但没有明确给出双关赋题的含义及其具体例证。自它的表述来看，《赋谱》中的"双关"，并非现代修辞学中的双关辞格，而是指赋文中两事物相互关联。文中简述了"双关"与"非双关"情形："'月'之与'珪'双关"、"'丝'之与'绳'，'玄'之与'珠'，并得双关。'丝绳'之与'直'、'玄珠'之与'道'，不可双关。"据此而知，仅就《赋谱》中的"双关"赋例略作填充，如白居易《动静交相养赋》，"动"与"静"双关，赋文起句云："天地有常道，万物有常性。道不可以终静，济之以动。性不可以终动，济之以静。养之，则两全而交利；不养之，则两伤而交病。"再如李程《金受砺赋》，"金""砺"双关，赋文以"圣无全功，必资佐辅"为韵，起句云："惟砺也，有克刚之美；惟金也，有利用之功。利久斯克，犹或失其钴锐；刚固不磷，是用假于磨砻。"

赋题典出《国语·楚语上》，卷十七云："若金，用女作砺；若津水，用女作舟。"① 赋篇的结穴，正是以"金"→"君主与砺"→"忠臣"互为双关，来层层推进，在唐赋中别具一格。清李调元在《赋话》卷三中对此有过评论："唐李程《金受砺赋》，双起双收，通篇纯以机致胜，骨节通灵，清气如拭，在唐赋中又是一格。"②

由此可见，《赋谱》中涉及修辞学的表述虽然不多，也不是一篇有意为之的修辞学论著，但修辞论证层次分明，逻辑严谨。与其后的相关论述做一对照，其特点更为明显。如宋代范仲淹《赋林衡鉴序》论"体势"，序云："仲淹少游文场，尝禀词律。惜其未获，窃以成名。近因余闲，载加研玩，颇见规格，敢告友朋。其余句读声病，有今礼部之式焉。别析二十门，以分其体势。叙昔人之事者，谓之叙事。颂圣人之德者，谓之颂德。书圣贤之勋者，谓之纪功。陈邦国之体者，谓之赞序。缘古人之意者，谓之缘情。明虚无之理者，谓之明道。发挥源流者，谓之祖述。商榷指义者，谓之论理。指其物而咏者，谓之咏物。述其理而咏者，谓之述咏。类可以广者，谓之引类。事非有隐者，谓之指事。究精微者，谓之析微。取比象者，谓之体物。强名之体者，谓之假象。兼举其义者，谓之旁喻。叙其事而体者，谓之叙体。总其数而述者，谓之总数。兼明二物者，谓之双关。词有不羁者，谓之变态。区而辨之，律体大备。"③ 其中范仲淹所论"体势"同《赋谱》中的"体势"进行比较，《赋谱》中的"体势"涉及"比喻""双关"等修辞术语，而范文则将"体势"分二十门，其中有"假象""旁喻""双关"之类的修辞术语。此外，宋郑起潜在《声律关键》中首列"认题"，指出"凡见题目，先要识□，其体不一"，其中涉及修辞的有"体物""譬喻""过所喻""比方""轻虚""重实"等类别，

---

① 上海师范大学古籍整理组点校：《国语》，上海古籍出版社 1978 年版，第 554 页。
② （清）李调元撰：《雨村赋话》，清乾隆四十九年函海刻本。
③ （清）范能濬编集，薛正兴校点：《范仲淹全集》，凤凰出版社 2004 年版，第 453—454 页。

并在该条目后面，胪举相应的赋篇予以释读。

再如"借喻"见元人范德机《木天禁语》"借喻"条："借本题说他事，如咏妇人者，必借花为喻，咏花者，必借妇人为喻。"① "譬况"见明人杨慎《丹铅总录》卷十三"订讹"类"譬况"②条；"暗比""明喻"见清人唐彪所著《读书作文谱》卷八"暗比题"条曰："凡题止就事物上讲，而正意隐然寓于其中者，暗比题也。'骥不称其力'、'苗而不秀者'之类是也。作此等题，全篇不说出正意可也，或开讲结尾处说出正意亦可。若将正意夹杂而讲，则失题神矣。""明喻题"条曰："明喻题，如'不见宗庙之美'之类，与比题不同。比者，暗以他物他事，比此事此物也。正意竟不必说出。喻者明以此事此物喻彼事彼物也，原要两者参观，故暗比宜不说出正意，明喻要将正意夹发也。陈法子云：'明喻题作法，先说正意，后说喻意者，常也；先提喻意，倒合正意者，变也。若能正喻夹发，合同而化，则更思深力厚矣。'"③综上可以说，《赋谱》是最早从句、段、题的三个层次系统分析修辞的作品。有清一代，修辞学在赋话论著中依然承袭《赋谱》而来，如清林联桂《见星庐赋话》卷三与卷六、清魏廉升《赋品》"比附"条，清余丙照《赋学指南》卷二"诠题"、清李调元《雨村赋话》卷一与卷五、浦铣《复小斋赋话》（上、下卷）等论著中，均有涉及，不一而足。

概而论之，《赋谱》内涵丰赡翔实，影响深广，对深入研究中国古代赋论以及中国修辞学发展等方面不无裨益，对考察唐代律赋中赋句、赋段、赋题的演变具有较高的参照价值。最为称道的是对唐律赋结构的划分与命名，对赋句的构成元素、组合准则的深入考察，尤其对律赋段落所采用的"头""项""腹""尾"等术语，借以"近取诸

---

① （元）范德机撰：《木天禁语》，中华书局1985年版，第8页。
② （明）杨慎撰，王大淳笺证：《丹铅总录笺证》，浙江古籍出版社2013年版，第504页。
③ （清）唐彪辑著，赵伯英、万恒德选注：《家塾教学法》，华东师范大学出版社1992年版，第128—129页。

身，远取诸物"的譬喻方式读解律赋，在唐宋时期普遍地用于中、日、朝鲜等国的各类文体当中，《赋谱》在这方面的造诣远超后世的同类论著。这对唐代律赋的研究至关重要，也对于历代赋论的探讨与启发以及我国科举制度的考察亦有诸多可取之处。

后　记

　　《赋学：批评与体性》这部书稿，是继我博士学位论文《赋论形态研究》之后的又一反思与延续。书名谓"批评与体性"，主要基于赋论中的批评形态和文体形态进行的多维考察。工作以来，尽管教学与科研不断变化，而我对赋学的热爱始终没有消退，拙著既是阶段性成果的展示，也承载了我对这一研究领域中的学术史与学科史、专题研究与个案研究的思考和探索。

　　书稿中的部分文字，已见诸《中山大学学报》《中国诗学》《文艺评论》《学术交流》《哈尔滨工业大学》《北方论丛》等期刊，其中多篇被《高等学校文科学术文摘》、人大复印资料《中国古代、近代文学研究》转摘，得到学界的认可，与有荣焉。这既是对我的鼓励，亦是鞭策。借此向曾经为拙文付出辛勤编辑、教正的师友们，致以衷心的感谢！拙著中有三章内容，是我和研究生共同探索的成果，如第八章讨论赋话视域下的"以诗论赋"，与硕士生刘颂扬合作；第九章考察岭南赋的书写传统和自觉建构，则是与博士生曹浩佳合作完成；第十章论述岭南赋与岭南赋话，则是与硕士生林雪珍共同撰写。在研讨写作的过程中，三位研究生认真负责的态度以及专注的精神，让我记忆犹新。书稿完成后，曾得到湖北广电局胡梁先生的郢正。胡老师为人谦逊和善，文史兼擅，诗赋精修。多年来，在学术上助我良多，于我则心存感念。

蒙段吉方院长、蒋寅老师的厚爱，拙著能在中国社会科学出版社顺利付梓，是他们的奖掖与提携，方玉成其美。段吉方教授在教学、科研和工作上，给予我诸多帮扶与匡正，使我受益匪浅，在此深表谢意。蒋老师是我博士后期间的合作导师，忝列先生门下，犹珠玉在侧，既幸运能随先生治学，期以进步，又慌恐学识能力不足，而蹉跎岁月。至今随蒋老师学习、工作已六年，他的标志性理论"进入过程的文学史研究"及倡导的古典诗学基本概念和命题研究，旨在将理论的问题历史化，以揭示传统理论命题所蕴含的丰富的经验内容和复杂的阶段性特征。这些对我的学习与科研影响至深，书稿中的部分章节亦有规仿之痕迹。先生金石之言，我当铭刻肺腑。郭晓鸿编审是本书的责任编辑，在整个编校过程中，郭老师谨严缜密，认真细心，为书稿的顺利出版付出了努力，谨此并至谢忱。

岁月易逝，记忆也会随着时光的流走变浅化淡，然师友间那种如切如磋、砥砺前行且能定格在记忆中的文字，越发显得更具生命力。

黄志立
二〇二三年十一月二十六日
于华南师范大学文学院